KB114011

브로큰
하트
신드롬

브로큰하트 신드롬 개정증보판

초판 1쇄 찍은 날 | 2015년 11월 13일
초판 2쇄 펴낸 날 | 2015년 12월 02일

지은이 | 심이령
펴낸이 | 서경석

편 집 책 임 | 조윤희

펴 낸 곳 | 도서출판 청어람
등록번호 | 제387-1999-000006호
등록일자 | 1999. 5. 31
어람번호 | 제5-428호

주소 | 경기도 부천시 원미구 부일로 483번길 40 서경B/D 3F
          (우) 14640
전화 | 032-656-4452 팩스 | 032-656-4453
http://www.chungeoram.com
E—mail | chungeorambook@daum.net

ⓒ 심이령, 2015

ISBN 979-11-04-90502-5 03810

브로큰
하트
신드롬

심이령 장편소설

브로큰
하트
신드롬

CONTENTS

1.
위험한 남자

3월 초인데 날이 아주 혹독하게 추웠다. 기온도 낮았지만 바람이 불어 체감온도는 더욱 낮게 느껴지는 날씨에, 사람의 모습도 드문 황량한 오후의 거리풍경 안으로 한 남자가 불쑥 들어왔다. 남자는 기온이 매우 찬 날씨에도 어깨조차 움츠리지 않은 모습으로, 심지어는 걸음걸이조차 느릿하게 거리에 있는 한 커피전문점의 문을 열고 들어갔다.

커피전문점 안에서 남자는, 아마도 그곳이 그에게는 매우 익숙한 장소였는지 머뭇거림 없이, 그러나 천천히 걸음을 옮기며 안을 훑던 중 이내 홀로 앉아 있는 한 여자에게 눈을 고정했다. 남자의 눈에 들어온 여자는 코트도 벗지 않은 채로, 손에 든 태블릿에 온 정신을 빼앗긴 모습이었다. 그리고 아마도 그 탓이었을까, 소리 없이 다가선 남자가 의도적으로 기척을 냈을 때 여자는 아주 소스라치게 놀라 입으로 묘한 신음 소리까지 냈다. 남자의 눈길은, 그러나 여자가 보고 있던 태블릿을 향했다.

"최무형 선수……?"

여자는 태블릿을 슬쩍 돌리며 당황함을 감추지 못했다.

"네."

최무형이 짧게 대답하고 여자의 맞은편에 앉는 사이, 여자는 태블릿을 얼른 가방 안에 넣고 대신 지갑을 꺼내 명함을 한 장 건넸다.

"주 피디한테 연락 받으셨겠지만…… 하은수라고 합니다."

무형은 명함을 받아, 그것을 보지도 않고 패딩 점퍼의 주머니에 찔러 넣고는 그대로 손도 빼지 않은 채 마치 다음 순서를 기다리는 사람 모양 눈을 은수에게 두고 있었다. 그의 그런 태도에 은수는 다시 당황했다.

"뭐…… 드시겠어요? 커피?"

은수는 다음 순서를 빨리 생각해냈다.

"네."

"어떤 커피요? 아메리카노?"

은수가 지갑을 들고 일어나며 다시 묻자 무형은 대답도 귀찮은지 고개만 끄덕여 보였다.

은수는 오더코너로 가 주문 후 다시 자리로 돌아가지 않고, 그냥 그 자리에서 커피가 나오기를 기다렸다. 무형의 태도에 뒤늦게 기분이 나빠진 탓이다. 역시 하기 싫은 일을 맡으니 첫 대면부터 기분이 별로라고 생각하면서 조금 전까지 태블릿에서 봤던, 막 올라온 기사의 내용을 슬며시 떠올렸다. 그다지 유명하지 않은 한 여가수의 자살에 관한 것이었는데 기사 내용 중에 바로 최무형의 이름이 언급되어 있어 호기심이 생기던 중, 하필 때맞춰 무형이 나타나는 바람에 놀라 덮었던 것이었다.

그 여가수와 최무형은 어떤 관계일까, 그 생각을 하며 은수는 무심히 주변을 둘러보는 척, 무형 쪽으로 눈길을 흘렸다. 그런데 무형의 눈과 정확히 딱, 만나는 것이 아닌가.

은수는 대번에 눈을 피했다. 자신의 생각을 들킨 것 같아 얼굴이 화끈거렸다.

두 사람의 눈이 마주친 것은 우연이 아니었다. 무형은, 은수가 커피를 주문하러 갔을 때부터 계속 그녀를 쳐다보고 있었으니까. 은수의 머리부터 발끝까지 마치 관찰하듯 훑어보는 그의 눈빛은, 그러나 너무 건조해서 일반적으로 남자가 여자에게 갖는 그런 종류의 호기심은 결코 아니었다. 무엇보다 은수의 외모가 남자의 눈길을 한눈에 사로잡아 묶어두기에는 어느 모로 보나 무리였다. 디자인보다는 보온성만을 목적으로 했을 법한 두툼한 코트에, 아무 장식도 없는 고무줄에 하나로 묶인 머리, 거기에 화장기마저 전혀 없는 얼굴은 소박하다 못해 외출하면서 꾸미는 최소한의 성의마저 없어 보였다. 다만 은수의 귓불에 박힌 귀걸이가 가끔씩 빛을 받아 반짝이는 것이 그나마 그녀가 갖고 있는 유일한 치장이요, 화려함이었다.

"아메리카노 두 잔 나왔습니다."

아르바이트 직원의 말에 은수는 쟁반을 받아들고 자리로 돌아왔다. 그 사이 무형은 여전히 은수에게서 눈을 떼지 않고 있었다.

"주 피디에게서 얘기는 대강 들으셨죠? 촬영 들어가기 전에 일단 제가 최 선수의 일상을 알아야 하거든요. 혹시 훈련하다 오신 건가요?"

"전지훈련 갔다가 어제 한국에 도착했습니다."

"아, 그럼 피곤하시겠네요? 전 그것도 모르고 주 피디가 시간 잡았다고 해서……."

"됐습니다. 본론으로 들어가죠."

무형이 은수의 말을 잘랐다. 툭 던지듯 사뭇 퉁명스럽게 잘랐음에도 그의 어조는 풍부한 울림이 있는 저음에, 또 매우 느린 말투였다. 그리고 말하는 동안에도 줄곧 눈을 그녀의 얼굴에 고정하고 있었음은 물론이다.

"네……. 방금 말씀드렸다시피 최 선수의 일상을 제가 먼저 취재하고 나서 촬영이 있을 건데……."

은수는 무형의 눈길이 거북해, 제 앞에 펼쳐놓은 노트로 고개를 숙였다.

"가벼운 프로니까 부담 갖지 않으셔도 됩니다. 먼저, 보통 국내에서 훈련은 어떤 식으로 하시는지……."

"하던 대로 하죠."

"하던 대로…… 라면?"

"아침 먹고 훈련하고, 점심 먹고 훈련하고, 저녁 먹고 훈련하고, 그럽니다."

"개인 시간은요?"

"요령껏 알아서 냅니다."

"취미 생활은 하시나요?"

"취미 없습니다."

"여친은 있으세요?"

"네."

"뭐하시는 분인데요?"

"모릅니다."

"몰라요?"

"네."

은수는 비로소 노트에서 눈을 들었다. 그러자 두 사람의 눈은 곧장 만난다. 아마도 무형은, 은수가 질문하는 내내 그녀를 보고 있었을 것이다. 전지훈련을 갔다 왔다더니 갈색의 얼굴빛에, 어딘지 야위어 보이는 뺨 위로 어두운 피부 빛과는 다른, 타는 듯 밝고 깊은 눈빛.

무형의 그 눈빛에 은수는 그만 갇히고 말았다. 혼을 빼앗긴 듯 멍해져 버린 것이다. 정신을 차리자, 생각을 안 한 것도 아니고, 말문을 트거나 하다못해 눈이라도 돌리려 애를 썼건만 아무 소용 없이, 그녀는 얼마동안 그 멍한 기분에서 깨어나지를 못하고 있었다. 그리고 그 시간이 매우 길게 느껴졌다.

"데…… 데이트를 하시긴 하시겠죠?"

그렇게 다시 질문을 꺼내기까지 얼마나 걸렸는지, 은수는 감도 잡을 수 없었다.

"네."

"보통 주말을 이용하시나요?"

"그냥 필요할 때 합니다."

"필요할 때요?"

"네"

"어떨 때 필요한데요?"

"생각날 때요."

"아, 그러니까…… 보고 싶을 때요?"

"아뇨. 생각날 때요."

은수는 다시 말문이 막혔다. 더 이상의 질문도 떠오르지 않았다. 무형의 툭툭 내던지는 말투도 거슬리는 데다 은수를 향한 눈길을 도무지 거둘 생각을 안 하고 있는 것에도 거북함을 넘어 슬슬 화가 나려고 했다. 뿐만 아니라 그의 마지막 답변은 해석하기에 따라서는 야릇해 불쾌감마저 들었다.

"잠시 실례 좀."

그렇게 말하며 핸드폰을 들고 일어서는 은수를, 무형은 제 시야에서 완전히 사라질 때까지 눈으로 좇았다.

얼마나 시간이 흘렀을까. 무형이 커피 잔에 세 번쯤 입을 댔을 때 그의 몸에서 핸드폰 벨소리가 났다. 패딩 점퍼 주머니에서 핸드폰을 꺼낸 무형은 그것을 받기 전, 액정에 '주승모'라 뜬 것부터 확인했다.

"왜?"

툭, 짧게 한마디 던져놓고 내내 듣기만 하던 무형은, 그 사이로 다시 모습을 보인 은수를 향해 변함없이 눈을 가져갔다. 반대로 은수는 의식적으로 무형의 눈을 피해, 자리에 앉아서도 곧바로 펜을 들고 노트에 끼적대고만 있었다.

"알았다."

무형은 다시 짤막하게 말한 후 통화를 끝냈다.

"승모 여잡니까?"

이어서 그는 은수에게 물었다.

"주승모 피디와 사귀는 건 맞는데요⋯⋯. 누구 여자, 그렇게 불리는 건 상당히 거북하네요."

은수는 방금 전 화장실에서 승모와 통화를 했고, 그로 인해 승모가 곧장 무형에게 전화를 해 두 사람의 통화가 이루어졌던 것인 만큼, 무형이 그렇게 물어도 당황하지 않고 바로 대꾸할 수 있었다.

"안 잤어요?"

그러나 뒤이은 무형의 물음에는 또다시 말문이 콱 막혀 버리고 마는 은수다. 무형은 마치 '밥 먹었어요?' 하는 것과 같은 얼굴로, 또 여전히 그녀를 빤히 보면서 그렇게 물었던 것이다.

은수는 말없이 노트와 핸드폰을 가방에 넣고 목도리를 챙겨 일어섰다.

커피전문점 밖으로 나온 은수는 안에서 받은 열이 식기가 무섭게 옷 속으로 파고든 한기에 금세 몸을 떨었다. 그녀는 목도리를 목에 둘둘 감아 말며 지하철역을 향하는 걸음을 서둘렀다. 당장 승모를 만나 성질을 잔뜩 부릴 참으로, 머릿속은 벌써 그에게 퍼부을 욕을 순서대로 나열하고 있었다. 이윽고 지하철역이 보였다. 은수는 너무 추워 빨리 안으로 들어가야지 했다.

그런데 바로 그 찰나, 그녀의 몸은 느닷없이 반대편으로 휙 돌려졌다. 동시에 눈앞에서 지하철역은 사라지고 그 자리를 무형이 대신하고 있었다. 그가 은수 뒤에서 그녀의 팔을 잡아채 돌린 것이다.

은수는 놀라고 황당한 얼굴로 무형을 올려다보았다. 키가 크다고, 첫 대면에서 얼핏 느끼기는 했지만 커피숍에서 내내 앉아 있는 모습만 보다가 이렇게 가까이 마주 서 있으니, 그의 얼굴을 보려면 고개를 뒤로 확 꺾어야 할 판이었다.

"그냥 가면 어떡합니까?"

무형은 퉁명스럽게 입을 열었다.

"시간 내서 나왔으니 오늘 해야 할 건 오늘 하죠? 나 한가하지 않습니다."

"팔, 팔부터 먼저 놔 주세요."

여전히 무형의 손에 팔이 잡혀 있던 은수가 얼굴을 찡그리자 그는 바로 놔주었다.

"저 안 해요. 주 피디한테 말해서 다른 작가 보내도록 할 테니 다른 작가랑 하세요."

"안 할 거면서 왜 나왔습니까?"

"억지로 맡았거든요."

"그럼 억지로 하시죠. 나도 억지로 나온 거니까."

"난요, 야구에 대해 잘 모르구요, 아니, 모르기 전에 너무 싫구요, 야구선수는 더 싫구요, 댁은 더더욱 밥맛이거든요."

은수는 마지막 말을 내뱉은 것과 함께 그 말은 하지 말았어야 했다고 즉시 깨달았지만 —무형은 프로그램 섭외 대상자일 뿐만 아니라 승모의 친구이기도 했으니까— 이미 말은 입 밖으로 나간 후였다. 그 말을 받아 이제 무형이 어떤 반격을 해올지 몰라, 은수는 눈앞이 깜깜해졌다.

"저기 들어가죠?"

그런데 무형은 은수의 말을 듣지 못한 듯, 턱으로 한 방향을 가리키며 전혀 딴소리를 했다. 그가 가리킨 곳은 또 다른 커피숍이었다.

  은수는 망설였다. 그러나 오래 망설일 것도 없이, 그녀는 다시 무형에게 팔을 잡혀서 그 커피숍으로 곧장 끌려가고 있었다.

  "이, 이봐요. 이거 놔요……."

  무형은 커피숍에 들어와서야 그녀의 팔을 놓아주었다. 은수는 이제 하도 기가 막혀서 뭐라고 더 따질 엄두를 내지 못했다. 그렇다고 말없이 도로 나가자니, 그는 벌써 오더 창구에서 주문을 하고 있어 그것도 마음이 편치 않았다. 은수는 결국 창가로 가 적당한 자리를 골라 앉았다. 그리고 목도리를 다시 풀다가 슬쩍, 무형 쪽으로 눈길을 던졌다. 그는 오더 창구 앞에 있었다. 보나마나 커피를 기다리고 있는 것일 텐데 다리를 약간 벌리고 서서 꼼짝도 않고 있는 모습이, 커피를 기다리기보다는 차라리 범인을 체포하러 온 형사의 그것에 더 가까워 보였다. 어쩌면 저렇게 미동도 없을까 하면서도, 은수는 마침 그가 뒷모습을 보이고 있어, 그제야 비로소 편안한 눈으로 그를 관찰할 수 있었다.

  무형은 키가 아주 컸다. 그 큰 키에 맞게, 아니 어쩌면 그 이상으로 어깨와 등도 넓어서, 웬만한 남자들이 그의 옆에 선다면 애로 보이지 싶었다. 인상적인 것은 손도 아주 크다는 것이다. 사전에 승모로부터 무형이 유명한 투수라는 얘기는 들었지만 야구를 전혀 모르는 은수에게 그의 큰 손은 다만 기형적으로 보일 뿐이었다.

  무형이 움직였다. 주문한 커피를 받아 몸을 돌린 것이다. 은수는 얼른 눈길을 거두어, 그가 맞은편에 앉는 동안까지 고개를 들지 않았다.

"아까 주승모 피디랑 통화하셨죠?"

은수가 먼저 입을 열었다. 무형이 가져온 커피 하나를 자기 앞으로 가져가면서다.

"네."

"뭐라던가요?"

"그쪽이 쨍알대니 협조 잘하라고 합디다."

"쨍알?"

은수는 '허' 하고 어이없음의 헛웃음을 뱉었다. 조금 전 커피전문점의 화장실에서 승모와 통화를 했을 때, 무형의 불성실한 태도에 대해 볼멘소리를 했던 것은 사실이지만 그렇다고 승모가 '쨍알'이라는 표현을 했을 리 없다는 것도 잘 알고 있었기 때문이다.

"승모 여자…… 아니, 여친이라니 협조 잘 하겠습니다. 그러니 빨리 끝내죠."

무형은 여전히 은수에게 눈을 둔 채로 말을 했다. 사람을 빤히 보는 그의 눈길은 단지 버릇이라고 하기에는 너무 지나쳐, 아마도 그 이상의 의도가 있지 않나 싶지만 그것을 은수가 알 도리는 없었고, 알고 싶지도 않았다. 다만 불편할 뿐이어서 그것을 피하고자 그녀는 인터뷰를 진행하는 내내 노트에만 눈을 처박고 있었다.

은수가 프로그램에 필요한 질문을 하고 답을 듣는 동안 무형을 알아본 두 명의 남자와 한 명의 여자가 그에게 사인을 받아간 것만을 제외하면 중간에 끊어지는 일 없이 인터뷰는 순조롭게 진행

되었다. 무형은 여전히 상세한 설명 대신 터무니없이 짤막한 답변으로 일관했지만 은수가 하는 질문에 빠짐없이 모두 답을 해주었다.

그렇게 두 시간 정도가 흘렀다. 창밖은 날이 저물어 어둑해 있었다.

"일단 됐습니다. 여기까지요."

은수는 짧게 한숨을 쉬며 고개를 들었다. 이어서 '수고하셨습니다'라는 말을 하려는 순간 무형과 정면으로 눈이 마주친 그녀는 그냥 입을 다물어 버렸다. 보지 않아도, 묻지 않아도 알 수 있었다. 그는 답변하는 내내 그녀를 보고 있었을 것이다.

"다 끝난 겁니까? 이 일로 더 볼 일 없는 거죠?"

"글쎄요, 그건 작업을 해봐야……."

은수는 노트를 가방에 넣으며 건성으로 대꾸했다.

"작업하다가 부족하면 다시 연락드릴게요. 촬영 날짜 따로 알려드릴 거구요."

은수의 말이 끝나자 무형은 인사도 없이 일어나, 뒤도 돌아보지 않고 입구로 걸어갔다. 은수는 이제 그러려니 하는 심정에 별로 기분 나쁜 내색도 없이 목도리부터 목에 둘둘 감았다. 그저 날 저문 밖으로 나가 지하철역까지 갈 일이 꿈만 같을 뿐이었다. 그리 먼 거리가 아님에도 날이 워낙 혹독하게 추우니 나가기도 전에 오금이 저려왔다.

은수는 미리부터 어깨를 잔뜩 움츠린 채 커피숍 밖으로 나왔다. 그리고 깜짝 놀라 제자리에 우뚝 서버렸다. 무형이 가지 않고 아직 밖에 서 있었던 것인데 그의 앞으로는 택시가 한 대 대기하고 있었다.

"와요."

무형은 은수를 보며 턱짓을 했다.

"네?"

은수가 어리둥절해 가만히 있자 무형은 또 그녀의 팔을 잡고 택시로 데려가 뒷문을 열어 거의 처넣듯 안으로 밀었다. 택시 안으로 쓰러지듯 들어온 은수가 아주 황당한 얼굴을 해서 차창 밖을 내다보니, 그는 이미 뒷모습을 보인 채 느릿한 걸음으로 멀어져 가고 있었다.

"어디로 갈까요?"

택시기사가 슬쩍 돌아보며 물었다.

"어…… 기사님, 저 택시 탈 거 아닌데요?"

"네? 돈까지 받았는데……."

"네에?"

기사는 돈을 도로 내놓기 싫어하는 얼굴로, 이번에는 룸미러를 통해 은수와 눈을 마주했다. 은수는 하는 수 없이 방송국까지 택시를 타고 와 바로 외주제작국으로 향했다.

"표정 보니 말 안 해도 알겠다."

서글서글한 인상의 남자는 입가에 웃음을 머금었다. 남자가 있는 곳은 외주제작국의 제작2부 사무실로, 마침 남자 외에는 아무도 없던 중에 은수가 들어와 곧장 다가오는 모습을 보며 한 말이었다. 그녀의 얼굴은, 남자가 한눈에 알아보고 웃음을 띠었을 정도로 불쾌감을 부러 과장한 빛이 역력했다.

"그 밥맛, 뭐야?"

은수는 짐짓 목소리에 힘을 주었다.

"또라이? 사이코? 대체 어느 쪽 증세야?"

"뭐 이것저것 버무려야 할걸? 한 가지로 답이 나올 정도로 단순한 캐릭터는 절대 아니라서."

"승모 씨 친구가 맞긴 한 거야? 어유, 재수 정말……."

"적당히 하시지. 나도 자기 친구들 중에 밥맛, 재수 다 있거든."

주승모 피디로 보이는 남자는 짐짓 방어의 눈빛을 해보였다.

"누구? 내 친구들 중에 누가 그런 안드로메다 급 밥맛인지 나도 궁금하네. 누구야, 누구?"

"나중에 드라마 작가 될 거라면서? 그럼 다양한 인간들을 만나보는 것도 좋잖아?"

"그 밥맛이 나더러 뭐라고 했는지 알기나 해?"

"배고프다."

승모가 갑자기 화제를 돌리며 컴퓨터를 껐다. 그제야 은수는 사무실 안을 눈으로 훑으며 두 사람 외에는 아무도 없다는 사실을 의식했다.

"좀 멀리 나가서 먹을까? 오늘은 그냥 퇴근하려구."

잠시 후, 방송국의 주차장으로부터 은색 승용차 한 대가 움직였다. 차는 금세 방송국을 뒤로하고 도로로 진입했다.

"웃겨? 그게 웃겨?"

웃음소리 가득한 은색의 승용차 안에 은수의 화난 목소리가 보태졌다. 운전 중인 승모는, 그러나 좀처럼 웃음을 진정시키지 못해 손바닥으로 운전대를 때리기까지 했다.

"미치겠다……."

승모는 약간의 시간을 두고 입을 열었지만 입가에 여전한 웃음을 단 채였다.

"걍 갔다 그러지. 자기 반응이 펄쩍이니까 무형인 오히려 더 재밌어했을지도 모르잖아."

"친구라서 봐줘? 내가 오다가다 어떤 미친 또라이한테 그런 소리 듣고 와도 이럴 거야? 그거 잘하면 성희롱이야."

"오다가다 그러는 거랑 다르지. 일단 친구니까 내가 잘 알잖아. 그 친구, 딴 건 몰라도 성희롱, 이런 거하곤 거리가 멀거든. 그래도 자기가 내 여친이라고 택시도 태워 보내고, 할 도린 다했네, 뭐."

승모는 다시 소리 내어 웃었다. 아주 재미있는 모양이었다.

"오늘 무형이랑 약속 잡으면서 사실은 하은수 작가가 내 여친이다, 말을 할까 하다가 말았거든. 일로 만나는 거라 안 하는 게 좋을 것 같아서 말이야. 근데 첨부터 말할 걸 그랬나? 기분 많이 나빴어?"

승모는, 그러나 곧 은수의 기분을 눈치채고 약간의 사이를 둔 뒤에 그렇게 말을 이었다.

"기분이야 이번 일 맡을 때부터 나빴거든. 남친 피디만 아녀도 단칼에 거절했을 텐데……. 지금이라도 나 빠지면 안 될까? 승모 씨."

"또, 또 그런다. 나야말로 여친 구성작가 덕 좀 보자. 또 난 그렇다 치고, 이제 와서 안 한담 조 피디한텐 뭐라 그러려구? 나 정말 무형이 설득하는 것도 엄청 힘들었거든. 은수 씨가 나 좀 봐주라. 응?"

"알았어. 야구에 대해 내가 아는 게 없으니까 그러는 거지……. 무엇보다 야구가 정말 싫어."

"이건 그냥 스포츠 스타의 생활을 다루는 거라 야구 몰라도 된다니까 그러네. 하여간 자기도 은근 완벽주의자야. 그럼 아예 이참에 야구 좀 좋아해 보든가. 알고 보면 얼마나 재밌는 스포츠인데 그래? 룰이 좀 복잡하긴 해도 또 그 맛에 보는 거거든. 여자 야구 팬들도 많아."

"아참, 그 밥맛…… 여친 있는 모양이던데, 그건 빼라대?"

갑자기 생각난 듯 은수가 화제를 돌렸다.

"사귄 지 별로 안 되는지, 자기 여친이 뭐하는 사람인지도 모르더라구. 아무리 그래도 그렇지, 그걸 어떻게 모를 수가 있어? 정신세계가 확실히 정상은 아닌 것 같아. 어, 맞다……."

은수는 다시 또 뭔가를 생각해낸 듯 이번에는 가방을 열었다.

"혹시 여가수 지민경 자살?"

은수가 가방에서 태블릿을 꺼내는 동안 승모는 떠보듯 물었다.

"어, 승모 씨도 기사 봤구나? 몇 년 전에 무슨 걸그룹에서 메인 보컬이던 여잔데."

은수는 손에 든 태블릿의 전원을 켜지는 않았다. 승모도 기사 내용을 알고 있는 것 같았을 뿐만 아니라 어쩌면 더 자세한 내용을 알고 있을지도 모른다 생각했기 때문이다.

"기사에 무형이 언급된 것 땜에?"

"응. 근데 보다 말아서……."

"둘이 한때 만났던 사이 맞아. 한 2년 전인가, 몇 달 만나고 헤어졌던 걸로 아는데."

"왜 자살했대?"

"오늘 나온 기사라 아직 수사 중이라고만 돼 있더라. 따로 발견된 유서도 없나 봐."

승모는 운전하느라 앞만 보며 담담히 말했다.

"그 밥맛 만났을 땐 아직 모르는 눈치였어. 예전에 사귀던 여자가 자살로 죽었다는 거 알면 기분 참 그렇겠다."

"뭐 먹을래? 난 쌀국수 생각나는데?"

그러나 승모는 굳이 그녀의 대답을 들으려는 것이 아닌 듯 곧바로 운전대를 꺾었다. 승모의 차는 어느 쌀국수 전문음식점 안으로 들어갔다.

쌀국수 전문점 안은 제법 많은 사람들로 북적였다. 그래선지 사람들과 음식의 열기로 실내는 약간 더울 정도였다. 은수와 승모는 식당의 중앙 가까운 곳에 자리를 잡았는데 바로 앞에 40인치 TV가 있어 ―마침 뉴스가 방영 중이었다― 은수는 그것에 눈을 두고 있었지만, 사람들의 말소리에 가려 TV에서 나오는 소리는 사실상 거의 들리지 않았다.

"유명 가수가 아니어서 그런가, 뉴스에 지민경 자살 소식이 안 나오네?"

뉴스가 끝나고, 때맞춰 주문한 쌀국수가 나왔을 때 은수가 입을 열었다.

"평소에는 연예 기사 관심도 없어 하면서 그 사건은 땡겨? 무형이 땜에?"

"연예 기사만은 아니잖어. 자살은 사회문제기도 한 거 아닌가? 얼마나 마음을 독하게 먹으면 죽을 생각을 하겠어? 그리고 그리 독한 마음을 먹기까지 또 얼마나 독한 고민을 했겠어? 지민경의 자살 이유는 알 수 없지만 죽음에 이르기까지의 고통을 상상해보면 마음이 정말 서늘해져."

그러나 승모는 여가수의 자살에도, 은수의 말에도 별다른 관심이 없는지, 은수가 보기에 그는 쌀국수 먹는 데만 열중인 모습이었다.

"승모 씨는 자기 친구의 여친이기도 했던 여자가 자살한 건데 별 느낌이 없나 봐?"

"만난 적도 없는데, 뭐."

승모는 여전한 모습으로 대수롭지 않게 대답했다. TV에서는 막 일기예보가 시작하는 중이었다. 마침 화제를 바꾸고 싶던 은수에게 그것은 참으로 적절했다.

"일기예보하는 저 여자 말이야……."

은수의 말에 승모는 제 뒤에 있는 TV를 슬쩍 돌아봤다.

"기상캐스터가 저렇게 몸매가 훌륭해도 되는 거야?"

"타고난 걸 어쩌겠어? 자기도 중간은 가니까 걱정 마라."

"좀 더 쓰시지? 중간에서 살짝 위?"

"노. 그대 누드를 본 적이 없어서 그건 곤란해."

승모의 짓궂은 농담에 은수는 젓가락으로 찌르는 시늉을 해 보였다.

"얼굴은 자기가 훨얼 낫다."

승모는 웃으며 얼른 말을 이었다.

"훨얼씩이나? 근데 그건 승모 씨 눈에 안경이구."

"아니야. 자기 분위기 있어. 내가 눈이 좀 높거든."

"고마워서 눈물 나네. 그치만 어디 가서 임유라 캐스터보다 내가 더 이쁘다고 했다간 돌 맞을 것 같애."

승모는 다시 TV로 고개를 돌렸다. 마치 기상캐스터의 얼굴을 확인이라도 하듯 잠시 동안 TV에 눈을 두고 있던 그는 다시 천천히 은수를 향했다. 은수는 국수를 입에 넣다 말고, 그의 묘한 눈빛에 의아한 표정을 지었다.

"사실은 저 여자야."

승모는 대뜸 말했다.

"응? 뜬금없이 뭐가?"

"무형이 현재 여친."

거리에 있는 작은 규모의 유료주차장 안으로 흰색의 승용차 한 대가 들어섰다. 차에서 내린 이는 여자로, 캐멀색의 코트를 멋지게 소화한 모습이 한눈에도 무척 세련돼 보였다. 바로 은수가 TV에서 보았던 기상캐스터, 임유라였다.

유라는 거리로 나와, 주차장을 등지고 제자리를 서성였다. 가끔씩 그녀의 눈길이 먼 곳을 향하는 것으로 봐서는 누군가를 기다리는 것이 분명했다. 그러기를 4분여가 지났을까, 마침내 유라의 안색이 환해지더니 그런 그녀 앞으로 검은색의 승용차 한 대가 미끄러지듯 다가와 섰다. 한밤중에 봐도 눈에 띌 정도의, 범상치 않은 외관을 하고 있는 차는 유라를 태운 즉시로 다시 출발했다.

범상치 않은 외관의 차를 운전하고 있는 사람은 무형이다. 유라는 운전 중인 무형을 잡고 그의 뺨에 입을 맞추었다. 무형은 별다른 반응을 보이지 않았다.

"보고 싶었어. 전지훈련은 어땠어?"

"그냥."

"무슨 대답이 그래? 얼굴은 좀 탔네? 오키나와 따뜻하지? 한국 오자마자 너무 추웠겠다. 3월에 갑작스러운 한파인데 어제보다 오늘이 더 추워. 주말부턴 풀려서 예년 기온 되찾을 거야. 어머, 나 좀 봐. 이래서 직업은 못 속이는 건가 봐."

유라는 날씨에 대해 말하는 자신이 우스운지 소리 내어 웃었다.

"전화나 좀 자주 해주지. 거기 상황을 알 수 없으니 내가 먼저 전화할 수도 없고, 자기가 싫어하기도 하고 말이야. 진짜 오키나와로 날아가고 싶은 거 참느라 혼났네. 근데 무형 씨 살이 좀 빠진 거 같기도 하고……. 훈련 엄청 열심히 했나 보네?"

유라는 대답 없는 무형의 얼굴을 물끄러미 바라봤다. 그런 그녀의 모습에서 느껴지는 것은 그의 대답을 기다리고 있기보다는 무엇인가 다른 화제를 꺼내고 싶으면서도 그것을 머뭇거리는 모양새에 더 가까웠다.

"기분…… 어때?"

조심스럽게, 유라는 결국 입을 열었다.

"지민경 기사 봤을 거 아냐."

"관심 없어."

무형의 말투는 평소와 다름없었다.

"1집 망하고 그룹 해체된 후 우울증에 빠졌다던데……."

"관심 없다고 했다."

"하지만 진짜 자살 이유는……."

유라의 말은, 그러나 줄곧 앞만 보던 무형이 고개를 약간 돌려 그녀를 쏘아보는 것으로 중단되었다.

무형의 차는 어느 아파트 단지로 들어서고 있었다. 차는 곧장 지하주차장으로 향해 그곳에 두 사람을 내려놓았다. 두 사람은 지하주차장 내 승강기를 타고 올라 14층에서 내렸는데 1407호의 비밀번호를 눌러 문을 열어준 사람이 무형인 것을 보면 그의 아파트인 것이 틀림없었다.

불이 켜지고 환하게 드러난 아파트의 거실은 마치 사람이 살지 않는 집의 그것처럼 썰렁한 분위기였다. 거실의 창을 다 가린 버티컬 블라인드는 새하얀 컬러 그대로 아주 깨끗했고, 소파, 장식장, 티브이 역시 모두 새것인 양 사람의 손길이라고는 닿아본 적도 없는 것 같을 지경이었으며, 심지어 장식장 위에조차 그 흔한 싸구려 장식물 하나 없이 약간의 먼지만 그 자리를 대신하고 있을 뿐이었다. 거실의 크기로 짐작컨대 아파트는 30평형대가 분명했지만 실내의 썰렁한 분위기 탓이었을까, 체감 크기는 그 이상이었다.

유라는 아파트에 들어서자마자 가장 먼저 난방을 가동시켰다.

그 사이 무형은 패딩 점퍼를 벗었다.

"좀 있다 벗지. 아직 추워. 커피 끓일까?"

그러나 무형에게 급한 것은 커피가 아닌 모양이었다. 그는 유라를 잡고 거실에서 가장 가까운 문을 열고 들어갔다. 침실이었다. 침실 역시 거실과 마찬가지로 침실에 필요한 최소한의 것들만 있었는데, 침대와 붙박이장, 티 테이블과 의자 두 개, 그리고 화장실 문이 보이는 것 외에, 역시나 그 흔한 탁상시계 하나 없었다. 단 거실과 달리 침실에는 사람이 살고 있다는 흔적으로 침대 위에 이불이 흐트러져 있었지만 썰렁하다 못해 냉기마저 감도는 침실의 분위기를 역전시키는 데에는 아무런 도움도 되지 못했다.

무형은 다짜고짜 유라의 옷을 벗기기 시작했다. 그런데 두 사람 사이에서 이런 경험이 한두 번은 아닌 듯, 유라의 옷을 벗기는 무형만큼이나 그가 하는 행위를 손쉽게 해주기 위한 유라의 몸짓 역시 매우 능숙해, 겨울옷들임에도 불구하고 완전한 나신이 되기까지 얼마 걸리지도 않았다. 그렇게 옷을 모두 벗어버린 유라의 몸은 은수가 '훌륭한 몸매'라고 칭찬했던 이상으로, 거의 완벽하다 해도 넘치지 않을 정도였다. 긴 목에, 가는 팔과 날씬한 몸에도 불구하고 풍만한 젖가슴은 전혀 인공미 없이 —의학의 힘을 빌리지 않은 것이 분명했다— 자연스러우면서도 또 너무 과하지도 않았다. 거기에 잘록한 허리 아래로 엉덩이에 이르는 곡선은 마치 자로 잰 듯 정확한 비율로 떨어져, 어디 하나 더하거나 뺄 필요도 없어 보였다.

유라의 아름다운 젖가슴은 바로 무형의 손아귀에 잡혔다. 작지 않은 젖가슴임에도 무형의 큰 손안으로 완전하게 들어왔다. 유라는 키스를 원했다. 그러나 그는 키스는 하는 둥 마는 둥 유라를 뒤돌려 이번에는 양손으로 그녀의 젖가슴을 쥐고 진하게 애무했다. 그의 손은 이어서 그 아래로 내려가며 유라의 몸 구석구석을 훑고는, 그러나 목표는 오직 그 지점이라는 듯 금세 치골을 지나 그 아래, 깊숙한 곳을 파고들었다. 유라의 몸이 뒤틀렸다. 그녀의 입이 벌어지고 어쩌면 딱 그 정도에 맞게 다리도 벌어졌다. 무형의 손이 들어간 곳으로부터 끈끈한 액체에 질척이는 소리가 난 것도 그때였다. 얼마 지나지 않아 유라의 입에서 달뜬 신음이 흘러나왔다. 그의 손가락 하나가 그녀의 몸 안으로 깊숙이 들어간 것과 거의 동시였으며, 시간이 지남에 신음은 점점 고조돼갔다. 잠시 후 무형이 유라의 그곳으로부터 손을 빼, 분비물로 흥건한 그 손을 유라의 얼굴 앞으로 가져가니, 그녀는 그것을 혀로 핥았다. 탐욕스러울 정도로 충분히 무형의 손가락을 빨던 유라는 이윽고 몸을 돌려 그의 허리벨트를 두 손에 와락 쥐었다. 유라가 무형의 허리벨트를 푸는 사이 그는 제 눈 아래에, 위로 쳐든 유라의 얼굴을, 특히 타액으로 번들거리는 입술을 보고 있었다.

"오늘, 내가 자기 죽여줄게."

타액으로 번들거리는 입술은 그렇게 말하며 야릇한 미소를 지었다.

얼마나 시간이 지났을까. 무형이 주방으로 들어와 불을 켰을 때, 그는 이미 옷을 다 갖춰 입은 모습이었다. 그는 냉장고에서 생수를 꺼내 컵에 가득 따라 단숨에 마시고는 이어 반 컵 정도를 더 채웠다. 그 컵을 들고 무형은 아마도 그가 방금 전에 나왔을 침실로 다시 들어갔다.

유라는 아직 침대에 있었다. 어깨까지 이불을 덮어쓰고 베개에 얼굴을 비스듬히 파묻은 그녀의 모습은 누가 봐도 곤히 잠든 모습이었다. 그럼에도 무형은 이불을 단번에 젖혀 버리고 그렇게 드러난 유라의 벌거벗은 몸 위로, 손에 들고 있던 컵을 슬며시 아래로 기울였다. 컵에서 떨어진 물은 가는 줄기를 이루며 유라의 배꼽 주변을 향했다.

"끼악!"

차가운 물이 몸에 닿자 소스라치며 눈을 뜬 유라는 동시에 외마디 비명 같은 짧고 날카로운 소리를 냈다.

"옷 입어."

그에 반해 무형의 말소리는 매우 조용했다.

범상치 않은 외관을 한, 무형의 애마(愛馬)가 다시 밤의 도로로 나온 것은 그로부터 20분 후였다. 차 안에서 유라는 하품을 했다.

"그냥 자게 두지, 꼭 이렇게 새벽에 쫓아낼 게 뭐야? 우리가 뭐 불륜도 아니고."

하품 후에 유라는 투덜댔다.

"어차피 자기도 들어가 잘 거잖아. 내가 옆에서 잔다고 불편해? 나 코 골아? 응? 아님 그냥 여자가 옆에서 자는 게 싫은 거야? 섹스는 좋으면서?"

"섹스 요새 별로다."

무형이 시큰둥하게 툭 던지자 유라는 당황한 얼굴로 입을 다물었다. 이후로 그가 그 이상의 말을 하지 않았음에도 그녀는 손톱까지 깨물며 줄곧 불안한 모습을 보였다. 그러는 사이 무형은 차를 세웠다. 앞서 유라가 무형의 차를 탔던, 바로 그 유료 주차장 앞이었다.

"또 언제 봐?"

유라가 물었다. 그녀를 보지도 않는 무형의 측면 얼굴에 눈을 두면서였다.

"생각나면."

무형은 다시 툭 던지듯 대답했다. 역시나 유라에게 눈도 돌리지 않은 채였다.

"그러니까 그게 언제쯤이냐구……."

"내려."

무형이 여전하자 유라는 이내 포기한 얼굴로, 앞서 차에 탔을 때처럼 그를 잡고 뺨에 입을 맞췄다. 무형은 또 그때처럼 특별한 반응을 보이지 않았다. 그것은 거부도 아니었지만 흔쾌히 받는 것 역시 결코 아니었다.

"그럼 연락 줘."

그렇게 말한 유라가 차에서 내리자마자 무형의 차는 미련 없이 자리를 떴다. 그것은 심지어 유라의 망연한 눈빛에서조차 빠른 속도로 사라져갔다. 이제는 더 이상 무형의 차가 보이지 않는데도 유라는 거리에 서 있었다.

2.
검은 손에 사로잡히다

은수는 이른 아침부터 스튜디오 녹화 준비로 정신없이 바빴다. 외주제작팀인 '오리온 기획'과의 작업이었는데 녹화를 끝내고 나니 새 기획안을 검토하기도 전에 벌써 오후 4시였다. 원래는 녹화를 끝내고 오리온 사람들과 새 기획안에 대한 의견을 조율해 보려 했었는데 결국 그것은 다음으로 미루기로 했다. 5시부터는 방송국 외주제작국에서 모니터링을 해야 했기 때문이다. 그러니 그이동거리에, 오전에 대충 샌드위치 하나 먹고 건너뛴 끼니라도 챙겨먹을 양이면 여유가 있는 것도 아니어서, 은수는 서둘러 스태프들과 인사하고 갈 준비를 했다.

"참, 은수 씨, 최무형 만났다면서요?"

가방을 챙기는 은수 옆으로, 오리온과의 녹화에 함께 참여했던 또 다른 구성작가가 다가와 말을 붙였다. 은수와 비슷한 또래의 여자였다.

"가까이서 보니 어때요? 매력 있죠? 난 그 사람, 특히 목소리가 섹시하던데."

"글쎄 뭐, 내 취향은 아니라서……. 난 야구도 잘 모르구요."

은수는 어설픈 웃음을 띠며 대꾸했다.

"이건 취향 문제가 아닌 거 같애. 지민경이도 완전 뻑 가서 죽은 거 보면……. 치명적인 거시기가 있나 봐요."

동료 구성작가는 어리둥절한 은수를 붙들고 비밀 얘기라도 하듯 속삭였다.

"탤런트 오정화 있죠? 걔가 최무형이랑 같은 대학 나온 거 알아요? 최무형 4학년 때 오정화 1학년이었다는데, 말이 좋아 사귄 거지, 얘가 최무형 경기하는 데마다 따라다니며 몸을 대줬대요. 심지어는 라커룸에서도 그랬다구, 당시 그 대학 야구부에선 모르는 사람들이 없었다네요. 오정화, 걔 그런 순진한 얼굴로 그랬다니 참. 이미지 그거 다 개뻥이지 싶어."

은수는, 그러나 바쁘다며 동료작가의 말을 중간에서 자르고 그곳을 나왔다. 배가 너무 고파 우선 근처 식당에서 밥을 먹고 출발할까도 했지만 일단 방송국에 들어가 있는 것이 마음이 편해, 그녀는 주린 배를 안고 그냥 지하철을 탔다. 가는 중에 동료작가가 무형에 대해 했던 말을 되짚으며 지민경의 자살 관련 새 기사가 떴나 싶었지만 서서 가는 전동차 안에서, 그것도 지친 몸으로 핸드폰이나 태블릿을 꺼내 확인해 보는 것도 귀찮고 피곤해 잠깐 생각만 하고 말았다.

20분 후 방송국에 도착한 은수는 시간을 확인하며 곧장 구내

식당으로 향했다. 식당에서 그녀는 가장 빨리 나오는 백반을 주문했지만 몇 숟가락 채 뜨기도 전에 핸드폰의 벨소리를 들어야 했다.

"나 밥 먹고 있어, 승모 씨."

밥 먹고 있다고 말하지 않아도 저쪽에서 알아챌 정도로, 은수는 입 안 가득 음식물을 채운 상태로 말했다.

"지금 방송국 안에 있으니까 먹고 금방 갈게."

은수는, 오늘 자신이 해야 할 모니터링 때문에 승모가 전화를 했다고 생각했다. 그러나 승모는 최무형이 나오는 프로그램의 조피디로부터, '4일 후면 촬영 팀 세팅 완료'라는 연락을 받았다 전하며 대뜸 원고를 재촉했다.

"내가 뭐 소설 써? 소스가 너무 부족해서 30분은커녕 5분도 채우기 벅차. 삽질도 비빌 언덕이 있어야지 허공에 대곤 한계가 있다구요, 피디님. 하필이면 그렇게 재미없는 밥맛을 섭외해서 에브리바디 고생인지…… . 그 기상캐스터 얘기만 넣어도 어떻게 될 것 같은데. 암튼 금방 갈게."

은수는 뭐라 더 투덜대고 싶었지만 여유를 부릴 때가 아니라는 생각에 서둘러 전화를 끊고 열심히 수저를 놀렸다. 그러나 식판을 채 반도 비우기 전에 그녀는 잠시 젓가락질을 멈추고 손을 상복부로 가져갔다. 배가 고플 때 종종 속이 쓰렸는데 밥이 들어가도 여전한 것을 보면 혹시 위염이 도지지 않았을까 하는 생각을 잠깐 하는 사이 눈앞에 낯익은 얼굴이 보였다. 기상캐스터 임유라였다. 순간, 우연히 유라와 눈을 마주치기까지 한 은수는 하마터면 아는 척 인사를 할 뻔했다. 유라가 은수를 아는 것도 아닐

터인데 말이다. 그런데 그런 은수의 친숙함이 보였던 때문일까. 오히려 유라가 먼저 눈인사를 해와, 은수 역시 쑥스러운 미소로 답했다.

유라는 혼자가 아니었다. 동료로 보이는 동행이 있었는데 아마도 그 동료가 식사하는 데에 그냥 따라온 것인지, 동료만 식사를 주문해서 받고 유라 자신은 그 맞은편에 앉아 말상대가 돼주고 있었다. 그런 유라를, 은수는 다시 슬쩍 쳐다보며 고개를 갸웃했다. 사실은 바로 사흘 전, 유라가 무형의 여자 친구라는 사실을 승모로부터 전해들은 은수는 그 즉시 '유라도 섭외해 무형의 프로그램에 넣자' 하는 의견을 제시했었다. 물론 무형의 허락이 필요한 일이라, 승모는 '말은 해보겠지만 기대는 하지 마라' 하더니 역시나 무형의 반응은 '택도 없는 소리'였다. 유라처럼 저렇게 잘나고 예쁜 여자 친구가 있음에도 최무형은 왜 여자 친구가 뭐하는지도 모른다며 딴전을 피우고, 더 나아가 그녀와 함께 TV에 출연하는 것을 딱 잘라 거절하는지, 은수는 이해가 되지 않았다.

✳

"안 되겠다. 무형이 한 번 더 만나라."

승모는 대뜸 그렇게 말했다. 은수가 방송국 내에 있는 화단의 벤치 앞에서 그를 만났을 때였다. 테이크아웃용 커피를 들고 있던 그는 그것을 은수에게 건네고 난 후이기도 했다.

"만나는 건 좋은데…… 가 아니라 싫지만 만날 수는 있는데, 문젠 그 밥맛한테서 뭐가 더 나올 게 없다는 거야. 임유라 넣어도 된다 그럼 얼른 만나서 이쁘고 아기자기한 스토리로 사기 쳐줄 수 있는데."

"그렇잖아도 한 번 더 사정했다가 욕만 먹었어. 포기해."

"왜? 성격 진짜 이상하네. 불륜도 아니고 둘 세워놓음 비주얼도 딱인데. 참, 유라 씨도 나름 유명세 타는 인물인데 어떻게 아직까지 두 사람 사이가 비밀 유지가 됐지? 사귄 지 얼마 안 됐나?"

"작년 시즌 중인 걸로 아는데……. 5개월은 됐지 싶다. 조 피디한텐 말 안 했지?"

"당연히 안 했지. 암튼 유라 씨 얘기 못 넣음 그 밥맛, 훈련하는 거랑 밥 먹고 똥 싸는 얘기만 해야 할 판이니까 다시 좀 설득해 봐."

"똥 싸는 건 빼자."

승모가 담배를 꺼내 물고 말하더니 곧 불을 붙였다.

"내 느낌인데…… 그 자식, 유라 씨랑 정리하려는 것 같아."

"어, 그럼 지금 두 사람 이별 수순 밟고 있는 거? 그럼 안 되겠네, 정말."

"내 느낌이 그렇단 거지, 확실한 건 아니고. 암튼 한 번 더 만나라. 숨겨둔 애인 있는지 뒤져보고, 있음 그거라도 사정해 봐."

"에혀, 잘하면 소설을 써야겠네."

은수는 심란한 표정으로 커피를 입에 댔다.

"근데 언제 만나지? 4일 후부터 촬영 들어간다 치면 적어도 내일까진 봐야 하는데 내일은 안 되거든. 오늘도 모니터링해야 하고."

"모니터링은 내가 해도 되니까……. 가만, 일단 전화해 보고. 이 친구 지금 구리 훈련장에 있거든."

승모는 핸드폰을 꺼내며 몸을 돌렸다. 그러는 사이로 은수는 남은 커피를 마저 입에 털어 넣었다. 밥을 너무 급히 먹었나, 속이 더부룩해서 카페인으로라도 소화를 시킬 요량이었다. 옆에서는 통화하는 승모의 목소리가 계속 들려오고 있었다. 무형이 구리에 있다면 은수를 만나기 위해서는 서울로 와야 할 텐데, 승모가 말하는 내용을 미루어 짐작컨대 무형도 당장은 서울로 움직일 생각이 없는 듯했다.

"자기가 구리로 가야겠다."

통화를 끝낸 승모는 도저히 거절할 수 없도록 못 박는, 세상에서 가장 당연한 일을 말하는 사람의 얼굴이 돼 있었다.

"모니터링은 내가 대신 해줄게. 내 차 타고 가. 내비 있으니까 구리 훈련장 찾는 건 어렵지 않을 거야."

은수는 지하철역에서 내려 구리 훈련장으로 가는 버스를 탔다. 승모는 자기 차를 타고 가라 했지만 운전이 능숙하지 않은 은수로서는 아무리 내비게이션이 있다 해도 초행길을 승용차로 가기에는 좀 겁이 났다. 은수는 버스의 맨 뒷자리 창가에 자리를 잡았다.

버스는 3분도 못 가서 막히기 시작했다. 은수는 가방에서 태블릿을 꺼냈다. 그리고 요 근래 습관적으로 검색하는 최무형을 찾아 들어갔다. 이제 하도 봐서 웬만한 것들은 거의 외울 지경이었는데 자꾸 보다 보면 소스가 될 만한 것들이 떠오르지 않을까 하는 기대를 가졌다. 그녀는 야구에 관해 전혀 아는 것이 없던 터라,

지금의 일을 맡기 전까지만 해도 최무형에 대해서는 간신히 이름 석 자 정도 아는 것이 고작이었다. 그래서 최무형을 처음 검색했을 때만 해도 그가 이렇게 유명한 사람이었나 싶어 꽤 놀랐었다.

최무형은 국내에서 세 손가락 안에 드는 대표급 투수이자 소속 팀의 에이스 선발 투수로, 2년 연속 다승왕에 올랐고, 통산 방어율 1점대에 탈삼진 기록까지 더한 완벽한 정통파 우완 투수다. 은수는 무형의 크고 긴 손가락을 떠올렸다. 처음에는 그 손이 기형적이고 폭력적이기까지 하다 느꼈었는데, 다시금 그것을 떠올리자 그 연장선에서 갑작스레 온몸에 소름이 끼쳤다. '어, 뭐지' 하며 은수는, 감정과 기억이 뒤섞여 그것이 바로 정리되지 않는 기묘한 혼란에 휩싸였다. 이상한 일이지만 무형의 그 큰 손이 낯익었다. 어디선가 그 손을 본 듯도 했다. 그런데 선명한 기억은 떠오르지 않고 감당할 수 없는 격렬한 감정만 살아, 그것이 오히려 기억을 짓누르는 답답함에 그만 가슴이 먹먹해지고 숨까지 막혀왔다.

은수는 그 기분으로부터 벗어나려 얼른 차창 밖으로 눈을 돌렸다. 버스는 여전한 정체에, 가다 서다를 반복하고 있어서 차창 밖 풍경 역시 거의 정지된 것이나 다름없는 상태였다. 이런 속도라면 날이 어두워져서야 도착할 듯싶었다. 다행히 날씨는 완연한 3월의 날씨여서 해가 저물어 기온이 좀 떨어진다 해도 못 견딜 정도의 추위는 아니리라 싶어, 은수는 그나마 그것에라도 위안을 삼으려 했다.

은수는 다시 태블릿으로 눈을 돌렸다. 그것을 다시 보기 위해서가 아니라 그만 보려 전원을 끄려 했던 것인데 마침 새로운 기사가 올라와 있어, 그만 그것을 터치하고 말았다. 자살한 여가수 지민경에 관한 기사였다. 오리온과의 녹화 때 만났던 구성작가가 지민경에 대해 잠깐 언급했던 내용과도 닿아 있는 듯해 더욱 보지 않을 수 없었다.

지민경은 집안에서 자살했기 때문에 가족의 뜻에 따라 부검 없이 바로 장례가 치러졌다. 유서는 따로 발견되지 않았지만 연예계에서의 실패와 우울증이 그녀의 자살 요인으로 추정되었고, 이는 여러 정황상 납득이 가는 일이었다. 그런데 방금 올라온 기사 내용에 의하면 지민경의 자살에 최무형도 간접적으로 관계가 있다는 것이다. 지민경의 다이어리에 최근 날짜로 자살을 암시하는 글이 적혀 있었는데 영문 대문자로 'M'을 언급하고 있다는 것이 그 이유였다. 기사에는 다이어리에 적힌 내용의 일부분도 실려 있었고 그 내용은 다음과 같았다. 'M이 나를 죽였다. 과거에도 죽였고, 현재도 죽이고 있으며 내가 살아가는 미래에도 그는 나를 죽일 것이다. 나는 M으로 인해 죽는다' 지민경의 다이어리에 이 글이 기록된 것은 그녀가 죽기 불과 일주일 전이었다. 기사는 이 M을 최무형이라 직접 대놓고 언급하지는 않았지만 에둘러 표현해도 알 만한 사람은 다 아는 것으로, 연관 검색어조차 곧바로 최무형에 닿아 있었다.

은수는 결국 태블릿을 껐다. 현기증이 나서 더 이상 보고 있을 수가 없었다. 최무형을 취재한 요 며칠 동안에 알게 된 그의 여자만도 벌써 세 명이다. 세 명 정도는 그 나이의 남자가 보통은 거칠 수 있는 숫자겠지, 은수는 그렇게 생각하려고 했지만 왠지 모르게 속이 울렁거렸다. 버스는 이제 어느 정도 속도를 내며 달려가고 있었다.

은수가 버스에서 내렸을 때, 날은 이미 어둑해 있었다. 핸드폰을 꺼내 시간부터 확인하니 5시 40분이다. 지하철역에서 버스로 15분이면 올 거리인데 25분이 넘게 걸린 것이다. 은수는 핸드폰에서 '밥맛'을 찾아 전화를 걸었다. 그런데 핸드폰을 귀에 대자마자 바로 눈앞에 무형이 보였다. 그는 팀의 로고가 박힌 모자에, 역시 팀의 유니폼으로 보이는 점퍼를 입고 그 점퍼 주머니에 두 손을 찔러 넣은 채 천천히 산책하듯 걸어오고 있었다. 아마 승모한테 사전에 전화를 받고 대충 시간 맞춰 나온 것이리라. 그렇게 생각하며 핸드폰을 도로 내린 은수는 자신도 무형 앞으로 걸음을 옮겨야 함에도, 어쩐 일인지 그가 가까이 다가올 때까지 제자리서 꼼짝을 않고 있었다. 이상하게 그를 처음 만났던 날보다 더 긴장이 됐던 탓이다. 처음에는 그저 낯선 사람과의 만남에서 오는 상식적인 긴장이라 어찌 보면 당연했지만 지금의 이 긴장은 대체 무엇인지, 은수 스스로도 이해가 되지 않았다.

"또 뵙는군요."

은수 가까이 다가온 무형은 그 특유의 툭 던지는 것 같은 말투로 입을 열었다. 은수는 대꾸하지 않았다. 그녀의 얼굴에 드러난 표정은 몸의 어딘가가 몹시 편치 않은 사람의 그것이었다.

"구장으로 가시죠, 달리 갈 데도 없으니."

무형은 은수의 표정에는 아랑곳없이 앞장섰다. 그리고 구장에 도착할 때까지 그는 한 번도 뒤돌아보지 않았다. 다만 자주 핸드폰을 꺼내 액정을 확인하고는 했는데 그것이 너무 빈번해서 은수도 의식하지 않을 수 없을 정도였다. 무형은 아마도 진동 상태의 핸드폰을 점퍼 주머니 안에서 손에 쥐고 있다가 진동이 울리면 꺼내 확인을 하는 듯했는데, 그렇게 자주 꺼내 보면서도 이상하게 받지는 않았다. 두 사람이 길을 가는 동안 시나브로 어두워가는 하늘을 배경으로 주변의 나무들도 서서히 시커먼 그림자로 변해가고 있었다.

무형의 팀 훈련장은 곧 모습을 드러냈다. 라이트가 환하게 켜진 구장에는 훈련 중인 선수들의 모습도 제법 눈에 띄었다. 무형은 그제야 뒤를 돌아 은수를 향했지만 입은 열지 않고 계속 따라오라는 양 고갯짓만 해보였다.

그렇게 은수가 무형을 따라 들어온 곳은 휴게실 같은 곳이었다. 20여 평 정도 되는 공간에, 흰색 플라스틱 테이블과 의자가 제멋대로 널려 있고, 자판기 두 대가 덩그러니 벽에 붙어 있었다. 그리고 한쪽 구석에는 종이박스 십 수 개가 쌓여 있었는데 그냥 방치해둔 것인지 부분적으로 물에 젖고 구겨져서 보기만 해도 불결했다.

휴게실에는 무형과 은수가 들어오기 전부터 이미 세 명의 남자들이 앉아 있었다. 무형과 같은 유니폼을 입은 남자들이었다. 그들은 마침 나가려 했는지, 아니면 무형이 그들의 선배라 불편했는지 —무형을 보자 일어나 고개를 숙이는 모습에서 그들이 후배라는 것을 알 수 있었다— 서둘러 그곳을 빠져나가 금세 무형과 은수만 남게 되었다. 두 사람이 채 자리를 잡기도 전이었다.

"앉으시죠."

무형은 창가 쪽의 자리를 가리켰다. 그러고는 묻지도 않고 자판기에서 캔 커피를 하나 뽑아 마개를 따서 은수 앞에 놔주었다.

그러는 동안에 은수는 여전히 불편한 얼굴이었다. 심지어는 괴로워하는 것처럼도 보였다. 사실 그녀는 조금 전부터, 무형에게 질문할 내용들을 머릿속에서 정리하고 있었지만 정리하려 애만 쓰고 있다는 편이 맞을 정도로, 어쩐 일인지 그것조차 평소처럼 일목요연하게 정리해 내지 못하고 있었다.

"승모 말을 들으니 저번 취재로는 부족하다구요?"

은수의 왼쪽으로 앉은 무형이 다리를 포개며 물었다. 무형의 말투는 툭툭 던지는 양하면서도 느릿한 편이어서, 은수는 들을 때마다 비위가 뒤틀렸다.

"궁금한 거 있으면 더 물어보세요."

"임유라 씨 이야기를 넣었으면 좋겠어요."

은수는 대뜸 뱉어놓고 스스로도 놀랐다. 사실 그 말을 하려던 것은 아니었기 때문이다. 이미 승모로부터 두 사람이 이별 중이란 암시를 들었던 터라 굳이 할 필요도 없었다. 이 남자를 당황하게 만들고 싶었으나, 은수는 기어코 이유를 만들어, 아마 그럴 것이라 우겼다.

"안 된다고 승모한테 얘기했는데, 못 들으셨나요?"

무형이 당황했을 거라는 은수의 기대와 달리, 그는 태연하게 말을 받았다.

"서로 대화들 안 하시나?"

"듣긴 했는데요, 최 선수를 표현할 소스가 너무 부족해서요. 이 프로는 야구를 모르는 사람들이 더 많이 보는 프로예요. 그러니까 최 선수가 훈련하는 모습보다는 최 선수의 다양한, 일상적인 삶의 모습이 더 중요하다구요."

"그래서요?"

"그래서라뇨? 무슨 질문이 그래요? 앞뒤 연결해 보면 아시잖아요. 최 선수한텐 일상의 얘깃거리가 너무 부족해요. 그러니까 여친 스토리라도 넣자는 거죠."

은수의 입에서는 거의 짜증 섞인 목소리가 튀어나왔다.

"나한테 여친이 없었음 어쩔 뻔했습니까? 아니, 없다 치죠, 그냥. 나머진 작가 능력 아닙니까?"

은수가 짜증을 내는데도 무형은 태연했다. 때문에 당장 대꾸할 말이 떠오르지 않은 은수는 그로 인해 더욱 열을 받아선지 갑자기 거친 숨을 쌕쌕 몰아쉬었다. 속이 불편했다. 숨도 가빠 와, 생각하고 말하는 것은 고사하고 몸조차 똑바로 가누기가 힘들었다. 은수의 하얀 이마에는 어느새 땀이 송골송골 맺혀 있었다. 지금의 날씨에 땀을 흘린다는 것은 몸 상태가 정상은 아니라는 의미다. 무형은 말없이 손을 뻗어 은수의 왼손을 잡았다.

"손이 차군요. 체한 것 같습니다."

무형의 손에서 벗어나려 잡힌 팔을 비트는 은수를 보며 그가 말했다. 은수는 가슴을 심하게 들썩였다. 가빠진 숨에, 자신의 거친 호흡이 제 귀에까지 생생히 들리고 있었다. 그러나 그보다 더 괴로운 일은 그런 제 모습을 무형에게 다 들키고 있다는 사실이었다.

"갑시다."

무형이 은수의 팔을 잡아 일으켜 세웠다. 은수는 반항할 엄두도 내지 못했다. 반항은커녕 이제는 다리까지 풀려 제대로 걸을 수조차 없었다. 무형은 그런 은수를 거의 안다시피 데려가 그의 차에 태운 뒤, 그녀가 앉은 조수석의 의자를 뒤로 젖혀주고, 시동을 걸어 히터도 틀어주었다. 은수는 말 잘 듣는 아이처럼 얌전히 있었다. 뒤로 젖혀진 의자 덕에 허리가 펴지니 숨쉬기도 한결 편해져, 얌전히 있지 않을 이유가 없었다.

"잠시만요."

무형이 은수의 눈을 보며 말했다. 그의 손은 이미 그녀의 코트 단추를 풀고 있었다. 얌전한 아이 같던 은수는 그제야 몸을 비틀고 팔을 저으며 저항했다.

"가만히 있어요."

무형은 좀 강한 어조로 말했다. 은수도 저항을 포기했다. 설마 이상한 짓이야 하겠나 싶었다. 무형은 코트의 단추만 다 풀어낸 후, 손끝으로 은수의 명치와 배꼽 중간 부분을 눌렀다.

"아악……."

은수는 너무 아파서 저도 모르게 비명을 질렀다. 비명과 함께 몸부림도 동반됐지만 무형은 개의치 않고 그런 지압을 위치만 조금씩 바꿔가며 계속했다. 은수의 비명은 곧 잦아들었다. 처음 몇 번은 몹시 아프더니 횟수가 늘어날수록 통증이 줄어 곧 참을 만해졌던 것이다. 지압 후 무형은 은수의 명치 아래를 시계방향으로 마사지해 주었다. 그 마사지 중에 은수는 갑자기 당황한 얼굴로 얼른 손을 입으로 가져갔다. 트림이 나올 것 같아서였다.

"그냥 나오게 둬요."

대수롭지 않은 투로 말하는 무형은, 그러나 은수를 보고 있지는 않았다. 그의 그러한 배려에 더욱 창피함을 느낀 은수는 도리어 손에 더욱 힘을 주어 입을 꼭 틀어막았지만 나오는 트림을 어찌해볼 수도 없는 노릇이어서, 소리 나지 않게, 들키지 않게 하려 몹시 애를 썼다. 그러다 보니 어느 순간 무형의 손이 은수의 그 손으로 ―여전히 입을 막고 있는 손으로― 불쑥 다가왔을 때 그녀 는 정말 깜짝 놀라고 말았다. 무형은 묵묵히 은수의 손 하나를 가져가 엄지와 검지 사이의 혈(穴)을 눌러주었다. 천천히 여러 번 반복해서 해주는데 그 역시 처음에는 신음이 절로 나올 정도였지 만 시간이 지남에, 통증이 차츰 가라앉는 것과 동시에 시나브로 속도 편안해짐을 느낄 수 있었다.

"기다려요."

무형은 그렇게 말하고 차에서 내렸다. 은수는 이제 훨씬 편안 해진 몸으로 가만히 있었다. 조금 전까지만 해도 너무 괴로웠기 에, 지금 괜히 잘못 움직였다가 그 고통이 다시 올까 저어돼 감히 움직일 생각조차 나지 않았다. 지금은 편안해진 몸을 그대로 둔 채 쉬고 싶었다.

그렇게 얼마나 있었을까, 히터 때문에 차 안이 따뜻해져서 긴 장감마저 풀린 은수가 쏟아지는 졸음을 주체 못 해, 잠과 현실의 경계선에서 기분 좋게 취해 있을 때, 차의 문이 열렸다.

무형은 500밀리리터 크기의 생수병을 손에 들고 돌아왔다. 그 는 먼저 은수 위로 몸을 깊이 기울였다. 그런데 그것이 은수의 눈 에는 자신을 덮치는 것처럼 보였나 보다. 그녀는 그만 짧은 외마 디 소리를 내고 말았다. 비명도 아니고 신음도 아닌 묘한 소리였 다. 그 소리에 정작 기겁한 것은 무형이라고 해도 할 말 없으리라. 그런데 그는 다만 의아한 얼굴로 은수를 내려다볼 뿐이었다. 무 형이 그녀 위로 몸을 기울인 탓에 두 사람의 간격은 사람의 얼굴

하나 정도가 들어갈 정도 밖에는 되지 않았다. 그렇게 가까운 그의 눈 아래에서 은수는 어깨를 잔뜩 움츠린 채, 마치 그것만으로는 모자란다는 듯 두 팔로 제 가슴 앞을 엑스자로 방어한 모습이기까지 했다.

무형이 그런 은수를 빤히 쳐다보니 그녀는 그제야 얼굴이 벌게졌다. 무형이 은수 위로 몸을 기울인 것은 은수가 앉은 의자의 등받이를 다시 세워주기 위해서였다. 증명하듯 은수의 의자 등받이는 곧 처음 상태로 돌아갔다. 은수는 민망함에, 머리를 매만지고 옷을 추스르는 등 부산한 손놀림을 보였지만 무형은 또 그런 그녀를 빤히 쳐다볼 뿐이었다.

"마셔요."

은수의 의자 등받이를 세워준 후에야 무형은 생수병을 내밀었다. 그런데 그것을 건네받은 은수는 다시 한 번 놀라야 했다. 당연히 차가울 거라 생각했던 생수병이 의외로 아주 따뜻했기 때문이다. 일부러 데워온 건가 싶어, 은수는 당황스럽기까지 했다.

"고…… 맙습니다……."

은수는 더욱 민망해져서 무형을 쳐다보지도 못했다. 다만 조용히 물을 한 모금 마셨다. 속은 거의 내려간 듯싶었다. 그 사이 무형은 사이드 브레이크를 풀었다.

"안전벨트 매요."

무형은 바로 차를 출발시켰다. 은수는 엉겁결에 안전벨트를 착용하면서도 당황스러움을 감추지 못했다.

"방송국으로 데려다 줘요? 아님 집? 집이면 위치를 말해주든가."

무형은 앞만 보며 말했다.

"가는 동안에 필요한 질문 있으면 하시죠."

"이제 체기는 거의 가라앉아서 버스 타고 가도 되는데요."

은수는 기어들어가는 목소리로 말했다.

"압니다."

하면서도 무형은 계속 차를 몰았다. 은수 역시 제 말이 아무 의미도 없다는 것을 금세 깨달았다.

"방송국으로 가주세요."

은수는 자포자기의 심정으로 그냥 뻔뻔해지기로 했다.

"승모 씨와는 대학 친구인가요?"

"아뇨."

"그럼 고등학교?"

"네."

"친한 사이였나요? 하긴 지금까지 유지되는 거 보면 마음이 잘 맞긴 하나 보네요?"

"별로 그렇진 않습니다. 친구란 때론 그저 습관과 같은 거라서."

"습관?"

"익숙함 같은 거요. 그 이상의 의미 안 둡니다."

무형의 답변에 은수는 입을 삐죽거렸다.

"4일 후에 촬영인 건 알고 계시죠?"

"그날, 시범경기 첫 날에 촬영까지 겹쳐 아침부터 정신없을 것 같더군요."

"시범경기라면…… 아까 그 경기장에서 하나요?"

"서울에서 합니다."

대답 후 무형은 은수를 힐끔 쳐다봤다.

"야구 정말 모르시는군요? 구리는 2군 경기장이라 시즌 중엔 올 일이 거의 없습니다."

"네. 야구 몰라요. 알고 싶지도 않구요."

"왜죠?"

"그냥요. 그냥 싫어요. 최무형 선수도 그냥 싫은 게 있지 않아요?"

"그냥 좋은 건 있어도 그냥 싫은 것은 없습니다. 싫은 건 반드시 이유가 있죠. 혹시 야구에 대해 나쁜 기억이 있나요?"

무형의 질문에 은수는 얼른 대꾸하지 못했다. 물론 나쁜 기억은 없다. 그런데 아니라고 왜 빨리 대답하지 않았는지 스스로도 의아해하며 머뭇거리다 그만 대꾸할 타이밍을 놓치고 말았다.

"나쁜 기억이 있는 걸로 알겠습니다."

"아뇨, 없어요. 그런 기억은…… 없어요. 절대."

"그렇게 강조할 정도로 없다는 것은 좀 수상하군요."

"뭐가 수상하죠? 기억에 없는 것을 만들어낼 수도 없잖아요?"

"기억을 못 하는 것은 아니구요?"

순간 은수의 착각이었는지는 모르지만, 그 말을 할 때 무형의 입가에 언뜻 희미한 웃음기가 스쳐 지나가는 것을 보았다. 그런데 그것이 너무 찰나인 데다, 그녀의 눈에 무형의 얼굴이 정면도 아니어서 혹시 잘못 본 것이 아닌가 하는 생각도 들었다. 그도 그럴 것이 무형은 지금까지 웃음 띤 얼굴을 한 번도 보인 적이 없었기 때문이다.

"이상한 말씀을 하시네요. 내가 내 기억력을 말하는데 왜 타인인 최무형 씨의 검증을 받아야 하는 거죠?"

"아님 말구요. 정색하실 필요 없습니다."

무형은 대수롭지 않게 피해갔지만 은수는 마치 거짓말을 했다 들킨 사람이나 느낄 법한 께름칙한 기분에 사로잡혔다. 무엇보다 '기억을 못 하는 것이 아니냐' 했던 무형의 말이 불길하게 느껴지던 순간, 핸들을 잡고 있는 그의 커다란 손이 눈에 들어왔다. 그러자 버스에서처럼 등골이 오싹했다. 저 손을 낯익다 생각했다니, 말도 안 돼, 터무니없다고 그녀는 일축했다.

은수의 눈에 그 손은 기형이었다. 폭력이고, 공포였다. 그런 것이 조금 전에는 자신의 배를 만지기까지 했었다는 사실에 은수는 더욱 모골이 송연해짐을 느꼈다.

"승모 씨 말 들으니, 힘들게 촬영 허락을 받았다고 하던데……?"

은수는 오싹한 기분을 떨쳐내기 위해 화제를 돌렸다.

"네. 귀찮아서요."

"공중파 방송에 나오는 건데요. 오히려 좋아해야 할 일 아닌가요? 그 프로가 꼭 유명인들만 섭외하는 것은 아니지만 고정 시청자들이 많아서 시청률도 일정 부분 나오거든요."

"그건 그쪽 생각이구요."

"제 이름 잊어버리셨나 봐요?"

"여자 이름 잘 못 외웁니다."

"아, 네. 그러시군요. 그런 분치고는 연애를 잘하시는 것 같던데……."

은수는 속으로 아차 싶었지만 무형이 그녀의 말을 받는 대신 눈길을 보냈을 때는 부러 그것조차 가볍게 무시해 버렸다. 그녀는 심지어 자신의 무례를 그의 탓으로 돌리기까지 했다. 자신이 무례할 수밖에 없게끔 만든 것은 무형이라고는 막무가내로 못 박았다.

어느덧 차창 밖으로 방송국이 보였다. 무형의 차가 속도를 줄이며 다가선 곳은 방송국의 후문이었다. 차는 마침 후문을 통해 나오는 남녀 섞인 한 무리의 사람들과 교차했는데 그 무리 중에는 유라도 있었다. 그녀의 모습은 또한 차의 앞 유리창을 통해서도 분명히 확인할 수 있어, 적어도 운전 중인 사람의 눈에는 안 띄려야 안 띌 수가 없었지만 무형의 무표정한 얼굴만으로는 그가 그녀를 봤는지 못 보았는지, 전혀 알 수가 없었다. ―유라가 무형의 차를 알아봤으리라는 것은 오히려 어렵지 않게 짐작할 수 있었다. 길거리에서 흔히 볼 수 없는 차를 가진 남자와 만나는 여자였으니 말이다― 아무것도 보지 못한 사람은 은수였다. 그녀는 오늘 무형을 만나 아무 소득도 없이 제자리로 돌아온 것에 대해 실망하고 자책하느라, 코앞에 외계인이 나타났어도 아마 보지 못했을 것이다.

"내일 시간 어떻습니까?"

무형이 차를 세운 후 갑작스럽게 묻자 안전벨트를 풀던 은수는 '멍 때린' 얼굴을 해보였다.

"오늘 아무 것도 건진 게 없잖습니까?"

"아, 내일은 일이 많아서 시간을 내기가⋯⋯. 오전 이른 시간이거나 아님 늦게라면 모를까⋯⋯."

"어느 쪽이 편합니까? 오전? 오후?"

"어느 쪽이건 제가 움직이기가……."

"방송국에서 보면 되겠죠?"

"어, 어……."

은수는 어리바리하던 표정을 얼른 거두었다.

"오후요. 밤 9시 반에서 10시 반 사이면, 어차피 밥도 먹어야 해서…… 짬을 낼 수 있거든요."

"그럼 내일 밤 9시 반에 여기로 오죠."

"정말 그렇게 해주실 수 있어요?"

"내일 뵙겠습니다."

무형의 말투는 변함없이 무미건조했지만 은수의 얼굴에는 화색이 돌았다. 그런 그녀의 얼굴로, 역시나 그의 눈길이 내내 떠나지 않고 있는데도 그녀는 그것조차 개의치 않을 정도였다.

"태워주셔서 고맙습니다."

은수는 밝은 얼굴로 인사하고는 차에서 내렸다. 은수가 무형의 차에서 내리는 모습은 그대로 유라의 시야 안에 있었다. 유라는 후문 가장자리에 서서 그녀로부터 20여 미터 떨어져 있는 그 차에 눈을 고정하고 있었다. 은수가 내린 후 무형의 차는 방향을 바꿔 유라를 스친 후 ─유라 앞에서 머뭇하는 시늉도 없이─ 금세 차도로 접어들었다. 유라는 무형의 차가 시야에서 완전히 사라지고 난 후에야 핸드폰을 들었다. 그녀의 핸드폰에서 신호음은 한참 동안이나 계속됐다. 그렇게 계속되다 안내음성이 나오기 직전일 즈음에야 '왜?' 하는 퉁명스럽고 익숙한 음성이 흘러나왔다.

"방송국엔 왜 왔어?"

유라는 묻고 있었지만 그가 대답하지 않으리란 것을 알고 있었다. 그가 어디서 무엇을 하든, 그것들은 모두 물어서는 안 되는 것들이었다. 역시나 핸드폰 너머에서는 어떤 대답도 들려오지 않았다. 유라도 말을 잇지 못해 결국 전화는 끊겼다. 무형이 끊은 것이다. 유라는 다시 걸었다. 그러나 통화는 되지 않았다.

❈

은수는 외주제작국의 영상 편집실에서 승모와 만났다. 승모는 제작사에서 넘어온 영상을 보던 중이었다. 은수는 구리에 다녀온 일을 그에게 간단히 설명했다. 자신이 체했던 것까지도 모두 말했으나 무형의 차 안에서 있었던 일만은 말하지 않았다.

"지금은 괜찮아? 약을 사먹는 게 어때?"

승모는 걱정스러운 듯 물었다.

"괜찮아. 지금은 다 내려갔어. 승모 씨는 밥 먹었어?"

"응. 자긴 어떡하지?"

"난 오늘 굶는 게 좋아. 체한 게 내려가긴 했지만 아직도 위가 얼얼한 느낌이거든."

"성격이 예민해서 자주 체하는 것도 있겠지만 위염 탓도 있어. 언제 병원 한 번 가봐라."

"내시경 싫어서 안 가. 그냥 암 걸려 죽을래."

"안 돼. 나, 그대랑 자보지도 못했는데 죽음 어떡해?"

승모는 짐짓 눈을 둥그렇게 떴다.

"나도 처녀귀신으로 죽고 싶진 않거든."

승모의 시답잖은 농담에 은수는 시큰둥하게 반응했다.

"언제 날 잡자. 누군 만난 지 세 번이면 바로 직행인데, 난 뭐 사귄 지가 몇 달이구만 키스에서 더 나아가질 못하네."

"그 누구라는 건 최무형 씨? 참, 자살한 가수 지민경, 오늘 올라온 기사 봤어?"

"응. 기자들이 무형이를 좀 괴롭혔을 것 같더라."

승모의 설명에 은수는 오늘 구리에서 무형이 핸드폰을 확인만 하고 받지 않았던 일을 떠올렸다.

"2년 전에 헤어진 사이인데, 죽기 불과 일주일 전에 그런 글을 남겼다는 게 좀 이상하지 않아?"

은수의 의문에 승모는 대답 대신 애매한 몸짓만을 해보였다. 그것은 그도 알지 못한다는 뜻이고, 보태어 관심도 없다는 것이어서 은수도 더 이상은 묻지 않았다.

"난 편집 영상 좀 더 봐야 하는데 은수 씬 어쩔래?"

"난 옆방에 있을게. 오리온에서 넘어온 기획안 살펴봐야 하거든. 내일 회의 있는데 나만 못 봤어. 시간 남으면 최무형 씨 원고 초안 잡아놓은 거 살 좀 붙이고."

"그래, 수고. 커피 생각나면 갈게."

승모가 커피 생각이 나기까지는 대략 한 시간 20분이 걸렸다. 물론 퇴근도 해야 해 그는 은수가 있는 옆방으로 건너갔다. 옆방은 회의용 탁자가 방의 대부분을 차지할 정도로 좁아 주로 회의실로 사용하는 곳이었는데 승모가 들어왔을 때 은수는 바로 그 회의용 탁자 위에 엎드려 있었다. 아마도 잠들었는지, 문이 열리고 닫히는 소리에도 아무 반응을 보이지 않고 있었다.

승모는 은수를 깨우려 어깨로 손을 뻗었다. 그러나 곧장 깨우지 못하고, 대신 그 손으로 그녀의 이마에 흐트러진 머리카락 몇 올을 쓸어 올렸다. 이 얼마나 예쁘고 기품 있는 이마인지, 승모는 은수의 이마를 볼 때마다 늘 그렇게 감탄해 왔다.

일 년 전, 승모가 외주제작사의 구성작가로 온 은수를 처음 만났을 때, 그녀의 외모 중에서 가장 먼저 눈에 띈 것이 바로 그녀의 이마였다. 얼굴 전체에서 황금 비율로 자리 잡은 그녀의 이마는 역시 적당히 앞으로 튀어나와, 얼굴의 어느 쪽에서 봐도 완벽한 선을 그려내고 있었다. 거기에 좌우로 길게 빠진 눈썹과 특히 눈은, 비록 쌍꺼풀이 없고 크지도 않았지만 대신 섬세한 붓끝으로 그려낸 듯 선이 무척 곱고 정갈했다. 분명 은수는 단번에 눈에 띄는 외모도, 혹은 미모도 아니었지만 그렇다고 흔한 얼굴도 아닌, 뭐라 형언키 어려운 독특한 분위기를 갖고 있어, 승모는 첫눈에 그녀를 마음에 품었다. 그러나 좀처럼 경계심을 풀지 않는 은수의 성격 탓에 그녀와 가까워지기까지는 시간이 많이 걸렸고, 지금까지도 얼마나 가까워진 것인지, 사실 승모는 자신이 서지를 않았다. 일단 교제하는 사이로 주변에 알려진 정도가 성과라면 성과라고 할 수 있었다. 그럼에도 은수가 승모를 애인으로, 그녀의 남자로 생각하고 있는 것일까 하는, 보다 내밀한 둘만의 관계를 돌이켜 보면 역시나 뭔가 결정적인 것이 빠진 느낌이었다.

그때 어떤 소리가 승모의 상념을 깨웠다. 소리는 은수에게서 나왔다. 더구나 신음 소리여서 그는 소스라치게 놀랐다. 잠에서 깨어나지도 않은 은수가 비틀리는 신음을 토해내고 있었던 것이다. 신음은 얼마 안 가 흐느낌으로 바뀌더니, 그녀는 제 얼굴을 온통 다 젖게 할 만큼 많은 양의 눈물을 한꺼번에 쏟아냈다.

"은수 씨……."

승모가 은수의 어깨를 잡아 세우며 그녀를 깨웠다. 그러나 은수는 그에게 어깨를 잡힌 채로도 흐느낌을 멈추지 못했다. 승모는 얼른 손수건을 꺼내 그녀의 얼굴에 대주고 바로 품에 안아 등을 토닥여 주었다. 은수가 나쁜 꿈을 꾸었다고 생각했다. 그래서 '꿈은 그저 꿈일 뿐이야'라고 위로했지만 그도 왠지 마음 한편이 울컥했다. 감수성이 예민하기는 해도 자존심 역시 강해, 쉽게 눈물을 보이지 않는 은수라는 것을 누구보다 잘 알고 있었기 때문이다.

은수는 차츰 진정이 되었다. 그녀는 승모의 손수건으로 눈가를 찍은 후에야 비로소 민망하고 쑥스러운 미소를 지어보였다.

"불편하게 자니까 그렇잖아. 대체 무슨 꿈이야?"

"으응……? 기억 안 나."

"혹시 나랑 헤어지는 꿈? 근데 꿈은 반대라잖아. 걱정 마. 근데 설마……."

분위기를 바꾸려는 듯 짐짓 가볍게 말하던 승모는 곧이어 정색했다.

"집에 무슨 일이 있는 건 아니겠지?"

"아냐. 아무 일 없어."

"그럼 다행이고. 가방 챙겨. 바래다줄게. 12시 넘었다."

승모의 은색 승용차는 방송국을 빠져나와 불과 10여 분을 달려 어느 다가구주택 앞에 멈춰 섰다. 차가 막히는 일이 없는 밤 시간대라 평소보다 5분 정도 빨랐다. 은수는 이 다가구주택의 제일 꼭대기 층인 3층의, 옥탑방처럼 보이는 곳에 거주하고 있었다. 3년 전만 해도 서울의 다른 곳에서 부모님과 함께 살았었지만 어머니의 건강 문제로 부모님 모두 시골로 거처를 옮기는 바람에 그녀 혼자 남게 된 것이었다.

"잠깐 얘기 좀 할 수 있어?"

안전벨트를 푸는 은수를 보며 승모가 말했다.

"자기, 언제쯤 나를 받아줄 거야?"

승모의 이어진 물음에 은수의 눈은 의아한 빛을 띠었다.

"내가 바빠서 생각만큼 은수 씨한테 잘해주진 못하지만 그래도 한다고 하는데, 왜 우린 더 가까워지지 못하는 거지?"

"난 많이 가까워졌다고 생각하는데…… 꼭 자야 가까워지는 건가?"

분위기가 무거워지지 않게, 은수는 가벼운 말투로 대응했다.

"꼭 그런 말이 아닌 거 알잖아. 자긴 뭐랄까, 비밀이 많은 사람 같아. 자기가 의도적으로 뭘 숨긴다는 건 아닌데……. 그렇다고 아주 솔직하다는 느낌도 아니거든."

"그럼 승모 씬 나한테 숨기는 거 하나도 없어?"

"없어. 뭐든 물어봐."

"나도 비밀 없어. 그런데도 내가 솔직하지 못하다고 승모 씨가 생각한다면 그건 아마……."

"아마 뭐?"

"타고난 내 수줍음 때문일 거야."

은수는 정말로 수줍은 미소를 띠었다. 그 미소에 승모 역시 절로 입가에 웃음을 머금었다. 은수는 정말 외모만 놓고 보면 천상 여자인데 의외로 선머슴 같은 데도 있고, 또 그렇게 선머슴 같은 가 보다 하면 또 어느 순간에는 너무나 연약해서 유리처럼 깨지기 쉬운 예민한 소녀처럼 변해 있었다. 이렇게 다양한 모습이야말로 어쩌면 그녀가 갖고 있는 수줍음의 변주라 생각되니, 승모는 갑자기 그녀를 향한 억제할 수 없는 욕정을 느꼈다. 당장에라도 그녀를 품고 머리부터 발끝까지 하나도 놓치지 않고 혀로 핥고, 만지며, 그녀의 수줍음까지도 온전히 제 것으로 만들고 싶었다.

"은수 씨, 내 여자 해라."

"응?"

은수는 눈을 동그랗게 뜨고는 곧 웃음을 터뜨렸다.

"그게 그렇게 웃겨?"

"같이 자자 이거지?"

은수가 놀리듯 되물었다.

"반만 맞아. 몸도 마음도 내 여자. 이거 남자로서 뿌듯한 거거든. 암튼 난 기다릴 용의 있으니까 합방 날 좀 잡아주세요."

"알았어. 조금만 더 지켜보다 믿을 만하면."

"지금까지 안 지켜보고 뭐했어? 설마 1년 뒤로 잡는 건 아니겠지?"

"그렇게 오래 기다리게 하진 않을게."

"오케이. 승은 입기 참 힘드네."

승모의 농담에 은수가 다시 웃음을 터뜨렸지만 승모는 오히려 정색하며 그녀를 향해 천천히 몸을 기울였다. 그것이 무슨 의미인 줄 아는 은수는 살포시 눈을 감았다.

두 사람의 입술이 포개졌다. 키스 중에 승모의 손이 슬며시 내려와 은수의 코트 단추 두 개를 열고는, 코트 안에 입은 스웨터 밑으로 해서 그녀의 맨살을 더듬어 올랐다. 두 사람은 아직 깊은 관계까지 가지는 못했지만 어느 선까지의 애무는 진전이 돼, 은수는 제 젖가슴까지는 그에게 허락을 하고 있었다. 물론 그것도 최근이며 아직 두 번의 경험이 다였지만 지금 굳이 은수가 승모를 거부할 이유는 전혀 없었다.

그런데 승모의 손이 은수의 브래지어 밑을 파고들어 젖가슴에 채 닿기도 전에, 갑자기 그녀는 짧고 발작적인 몸부림을 보였다. 그것은 마치 제 몸에 닿은 무엇을 더러운 이물질로 느껴 세차게 밀쳐내 버리는 것과 같은 반응이었다. 그럼에도 정작 은수는 그것을 —제 발작적인 몸부림을— 선명히 의식하지 못했다. 그녀의 의식은 다만, 방금 그녀의 코트 단추를 풀던 승모와 그보다 전인 저녁시간의 구리에서, 역시나 그녀의 코트 단추를 풀었던 무형의 모습을 오버랩 시키고, 또 그것을 방송국 회의실에서 꾸었던 꿈으로, 악몽으로 그녀를 이끌었을 뿐이다.

악몽은 낙뢰(落雷)의 순간처럼 떠올랐다. 그것은 또한 커다랗고 위협적인 검은손의 다름 아니었다.

승모는 은수의 반응에 당황해 키스를 멈추고, 동시에 그녀의 몸에서도 손을 뺐다. 은수의 수줍어하는 반응에는 그도 익숙해, 지금 그녀의 반응이 그것이 아니라는 것도 금세 알았다. 수줍음의 몸짓이 아니라 분명한 거부의 몸짓이었다.

"미안해……. 승모 씨."

은수는 그렇게밖에는 말할 수 없었다.

"아냐. 피곤했나 봐, 자기."

승모는 부드럽게 말했지만 억지로 짓는 미소에 묻어난 씁쓸함까지 감추지는 못했다.

집으로 들어온 은수는 두통약부터 찾아 먹었다. 머리가 깨질 것 같은 두통이었다. 악몽을 꾸고 난 후는 항상 그랬다.

은수는 언제부터인지 기억이 나지 않을 정도로 오래전부터 늘 같은 내용의 악몽을 꾸어왔다. 아니, 같은 '그림'의 악몽이라고 해야 맞겠다. 설명하기 곤란할 정도의 단편적인 이미지의 편린들만 어지럽게 펼쳐져, 도무지 전체 그림이 맞춰지지 않는 기이하고 무질서한 꿈이었기 때문이다. 타일 바닥을 급히 지나는 운동화의 발들, 연한 잿빛 연기와 검은 창살, 공중에 흩어지는 유리 파편들, 타일을 적시는 검붉은 피, 그리고 언제나 마지막을 장식하는 크고 검은 남자의 손, 그러나 무엇보다 괴로운 것은 꿈을 꾸는 동안 온몸으로 느껴지는 통증이었는데 그 통증의 정체를 은수는 알 수가 없었다. 맞아서 생기는 통증 같기도 하고, 무엇인가에 짓눌렸을 때 느끼는 답답함인 듯도 했다. 그리고 꿈에서 깨어났을 때는 항상 심한 두통과 함께 불가해한 서러움에 사로잡히기도 해, 보통은 하염없이 울기 일쑤였다.

오래전부터 너무 자주 꾸어서 제 몸의 일부처럼 돼 버린 악몽도, 그러나 시간이 지남에 점차 횟수가 줄어 은수의 무의식과 기억에서도 서서히 희미해져갔었다. 오늘 방송국 회의실에서 불현듯 나타나기까지 거의 2년이 걸렸으니 말이다. 때문에, 어쩌면 영영 사라졌다 싶은 악몽이었건만, 그것이 2년 만에 다시 떠오를 줄이야. 그것도 최무형과 함께 말이다.

단순한 우연일까. 우연이라면 어째서 무형의 손을 낯익다 느꼈을까. 그의 손을 보며 느꼈던 거부감, 폭력, 공포, 그것들은 모두 2년 만에 환기된 은수의 악몽에 고스란히 녹아 있었다. '하지만 왜'라고 은수는 자문했다. 최무형은 과거에 만나본 적도 없는 사람인데 왜 그의 커다란 손이 오래전부터 반복되는 자신의 악몽에 나타나는 것인지, 그녀는 도무지 헤아릴 길이 없었다. 정말 그저 우연일까, 악몽 속에 나타나는 남자의 손이 그저 최무형의 손과 닮은 것뿐, 아무 관련도 없는 것일까.

은수는, 그러나 곧 아무것도 생각할 수가 없었다. 두통이 너무 심했기 때문이다.

다음 날 무형은 정확히 밤 9시 25분에, 방송국 주차장에 그의 애마를 파킹했다. 그는 청바지에, 블랙 터틀넥 니트 위로 회색 트위드 재킷을 입은 모습으로, 사전에 은수와 연락을 주고받았는지 바로 구내 커피숍으로 향했다.

무형이 커피숍에 들어섰을 때 그곳의 한 테이블에는 유라가 어떤 여자와 함께 커피를 앞에 두고 있었다. 유라는 무형이 나타나자 무척 놀라는 표정이었지만 반대로 무형은 마치 그녀를 생전에 한 번도 본 적이 없는 사람인 양 전혀 아무런 감정의 동요도, 행동의 어색함도 없는 모습으로 빈자리를 찾아 앉았다. 그의 그런 모습만 두고 봤을 때는, 그가 유라를 보지 못했다고 판단하는 것이 상식적일 터. 그러나 불행히도 그가 유라를 봤다는 것을, 다른 누구보다 유라 자신이 잘 알았다.

유라와 마주앉은 여자가 '최무형 선수네. 맞지?' 하고 묻는 순간에 은수가 거의 뛰는 걸음으로 커피숍 안에 모습을 보였다. 은수는 무형을 발견함과 동시에 제 시야에 유라까지 끼어드는 바람에 잠시 당황했지만 이내 침착하게 무형 앞으로 다가섰다.

"아메리카노요?"

은수는 무형에게 대뜸 그렇게 묻고는 그가 고개를 끄덕이자 바로 카운터로 움직였다. 은수는 카운터에서 주문하고, 주문한 것을 받아오는 동안 내내 유라의 눈길을 느꼈지만 애써 의식하지 않으려 했다. 유라는, 함께 한 여자가 '가자' 하는 것도 마다하고 이제는 혼자 남아 있었다.

"조금 늦었습니다. 배가 고파서 도저히 그냥 올 수가 없어서요. 후다닥 먹는다고 먹었는데 양치질까지 하고 오느라……."

은수는 아메리카노 한 잔을 무형 앞에 놔주며 짐짓 수다스럽게 입을 열었다. 그것은 그대로 유라의 귀에도 들렸는데, 그 두 테이블의 간격은 목소리가 약간만 커도 무슨 말을 나누는지 다 알 수 있을 정도였다.

"그러다 또 체하시려구요?"

무형은 그 특유의 느릿한 어조로 은수의 말을 받았다.

"아, 뭐……. 팔자려니 해야죠. 자, 그럼 시작할까요?"

그렇게 두 사람은 인터뷰 형식의 대화를 시작했다. 그것은 누가 들어도 두 사람이 일로 만났다는 것에 의심의 여지는 없어 보였다. 그럼에도 유라는 시종 굳은 얼굴로 꼼짝도 않고 앉아 40분을 버텼다.

승모가 나타난 것은 그로부터 3분이 지난 후였다. 승모는 은수만 눈으로 확인하며 커피숍 안으로 들어오다 무심히 유라를 지나쳤는데, 지나치는 순간에 또한 바로 고개를 돌린 그는 유라와 잠깐 눈을 마주쳤다가 즉각 외면해 버렸다. 그것은 누가 봐도, 어지간히 둔하지 않는 한 눈치챌 수밖에 없는 부자연스러운 행동이었다. 그러니 유라가 모를 리 없었다. 승모와의 그 잠깐의 마주침에서, 그의 눈빛에 드러난 숨길 수 없는, 아니 숨겨지지 않는 '어떤 것'을 말이다. 그 '어떤 것'은 바로 경멸이었다. 승모가 무형의 테이블에 합석까지 했으니 더욱이 분명했다. 승모는 유라와 무형의 관계를 알고 있다. 그것도 '정확히' 알고 있다. 그런 생각 끝에 유라는 진한 수치심을 느꼈다.

"끝나가?"

은수 곁에 앉은 승모는 딱히 누구에게랄 것도 없는 질문을 던졌다.

"응. 끝났어."

은수가 노트를 보며 대답했다. 그 사이 승모는 은수 앞에 놓인 커피 잔을 들어 남은 커피를 홀짝 마셨다.

"위도 안 좋으면서 아메리카노 좀 그만 먹어라. 라떼나 캐러멜, 뭐 그런 거 먹어."

"너무 달아."

"다이어트하는 것도 아니고……. 그 정도면 살 안 빼도 되거든."

그렇게 말하며 은수를 위아래로 훑던 승모는 그 눈길을 그대로 무형에게 옮긴다.

"너 때문에 우리 자기, 고생 많이 했다."

"피차일반이야."

"서로 주고받은 건가?"

승모가 무형과 말하는 동안 은수는 자리에서 일어나고 있었다. 그녀는 '먼저 간다'며 두 사람에게 인사를 하고는 지체 없이 돌아섰다.

"촬영은 오전 일찍부터 시작할 거야."

커피숍을 나가는 은수의 뒷모습을 잠시 보던 승모가 입을 열었다.

"하루면 되냐?"

"밤까지 찍으면 될 수도 있지만, 그날 너 시범경기잖아. 시범경기도 촬영하긴 할 거지만 시간상 어찌 될지 몰라서 혹 분량이 모자라다 싶으면 반나절 더. 방영은 개막일에 맞춰 나갈 거고…….

승모는 하던 말을 잠시 멈췄다. 그제야 자리에서 일어나는 유라의 움직임을 의식했기 때문이다. 그는 유라가 커피숍을 완전히 나갈 때까지는 입을 열지 않았다.

"여자들 좀 작작 죽여라. 난 임유라, 쟤도 불안하다."

마침내 입을 연 승모의 얼굴에는 방금 커피숍을 나간 여자에 대한 숨길 수 없는 멸시가 드러나 있었다.

무형과 승모는 나란히 주차장으로 나왔다.

"여자랑 자려면 어떻게 해야 하나?"

앞뒤 연결도 없이, 승모는 갑자기 물었다. 담배에 불을 붙이고 나서였다. 무형은 대답 대신 시큰둥한 얼굴로 의미 없는 눈짓만을 해보였다.

"은수가 너랑 처음 만나고 온 날, 그 얘기하면서 엄청 씩씩댔거든. 갑자기 그 생각이 나서······."

승모는 말끝에 웃음소리를 냈다.

"근데 나 아직 그 여자랑은 못 잤다. 자는 건 고사하고······ 어제도 황당했다니까."

"어제?"

"어젯밤 늦게 집에 바래다주고 스킨십 좀 하려고 했는데 이 여자, 자기 남친을 무슨 치한 보듯 하는 거야. 진짜 어젯밤엔 '이 여자가 날 좋아하긴 하는 거야'라는 생각이 들더라니까. 첫눈에 필이 딱 꽂힌 여잔데······. 내 여자 만드는 게 왜 이렇게 힘든지······."

무형은 말없이 듣고만 있었다.

"얼굴 알고 지낸 지 자그마치 1년이야, 1년. 그중에 반은 뭐, 나 혼자 짝사랑이구, 사귀는 건지 마는 건지 싶은 3개월에, 이제야 확실하게 사귀는구나가 나머지 3개월로 접어들어 지금까지다. 왜 진즉 너한테 말도 못 했는지 알겠지? 그동안은 내 여친인지 아닌지 나도 긴가민가했으니 말 다했지. 같이 침대로 한 번 가려면 또 3개월을 기다려야 하나 싶어 하늘이 노랗다, 정말. 나름 잘해 준다고 하는데······. 방법이 없을까? 단번에 무장해제 시킬 방법."

"난 연애 안 해. 섹스만 해."

범상치 않은 외관의 애마 앞에서 걸음을 멈춘 무형이 툭 던지듯 대답했다.

"다른가? 연애랑 섹스, 무장해제 시키는 방법이?"

"한쪽 경험밖에 없어서 차이는 모른다."

그 말을 끝으로 무형은 차에 올라 곧장 방송국을 떠났다. 무형의 차가 있던 자리에, 승모는 물고 있던 담배를 툭 뱉어냈다. 이어 그것을 발로 밟아 끈 것과 동시에 타격 자세를 취하고 바로 스윙을 하는 그의 동작은 야구를 전혀 해본 적 없는 사람이 흉내만 내는 그것 이상이었다.

3.
난 연애 안 해. 섹스만 해

토요일 아침, 은수는 9시 조금 넘어 눈을 떴지만 바로 일어나지 않고, 이불 안을 채우고 있는 따뜻하고 포근한 온기를 좀 더 만끽하고 있었다. 오늘 오리온 팀과의 약속이 있기는 했지만 급히 서두를 필요는 없어, 바삐 지나왔던 지난 며칠간에 대한 보상이기라도 하듯 그녀는 한껏 게으름을 부렸다.

그렇게 15분을 꾸물거린 후에야 일어나, 언제나 그렇듯 거품 많은 카푸치노로 하루를 시작하기 위해, 주방의 가스레인지 위에 물부터 올려놓고 이어 1회용 카푸치노 봉지를 터서 머그컵에 부었다. 핸드폰 벨소리가 난 것은 그때였다. 은수는 다시 침실로 가 핸드폰을 집어 들었다. '주 피디'라 떠 있다.

"응. 승모 씨……."

은수는 통화를 하면서 다시 주방으로 나왔다. 물은 아직 끓고 있지 않았다. 승모는, 오늘이 프로야구 시범 경기가 있는 날이고 최무형도 시범경기에 나오며, 촬영 첫날이기도 하다는 설명을 장황하게 늘어놓았다. 의식하고 있지는 않았지만 은수도 다 아는 내용들이었다. 원고는 어제 아침에 넘겼고, 승모와 조 피디의 검토를 거쳐 이미 오케이도 됐었다.

"승모 씨, 경기 보러 가려구?"

은수는 혹시 같이 가자고 할까 봐 내심 걱정을 하면서도 딱히 되물을 말이 없어서 그렇게 물었더니, 승모는 시범경기도 촬영 스케줄에 들어가니 겸사겸사 가본다는 것이고, 역시나 불길한 예상대로 시범경기에 '같이 가자' 했다.

"나 오리온 가야 해."

오리온에 가야 할 일이 있는 것이 얼마나 다행인지, 하며 은수가 내심 안도할 새도 없이 오리온의 일을 뒤로 미루라는 승모의 목소리가 들려왔다. 그는 순순히 물러설 생각이 없는지, 모처럼 시간이 났는데 '이럴 때 데이트 안 하면 언제 하느냐'를 시작으로 다시 한 번 장황한 하소연에, 보태어 섭섭한 감정까지 은근히 내비쳤다.

승모의 직업상 그가 시간을 내기 어렵다는 것이 단지 핑계가 아님을 은수도 물론 잘 알고 있었다. 그러나 최무형도 싫고, 야구는 더 싫은데, 그 두 개를 한꺼번에 봐야 하는 끔찍한 상황 앞에서 승모의 하소연과 섭섭함 따위는 그녀의 아량 안에 포함되지 못했다. 은수는 단호히 거절했다. 가스레인지 위의 주전자 물은 어느덧 맹렬히 끓고 있었다.

은수는 11시에 외주제작사인 오리온 기획에 들러 일을 본 후, 오후 2시 넘어 일행과 함께 점심을 위해 오리온 부근의 부대찌개 전문음식점으로 움직였다. 일행은 오리온의 이 피디와 촬영 팀 두 명, 스크립터 한 명에 은수까지 다섯이었다. 은수 일행이 들어온 부대찌개 전문점은 점심시간을 이미 넘긴 터라 한가로운 풍경에, 주인으로 보이는 나이든 남자는 TV에 눈을 대고 있었다. TV에서는 프로야구 시범경기를 중계 중이었는데 경기 중인 선수들의 유니폼이 은수의 눈에 낯익었다.

부대찌개 5인분을 주문하고 기다리는 동안 이 피디와 촬영 팀의 남자 두 명은 야구를 보느라 TV에 눈들이 쏠려 있었다. ―이십대의 여자인 스크립터는 은수처럼 야구에 전혀 관심이 없는지 핸드폰만 들여다보고 있었다― 이 피디는 사십대 초반의 여자로, 배트가 공을 맞히는 순간에 바로 '안타'라고 소리치는 것만 봐도 열혈 야구팬이 틀림없었다. 그러는 사이 주문한 부대찌개가 나왔다.

"최무형이 나왔다."

2회 초가 시작하자 이 피디가 젓가락으로 TV를 가리키며 반갑게 말했다. 은수의 눈도 TV로 향했다. 당연한 일이지만 은수가 무형의 경기 모습을 보는 것은 처음이었다. TV는 마침 무형의 얼굴을 화면 가득 비추고 있어, 은수는 그의 얼굴을 물끄러미 쳐다보았다. 무형의 얼굴은 생김새보다는 그의 독특한 분위기가 묻어나는 전체적인 인상 때문에라도 한 번 보면 절대 잊히지 않을 그것이었는데, 날카로운 눈빛에 반해 그 나머지는 무심하달까, 아니면 권태롭다 할까, 도무지 속을 알 수 없는 인상이어서 이런 사람도 희로애락을 느낄까, 하는 생각을 했었다.

무형은 와인드업에 들어가고 있었다. 이어 다리를 들어 올리는 리프트 업에 이어 공을 던지는 전형적인 우완 오버핸드스로로 투구했다.

"팔이 길어서 투구 동작이 시원시원하고 멋지단 말이야."

이 피디가 밥그릇을 손에 들고 먹으면서 혼잣말처럼 중얼거렸다.

"손도 크지만 특히 손가락이 길어서 아마 국내에선 유일하게 포크볼을 제대로 던질 줄 알걸요?"

촬영감독이 이 피디의 말을 받았다.

"방금 던진 게 포크볼이에요?"

촬영 보조가 끼어들었다.

"그건 직구고, 이 동태 눈깔아."

"포크볼은 주자가 나가 있을 때 실점 위기에서 주로 던지지."

이 피디가 촬영 보조를 보며 설명했다.

"그게 결정구라서 말이야. 타자 앞에서 뚝 떨어지기 땜시 웬만한 거시기들은 손도 못 대거든."

촬영감독이 설명을 보탰지만 옆에서 듣고 있는 은수는 그들이 무슨 소리를 하는지 통 알아먹을 수가 없었다.

"변화구 잘 던지나 봐요? 맞다, 변화구는 진승헌 선수가 짱이라던데."

"이 등신은 일부러 그러는 거야, 아님 진짜 모르는 거야? 최무형인 오버핸드스로구 진승헌은 언더핸드인데 같냐? 같애? 구속부터 다른데."

촬영감독이 보조에게 면박을 주었다.

"전 야구는 모르지만 최무형인 좋아요. 매력 있어요. 그쵸? 이 피디님."

스크립터인 이십대 여성이 끼어들었다.

"야구에 재미 붙여봐라. 최무형이 더 멋있다. 내가 10년만 젊었어도 최무형이 보쌈했을겨."

이 피디의 말에 다들 폭소를 터뜨렸다.

"내 진심 걱정돼서 하는 말인데, 여자분들은 최무형이 조심들 하는 게 좋아요."

촬영감독이 이어 뭘 아는 척하는 얼굴로 짐짓 목소리를 깔았다.

"저도 들었어요. 위험한 남자라면서요? 근데 뭐, 최무형이랑 만날 일이 있어야 조심을 해도 하죠?"

스크립터가 킥킥대며 대수롭지 않게 응수했다.

"근데 지민경이 진짜 최무형 땜에 죽었나? 사귄 지 2년이나 지나 자살한 건데 이제 와서 최무형이랑 엮는 건 좀 아니지 않나?"

이 피디가 열심히 먹으며 고개를 갸웃했다

"어쨌거나 지민경인 빙산의 일각이고요, 내 후배가 최무형이랑 대학 동기잖아요. 걔가 그러는데 그 대학에서 무슨 퀸인가 뭔가에 뽑힌 여자애가 최무형이랑 사귀다, 걔 아주 병신 됐답니다. 정신병원에서 머리 풀고 완전 헬렐레, 뭐 이 정도?"

"엥? 최무형이가 무슨 짓을 했길래?"

"그거야 모르죠. 지민경처럼 자살한 애도 하나 있대요. 근데 이런 대형사고 말고도, 접촉사고에, 하룻밤 만리장성, 원나잇 서 있음 등등 다 합치면 여자들 한 트럭은 나온답니다. 것두 5톤 트럭으로."

"에라이, 무슨 물개 자지도 아니고……."

바로 뒤이은 이 피디의 말에 촬영감독이 입에 든 음식을 뿜었다.

"아, 드러워, 진짜."

이 피디가 질색하며 투덜댔지만 스크립터는 돌아앉아 배를 쥐고 상체를 깊숙이 숙인 채 어깨를 들썩였고, 촬영 보조는 입에 든 음식물 때문에 웃음을 참느라 눈물까지 글썽이고 있었다.

"말 한마디로 초토화시키시네?"

촬영감독이 물을 마셔 입안을 헹구며 말했다.

"그니까 개구라도 좀 적당히 치쇼. 부러우면 걍 부럽다 그러지, 찌질한 질투를 고딴 개막장 스토리텔링으로 실드 쳐?"

"좀 과장이야 됐지만 완전 구라는 아녜요, 글쎄."

"원나잇 서 있음은 또 무슨 국적불명의 언어 지랄이야?"

"근데 물개 거시기 보단 조개 킬러가 귀엽지 않아요?"

촬영감독과 이 피디의 퉁명스러운 설전에 스크립터와 촬영 보조는 끝내 방바닥을 뒹굴었지만 은수는 웃는 기색조차 없이 도리어 입맛이 떨어진 얼굴로 수저를 놓았다. 이들의 수다를 듣고 있자니 현기증이 날 지경이었다. 시간이 지날수록 최무형의 여자들은 늘어만 가는구나, 그런 생각을 하던 은수는 다시 TV로 눈을 돌렸다. TV는 마침 더그아웃에 앉아 있는 무형을 보여주고 있었다. 그는 물을 마시던 중으로, 2리터 생수병을 한 손에 들고 있었는데 웬만한 사람들이 500밀리리터 병을 든 것 같을 정도로 역시나 무형의 손은 컸다. 은수는 다시 소름이 돋았다.

은수가 오리온의 일을 마치고 집에 들어왔을 때는 밤 9시였다. 그런데 11시가 넘어가는 중에 승모로부터 다시 전화가 왔다. 그는 다짜고짜 나오라 했다. 늦은 시각에, 이유도 설명해주지 않고 무작정 나오라니, 은수는 기분이 좀 나빴지만 오전에 야구장 가자는 그의 부탁도 거절했던 터라 재차 거절하기에는 미안했다. 다행히 그가 나오라는 곳이 그리 멀지 않은 거리라 은수는 서둘러 준비하고 나와 택시를 잡아탔다. 택시에서 내리니, 승모가 말한 일식집의 간판이 걸린 빌딩이 바로 보였다.

일식집에서 은수는 여직원의 안내를 받아 방문이 일렬로 늘어선 복도를 지났다. 복도 제일 끝에서 두 번째 문 앞에 걸음을 멈춘 직원이 그 문에 대고 단순히 형식적인 노크를 해보인 후 문을 열며 은수에게 들어가라 했다. 은수는 무심코 방으로 들어섰다. 그리고 동시에 몸을 짧게 떨며 뒤로 휘청했다. 입으로 숨을 급히 들이켜는 것 같은 묘한 소리도 함께였다. 방 안에 당연히 있을 것이라 생각했던 승모 대신 무형 혼자 앉아 있는 모습에, 은수가 그만 기겁을 한 것이었다.

"화장실에 갔습니다."

은수의 놀라는 모습이 딱했는지, 무형은 인사말도 하기 전에 승모의 거취부터 일러주었다. 증명하듯 무형의 맞은편으로 사람의 흔적이 있었다. 마시다 만 술잔과 수저, 그리고 무엇보다 담배와 재떨이가 그랬다. 은수는 자신의 놀란 모양새가 얼마나 우스운 꼴이었을지를 상상하며, 창피한 것에 보태어 이런 자리에 불러낸 승모를 내심 원망했다. 그렇다고 그냥 나가 버릴 수도 없고 해서 은수는 무형을 외면한 채로 슬그머니 자리에 앉았다. 그 사이 무형은 청주로 보이는 술을 한 잔 비웠다.

"옷 벗어요."

"네?"

은수는 휘둥그렇게 된 눈을 무형에게 향했다. 아까만큼은 아니지만 또 놀란 표정이었다.

"다 벗으라는 얘기가 아닙니다. 외투 벗으라구요, 금방 더워질 테니."

"아……."

은수는 자신의 아래로 뜨끈한 방바닥을 느낄 수 있었다. 실내 온도도 꽤 높았다. 그 때문이었을까, 은수의 하얀 얼굴은 더욱 쉽게 달아올랐다. 그리고 또 그것을 무형은 구경하듯 빤히 바라보았다.

"근데요, 최무형 씨……."

은수는 화가 난 얼굴로 입을 열었다.

"왜 사람을 항상 그렇게 뚫어지게 쳐다봐요? 시선 둘 곳이 그렇게 없어요? 실은 너무 불편하거든요. 아니, 불쾌하거든요."

그렇게 말하는 순간에도 은수의 눈은 무형이 아닌, 자신의 발을 향해 있었다.

"고개 들어요."

은수의 항의에 대한 무형의 답은 그랬다. 은수는 잠시 머뭇거리기는 했으나 이윽고 천천히 고개를 들어 무형을 똑바로 향했다.

"좋군요. 그렇게 나를 보고 다시 말해봐요."

그는 마치 어린아이 달래듯 말하고 있었다. 그런 그를 노려보며 은수는 아랫입술을 지그시 깨물었다. 이번에는 결코 그의 눈을 피하지 않으리라 다짐도 했다.

"그렇게 사람을 빤히 보는 최무형 씨의 시선, 처음엔 버릇이라고 생각했는데, 아닌 것 같아요. 나한테서 뭘 찾아내려는 것 같아요. 혹시 날 아세요?"

그녀의 똑 부러지는 공격에, 무형은 바로 답하지 않았다. 그저 여전한 눈으로 은수의 얼굴을 살피듯 보고 있을 뿐이었다. 은수도 지지 않고, 그런 무형을 똑바로 쳐다봤다.

"정말…… 기억을 못 하는군요."

무형이 마침내 입을 열었을 때 그의 입에서 나온 의미심장한 말은, 은수의 머리를 한 대 후려갈긴 것과 같은 충격을 그녀에게 안겨주었다.

"기억을 못 하는 건지, 못 하는 척을 하는 건지 처음엔 판단이 안 섰습니다. 여자들 얼굴은 좀 기묘해서……."

그때 문 열리는 소리가 나며 승모가 모습을 보이자 무형은 바로 입을 다물었다.

"어, 왔네?"

승모는 은수를 보자 빙그레 웃으며, 옆으로 앉자마자 그녀의 등을 토닥였다. 애정의 표시였지만 은수는 얼른 표정 정리가 되지 않아 그의 얼굴을 바로 보지 못했다. 다행인 것은 약간 취해 있는 승모가 그런 그녀의 상태를 예민하게 느끼지 못했다는 것이다.

"자기야, 정말 미안한데 운전 좀 해줄래? 방송국까지만. 나 그냥 방송국 가서 자려구."

은수의 어깨를 한 팔로 다정히 감싸 안은 승모는 짐짓 애교 섞은 목소리로 청했다.

"그것 때문에 부른 거야?"

은수는 별다른 감정을 싣지 않고 물었다.

"화났어?"

"아니. 알았어. 운전해 줄게. 지금 일어날 거야?"

"조금만 더 있다가."

승모는 은수 앞에 빈 잔을 내밀었다. 비었으니 술을 채워달라는 의미다.

"대리운전 아가씨도 구했겠다, 조금 더 마셔도 되잖아."

은수는 말없이 술을 따라주었다.

"오늘 촬영은 순조롭게 잘 끝났어. 편집 끝나서 오면 한번 확인해 봐."

"응."

승모가 한 잔 들이켜는 사이 은수는 무형을 바라봤다. 그는 마치 아무 일도 없었다는 듯 태연한 얼굴이었다.

얼마 후, 은수는 승모의 차를 운전해 방송국을 향하고 있었다. 그녀 옆으로는 물론 승모가 앉아 있었지만 술에 꽤 취한 탓인지 그는 ─머리가 복잡한 은수에게는 다행스럽게도─ 눈을 감고 조용했다.

은수는 무엇보다 무형이 했던 말들을 되짚었다. 조금 전 일식집에서 했던 말들뿐 아니라 그전에 했던 말들까지 모두 기억해 내느라 그녀는 필사적으로 집중했다. 특히 구리 구장에서 만났을 때 무형이 뭐라 했었지, 싫은 것에는 반드시 이유가 있다고 했다. 이어서 그는, 은수가 야구를 싫어하는 것도 야구에 대한 나쁜 기억 때문일 수 있다는 뉘앙스의 말을 던졌었다. 그러나 아무리 생각해도 은수의 기억 속에 야구에 관한 나쁜 기억은커녕 그 비슷한 것조차 없다. 그때 무형은 기억을 못 하는 것이 아니냐며 슬며시 웃음기까지 보였었다. 당시에는 그의 웃음이 은수, 자신의 착각일 수도 있다고 생각했지만 이제와 돌이켜보니 그는 정말 웃었을지도 모를 일이다.

무형이 알고 있는 것은 무엇인가, 분명 은수의 무언가를 알고 있는데 은수도 모르는 것을, 그녀 자신도 기억 못 하는 것을 그가 어떻게 알고 있을 수 있는가, 생각이 여기에까지 이르자 은수는 미칠 것 같았다. 무엇보다 무형의 어지러운 여자관계를 놓고 봤을 때는 아예 상상하기조차 끔찍했다.

가만, 낮에 오리온 팀을 만났을 때 촬영감독이 뭐라 했었지, 최무형과 사귀다 정신병원에 입원한 여자도 있다 했었던가. 순간 은수의 가슴에서 '쿵' 하는 소리가 났다. 그녀의 악몽 속에 나타난 그 커다란 남자의 손, 그것은 아무리 부정을 해도 분명 무형의 손과 닮아 있었다.

은수는 늪에 빠져드는 기분이었다. 퍼즐 조각을 맞추면 맞출수록 은수에게 불리해져만 가지 않은가. 은수는 자신의 무의식에, 기억 너머에 무엇이 도사리고 있는지 갑자기 두려워지기 시작했다. 아냐, 안 돼, 그럴 리 없어, 은수는 고개를 세차게 흔들다가 이내 소스라치며 급히 브레이크를 밟았다. 졸고 있던 승모도 제 몸이 앞으로 급작스럽게 쏠린 데에 놀라 화들짝 깨어났다.

은수가 운전하는 승모의 은색 차는 사거리 신호등에서 간신히 정지해 있었다. 깊은 밤이라 차들이 많지 않아 위험한 상황은 아니었다.

"술이 확 깨네."

승모는 어이없는 웃음을 머금었다.

"미안해……."

"괜찮아. 죽어도 자기랑 같이 죽음 억울하진 않을 것 같아."

"미안해. 승모 씨……."

은수는 반복적으로 뇌까리며 슬픈 기색마저 띠었다.

"뭐…… 야? 뭐 이런 걸로 그래? 자기, 운전할 기회가 많지 않아서 그럴 수 있는 거거든. 가끔씩 연습 삼아 내 차 좀 몰고 나가."

승모는 손을 뻗어 은수의 뒷덜미를 가볍게 어루만졌다. 신호가 바뀌자 은수는 곧장 갓길에 차를 세웠다. 승모가 의아해하는 얼굴로 '왜?' 하는 사이 안전벨트를 푼 은수는 곧장 그에게 달려들어 그의 머리를 움켜잡고 입술을 덮쳤다.

"이야, 살다 보니 이런 날도 오긴 오는구나."

은수의 입술이 떨어진 후 승모가 말했다. 그는 짐짓 황홀한 눈빛을 하고 있었다.

"한 번만 더 해주라."

말은 그렇게 하면서 이번에는 승모가 은수를 덮치듯 껴안고는 미친 듯이 키스를 퍼부었다. 그녀의 입술과 뺨, 이마, 그리고 목덜미에 이어 다시 입술로 돌아오며 그의 두 손 또한 그녀의 몸을 바삐 더듬었다.

"오늘…… 자기 좀 가지면 안 될까?"

도저히 못 참겠다는 듯 승모가 물었다.

"생리 중이라……."

은수는 특유의 수줍은 얼굴로, 이어 '미안'이라고 덧붙였다.

"맙소사, 건드려만 놓고……."

승모는 고개를 뒤로 젖히며 진심으로 미치기 일보직전의 표정을 지었다. 은수는 다시 시동을 걸었다. 그녀의 안색은 다시 어두워가고 있었다. 무형으로 인해 가라앉은 기분은 좀처럼 회복되지 않아, 생리만 아니었다면 그녀는 정말 자신을 내던지는 기분으로 승모와 잠자리를 가졌을지도 몰랐다.

늦은 시각, 시내 중심가 아파트 단지 안으로 택시가 한 대 섰다. 택시에서 내린 사람은 무형이었다. 그는 3동의 경비와 인사를 주고받으며 승강기를 향했다. 전에 유라와 함께 왔던 바로 그 아파트다. 무형은 아파트와 함께 그의 부모가 사는 본가를 번갈아 돌며 지내는데 물론 아파트에서 지내는 날이 훨씬 많으며, 시즌 중이라면 원정지 숙소가 더해진다.

무형은 승강기 안에서 몸을 뒤로 기대었다. 피곤이 진하게 몰려왔다. 오늘 하루 동안 촬영에, 시범경기에, 승모와 술자리까지

해서, 몸은 물을 잔뜩 먹은 스펀지처럼 무거웠다. 그는 너무 피곤해서 아무것도 생각할 수 없던 중에, 어쩌면 그의 의지와 아무 상관도 없이 불쑥 은수의 얼굴을 떠올렸다. 그가 과거의 기억에 관해 말하자 그녀의 얼굴에 드러난 표정이 너무도 절묘해서, 그것이 절로 그의 뇌리에 깊이 박힌 탓이었다.

무형은, 은수가 예쁘다고 생각해본 적은 없지만 그녀의 변화무쌍한 얼굴에는 흥미를 느꼈다. 특히나 맨얼굴에 더욱 선명하게 드러나는 그녀의 풍부한 표정과 머리를 대충 뒤로 빗어 넘긴 아래로 소박하게 두드러져 보이는 그녀의 특징적인 이마는 평범한 듯 오히려 비범해, 볼 때마다 다양한 인상을 남겼다.

승강기에서 내린 무형은 아파트의 비밀번호를 누르고 문을 열었다. 아파트 안은 이미 은은한 스탠드 조명이 거실을 비추고 있어, 그 조명만으로도 굳이 현관 앞에 가지런히 놓인 여자 구두를 볼 필요도 없이, 유라가 먼저 와 있다는 것을 바로 알 수 있었다. 무형은 재킷을 벗어던진 것과 동시에 소파에 털썩 주저앉았다. 거의 동시에 침실 문이 열리며, 두터운 실내용 가운 차림의 유라가 모습을 드러냈다.

"이제 별짓을 다 하는군."

무형은 그녀 쪽으로 눈도 돌리지 않은 채 말했다. 그는 유라에게 아파트의 비밀번호를 말해준 적이 없다. ―그는 어떤 여자에게도 그것을 알려주지 않는다― 그러나 함께 아파트에 올 때마다 무형이 비밀번호를 누르는 것을 훔쳐보며 외우는 거야 어렵지 않을 테니, 유라가 어떻게 들어왔는지는 새삼 궁금할 것도 없었다. 다만, 여자의 그런 식의 방문은 무형에게, 이제 그 여자와 끝낼 때가 됐다고 하는 신호로 받아들여지고 있을 뿐이었다.

"너무 그러지 마. 자기, 들어올지 말지 알 수도 없는데 기다린 거니까. 아무에게도 들키지 않고 잘 들어왔으니까 걱정 마."

"돌아가."

"지금이 몇 신데? 나도 두 시간 전쯤에 왔다구."

무형은 입을 다물고 소파 등받이 위로 고개를 젖혔다. 피곤한 몸으로 이 여자와 실랑이까지 할 생각을 하니 시작도 전에 백기 들고 싶은 심정이었다.

"시범경기 스포츠 채널에서 봤어. 역시 자긴 공 던질 때 제일 멋있어."

어느새 주방으로 간 유라가 거실을 향해 큰소리로 말하고 있었다. 냉장고에서 우유를 꺼내던 중이었다.

"무슨 프로 촬영하는 거, 미리 말해주지 그랬어. 난 괜히 오해할 뻔했잖아. 자기, 뭐 마실래? 커피 줄까?"

무형의 대답이 없자 유라는 우유를 한 모금 마시다 말고 다시 거실로 나왔다. 무형은 소파에 여전한 모습으로 있었다.

"많이 피곤하구나?"

유라는 무형 앞으로 가까이 다가와, 눈을 감고 있는 그의 얼굴을 내려다보았다. 그제야 무형은 눈을 떴다. 유라는 기다렸다는 듯 제 몸의 가운에서 끈을 풀었다. 가운 안에 아무것도 입고 있지 않은 그녀는 단번에 나신이 됐다. 여전히 흠잡을 데 없는 그녀의 몸이지만 무형의 눈길은 시큰둥하다 못해 지루함마저 엿보였다. 지금 그에게 유라의 벌거벗은 몸은 나무 막대기와 한가지였다.

"자긴 그냥 가만히 있어."

무형 앞으로 꿇어앉은 유라는 그의 바지 벨트를 잡고 풀었다. 그런 그녀의 손목은, 그러나 곧장 무형의 손에 잡히고 만다.

"돌아가. 그리고 다시 오지 마라."

무형은 조용히 말했다.

"무슨…… 말이야? 그게……."

유라는 정색했다. 불안한 눈빛을 감추지는 못한 채였다.

"말 그대로야. 여자가 제멋대로 하기 시작하면 싫증나. 너한테 싫증났어."

"말도 없이 여기 왔다고 그러는 거야? 기분 나빴다면 미안해. 하지만 겨우 이런 걸로 헤어지잔 것은 너무하잖아."

"그게 아니어도 너한테 싫증났어. 이젠 네 몸을 봐도 아무 생각이 안 든다. 피차 시간 낭비니까 다른 놈 알아봐."

"무형 씨, 지금…… 그거 진심이야?"

유라는 믿을 수 없다는 듯 무형의 얼굴을 살폈다. 웬만해서는 얼굴에 감정이 드러나지 않는 무형인 것을 잘 알면서도, 그런 그를 상대로 뭔가를 찾겠다고 그녀는 필사적이었다. 그의 말버릇이야 상대의 감정 따위는 전혀 고려 대상이 아니니 그가 말한 내용이 어떻든 중요한 것은 그의 진심이었다. 무형은 유라 앞으로 몸을 기울였다.

"내가 했던 말 잊지 않았겠지? 너한테 원하는 건 섹스뿐이라고."

유라는 물론 기억하고 있었다. 그녀는 진즉부터 최무형의 팬으로 그를 좋아했고, 먼저 유혹했으며 그와의 지속적인 만남을 원했다. 그런 그녀에게 무형은 '너와 만나긴 하되 그 이상은 바라지 마라'며 처음부터 못 박았었다. 당시 무형에게는 여자가 있었고, 그 관계 역시 섹스 외에는 아무것도 없는 그것이기에, 유라는 더욱 무형의 마음속으로 비집고 들어갈 틈이 있으리라 기대했었다. 유라를 향해 마음을 졸이는 남자들이 얼마나 많은가, 그런 그녀가 무형의 마음을 사로잡는 것까지는 몰라도 조금은 흔들어 놓을 수 있지 않을까, 그런 희망으로 여기까지 온 것이었다.

"조금도…… 날 사랑하지 않은 거야?"

유라가 물었다.

"그래."

"어떻게 그럴 수 있어? 그래도 반년인데. 만난 지 반년인데……."

"그래. 반년. 싫증나기엔 충분한 시간이지."

"지민경도 이렇게 버렸어?"

"난 아무도 버리지 않아. 피차 즐기고 헤어지길 바랄 뿐이야."

무형은 유라의 턱 밑에 손을 넣어, 손끝으로 그것을 잡았다.

"내가 충고했잖아. 사랑에 빠지지 말라고. 그런데도 네 멋대로 빠졌다면, 그건 네가 한 짓이니 스스로 책임져라."

"사람인데 어떻게 그래? 가슴을 가진 사람인데 어떻게 그게 마음대로 되냐구!"

유라는 거의 악을 썼다.

"큰소리 내지 마."

무형은 다시 피곤이 몰려오는 얼굴로 고개를 뒤로 젖혔다.

"나, 지민경에 대해 알아봤어. 최근까지도 그 여자, 무형 씨한테 연락한 모양이던데…… 맞지? 자기가 안 만나주니까 죽을 거라고 자기를 협박한 거 맞지? 자기가 안 만나주니까 자살한 거 맞 잖아. 그게 그 여자가 자살한 진짜 이유잖아."

유라는 계속 소리쳤다.

"몇 년 전에도 자기 땜에 죽은 여자 있다며? 정신병원에서 아 직도 살고 있는 여자도 있다며?"

순간 무형이 유라의 팔을 잡고 일어섰다. 그리고 유라가 놓으 라는 말을 미처 두 번도 하기 전에 현관문을 열고 그대로 밖으로 밀어버렸다. '쾅' 하고 문이 다시 닫히는 소리와 함께 무형은 잠금 장치에 있는 '클로즈(CLOSE)' 버튼을 당겼다. 그것을 당겨놓으면 밖에서는 비밀번호를 알아도 문을 열 수가 없다. 어처구니없게도 유라는 벌거벗은 몸인데 그는 전혀 개의치 않았다.

곧 현관문을 두드리는 소리가 났다. 그것도 센 소리도 아닌, 살살 두드리는 것이 확연하게 느껴질 정도의 소리였다. 너무 큰소 리를 내면 사람들이 나와 볼 수도 있다는 것을 유라가 염두에 두 지 않을 리 없을 테니 말이다. 무형은, 그러나 그 소리를 뒤로 한 채 침실로 들어가 태연히 옷을 벗고 샤워를 했다.

같은 시간 현관 밖에서 유라는 완전한 알몸으로 추위와 수치심 과 공포에 떨어야 했다. 새벽 2시가 넘었을 시간이니 그 시간에 사람들이 14층으로 올 일은 희박하지만, 얼굴도 제법 알려진 여 자가 벌거벗은 채 아파트 승강기 앞에 있는 것이 만약 알려지기라 도 한다면 사회적으로 매장되는 것은 시간문제다. 유라는 너무 무서워서 울음이 터져 나오려 했지만 입을 틀어막으며 죽을힘을 다해 참았다. 아무리 위급해도 이런 꼴로 정신을 놓을 수는 없었 다. 지금 큰소리가 날 경우 자칫 잘못하면 맞은편인 1408호에서 사람이 나올 가능성이 가장 높기 때문에 더욱 정신을 바짝 차려야 했다.

유라는 계속해서 조심스럽게 문을 두드렸다. 초인종도 울려봤다. 그러던 중 승강기 문자판에 불이 들어와 유라는 소스라쳤다. 승강기가 움직이고 있는 것이다. 승강기의 숫자판은 1에서부터 숫자가 계속 올라오고 있었다. 만약 13층이거나 15층이면 아무 소리도 내지 말아야 한다고 생각하며 유라는 숨을 죽였다. 만약 재수 없게도 14층에서 멈추면 계단을 뛰어오르거나 혹은 내려가야 했는데 다행히도 승강기는 9층에서 멈췄다. 유라는 다시 문을 두드렸다. 도대체 시간이 얼마나 흘렀는지 감도 잡히지 않았다.

무형은 유라의 다급함을 아는지 모르는지 샤워하고 나와서는 대충 트레이닝 바지만 걸쳐 입고 태연하게 생수부터 마셨다. 문 두드리는 소리와 초인종 소리는 번갈아 가며 쉬지 않고 들려왔다. 만약 피곤한 무형이 그대로 잠들기라도 한다면 유라에게 그보다 더한 재앙은 없을 것이다. 무형은 다시 침실로 움직여 유라가 벗어놓은 옷들을 하나하나 주워들었다. 마지막으로 현관에서 유라의 구두까지 들고 그는 현관문을 열었다. 현관문 밖에서 유라는 현관문 열리는 신호음 소리가 나자 뒤로 조금 물러섰다. 열리기만 하면 바로 뛰어 들어갈 작정이었다. 무형은, 그러나 문을 열자마자 바로 입구를 막아선 채 제 손에 든 것들을 계단 아래로 집어던졌다. 이어 문은 빠르게 도로 닫혔다.

유라는 제 옷들과 가방을 향해 계단을 뛰어 내렸다. 다른 것은 생각할 겨를도 없었다. 일단 옷부터 입고 봐야 해서 정신없이 옷부터 챙겨 입는 와중에, 그녀는 너무 급했던 나머지 속옷은 입지도 않고 그냥 가방 안에 쑤셔 넣었다. 다 입고 나서야 유라는 계단 모퉁이에 쓰러지듯 주저앉아 소리죽여 오열했다. 그것도 오랜 시간 동안을, 아주 서럽게 울었다.

4.
참을 수 없는 섹스의 가벼움

일식집에서 무형과 만난 후 은수는 지난 며칠 동안 고민을 했지만 결론을 내지 못했다. 무형을 만나야 할지, 그냥 모른 척하고 지내는 것이 나을지 판단이 서지를 않았던 것이다. 그녀의 본심은 그를 만나 속 시원한 답을 얻고 싶었지만 그러는 마음 한편에는 그에 대한 두려움도 컸다. 정확히, 그의 입에서 무슨 말이 나올지 두려웠다.

은수는 자신의 과거를 타인에게 물어봐야 하는 기가 막힌 현실 앞에서, 더구나 그 타인이 최무형이라는 것에 더없는 절망을 느꼈다. 생각다 못해 엄마에게 전화를 걸어, 혹시 과거에 자신이 머리를 다쳤거나 그 비슷한 사고를 당한 적이 있는지 물어보기도 했지만 엄마의 대답은 '그런 일 없다'였다. 물론 전화 통화만으로는 엄마가 딸에게 거짓 없이 정직하게 대답하는지의 여부도 알 수 없는 노릇이지만 엄마도 병환이 깊은 환자에, 아버지 역시 엄마를 간호하느라 힘든 상황이라, 은수는 자신의 일로 부모님에게 걱정을 끼치고 싶지 않아 더는 캐물을 수도 없었다.

"임유라 일기예보 봤어요?"

방송국 외주제작국의 입구에서 만난 안면 있는 방송작가가 은수를 보자마자 대뜸 물었다. 은수는 승모의 심부름으로 외주사에 다녀오던 길이었다.

"오늘 완전히 대형사고 쳤잖아."

방송작가는 은수의 대답을 듣기도 전에 말을 이었다.

"대형사고?"

"일기예보하다가 울었다니까."

"네에? 울어요?"

"네. 눈물을 막 글썽이다가 주루룩 흘러내렸다는 거. 영상이 아직 인터넷에 있을걸. 한번 봐요. 대박이에요."

방송작가는 엄지까지 치켜 보이고 사라졌다. 은수는 곧장 영상편집실로 향했다.

"볼래?"

승모는 물었다. 영상편집실로 온 은수가 승모를 만나, 두 사람 사이에서 잠시 유라의 '대형사고'에 대해 말이 오간 후였다. 은수는 고개를 흔들었다.

"최무형 씨랑 헤어진 건가?"

은수는 대신 그렇게 물었다.

"느낌에 그런 것 같아."

"최무형 씬 어때?"

"그 친구가 여자랑 헤어졌다고 눈 하나 깜짝할 것 같아? 더구나 여자가 매달려 마지못해 만난단 식이었던 것 같던데, 그런 것치곤 오래 갔네."

"여자관계 복잡해, 그 사람?"

"복잡하다는 게 양다리, 삼다리 걸쳐 정신없는 거라면, 무형인 그렇지는 않은 것 같아. 보통 한 번에 한 여자만 만나는 걸로 알거든. 다만 오래 못 갈 뿐이지. 이건 확실하다. 길어야 반년? 지 맘에 들어야 반년인 거야."

"어떤 사람이야? 최무형이란 사람. 너무 특이해서 자기랑 친구라는 게 진짜 이상해."

은수는 승모 곁에 있는 의자에 앉으며, 본격적으로 말을 나눌 양 입을 열었다.

"나 바쁜데……."

승모는 편집영상을 보던 중으로, 말하는 중에도 거의 영상에 눈을 두고 있었다.

"미안. 갈게."

"5분 정도는 괜찮아. 남자 입장에서 보는 최무형은 나쁘지 않아. 여자들은 어떨지 모르겠지만."

"그 사람 말 들으니 자기랑 고등학교 때 친구라며?"

"응."

"같은 반이었어?"

"아니."

"근데 어떻게 친구가 됐어? 그 사람은 야구 선수고, 자긴 야구

완 전혀 상관없는데, 어떻게 만난 거야?"

"응?"

승모는 비로소 영상에서 눈을 떼 은수를 향했다.

"뭐라고 했어?"

"최무형 씨랑 자기랑 같은 반도 아닌데 어떻게 친구가 됐냐구."

"같은 반이었어. 2학년 때."

"아…… 그렇구나. 알았어. 일해."

은수는 더 이상 승모를 방해하면 안 될 것 같아 자리에서 일어났다.

"최무형 씨 시범경기 또 해?"

은수는 무슨 생각에선지 다시 불쑥 물었다

"당연히 또 하지. 팀당 열네 경기 정도는 하니까, 잠실에서만도 그 반은 하지 싶은데. 왜?"

"자기랑 한 번 가보려구."

"진짜?"

승모가 반색하며 다시 은수에게 눈을 돌렸다.

"응. 잠실에서 최무형 씨 나올 때."

"시범경기는 다 낮 시간이라 내가 시간이 맞을지 모르겠는데, 암튼 알았어. 우리 자기가 야구를 본다는데 어떻게든 맞춰봐야지."

⚔

며칠 뒤, 은수는 승모로부터 오는 목요일에 잠실에서 무형이

5회까지 던진다는 말을 들었다. 목요일은, 그러나 화요일과 더불어 승모가 가장 바쁜 날이라는 것을 아는 은수의 걱정에 승모는 어떻게든 시간을 빼보겠다고 했지만 밤도 아니고 낮 시간이라 결국 당일이 돼서야 그는 힘들 것 같다며 포기했다.

"자기 혼자서라도 가라."

오전 11시, 방송국내 벤치 앞에서 승모가 말했다. 담배에 불을 붙여 한 모금 빨고 난 후였다.

"나 혼자 어떻게 가? 내가 야구를 좋아하는 것도 아니고 혼자 보면서 이해할 수 있는 것도 아닌데. 더구나 뻘쭘하게시리……."

은수는 당연하게도 펄쩍 뛰었다.

"그렇긴 한데, 무형이한테 우리 둘이 간다고 말해둔 게 맘에 걸려서……. 혹시 내가 늦게라도 시간을 내볼 테니까 일단 자기가 경기장 가서 얼굴이라도 내밀어 줘."

은수는 별수 없이 홀로 잠실로 향했다. 무형에게 확인해 보고 싶은 것이 있어, 일단 그를 만날 기회를 갖기 위해 나름 머리를 써본 것인데, 만약 늦게라도 승모가 온다면 모를까, 어떻게 혼자서 무형을 상대한다는 말인가. 무형과 둘만 있는 것이 거북하고 두려워 승모를 끼고 만나서 기회를 볼 참이었는데 아무래도 어긋나 버린 것 같아 잠실로 가면서도 은수는 영 개운치가 않았다.

은수가 잠실경기장에 도착하니 12시 40분이었다. 마침 점심시간이기도 해서 은수는 햄버거와 커피를 사서 1루 출입구를 통해 안으로 들어갔다. 평일 낮 시간임에도 무료입장이라 그런지 관중석은 그리 휑하지만은 않았고, 심지어는 치어리더들까지 나와 있어 그 앞에 모여 앉은 열혈 팬들 사이에서는 왁자지껄한 수

다와 웃음, 구호 등이 오가고 있었다.

은수는 관중석 사이를 걷다가 사람이 좀 뜸한 곳으로 가서 자리를 잡았다. 그라운드에는 선수들이 나와서 몸을 풀고 있었는데 아직 추운 날씨 탓에 선수들의 대부분은 넥 워머를 착용한 모습이었다.

경기는 곧 시작되었다. 그러나 은수는 지루한 시간을 견디어야 했다. 그나마 5회까지는 무형이 마운드에 있어 그를 보는 재미라도 있었건만 —은수는 그가 공 던지는 모습을 보는 것이 그렇게 싫지는 않았다— 그 이후부터 은수에게 야구란 전화번호부를 읽는 것과 하등 다를 것이 없었다. 그렇다 보니 8회 말쯤에 승모에게서 온 전화가, 은수는 그렇게 반가울 수가 없었다. 승모는 바쁜 와중인지 거두절미하고, '경기가 끝나면 중앙 문으로 나가 5번 출구에서 오른쪽에 있는 주차장에서 기다리라' 하고는 은수가 반문할 기회도 주지 않고 끊어버렸다.

경기가 끝난 후 은수는 관중이 모두 빠져나갈 때까지 자리에서 꼼짝 않고 있었다. 관중이 모두 빠져나간 후에도 천천히 움직여 화장실로 들어간 그녀는 그 안에서도 꽤 오래 있었다. 주차장으로 가야 했지만 그곳에 무형이 있을 것이 빤한지라 마음이 편치를 않았다. 그를 만나고 싶지 않으면 승모가 뭐라 했든 그냥 무시하고 가면 될 것을, 사실은 무형을 만나야 할 이유도 있어 그것도 고민이 되었던 탓이다. 그야말로 딜레마였다.

주차장에서 무형의 모습은 금세 눈에 띄었다. 이미 차들이 많이 빠져나간 데다, 무형의 큰 키와 그의 검은색 애마는 눈에 안 띄는 것이 더 어려울 정도니 말이다. 또한 그는 혼자가 아니었다.

어떤 젊은 여자와 함께였는데 짧은 치마에 니삭스 차림만 봐도 그녀가 치어리더라는 것쯤은 바로 알 수 있었다.

은수는 무형을 보며 걸었다. 은수의 시야에 무형은 뒷모습을 보이고 있어, 그와 마주한 치어리더가 은수와는 정면에 가까웠다. 때문에 은수의 눈에 바로 들어올 수밖에 없는 치어리더의 얼굴은 더할 것도, 덜할 것도 없이 딱 짜증을 내는 여자의 그것이라, 두 사람의 사연이 궁금할 정도였다.

그러나 은수가 정작 궁금한 것은 따로 있었다. 두 사람과의 거리가 좁혀올수록 점차 치어리더의 목소리도 은수의 귀에 들어오기 시작했는데 말의 내용은 알 수가 없고 그저 모기떼가 앵앵거리는 것 같을 뿐이어서, 그런 소리를 들으며 무형이 과연 어떤 얼굴을 하고 있을지, 은수는 바로 그것이 궁금했다.

은수는, 그러나 궁금증을 해결하기도 전에 소스라치며 발걸음을 멈추고 제자리에 우뚝 서버렸다. 그녀는 정말 제 눈을 의심하지 않을 수 없었다. 무형의 손이 치어리더의 짧은 스커트 안으로 들어간 것이다. 그 바람에 치어리더의 몸은 뒤로 밀려, 바로 등 뒤에 있는 무형의 차에 기대었다. 그러느라 두 사람의 몸은 더욱 붙어, 은수 쪽에서 보자면 치어리더의 모습이 무형에 의해 반은 가려 있었다. 때문에 그가 치어리더에게 하는 짓이 적나라하게 다 보이지는 않았지만 그의 팔 움직임만으로도 상황을 인식하기에는 충분하고도 넘쳤다.

치어리더는 처음에만 약간 당황한 모습을 보였을 뿐이다. 그녀는 곧 무형의 팔을 잡고, 눈이 풀린 얼굴로 몸을 비비 꼬는 것을 시작으로 그 끝에서는, 벌어진 무릎 사이를 스스로 지탱하지 못

해 제풀에 바닥으로 스르르 주저앉고 말았다. 그 사이 은수는 재빨리 주변을 살폈다. 누가 보고 있을까, 은수 자신이 더 걱정이 되었다. 그런데 다행히 무형과 치어리더의 주변을 대형버스가 가리고 있는 데다 먼 곳을 제외하고는 때마침 사람의 모습도 보이지 않았다.

은수는 곧장 무형에게 눈을 돌려 그의 손을 향했다. 치어리더의 스커트 안으로, 여자의 깊숙한 곳을 들어갔다 나온 그의 손은 젖어 있었다. 특히 가운데 손가락이 젖어 있었다. 그것을 보고 속이 울렁거린 은수가 손으로 입을 막는 순간, 무형이 천천히 몸을 돌렸다. 은수를 향한 것이다. 두 사람의 눈은 바로 마주쳤다. 은수는, 그가 조금은 당황해 주기를 바랐다. 그러나 그는 눈곱만큼도 은수의 기대에 부응하지 않은 채 신경질이 날 만큼 태연한 얼굴로, 제 바지주머니에서 손수건을 꺼내 느긋하게 손을 닦았다.

"계속 할래?"

무형은 눈을 은수에게 둔 채로, 치어리더에게 묻고 있었다.

"아…… 아뇨."

치어리더는 일어섰다.

"졌어요. 진짜 할 줄이야……."

치어리더가 달아나듯 사라지고 난 후, 무형은 은수를 향해 가까이 오라는 턱짓을 해보였다. 은수가 머뭇거리자 그는 그저 조수석의 문을 연 채, 말없이 기다리고만 있었다.

은수는 할 수 없이 억지로 발을 뗐다. 흡사 교수대로 가는 사형수처럼 말이다.

무형의 차는 은수를 태우고 잠실의 주차장을 뒤로해 차도로 접어들었다.

"어디로 가는 건가요?"

달리는 차 안에서 은수가 물었다.

"호텔로 갑니다."

"승모 씨랑 거기서 만나기로 했나요?"

"네."

"그 사람은…… 몇 시에 온대요?"

"정확히 알 수 없답니다. 6시 이후 전화한다더군요."

은수가 차내 시계를 보니 아직 5시도 채 안 되어 있었다.

"그럼…… 바로 호텔로 가지 말고 그냥 좀 이대로 운전만 해주시면 안 될까요?"

"그러죠."

무형의 차는 마치 드라이브하듯 시내에서 계속 달리기만 했다. 그런데 그렇게 30분이 지나도록 두 사람 사이에서는 단 한 마디의 말도 오가지 않고 있었다. 불편하고 불안한 침묵이었다. 또한 그것은 전적으로 은수의 몫이기도 했다.

"뭐…… 하나 물어봐도 될까요?"

마침내 은수가 입을 열었을 때도 그녀의 목소리에는 불안의 기색이 역력했다.

"물어보시죠."

"혹시……."

은수는 눈을 질끈 감았다.

"혹시, 예전에 나도 최무형 씨의 버림받은 여자들 중 하나였나요?"

은수는, '그래서 혹시 그 충격으로 내가 기억상실증에라도 걸린 것이냐'고 보태어 묻고 싶었지만 차마 그 말을 잇지는 못했다.

그런데 무형의 대꾸가 없다. 그의 침묵은 그녀를 더욱 불안하게 해 그의 얼굴을 쳐다볼 수도 없을 지경이었다. 그러던 중 무형이 갑자기 차를 세웠다.

"나 좀 보죠?"

그렇게 말하는 무형의 목소리를 들은 후에야 은수는 천천히 고개를 들어 그의 눈을 찾았다.

"의외로 엉뚱한 면이 있군요. 왜 그런 생각을 했습니까?"

"네……? 무슨 생각이오?"

"왜 나랑 잤을지도 모른다는 생각을 했냐는 뜻입니다."

"최무형 씨 여자관계가 지저분하니까요. 역겹고 소름끼쳐요."

"지저분하고, 역겹고, 소름끼치는 남자랑 같이 자는 상상은 왜 했는데요?"

"그쪽이랑 자는 상상을 한 게 아니라…… 최무형 씨에 관한 루머가 다 더러우니까……, 아까 그 주차장에서도…….."

은수가 말을 잇지 못하고 얼굴을 붉히자 그런 그녀를 또 무형은 빤히 쳐다봤다.

"말씀 계속하시죠? 주차장에서 뭐요?"

"정말 뻔뻔하시네요. 됐어요. 그만두겠어요."

"시작은 그쪽에서 했습니다만."

"그래요. 루먼 그렇다 치고, 전 최무형 씨가 강제추행도 하는지는 정말 몰랐거든요."

"강제추행? 내가 그럴 이유가 있나요?"

"뭐라구요? 제 눈앞에서 그런 짓을 하고도 발뺌하시는 건가요?"

"은수 씨 눈앞에서 한 건 강제추행이 아닙니다."

"그럼 그게 뭐죠?"

"그 여자가 원했던 거죠."

"말도 안 돼……."

"데려다가 증언이라도 시킬까요?"

무형이 당황하는 기색 없이 너무나 자신 있게 말을 하는 바람에 은수는 그만 할 말을 잃고 말았다.

"왜 대답 안 합니까? 증언시켜요? 원하는 대로 해드리죠."

"필요 없어요. 최무형 씨가 강제추행범이든 강간범이든 나랑 아무 상관없으니까."

"아무 상관도 없는데 왜 긴장하십니까?"

무형의 의미심장한 말에 은수의 가슴은 철렁 내려앉았다. 정말 아무 상관도 없다면 은수는 그와 함께 여기 앉아 있을 이유도 없는 것이었다. 정작 알고 싶은 것은 제대로 묻지도 못했다는 생각에 은수는 마음을 가다듬었다. 그런데 미처 입도 떼기 전에 무형의 핸드폰이 먼저 울렸다.

"왜?"

무형은 한마디 던져놓고 잠시 듣기만 하더니 '알았다'며 끊었다.

"승모가 저녁만 같이 먹자는군요. 방송국 근처로 갑니다."

무형이 시동을 걸며 말했다. 차는 다시 달리기 시작했다.

"전 3주 전, 최무형 씨를 처음 봤어요."

은수는 불쑥 입을 열었다. 이미 마음을 가다듬고 준비하고 있던 말이었다.

"그전엔 본 적 없어요. 유명하신 분이니 스포츠 신문이나 뉴스에서 얼핏 본 거 말구요, 그런 거 말고 개인적으로 전 최무형 씨 몰라요. 과거에 만난 적 없어요."

무형은 말이 없었다. 은수는 입안이 마르는 느낌이었다.

"최무형 씬…… 과거에 날 본 적이 있나요?"

"네."

무형의 툭 던진 대답 한 마디가 은수를 아득하게 만들었다.

"어…… 디서…… 어떻게 나를…… 봤는데요?"

이어진 은수의 물음에는 무형이 대답하지 않았다.

"묻잖아요. 날 어디서 봤냐구요. 아까 그 여자처럼 오다가다 추행했어요? 그런 거 맞나 보네. 그러니까 난 그쪽을 기억을 못하는 거겠지. 그런 쓰레기들까지 일일이 다 기억할 수는 없으니까."

은수는 참았던 감정의 일부를 터뜨리며 큰소리를 냈다.

"갑자기 벙어리가 됐어요? 왜 말을 안 해요?"

"그럼 그냥 내가 그쪽 추행했다 칩시다. 그렇게 믿고 싶은 모양이니."

"내가 알고 싶은 건 진실이에요."

"진실이 항상 좋은 것만은 아니죠."

"말해요. 언제 어디서 날 봤냐구요."

은수가 날카롭게 소리쳤다.

"말할 수 없습니다."

"왜요?"

"본인이 기억을 못 하니까요."

"기억을 못 하니까 말해달라는 거잖아요."

"기억을 못 하면 거기엔 그만한 이유가 있는 겁니다."

'이유, 그게 뭔데'라고 은수는 묻고 싶었지만 그 말은 입 밖으로 나오지 못했다. 은수에게는 모든 상황이 불리해지고 있었다.

"기억나지 않는 게 좋습니다."

무형의 그 말은 은수의 머리를 망치로 한 대 때리는 것을 넘어, 아예 확인사살을 해버린 것이나 다름이 없었다. 기억나지 않는 게 좋다니, 대체 과거에 이 남자와 무슨 사연이 있었기에, 하는 생각을 하다가 은수는 공황상태에 빠지고 말았다.

한정식 집 주차장에 차를 댄 무형이 약속장소에 다 왔다고 말할 때까지 은수는 넋이 달아난 사람의 얼굴을 하고 있었다. 이후로도 상태는 별로 나아지지 않아, 승모도 합류해 모두 함께 식사를 하는 동안에도 그녀는 흡사 혼자 진공상태에 있는 듯 주위를 전혀 의식하지 못할 때가 많았다.

"자기야, 무슨 딴 생각해?"

승모의 목소리가 멀리서 들려오는 메아리처럼 의식 속을 파고드는 느낌에 은수는 고개를 들었다. 그러자 눈앞으로, 다정한 미소를 띠면서도 더불어 의아해하는 승모의 얼굴이 다가와 있었다.

"배고팠어? 너무 먹는 데만 열중하는 거 아냐? 묻는 말엔 대답도 안 하고 말이야."

승모는 은수의 안색을 살폈다.

"으응? 점심을 대충 먹었더니……."

"근데 가만 보니 얼굴이 창백하네?"

승모가 두 손으로 은수의 얼굴을 감싸 쥐었다.

"약간 열도 있는 것 같고……. 우리 아가씨, 어디 아픈 거 아냐?"

은수의 얼굴을 조심스럽게 감싸 쥐고 있는 승모 맞은편에서는 무형이 별다른 내색 없이 식사를 하고 있었다.

"아프진 않아. 괜찮아."

"혹시……."

승모가 은수의 귀에 대고 뭐라 속삭이자 그녀는 팔꿈치로 승모를 쿡 찔렀다.

"우리 아가씨가 워낙 예민하니까……. 배 아픔 내가 약 사올게."

"아냐, 그런 거."

은수는 무형의 눈치를 보며 승모를 흘겨봤다.

"그럼 좀 웃으시죠? 자기 좀 우울해 보이거든. 혼자 재미없는 야구 보느라 지친 건가?"

승모는 한 팔로 은수의 어깨를 부드럽게 감쌌다. 은수는 승모의 이 따스함이 좋았다. 그의 다정한 체온이 좋았다.

"그러니까 나 혼자 두지 마. 힘들고 우울해져."

"알았어. 미안해."

승모가 은수의 어깨에 두른 팔을 살짝 거두어, 그 손으로 그녀의 뒷덜미를 가볍게 애무하는 사이, 맞은편의 무형은 여전히 별다른 표정 없이, 그런 두 사람의 모습을 지켜보고만 있었다. 그때 승모의 몸에서 핸드폰 벨소리가 났다.

"잠깐……."

승모는 핸드폰의 액정을 확인하더니 자리에서 일어나 방을 나갔다.

"이거 한 가진 대답해 주세요. 솔직하게."

승모가 나가자 은수는 마치 작정한 사람 모양 입을 열었다.

"뭡니까?"

"그쪽이랑 나랑 잤어요?"

"안 잤습니다."

무형이 느릿하고 조용한 목소리로 대답했다. 은수는 자신도 모르게 긴 한숨을 내쉬었다. 안도의 뜻이었다.

"나 다시 방송국으로 들어가 봐야겠다."

금방 방으로 돌아온 승모는 서두는 모습을 보였다.

"같이 나가. 승모 씨."

은수는 말하며 자리에서 일어났다.

"어, 나, 자기 바래다줄 시간 없는데……."

"괜찮아. 난 그냥 버스 타면 돼."

"무형아, 네가 좀 바래다줄래? 여기서 은수 씨 집 멀지 않거든."

"싫어."

은수는 갑자기 소리쳤다. 그리고는 자신이 가장 놀랐던 모양이다. 승모의 황당해하는 얼굴을 뒤로 하고 그녀는 먼저 방을 나가 버렸다.

"아…… 별 감정은 없을 거야. 너무 기분 나빠하지 마."

"신경 안 써."

두 남자가 주차장으로 나왔을 때 은수는 이미 어디에도 없었다.

"아, 진짜…… 그렇다고 그냥 가냐……. 어떨 땐 너무 예민해서 정말 감당이 안 된다니까. 진짜 오늘 생린 거 아냐?"

승모가 주변을 두리번거리며 투덜거리는 사이 무형은 차에 올랐다.

"먼저 출발해. 난 은수한테 전화 좀 해보고 갈게."

무형은 별다른 대꾸 없이 차를 출발시켰다. 밖은 완전히 어두웠다.

무형은 자신의 아파트를 향해 가고 있었다. 은수에 대해서는 의식적으로 생각하지 않으려 했으나 운전한 지 채 5분도 지나지 않아 그녀로부터 전화가 왔다. 통화 후 무형은 유턴할 준비를 했다.

얼마의 시간이 흐른 후 여의도 샛강 근처에 차를 파킹한 무형이 공원 쪽으로 천천히 걸음을 옮겼다. 생태공원이라 샛강 줄기를 따라 나무와 풀들이 많아, 날이 좋을 때는 산책하는 사람들이 제법 붐비기도 하는 곳이지만 바람이 많이 부는 지대라 추울 때는 체감온도까지 크게 내려가 아직까지 밤 시간에는 사람들의 모습을 잘 볼 수 없었다. 사람 대신 가로등 불빛만이 공원의 주인인 양 제자리를 지키고 있는 길을 따라 무형의 발걸음은 계속되었다.

은수는, 아래로 샛강이 흐르는 나무다리 위에 있었다. 다리 난

간에 팔꿈치를 괴고 아래로 흐르는 물줄기를 내려다보고 있던 그녀는, 무형이 가까이 오는 소리를 들으면서도 뒤를 돌아보지 않았다. 그가 먼저 말을 건네리라, 그렇게 생각만 하고 있던 중에, 말 대신 무엇인가 묵직한 것이 어깨를 먼저 감쌌다. 무형의 가죽 재킷이었다. 은수는 놀랐지만 조금 추웠던 터라 굳이 거절하지는 않았다.

"왜 하필 이렇게 추운 데서 보자고 합니까?"

무형은 은수 옆으로 나란히 서며 먼저 입을 열었다.

"맑은 정신으로 얘기하려구요."

"그럼 그러시죠."

"아니, 잘못 말했네요. 쉽게 열 받기 싫어서요. 나 정말 그쪽 싫거든요. 재수 없거든요. 그쪽만 보면 화가 나거든요."

"알고 있습니다."

"과거에 날 봤다고 하는데, 설마 술집에서 본 것도 아닐 테고. 대체 왜 기억나지 않는 게 좋다는 거예요? 그 말이 얼마나 불길하게 들리는지 알아요? 난 정말 최무형 씨 모르거든요. 모른다구요. 정말 몰라요. 기억 안 난다구요."

"오래전이니까 기억이 안 날 수도 있습니다."

"얼마나 오래전인데요?"

"아주 오래전입니다. 오히려 기억을 하는 내가 이상한 것일 수도 있어요."

"아뇨. 나도 무형 씨에 대해 하나는 알아요."

무형은 멈칫 하며 은수의 눈을 응시했다.

"그게 뭐죠?"

"손……."

은수는 무형의 손을 보며 대답했다. 그러자 무형이 손 하나를 들어 은수 앞에 내밀었다.

"사실은 기억이 아니라…… 꿈이에요. 꿈속에서 나타나요. 난 그 손이 누구 손인지 몰랐어요. 무형 씨를 만나기 훨씬 전부터 꿔 온 악몽이니까요. 그리고 무형 씨를 만나고 나서야 알았어요. 꿈 속의 그 손이 바로……."

은수는 잠시 말을 멈추고 무형의 손에 눈을 고정했다.

"무형 씨의 손이란 걸요."

은수는 무형의 손에서 그의 얼굴로 눈을 옮긴 후 말을 맺었다.

"꿈속에서 내 손만 나옵니까?"

잠시의 침묵 후에 무형이 물었다.

"아뇨. 많은 그림들이 나와요. 운동화 발들, 깨진 유리 파편, 회색…… 줄무늬……."

은수가 말하는 동안 무형의 표정은 무겁게 내려앉고 있었다. 마치 같은 기억을 더듬는 듯했다.

"그리고 타일 바닥에 묻은 피……."

꿈을 상기하는 것이 무척 괴로운 듯 그녀의 숨은 가빠지기 시 작했다.

"그리고 몸이 너무 아파요. 너무 괴로워요. 숨도 쉴 수 없고, 몸이 타는 듯하고…… 너무 힘들어요."

은수는 꿈속에서의 그 고통을, 마치 깨어 있는 지금도 생생히 느끼는 양 얼굴을 일그러뜨렸다.

"그 그림들, 이미지들…… 무형 씨도 아는 것들인가요?"

"네."

"그 자리에 있었군요?"

"네."

"당연히 나도 있었겠죠?"

"네."

"나한테 무슨 짓을 한 거예요?"

은수가 갑자기 소리쳤다. 그러나 무형은 더 이상 입을 열지 않았고, 이번에는 은수를 보고 있지도 않았다.

"날 봐요. 왜 피해요? 그렇게 뻔뻔스럽게 내 얼굴을 잘도 보더니 왜 날 안 보냐구! 날 봐, 보라구."

은수가 무형을 와락 움켜잡고 소리쳤다.

"날 보고 나한테 무슨 짓을 했는지 말하란 말이야. 내가 기억도 못 하고, 기억나지 않는 게 좋다고 할 정도의 그게 뭐야? 그게 뭐냐구, 뭐냔 말이야!"

은수는 점점 더 발작적으로 변해갔다. 이유는 알 수 없지만 악몽에 사로잡혀 있었다. 악몽을 통해 수도 없이 겪었던, 온몸이 부서지고 타들어가는 육체적 고통을 가상이 아닌 실제처럼 느끼고 있었다.

"말해, 네가 가해자일 거 아냐? 가해자 맞잖아. 나한테 무슨 짓을 했는지 말하란 말이야. 지난 십 수 년 동안 수시로 날 악몽에 시달리게 했던 그게 뭐야? 네가 나한테 했던 그 짓이 대체 뭐야?"

얼마나 시간이 흘렀을까, 은수는 아득한 곳으로부터 커다란 손이 내려와 제 이마를 만지는 느낌에 놀라 의식이 들었다. 혹은 잠에서 깨어났다. 은수가 깨어난 곳은 무형의 차 안으로, 운전석에는 무형이 고개를 차창 쪽으로 돌리고는 꼼짝도 않고 있었는데 깊이 잠든 것 같지는 않았다. 두 사람의 의자는 뒤로 젖혀진 상태였고, 은수 위로는 무형의 가죽 재킷이 덮여 있었다. 은수는 차에 달린 시계가 거의 12시를 가리키고 있는 것을 보고는 정말 깜짝 놀랐다.

"깼습니까?"

무형이 몸을 움직여 은수를 향했다.

"벌써 시간이……. 내가 완전히 기절했었나요?"

"그런 셈이죠. 열이 갑자기 올라서 병원에 데려갈까도 했습니다. 아직도 안색이 좋지 않군요. 집에 데려다줄 테니 푹 자는 게 좋겠습니다."

무형은 은수와 자신의 의자를 세우고는 바로 시동을 걸었다.

"집으로 가는 길을 안내할 수 있겠어요?"

"우리…… 얘기 다 안 끝났는데요?"

"앞으로 얘기할 시간 많습니다. 그 몸으론 못 버텨요. 좀 더 건강해져서 다시 합시다."

무형의 그 말은 위로가 되기는커녕 은수를 더욱 불안하게 만들었다. 그러나 몸 상태가 좋지 않다는 것을 그녀 자신이 더 잘 알기에, 무작정 고집을 피울 수만도 없어 그의 말을 따르기로 했다. 무형은 은수가 사는 다가구주택 앞에 그녀를 내려주고 떠났다.

은수는 집에 들어서자마자 옷도 벗지 않고 침대 위로 쓰러졌다. 무형의 차 안에서 한두 시간이라도 잤을 텐데, 그렇게 까무러

치듯 자는 것은 아무 소용도 없는지 몸은 여전히 무겁고 피곤했다. 눈을 감으니, 샛강의 다리 위에서 의식을 잃기 전까지의 일이 모두 기억났다. 무형에게 달려들어 주먹까지 휘두르다니, 은수는 그런 자신의 모습이 너무 낯설었다. 그녀는 운동신경이 제로인 데다 몸싸움을 혐오하는 편이라, 자신이 누군가를 폭행하려고 먼저 달려들었다는 사실에 한편으로는 황당한 기분도 들었다. 그 순간을 더듬어보면, 마치 제 몸 안에서 불덩이가 타오르는 듯 스스로를 제어할 수가 없었다는 것만큼은 분명했다. 그것은 그만큼, 악몽으로 재현되는 그 당시의 일이 끔찍했던 사건은 아니었을까, 그런 생각에 은수는 더 오싹해졌다. 정말 무형의 말대로 기억나지 않는 것이 좋을지도 모르겠다는 생각마저 들어 과연 그를 다시 만날 용기를 낼 수 있을지, 지금의 심정으로는 그마저도 장담하기 어려웠다.

눈을 감고 누웠는데, 생각이 너무 많아서일까, 잠이 오기는커녕 의식이 더 또렷해져 은수는 다시 눈을 떴다. 그녀는 복잡해진 머리를 식힐 양으로 태블릿을 꺼내 들었다. 그리고 포털에 접속해, 메인에 걸려 있는 머리기사를 보는 순간 깜짝 놀라고 말았다. 임유라의 교통사고 소식이 올라와 있었던 것이다. 서둘러 기사를 확인하니, 사고 원인은 유라의 운전 미숙이며 다행히 생명에는 지장이 없다는 내용이었다. 불현듯 은수는 유라를 찾아가 볼까 하는 엉뚱한 생각을 해본다. 물론 유라에 대해 궁금한 것이 아니다. 은수가 궁금한 것은 늘 그렇듯 최무형이란 남자에 대해서다. 최무형이 어떤 남자인지를 알아야 그가 과거에 은수에게 무슨 짓을 했는지도 유추해 볼 수 있을 테니까. 그러니 무형의 여자였던

유라로부터 직접 그에 대해 듣는다면 보다 정확한 답이 나오지
않을까.

⊠

　다음 날, 방송국에서 은수는 승모와 만났다. 같이 점심을 먹
고 근처 벤치에서 커피를 마셨다. 데이트인 셈이다.

　"임유라, 확실히 지금 제정신이 아닌 것 같긴 하다. 방송 사고
에 교통사고까지 말이야."

　유라의 교통사고가 화제에 오른 중에 승모가 말했다. 담배에
불을 붙이고 나서였다.

　"최무형 씨, 고등학교 때도 여자관계가 그랬어?"

　"글쎄…… 서로의 여친 관계를 늘 자세히 알 수는 없으니까. 확
실한 건 그때도 무형이한테 여자들이 많이 붙긴 했어."

　"그럼 보나마나네, 뭐."

　"우리 학교 야구부가 워낙 유명했거든. 더구나 우리 학교 가까
이 미진여중고가 있어서……."

　"뭐?"

　순간, 은수의 얼굴이 하얗게 질렸다. 이어 가슴도 심하게 방망
이질을 시작했다.

　"뭐라고 했어?"

　"응? 미진여중고……. 왜?"

　"승모 씨 고등학교가 어딘데?"

　"대북. 무형이 프로필에서 안 봤어?"

물론 은수는 무형의 프로필을 봤다. 그러나 대북고교가 미진 여중고랑 가깝다는 사실은 의식조차 못 했다. 은수는, 자신이 기억하지 못하고 있는 그 사건이 아주 오래전 일이라고 했던 무형의 말을 떠올리며, 심장이 오그라드는 것만 같았다. 바로 은수가 미진여중고를 다녔기 때문이었다. 정확히 중학교만 다녔다. 그 후 이사를 갔으니까.

"왜 그러는데?"

은수의 반응이 좀 심상치 않아 보였는지 승모가 그녀의 안색을 살피며 물었다. 그러나 은수가 뭐라 대답도 하기 전에 승모의 핸드폰이 소리를 냈다.

"무형이네?"

핸드폰을 받은 승모는 남이 들어서는 정확한 대화 내용을 알 수 없는 말을 잠시 주고받더니 곧이어 짜증을 냈다.

"내가 뚜쟁이야? 나도 지겹다."

짜증에 이은 승모의 말소리에 놀란 은수가 그를 보니, 그는 오히려 그녀의 눈을 피하며 재빨리 전화를 마무리했다. 전화를 끊은 뒤 승모는 담배를 비벼 끈 지 얼마 되지도 않았건만 다시 담배 하나를 빼물고 있었다.

"뚜쟁이라는 게…… 무슨 말이야?"

담배를 피우며 침묵하고 있는 승모를 향해 결국 은수가 먼저 입을 열었다.

"에이, 그런 얘기까진 좀 그런데……."

승모는 난처한 얼굴을 했다.

"자기, 뚜쟁이 노릇까지 해?"

"그게 아니라…… 나도 미치겠다니까. 무형이랑 친군 거 알 만한 사람들은 다 아니까 자꾸 나를 찔러. 원래 선수들 주변으로 그런 유혹이 좀 있거든."

"그래서 지금 그 줄 댄 거야?"

"미쳤어? 나도, 무형이도 원치 않아서 그딴 짓 안 해. 그 자식이 뭐 나 아님 여자 못 구해?"

"그럼 아까 그 대화는 뭐야?"

"까놓고 말할게. 어떤 미친 여자분 하나가 대리인 통해서 날 찔렀는데 몇 날 며칠을 하도 졸라서, 네가 해결해라, 그렇게 무형이한테 문자 보냈더니 지금 전화가 온 거야. 그냥 다 무시하라구, 그것도 중간에서 못 끊냐고 되레 뭐라 그러길래 나도 한마디 한 거야."

은수는 어처구니가 없어서 입을 다물고 말았다.

"무형이 가까이 가봐야 좋을 거 하나도 없구만, 임유라 봐. 하여간 골 빈 년들……."

하다 그는 아차 싶은 표정으로 은수의 눈치를 슬쩍 살핀다.

"골 빈 여성분들 많아, 정말."

승모의 말을 들으며 은수는, 그가 무형의 여자들을 경멸하고 있다는 사실을 처음 알았다. 그런데 이상하게도 바로 그 순간에 은수는 유라를 만나보기로 결심을 굳혔다. 은수는 먼저 유라와 통화를 하고 만날 날짜와 시간을 정했다. 그리고 이튿날인 주말 오후에, 유라가 입원해 있는 입원실 앞에 와 서 있었다.

똑똑, 은수는 조심스럽게 문을 두 번 두드렸다. 그러나 안으로부터 아무 반응이 없어 다시 조금 더 세게 노크를 했지만 역시나 안은 조용했다. 만나기로 약속을 해놓고 자고 있을 리는 없을 것 같아 은수는 조심스럽게 문을 열어보았다.

문을 열자마자 안으로부터 프로야구 중계방송 소리가 들려왔다. 입원실은 작은 규모의 1인실이라 침대 위에 비스듬히 기대어 앉아 있는 유라의 모습도 바로 보였다. 그런데 정작 유라는 은수가 들어왔는데도 그것을 의식 못 하는 양, 프로야구 중계 중인 TV에만 눈을 고정하고 있었다. 중계 소리만으로도 무형이 속한 팀의 경기라는 것을 단박에 알 수 있었다.

유라의 눈길은 여전히 TV에 붙박이였다. 그럼에도 그녀의 눈동자는 초점을 잃고 있어, TV를 본다기보다는 그저 TV가 있는 곳에 눈을 두고 딴 생각을 하거나, 그도 아니면 그저 멍하니 있는 것일 듯싶었다.

"안녕하세요."

은수가 인사를 하니 유라는 그제야 천천히 은수에게 고개를 돌려, 은수와 눈을 마주했을 때는 눈동자에 초점도 찾은 후였다. 다만 그것만으로는 야위고 생기 없는 얼굴로 변해 버린 유라를, 원래의 톡톡 튀는 인상에 귀염성까지 있던 그것으로 되돌리기에는 역부족인 듯, 그녀는 단 며칠 동안에 혼자서만 10년을 살아버린 사람의 모습을 하고 있었다.

"어제 통화한 하은수예요. 우리, 오다가다 얼굴은 좀 봤죠?"

은수는 침대 옆으로 의자를 끌어다 앉은 후 다시 입을 열었다.

"네. 알아요. 구성작가시죠?"

유라가 그렇게 대꾸하며 리모컨을 들기에 TV를 끄려나 했더니 다만 소리를 좀 줄였을 뿐 그대로 두었다.

은수는 유라의 몸 상태를 먼저 물었다. 유라는, 크게 다친 데가 없어 곧 퇴원할 것이라 대답했다. 은수가 온다기에 보호자는 잠시 다른 곳으로 보냈다는 말도 덧붙였다. 대화 중에 유라의 눈길이 다시 TV로 가기에 은수도 따라가 보니 무형이 보였다. TV 속의 무형은 마운드에 서서 포수의 사인을 받고 있던 중이었는데 오늘 선발 등판인 모양이었다. 은수는 슬쩍 유라의 안색을 살폈다. 무형을 보는 유라는 조금 전에 TV를 보고 있을 때와는 달리 선명한 눈빛을 하고 있었다. 그러나 짐작컨대 무형을 향한 미움이나 원망의 빛을 보이리라, 했지만 유라의 눈빛은 그저 그리움, 그 한 가지라고 해도 과언이 아닐 만큼 애절해, 은수는 내심 크게 당황하고 말았다.

유라는 6회 말 경기가 다 끝날 때까지 TV에서 눈을 떼지 않아 은수도 그냥 기다렸다.

"어제, 은수 씨가 구성한 프로 잘 봤어요."

6회 말이 끝나고 광고가 나오는 시간에 유라가 먼저 입을 열었다. 그렇다고 은수를 보고 있는 것은 아니었다.

"아, 최무형 씨 나온 프로요?"

"네. 내용 좋던데요."

"고마워요."

"은수 씨 알죠? 무형 씨와 나와의 관계."

"네. 알아요."

"나…… 바보 같은가요?"

"아뇨. 그저 위로가 필요할 것 같단 생각만 했어요."

"그래서…… 날 위로해 주러 왔나요?"

"딱히 그런 것만은 아니지만……. 실은 최무형 씨에 대해 좀 알아야 할 것이 있어서요."

유라는 그제야 은수에게 눈을 돌렸다.

"최무형 씨와 아무 관계도 아니니 오해는 마시구요. 난 최무형 씨의 친구인 주승모 피디와 교제 중이에요."

"나도 무형 씨와 관계를 시작하기 전까지 애인이 있었어요."

유라가 슬며시 조소를 띠며 말해 은수는 당혹스러웠다. 그 말의 뜻을 헤아리기 어렵지는 않았지만 그렇다고 딱히 대꾸할 만한 말도 생각나지 않았기 때문이다.

"무형 씨의 뭘 알고 싶은 건가요?"

은수의 난감한 얼굴빛을 눈치챘는지 유라가 먼저 대화를 풀었다.

"뭐든 좋아요. 자세히 말할 순 없지만 그 사람과는 과거의 어떤 사건으로 풀어야 할 것이 있어서요. 그런데 난 최무형 씨에 대해 아는 것이 하나도 없네요. 루머나 주 피디를 통해서 듣는 게 다일 뿐이에요."

"루머라면…… 여자관계겠죠?"

"네. 복잡하다고……."

"복잡하진 않아요. 맺고 끊는 게 분명해서요. 오히려 그게 너무 분명해서 탈이죠. 나랑 만나면서 그 사람은 바로 전 여자와의 관계를 정리했고, 또 나랑 만나는 반년 가까이, 그 사람 다른 여자 안 만났어요. 날 사랑하지 않는데도요."

"최무형 씨가 유라 씨를 사랑하지 않았다구요?"

"네. 전혀요. 눈곱만큼도요."

은수는 문득 승모의 말을 떠올렸다. 그가 무형과 유라의 관계를 언급했을 때, 여자가 매달려 마지못해 만난 것이라 했었다.

"눈곱만큼은 날 좋아하지 않을까, 혼자 기대는 해봤는데…… 아니더군요."

"사랑하지도 않으면서 그 사람은 유라 씨를 왜 만났을까요?"

"섹스 때문이죠."

주저하지도 않고 바로 답을 하는 유라에게 은수는 좀 당황했다.

"그가 여자를 만나는 유일한 이유죠."

"그럼 유라 씨는요? 그런 남자를, 유라 씨를 사랑하지도 않는 남자를 왜 만났어요?"

"사랑하니까요."

역시 간결한 대답이었다. 남녀가 만나는데 한 사람은 섹스 때문에, 또 한 사람은 사랑 때문이라면 결과는 빤한 것이었다.

"잘 헤어지셨네요. 아무리 사랑해도 그 관계가 지속되면 유라 씨만 상처 받겠어요. 모쪼록 몸과 마음 잘 추스르시길 바랄게요."

"아뇨. 그 사람이 나한테 섹스만이라도…… 계속 원했으면 좋겠어요."

유라는 눈물도 말라 버린 듯, 공허하고 메마른 눈빛으로 중얼거렸다. 그럼 최무형은 유라에게, 이제는 섹스 상대로도 흥미를 잃어버렸다는 말인가. 설사 그렇지 않다 해도 서로 마음으로 교감하지 않는 관계를 굳이 지속하려는 유라의 저 헛된 희망은 또 무엇이란 말인가. 그래봐야 자신의 영혼만 더욱 피폐해질 터인데. 그러나 반대로 생각하면, 영혼이 피폐해질 것을 감수하고라도 관계를 지속하고 싶은 저 헛된 희망 반대편에는 얼마나 깊은 상실감이 자리 잡고 있을지, 그것을 생각하니 은수는 너무 가슴 아팠다.

"그렇게까지 깊이 사랑하면…… 다시 사정을 좀 해보지 그랬어요."

은수는 의미 없는 말인 줄 알면서도 그렇게밖에는 말할 수 없었다.

"지민경이 2년 동안 사정하다 죽었다더군요. 나도 그래야 할까요?"

은수는 입을 다물었다. 유라를 위로하려는 부질없는 선의도 포기했다. 무엇이 지금의 유라를 위로할 수 있겠는가.

"힘드실 테지만 유라 씨, 최무형 씨에 대해……, 그의 여자 문제에 대해 하나만 더 물어볼게요. 그 남자……, 그러니까…… 여자를 강제로 그럴 수도 있는 사람인가요?"

은수는 마침내, 자신이 정말 묻고 싶었던 것을 물었다.

"전혀요."

유라는 조금의 주저함도 보이지 않고 단호히 대답했다.

"자기 앞에서 여자가 발가벗고 있어도, 여자가 관계를 원치 않으면 손도 안 대요, 그 사람."

유라는 또다시 TV로 눈을 돌렸다. 7회 말 경기가 시작되면서 무형이 다시 마운드에 섰기 때문이다. 유라는 연인을 보듯 아스라한 눈빛으로 TV 화면 속의 무형에 빠져들었다. 은수는 유라의 몽상을 깨고 싶지 않아 인사를 생략한 채 그냥 조용히 나가려 했다.

"사랑하지 말아요."

이미 돌아선 은수 뒤에 대고 유라는 불쑥 말했다.

"그게 그를 이기는 유일한 방법이에요."

유라의 입원실을 나온 은수는 병원을 바로 떠나지 못하고 복도의 벤치에 주저앉아 한참 동안을 일어서지 못했다. 잠시 동안은 아무 생각도 할 수 없을 정도로 가슴이 쓰려왔다. 그리고 무엇보다 최무형에 대해, 은수는 점점 더 불가해하게 느꼈다. 지금의 그는, 3월에 처음 만났을 때의 첫인상과는 분명 달랐다. 루머만 들을 때는 구역질이 날 것 같다가도, 무형과 개인적인 교류가 있던 사람들의 얘기를 들으면 또 달랐다. 비정한 느낌은 있으나 정 많고 흐리멍덩한 것도 때로는 남에게 상처를 주니, 그 차이는 그저 삶의 우연성이 빚어낸 결과에 불과할 뿐 선악의 문제는 분명 아닐 것이다.

여자들은 왜 최무형을 사랑했을까? 그 많은 여자들이 최무형이란 남자를 그토록 깊이 사랑했을 때에는 그만한 이유가 있지 않았을까? 아니다. 사랑에 '왜'란 의미가 없다. 차라리 '그냥'이 더 적절하다. '그냥' 사랑했다가 만신창이가 돼서 버려진 후 '사랑하지 말라'는 유라의 충고가 어찌 그리 허망하게 들리던지, 그런 상념 끝에 은수는 불현듯 '나도 최무형을 사랑하면 그렇게 될까' 하다가는 그만 소스라치고 말았다. 그녀는 마치 그 생각으로부터 달아나려는 듯 급히 병원을 떠났다.

5.
침묵의 방관자

　일요일에 부산에서 2차전을 끝내고, 구단버스로 밤늦게 귀경한 무형이 자신의 아파트로 돌아온 것은 월요일 오전이었다. —잠실과 가까운 그의 본가에서 하루 묵었다— 그의 팀은 화요일부터 홈구장에서 3연전을 치를 예정이어서, 원정2차전을 완투한 그는 경기가 없는 월요일에는 가벼운 훈련도 생략한 채 쉬는 것으로 감독과 조율도 마친 상태였다.

　저녁 즈음에 무형은 아파트 주방에서 커피머신으로 커피를 내리고 있었다. 외출복 차림인 것으로 보아 곧 나갈 일이 있는 것이 틀림없었다. 그는 커피 한 잔을 따르고 식탁으로 몸을 돌리다, 식탁 위에 놓아둔 핸드폰을 집어 들어 시간을 확인하고는, 그 연장선에서 잠시의 머뭇거림을 보였다. 그것은 시간만 확인하려던 핸드폰을 다시 내려놓지 못하고 보이는 망설임으로, 전화할까를 고민하는 것이었으며 대상은 은수였다.

샛강의 생태공원에서, 고열에 들떠 그를 향해 주먹을 들고 달려들던 그녀의 모습이 아직도 그의 눈에 선했다. 당시 은수는 무형의 옷깃을 잡아 흔들고, 소리를 지르고, 주먹으로 그를 마구 쳤다. 그렇게 그녀와 몸을 부딪을 때마다 그녀의 몸이 얼마나 뜨거웠는지 고열로 쓰러지는 것이 아닌가 걱정이 될 정도였다. 물론 그날 그녀를 집에까지 바래다주기는 했지만 그 후 그녀와 어떤 연락도 주고받지 않아, 그녀가 어떻게 지내는지 궁금하기도 했었다. 사실 무형은 원정경기지에서도 종종 은수를 떠올렸다. 아니, 절로 떠올랐다는 것이 정확할 듯싶다. 일부러 생각하려 한 것이 아님에도 문득문득 그녀의 얼굴이 뇌리 속으로 들어와 무형 스스로도 이상하다 느꼈을 정도였으니 말이다. 이제 그는, 은수가 머리에 떠오를 때마다 묘한 흥분까지 동반돼 그녀에게 욕정을 느끼나, 스스로에게 묻기도 했었다.

무형은 커피를 다 마신 후 다시 핸드폰으로 시간을 확인하고는 자리에서 일어났다.

날이 막 저물어 어둠이 깔릴 무렵 무형은 시내 어딘가에서 그의 애마에 한 젊은 여자를 태웠다. 기껏해야 스물두세 살 정도로, 귀 밑으로 내려오는 단발머리에 고양이 상의 얼굴을 한 여자는, 또한 이미 한두 번은 무형을 만났지 싶게 애교 섞인 친밀감의 얼굴을 하고 있기도 했다. 두 사람은 차를 달려 교외로 나가 식사를 하고, 전원풍의 카페에서 커피도 마시는 등 보통의 남녀가 데이트하는 코스를 그대로 밟고 있었다.

"오빠, 이제 뭐 해요? 벌써 11시 넘었는데. 다시 서울 가요?"

카페를 나오며 여자가 물었다.

"아니."

무형은 차문을 열어주며 툭 던지듯 대꾸했다. 여자를 태운 차가 다시 출발해, 얼마 지나지 않아 정차한 곳은 앞이 툭 터진 물가였다. 강인지 저수지인지 알 수 없는 물은 잔물결도 없이, 깊은 밤의 정적 속에서 어둠과 하나 된 모습으로, 그 위를 비추는 보름달의 지배를 받고 있었다.

"여기서?"

여자는 어깨를 살짝 움츠렸다.

"호텔에 갈 수도 없고, 네가 어떤 앤지 알 수도 없는데 내 집으로 데려갈 수도 없고, 그렇다."

"그래도 우리 첫 관곈데 이건 좀 아니잖아요?"

"싫음 말고. 서울 갈래?"

무형이 여자를 보며 물었다.

"가면…… 다신 나 안 만날 거예요?"

"그래."

"알았어요. 오빠가 원하는 대로 해요."

"사랑에 빠지진 말고, 그냥 즐겨라."

"그런 걱정은 마시죠? 자기만 선순 줄 아나 봐?"

"마음에 드는군. 재킷이랑 신발 벗어."

여자가 원피스 위에 입고 있던 가죽 재킷을 먼저 벗어 무형에게 주자 그가 받아서 뒷자리로 던졌다. 여자가 나머지 옷을 벗는 사이 무형은 자신의 의자와 여자의 의자를 약간 뒤로 젖혔다. 여자는 원피스 앞에 있는 단추를 풀어 옷을 아래로 내리는 식으로 벗었는데 원피스를 허리에 둔 채로 브래지어를 내려 젖가슴부터 드러냈다. 그러는 중에 보인 여자의 표정은, 그것이 그녀의 자부심이라는 것을 미루어 짐작케 했지만 실제로는 그녀의 얼굴만큼이나 성형의 흔적이 완연해, 다른 의미에서 —어느 병원에서 저렇게 만들었을까 하는 의미로— 감탄이 나올 정도로 그녀의 유방은 밥공기처럼 동그란 형태였다. 그러나 정작 그것을 감상할 무형은 이러거나 저러거나 별 관심이 없는 듯했다. 먼저 달려들어 키스를 하는 여자를 적당히 달랜 그는 여자의 팔을 잡아 그의 앞으로 끌어 엎드리게 한 후, 그녀의 원피스와 스타킹, 팬티를 모두 벗겨 버렸다. 발가벗은 채 엉덩이를 높게 쳐들고 엎드린 여자의 자세가 좀 불편해 보였지만 무형은 그것마저도 전혀 개의치 않았다. 그는 여자의 엉덩이를, 그의 큰 손으로 움켜잡고는 잠시 애무를 하다 좀 더 미끄러져 내려가 여자의 음부에 손끝을 댔다. 여자는 무형의 손이 그곳에 닿는 순간부터 벌써 골반을 묘하게 들썩였다. 시간이 조금 지나자 여자는 비음 섞인 신음 소리를 토해내며 허리를 심하게 비틀고 다리를 더 벌렸다.

무형은 다른 손으로 제 바지 벨트를 풀었다. 무형 앞으로 엎드려 있는 여자의 코앞이다. 여자는 그것이 무엇을 의미하는지 단박에 알아차렸을 뿐만 아니라 기꺼이, 그리고 서슴없이 제 눈앞에 드러난 그의 남성을 잡고 펠라치오를 시작했다.

여자는 그것에 제법 능숙했다. 그래서였을까, 무형은 고개를 뒤로 살짝 젖히고는 느긋하게 —비록 얼굴에는 아무것도 드러나지 않았지만— 그것을 즐겼다. 그것은 그에게, 마치 전쟁터에서 피 냄새를 잔뜩 맡고 돌아온 전사(戰士)에게 허락된 잠시의 쾌락과 같은 것이었다.

핸드폰 벨소리가 차 안을 가득 채웠다. 무형의 것이었다. 그 소리에 여자가 하던 행동을 멈추자 무형은 핸드폰을 꺼내며 태연히 '계속해'라고 말했다. 여자가 다시 펠라치오를 계속하는 사이 그는 핸드폰의 액정을 확인했다. 은수였다. 무형은 '네' 하며, 특유의 툭 던지는 말투로 전화를 받았다.

[늦은 시간에 미안해요.]

"괜찮습니다. 말씀하세요."

[지금 서울에 계시죠? 계시는 동안 한 번 봤으면 하는데 언제 시간이 되나요?]

"목요일 밤과 금요일에 걸쳐서 시간 괜찮아요."

[그럼 그 사이에 연락을 주시겠어요?]

"그러죠."

은수는 용건에 대해서 말하지 않았지만 무형도 굳이 묻지 않았다.

⌖

목요일 밤 9시 20분에 은수는 무형의 전화를 받았다. 외주제작사에서 일을 보고 집으로 돌아가던 중이었다. 은수는 무형에게 '바로 보자' 하며, 장소는 무형이 편한 곳이면 어디든 상관없다고 했다. 무형은 은수의 위치를 물었다. 은수는 지하철 안에 있었는데, 위치를 확인한 무형이 '다음 역에서 내려 출구로 나와 있으라' 했다. 은수는 그가 시키는 대로 했다. 무형이 그의 검은색 애마

와 함께 나타난 것은 은수가 지하철역 출구에서 기다린 지 9분만
이었다.

"타요."

조수석의 문을 열어주며 무형이 말했다. 무형이 차를 운전하며
가는 동안 두 사람은 말이 없었다. 은수는, 특히 자신의 생각에
무겁게 짓눌려 있어 더욱 그랬다.

대북고와 미진여중고의 위치가 가깝다는 것이 그저 우연은 아
니리라. 무형이 은수를 본 적이 있고, 그것이 오래전이라 했으니
결국 그 시절로 거슬러 올라갈 수밖에 없다. 그렇다면 은수가 미
진에서 중학교만을 다녔고, 무형이 고등학생이었다면 그 '일'은 분
명 12년 전, 은수의 나이 16살 때일 것이다. 거기까지 결론을 내
린 은수는 당시 대북고의 야구부를 검색했었다. 그리고 거기서
뜻밖에도 아주 놀라운 사실을 발견했다. 대북고의 야구선수 유
니폼이 회색 바탕에 줄무늬였던 것이다. 그것은 은수의 악몽에
나타나는 불가해한 이미지 가운데 하나였다.

무형이 은수를 데려간 곳은 그의 아파트였다.

"내가 사는 곳입니다. 괜찮겠어요?"

"네."

은수는 별다른 저항 없이 대답했다. 무형은 은수를 1407호로
데려갔다.

1407호의 거실에서 은수는 무형이 주방에 있는 동안 소파에
앉아 눈으로 안을 훑고 있었다. 집도 어쩌면 이렇게나 주인을 닮
았을까, 실내장식이랄 것도 없는 내부의 모습은 빈집이라고 해도
어색하지 않을 만큼 썰렁해 보였다. 곧 무형이 커피를 한 잔만 갖

고 와 은수 앞에 놔주었다. 은수는 그 커피를 마시며 자신이 할 말들을 마음속으로부터 다시 정리했다.

"내가 기억 못 하는 그 일요……."

커피 잔을 내려놓으며, 은수는 마침내 입을 열었다.

"오래된 일이라 했는데 12년 전인가요?"

"뭔가…… 기억이 났나요?"

"대답부터 해줘요. 12년 전 맞아요?"

"네."

"혹시……."

다음 말을 이으려니 은수는 입이 말라 잠시의 사이를 두었다.

"내가 성폭행을 당했나요?"

무형은 바로 대답하지 않았다.

"말해요. 난 괜찮으니까. 어차피 기억도 안 나고, 이젠 견뎌낼 수 있는 성인이에요."

"네, 맞습니다."

그의 대답에 은수는 잠깐 동안 눈을 감았다. 불길한 예감 중 하나가 맞아 떨어진 데서 오는 가벼운 현기증과 함께 심하게 얽혀 있던 실타래의 한 끝이 비로소 잡히는 느낌도 들었다. 그런 엄청 난 일을 기억 못 하고 있었다니, 그녀는 16살의 한 부분이 완전 히 사라진 채로 나머지 12년을 살아온 셈이었다.

"무형 씨가 그런 것 같진 않군요……."

무형은 천천히 고개만 끄덕여 보였다.

"그런데 왜 그 현장에 있었죠?"

"우연히요."

"뭘 봤어요?"

"16살의 은수 씨를 봤죠."

"어떻든가요?"

"옷이 찢겨있고, 피를 흘리고, 의식은 반쯤 있더군요."

"16살의 은수는 17살의 무형 씨를 봤나요?"

"네. 나를 보고 말을 했습니다."

"뭐라구요?"

"살려달라구요."

"그래서요?"

"병원으로 데려갔습니다."

"가해자들의 얼굴을 봤나요?"

"아뇨."

"그 가해자들……, 야구선수들이죠?"

"모르겠습니다."

"처벌 받았나요?"

무형은 입을 다물었다.

"무형 씬 그 가해자들을 다 알고 있어요. 대북의 야구선수들이고, 또 아무도 처벌 받진 않았군요. 맞죠?"

무형은 대답하지 않았다. 더 이상 입을 열 생각이 없는 사람 같았다.

"이젠 다 알았네요. 내 머릿속에서 사라진 12년 전의 그 일, 기억과 현실에서 사라진 대신 꿈으로, 악몽으로 존재했군요. 이제라도 알게 돼서 다행이에요. 무형 씨 덕분이네요. 무형 씨가 어린 16살의 은수를 기억해 준 덕분에 나도 잃어버렸던 나의 그날을 찾았으니까요. 정말 고마워요. 진심으로."

은수는 가방을 손에 들고 일어섰다. 그러나 멀리 가지는 못했다. 현관에 채 이르기도 전에 무너졌다. 갑작스레 다리가 풀린 듯 풀썩, 쓰러진 그녀는 다시 일어서지 못했다. 그것도 어쩌면 그녀에게는 악몽의 연장선이었을 것이다. 그래서 악몽을 꾸었을 때처럼 그녀는 오열했다. 비틀어 짜는 것 같은 소리에서 목 놓아 우는 소리로, 다시 비명으로, 자신의 악몽에 몸서리쳤다.

무형은 그런 그녀를 등진 채 그냥 내버려 두었다. 그녀의 울음소리에, 16살 어린 소녀의 얼굴이 겹쳐졌다. 16살의 은수는 울지 않았다. 울 수 없었다. 맞아서 멍들고 퉁퉁 부은 얼굴을 하고 있던 소녀는 위로 젖혀진 교복 치마 아래로 음부를 드러낸 채였다. 음부 주변으로 피가 낭자했다. 무형이 가까이 가서 보니 소녀는 고통 때문에 비틀린 신음 소리를 내면서도 무형을 향해 살려달라고, 애처로운 목소리를 내고 있었다. 무형도 처음에는 당황했으나 곧 정신을 차렸다. 그는 먼저 소녀의 치마를 내려준 뒤 조심스럽게 소녀를 두 팔에 안아서 들었다. 무형은 이미 고등학교 때부터 키가 아주 크고 힘이 좋아서 작고 왜소한 소녀, 은수를 안고 움직이는 데에 아무 어려움이 없었다. 그렇게 그는 소녀를 가까운 병원으로 데려갔다. 그 과정에서 17살의 무형은 16살의 은수와 여러 번 눈을 마주했다. 12년 동안 무형의 뇌리에서 지울 수 없었던 소녀, 은수였다.

은수의 오열은 어느덧 잦아들었다. 사실은 탈진이 걱정될 정도로 그녀는 꽤 오래 울었다. 마침내 울음소리가 더 이상 들리지 않을 때쯤에야 마치 기다리고 있던 사람처럼 무형이 일어섰다. 그리고 곧장 은수에게 가는 대신 주방으로 향했고, 다시 나왔을 때는 그의 손에 물컵이 들려 있었다. 그는 그것을 은수 곁에 앉아 그녀 앞에 놔주었다. 그러나 은수는 물 컵 대신 무형의 얼굴로 눈을 옮겼다. 비록 오열은 그쳤을지라도, 그녀의 얼굴은 마치 세수를 하고 수건으로 닦지 않은 것 모양 젖어 있었다.

"당신이 더 나빠……."

은수가 말했다.

"침묵의 방관자인 네가 더 나빠."

그녀의 목소리도 얼굴만큼이나 젖어 있었지만 분명한 비난이었다. 그도 그것을 알았다.

은수는 비틀대며 몸을 일으켰다. 몸이 천근인 듯 무거워 일어서는 데만도 이를 악물어야 했다.

"바래다줄 테니 기다려요."

무형이 그런 은수의 팔을 잡으며 말했다.

"놔요. 내버려 둬요. 혼자 갈래요."

그녀는 힘없이 대답했지만 그를 돌아보지는 않았다.

"안 됩니다. 밤도 늦었고, 지금 은수 씨 상태가 너무 안 좋아요. 말 들어요."

"무형 씨가 왜 내 걱정을 해요? 원래 비정한 사람이잖아요."

"비정한 놈인 건 맞는데, 그래도 이렇겐 못 보내니까 고집 피우지 말아요."

여전히 무형을 외면하고 있는 은수를, 그는 제 앞으로 돌려세우자마자 재빨리 안아 들었다. 그가 말하는 동안에 은수는 이미 무너지고 있었기 때문이다. 그는 은수를 안아 침실로 들어가, 재킷만 벗기고는 침대에 눕혔다. 그런 후 진정제를 먹여, 그녀가 잠들 때를 기다렸다가, 마지막으로 침실의 온도까지 높여준 후에야 그곳을 나왔다.

이튿날 무형은 소파에서 잠을 깼다. 시간을 보니 7시가 조금 넘어 있었다. 그는 먼저 침실 문을 열어보고, 은수가 잠들어 있는 것을 눈으로 확인하며 안으로 들어왔다. 약기운 탓인지 은수는 어린아이처럼 고른 숨소리를 내며 깊은 잠에 빠져 있었다. 그런데 이불 위로 드러난 은수의 어깨가 브래지어 차림이라, 무형은 의아해하며 눈으로 주변을 살피니, 그녀의 스웨터가 침대 저편에 떨어져 있었다. 그제야 그는 어젯밤, 은수를 재우고 나가기 전에 온도 조절기의 온도를 올렸던 일을 기억해내며 방 안이 너무 덥다는 것도 깨달았다. 아마도 은수는 잠결에 스웨터를 벗어버린 모양이다. 무형은 온도를 다시 내렸다.

은수는 땀에 젖어 있었다. 무형이 그녀 곁에 앉아, 축축이 젖은 이마에 어지러이 달라붙어 있는 머리카락을 조심스레 위로 쓸어주었다. 은수의 하얀 이마 위에서 그의 갈색 손은 유달리 더 도드라졌다.

무형은 그녀의 얼굴을 물끄러미 내려다보았다. 뭐라 딱 집어서 말할 수 없는 묘한 감정이 그를 사로잡았다. 12년 전 그때의 그 소녀를 다시 만난 것도 그렇지만 28살 은수의 모습에서 단박에 그 소녀를 떠올렸던 자신이, 무형은 무엇보다 신기했다. 여자의 이름을 잘 못 외운다고, 언젠가 그 자신의 입으로 말했듯, 사실은 그 이상으로 여자의 얼굴도 잘 구분하지 못했기 때문이다. 무형은 다시 은수에게 손을 뻗어, 뺨과 목덜미를 손끝으로 훑어 내렸다. 그러자 이번에는 갑작스러운 욕정이 그를 사로잡았다. 그러나 그것은 얼마 못 갔다. 욕정은 16살 어린 소녀의 애처로운 눈빛에 질식돼, 오히려 그의 심장에 기묘한 타격을 가했다. 그는 서둘러 방을 나갔다.

은수가 잠에서 깬 것은 그로부터 세 시간 후였다. 그녀는 제일 먼저 브래지어 차림의 제 모습과 자신이 일어난 곳이 어딘지를 알 수 없어 어리둥절했다. 그렇다고 그것을 깨닫기까지 오래 걸린 것도 아니었다. 은수는 서둘러 스웨터부터 챙겨 입었다. 이어 재킷까지 입고 거실로 나오니, 약간의 시간 차를 두고 무형이 주방으로부터 모습을 보였다.

"일어났군요."

먼저 입을 열면서도 그는 고개를 옆으로 기울여 은수의 안색을 살폈다. 은수가 상기된 얼굴로 그를 노려보고 있었던 탓이다.

"나한테 무슨 짓 했어요?"

은수의 날카로운 목소리는 마치 따지듯 했다.

"아무 짓도 안 했습니다만."

무형은 퉁명스럽게 대꾸했다.

"근데 옷을 왜 벗겨요?"

"재킷은 내가 벗겼습니다만 스웨터는 내가 안 벗겼습니다."

그러자 은수는 눈을 동그랗게 떴다.

"봤어요?"

"네."

"스웨터는 안 벗겼다면서 어떻게 봐요?"

"안 벗겼으니 당연히 안 벗은 줄 알고 들어갔다가 본 거죠. 그러게 누가 벗으랍니까?"

무형은 '아무 죄 없는' 얼굴로 태연하게 응수했다.

"근데 여자가 자는 방엘 왜 들어와요?"

은수는 계속 따졌다. 열이 쉽게 가라앉지 않는 모양이다.

"그 방 내 방인데요?"

"그래도 여자가 잘 땐 안 들어오는 게 예의 아녜요?"

"아침에 추워서 이불 가지러 들어갔습니다. 나 소파에서 잤거든요. 근데 그쪽이 벗고 있어서 이불도 못 갖고 나왔습니다만."

무형의 그 말에는 은수도 더 할 말이 없었다.

"더 궁금한 거 있습니까?"

무형이 툭 던지듯 물었다.

"내…… 가, 가방 어딨어요?"

은수는 또 혼자 오버한 것 같은 민망함에 무형의 눈을 피해 더 듬거렸다. 대신 재빨리 거실을 훑었다. 그녀는 이미 침실에서 나오기 전부터 자신의 가방을 찾았지만 보이지 않아, 거실에 있겠거니 했던 것이다.

"일단 뭐 좀 먹읍시다."

"생각 없어요. 갈게요. 가방 주세요."

그러나 무형은 기어코 그녀를 주방으로 끌었다. 주방에 들어와서야 은수는, 그가 왜 그랬는지를 알았다. 식탁 위에 계란 프라이와 우유 한 잔이 올려져 있었던 것이다. 그런데 계란프라이는 프라이라고 부르기에는 적당치 않을 정도로 뭉개진 모습이었다.

"집에 먹을 만한 게 아무것도 없고, 배는 고파서 그냥 만들어 봤는데 안 해본 짓이라……."

무형은 계란프라이를 변명하는 것 같았다. 은수는 그런 그를 쳐다보다, 저 덩치로 계란프라이를 '뭉개고' 있었을 모습을 상상하고는, 그만 몹시 웃겨 '풋' 웃고 말았다.

"왜 웃습니까?"

무형은 의아한 얼굴로 물었다.

"아녜요. 먹을게요."

은수는 우유부터 한 모금 마신 후 프라이에 젓가락을 가져갔다. 무형은 맞은편에서 커피를 마시며 이따금씩 살피듯 하는 눈빛을 은수의 얼굴로 던졌다.

"뭐 좀 물어봐도 돼요?"

은수가 불쑥 물었다.

"언제 확실히 알았어요? 내가 12년 전의 그 어린 소녀였단 걸요."

"구리에서요."

"알고 나서…… 나를 볼 때마다 기분이 어떻던가요?"

무형은 대꾸하지 못했다.

"무형 씨 기억 속에 그 소녀는 어땠어요? 사람으로는 보였나요? 도살된 고깃덩이 같지 않던가요?"

무형은 건조한 목소리만큼이나 메마른 은수의 얼굴을 보고 있었다. 이른 아침에, 잠든 그녀의 곁에서 그를 당혹스럽게 했던, 그 낯설고 기묘한 타격과 다시 맞닥뜨린 순간이었다. 가슴 한편이 촛농처럼 스르르 녹아내리는 것 같은, 그러나 딱히 통증이랄 것도 없으면서 전신을 아주 무력하게 만들었다. 이전에는 한 번도 경험해 보지 못한 것이기에 더욱 불쾌하고 불편하게 만드는 것이기도 했다.

"구경할 만했어요?"

"그만합시다."

무형은 퉁명스럽게 말했다.

"네. 그러죠. 그만해요. 내가 생각해도 밥맛 떨어지는 얘기네요."

은수는 우유 잔을 들어 단숨에 비워 버렸다.

얼마의 시간이 흐른 후, 무형은 제 차에 은수를 태우고 아파트를 나왔다.

"집으로 바래다줘요? 아니면 방송국?"

"집으로요."

"그러죠."

"무형 씬 구단으로 가나요?"

"네."

"나 때문에 늦은 거 아녜요?"

"아닙니다. 다음 원정지가 인천이라 급할 거 없어요."

은수는 가방을 열어 핸드폰을 꺼내 보았다. 승모에게서 꽤 많은 전화와 문자가 와 있었다. 그녀는 바로 승모에게 전화를 걸었다.

"승모 씨……. 미안해, 좀 아팠어. 아냐. 괜찮아……. 응……. 알았어. 그건 오리온 이 피디님한테 물어보면 될 거야. 다시 연락할게."

은수는 전화를 끊고 어디론가 다시 걸었다.

"엄마. 나야. 차도는 좀 있어요? 모레, 일요일에 내려갈게요.

일은 무슨, 엄마가 보고 싶어서 그렇지……."

은수는 목이 메는지 잠시 하던 말을 멈췄지만 이내 평소와 같은 목소리로 '출발 전에 다시 전화한다'며 통화를 마무리했다.

무형의 차는 어느덧 은수가 사는 동네로 접어들었다.

"데려다줘서 고마워요. 안녕히 가세요."

차가 서자 은수는 인사를 하고 차에서 내렸다. 무형은 은수가 차에서 내리고 나서도 바로 차를 출발시키지 않았는데, 그렇다고 차창 밖으로 은수를 보고 있던 것도 아니었다. 그러다 정작 그가 창밖으로 눈을 옮겨 은수를 찾았을 때는, 그녀는 이미 3층의 제집으로 들어간 후였다.

✖

은수가 방송국으로 온 것은 오후 3시쯤이었다. 그녀는 방송국 본관 입구에 채 이르기도 전에 마침 안에서 나오던 유라와 마주쳤다.

"퇴원하셨군요?"

은수가 먼저 다가가 말을 붙였다.

"네. 전 주에요."

"이젠 좀 괜찮으세요?"

은수는 유라의 안색을 살폈다. 웃음기도, 화사함도 없어진 유라의 얼굴에서 전과 같은 생기를 찾기는 어려웠지만 병원에서 봤을 때보다는 한결 양호해 보였다.

"그냥…… 그래요. 이 악물고 버틸 만한 정도? 오히려 교통사고 난 게 나한텐 다행이었던 거 같네요. 그렇지 않았음 못 버텼을 지도 몰라요."

못 버틴다는 게 무슨 말인지 바로 알아들은 은수는 가슴 한편이 서늘해짐을 느꼈다.

"나, 지금 사직서 내고 나오는 길이에요."

"네? 왜요……?"

"갈 데 많으니까 그런 얼굴 할 필요 없어요. 케이블 쪽에서 뭔가 새로운 일을 하고 싶네요. 오라는 데도 있고. 참, 무형 씨랑 과거 문제로 풀어야 할 것이 있다더니, 그건 잘 풀었나요?"

"네에……."

"어떤 과거 문젠지 궁금해지네요. 그 남자, 과거의 여잔 돌아도 안 보는데."

"최무형 씨와 난 그런 관계 아닙니다. 과거에든 앞으로든."

"농담이에요. 하지만 장담하진 마세요."

은수가 딱히 대답을 못 찾는 사이, 그녀의 이름을 부르는 소리가 들려 두 사람 다 입구로 눈을 돌리니, 승모가 손을 흔들고 있는 것이 보였다.

"은수 씨 연인이시군요? 날 경멸하는."

그렇게 말하는 유라의 어조에는 딱히 악의도, 자조적인 뉘앙스도 없었지만 은수는 당황하지 않을 수 없었다. 그것이 유라의 오해라면 당황할 이유도, 승모를 변명해줄 말을 고르느라 짧은 시간동안 애태울 필요도 없었을 것이다. 그런 은수의 심정을 눈치 챘는지, 유라는 오히려 별 내색 없이 '먼저 갈게요' 하며 등을 돌렸다.

"아팠다더니…… 그새 얼굴이 반쪽이 됐네?"

유라와 헤어진 은수를 만난 승모는 먼저 그렇게 말했다. 그리고 그의 말대로 은수의 얼굴은 창백하고 까칠해 보였다.

"안 되겠다. 병원 가자."

"그냥 컨디션이 안 좋은 건데 무슨 병원이야? 그리고 나 모니터링해야 할 거 있어."

"내가 해줄게. 나 오늘 그렇게 안 바쁘거든. 마누라 될 여자 혹사시키면 나중에 나만 손해지, 뭐."

"뭐야, 그 말은? 프러포즈야?"

"비공식쯤으로 해둘까? 진짜 프러포즈는 이벤트가 붙어야지. 커피 마실래?"

승모는 유쾌하게 말하며 은수의 손을 잡아끌었다.

"오늘부터 인천에서 무형이 어웨이 경기하는데, 일요일에 선발로 나온대. 같이 안 갈래?"

"나, 일요일에 양수리 가."

"부모님께? 몇 시에?"

"일찍."

"그럼 같이 움직이자. 난 자기 바래다주고 인천으로 빠지지, 뭐."

일요일 오전, 양수리를 향한 국도는 자가용 승용차들로 가득했다. 벚꽃이 만발한 4월에 날씨까지 화창하니 야외로 상춘객들이 몰린 것이다. 그리고 그중에는 승모의 은색 차도 섞여 있었다.

"봄 날씨 정말 좋다. 핑계 김에 나오길 잘했네. 자기 덕분이다. 차는 좀 막히지만…… 좀 더 가면 뚫릴 거 같아."

차내 속도계기판의 바늘이 40을 가리키고 있는 것을 보며 승모가 말했다. 그 옆에서 은수는 차창 밖에 눈을 두고 있었다. 승모의 말을 못 들은 것은 아니었지만 딱히 대꾸할 필요를 느끼지는 않았다.

"근데 자기, 무슨 걱정 있어? 별로 웃지도 않고…… 혹시 어머님 많이 편찮으시대?"

"응? 아냐. 엄마야 늘 그렇지 뭐."

"그럼 좀 웃어라. 꼭 장례식 가는 사람처럼 그게 뭐야? 나만 혼자 미친놈처럼 방실대고……"

"내가 뭘……, 알았어. 웃을게."

은수는 먼저 미소를 지어 보이고는 이어 승모의 팔에 머리를 대고 비볐다. 그녀의 장난기에 승모는 소리 내어 웃었다.

"나, 자기네서 점심은 먹여 보낼 거지?"

"어, 나 부모님께 승모 씨 얘기 전혀 안 했는데……"

"그럼 오늘 인사하고 본격적으로 도장 찍으면 되겠네, 뭐."

"승모 씨랑 같이 간단 말도 안 했는데, 너무 놀라지 않으실까?"

"정식 인사라면 이렇게 하면 안 되는 건 맞는데…… 뭐, 그냥 아는 남친 정도로 위장할까?"

"위장? 무슨 간첩이야?"

둘이 모처럼 웃고 떠드는 동안에 도로 사정은 조금씩 나아져, 마침내 승모의 차는 시속 80㎞의 속도로 달리기 시작했다.

두 사람이 은수 부모님 댁에 도착한 시간은 12시 15분쯤이었다. 은수의 부모는, 딸이 남자와 함께 와서 처음에는 몹시 놀랐지만 곧 기쁜 마음을 감추지 못했다. 딸의 나이가 적지만은 않은 터에, 여태 남자를 소개한 적은커녕 교제 사실을 말했던 적도 없었기에 더욱 그러했다. 게다가 승모의 외모와 직업, 모두가 은수의 부모를 흡족케 했다. 승모가 아주 잘생긴 얼굴은 아니지만, 적당한 키에 부드럽고 무난한 인상으로 딸과 아주 잘 어울린다고 부모는 생각했다.

"형제는 어떻게 돼요?"

점심 식사를 마친 후, 과일과 커피를 앞에 두고 모두 모여 담소를 나누던 중 은수 엄마가 승모를 향해 물었다.

"위로 누이가 있는데, 결혼해서 지금 캐나다에서 삽니다."

"그럼 한국엔 부모님이랑 주 피디뿐인가요?"

"네. 그리고 말씀 놓으세요, 어머님. 그냥 은수 씨처럼 편하게 생각하세요. 요즘엔 사위도 자식이라는데……."

"에, 누구 맘대로 사위야? 누가 결혼해 준대?"

은수가 끼어들며 장난스럽게 눈을 흘겼다.

"안 해주려고? 난 가족계획까지 다 세워놨는데?"

"가족계획?"

"응. 은수 씨도 나도 형제가 별로 없으니까 애 많이 낳자. 한 3남 2녀?"

"뭐어?"

은수가 먼저 웃음을 터뜨리고 승모도 따라 웃는 와중에, 은수 부모의 안색은 도리어 어두워졌다. 그리고 그것을 은수는 놓치지 않았다.

승모는 3시에 인천을 향해 출발했다. 은수는 승모를 보낸 후 천천히 집 주변을 산책했다. 하루 자고 갈 예정이라 서둘지 않아도 돼서 좋았다. 물론 마음 같아서는 한 달 정도 머물며 지난 며칠간 제 몸과 마음을 지치게 했던 모든 것들로부터 충분히 위로받고 싶은 마음이 간절했지만 그럴 수 없다면 지금 주어진 잠깐의 시간만이라도 충분히 누리자 싶었다.

은수는 눈을 멀리 두었다. 날이 좋아 먼 산까지도 선명하게 보였다. 양수리만 와도 서울과는 공기가 다른 데다, 주변에 나무들도 많고 계절도 4월 중순이라 벚꽃이 예쁘게 피어, 은수는 기분이 들뜨기까지 했다. 그러다 보니 너무 오래 걸어 먼 하늘이 노랗게 물들 즈음에야 문득 '인천에서는 야구경기를 시작했을까' 하는 생각을 하다 자연스레 무형을 떠올렸다. 그런데 무형을 떠올리자마자 은수의 입가에는 잔잔한 미소가 함께 걸렸다. 무형이 만든 계란프라이가 더불어 떠올랐던 것이다. 은수는 그 계란프라이를 생각할 때마다 절로 웃음이 터져 한때나마 그를 무서워했다는 것이 난센스처럼 여겨질 정도였다. 아니, 무서운 면이 있을지도 모르겠다. 그런데 또한 그는 담백했다. 끈적이거나 음흉한 구석이 전혀 없다. 여자를 한 트럭이나 거쳤다는데도 오히려 어딘지 맑은 기운까지 느껴졌다. 왜 그렇지, 하며 은수는 자문하다가 지레 화들짝 놀랐다. 요즘에는 승모보다 무형을 생각하는 시간이 더 많은 것 같았다. 그녀는 서둘러 머릿속의 무형을 지우며 집으로 돌아가는 발걸음을 재촉했다.

산책에서 돌아온 은수는 아버지 대신 저녁 식사를 준비하고,

식사 후에는 그 마무리를 하는 등 평범한 시간을 보냈다. 그렇게 하루가 정리될 즈음, 은수는 유자차 두 잔을 만들어 엄마와 함께 했다. 은수의 엄마는 낮에 승모를 맞이하느라 피곤했던 몸을 뉘였다가 저녁 식사 후에야 기운을 차려 딸과 마주할 수 있었다.

"엄만 주 피디, 마음에 든다."

은수가 만들어 온 유자차를 한 모금 마신 후 엄마는 말했다.

"인상이 참 좋아. 낯이 익다고 해야 하나, 원래 인상 좋은 사람 보면 낯익은 느낌이고 그렇잖아."

"응…… 근데 아깐 얼굴이 왜 그랬어요? 승모 씨가 애 많이 낳자 그랬을 때."

은수는 엄마를 떠보듯 조심스레 입을 열었다.

"그, 그게 무슨…… 엄마 얼굴이 어땠는데……?"

엄마는 사뭇 태연한 체하면서도 딸의 눈을 피했다.

"혹시…… 12년 전, 그 사건 때문에 그래요?"

은수의 말에 엄마는 경악했다. 그러나 은수는 오히려 차분한 얼굴로, 12년 전의 사건에 관한 기억을 거의 되찾았노라, 담담하게 설명했다.

딸의 말을 듣고 엄마는 눈물부터 왈칵 쏟아냈다. 이어서 지켜주지 못해서 미안하다고, 너무 큰 상처라 그냥 잊고 사는 것이 나을 것 같아 진실을 말하지 못했다고 울먹였다. 12년 전 사건은 엄마에게도, 딸이 당한 것만큼이나 잔인한 기억이었다고도 덧붙였다.

"그때, 연락을 받고 병원에 와보니……, 키가 아주 큰 남자애가 있었어. 그 남자애가 널 데려왔다고 간호사가 설명해 주더구나."

엄마의 설명에 은수는 고개를 끄덕였다.

"처음엔 고마웠지. 그런데 그놈이 더 나쁜 놈일 줄이야……. 그 남자애가 유일한 목격자였는데 끝내 입을 열지 않아 널 그렇게 만든 놈들을 처벌하지 못했구나……. 범인들은 같은 학교 야구부의 세 놈들인데……, 그놈들이 당구장이 있는 건물의 2층 화장실에서 너한테 그런 짓을 하고 달아나다 키 큰 남자애한테 딱 걸린 거였어. 그런데 아무 소용없었다. 범인들이나 목격자나 다 한통속인걸……."

"당시에 범인들이 야구부인 걸 바로 알았어요?"

"바로는 몰랐지. 유일한 목격자인 키 큰 남자앤 입을 다물고, 넌 만신창이가 돼서 치료 중이었으니 무슨 수로 알 거야? 더구나 나중에 안 사실이지만 그 학교 야구부와 범인 놈들 부모들이 경찰 윗선에 압력을 넣었다더구나. 그래서 수사는 지지부진하고 넌 피해자 진술도 못 하고……, 그땐 사는 게 사는 것이 아녔어……."

엄마는 다시 눈물을 쏟으며 깊은 한숨을 내쉬었다.

"오히려 네 아버지가 백방으로 뛰며 알아낸 거야. 하던 일도 접고……. 그래서 키 큰 남자애가 범인들을 목격했단 거 하고, 그 범인 놈들까지 알아내서 고소를 했지만…… 결정적인 증거도 없는 상황에서 네 치료비에, 변호사비에, 빚은 늘어만 가지, 범인 놈들의 부모들은 매일 찾아와 합의를 종용하지……."

은수는 당시 부모님의 상황이 어땠을지 짐작이 갔다. 재판 결과가 어찌 될지 알 수도 없는 상황에서 거액의 합의금 제시는 거절할 수 없는 유혹이요, 생명줄이었을 것이다.

"그런데 설상가상이라고, 넌 치료를 받아 몸은 나아가는데 네가 당한 일을 전혀 기억 못 하고 있는 거야. 그러다 보니 자칫 잘 못하면 너한텐 이미 없는 거나 다름없는 그 몹쓸 사건을 재판 과정 중에서 네게 다시 만들어주는 꼴이 되고 말 것 같았어. 그래, 무엇보다 그게 제일로 무서웠다. 그 어린 나이에 그런 끔찍한 기억을 안고 살아간다는 게…… 그게 사는 거겠어? 못 살아. 그땐 엄마도 제정신으로 살지를 못했는데 어린 네가 그걸 어떻게 감당하겠어? 그래, 차라리 기억을 못 하는 게 낫겠다, 그게 널 살리는 길이겠다, 그렇게 생각하고는 다 포기하고 이사를 갔던 거야……."

엄마는 울컥 올라오는 분노와 슬픔에 몸서리를 치며, 손으로는 흐르는 눈물을 연신 훔쳐냈다.

"미안하다, 은수야. 정말 미안해……. 당시 엄마, 아빠로선 그게 최선의 길이라고 믿었다……."

"네, 이해해요……. 엄마 덕분에 나, 지금까지 편히 살았는지도 몰라."

은수는 자책하며 우는 엄마를 위로했지만 엄마는 곧 몸을 제대로 가누지 못했다. 비록 짧은 시간이지만 잔인했던 지난 기억을 떠올리는 것만으로도 심한 타격을 받은 엄마의 얼굴은 사뭇 시체의 그것처럼 메말라 있었다. 은수는 자리를 펴서 엄마를 눕혔다.

"참, 은수야……. 거기 열어봐라."

자리에 누운 엄마가 옷장을 가리켰다. 은수는 옷장의 문을 열고 엄마가 시키는 대로 옷장 깊숙한 곳에서 조그만 박스 하나를 꺼냈다.

"뭔데 이렇게 깊숙이 감춰놨어요?"

"뚜껑 열어봐."

은수가 박스의 뚜껑을 열어보니 안에는 낡은 가죽 커버의 얇은 노트 한 권이 들어있었다.

"노트 갈피에 보면 사진 두 장이 있을 거야."

"사진? 무슨 사진인데요?"

"보면 알아. 당시 고소 취하하면서 서류 같은 것들은 다 없앴는데 사진만은 내가 남겨뒀어."

은수가 노트 갈피에서 사진 두 장을 빼는 동안 엄마의 설명이 이어졌다.

"엄만 손이 벌벌 떨려서 이젠 보지도 못한다. 손도 못 댄 지 꽤 됐어. 네가 가져가거라. 버리든지……."

노트에서 나온 사진 두 장은, 12년 전 대북고 야구부원들의 사진이었다. 그중 한 장은 다섯 명이 찍은 것이고, 나머지 한 장은 여섯 명이 찍은 것인데 둘 다 특정인물의 얼굴에 동그라미가 쳐져 있었다. 처음 사진에 한 명, 나머지 사진에 두 명, 해서 모두 세 명이었다.

"동그라미가 쳐진 놈들이 바로 네게 못할 짓을 했던…… 그 범인 놈들이야. 당시 두 놈은 2학년이었고, 다른 한 놈은 1학년이었는데 1학년 놈은 바로 야구를 그만뒀다고 하더구나."

엄마의 설명을 들으며 사진을 보던 은수는 순간 자신의 눈을 의심했다. 다섯 명이 찍은, 처음 사진에 낯익은 얼굴이 둘 보였는데 그중 하나가 무형이고 나머지 하나는 승모였다. 승모가 야구부였다니, 하며 놀랄 사이도 없이 그녀는 더욱 충격적이고 참담한 진실과 맞닥뜨려야 했다. 승모의 얼굴에 동그라미가 쳐져 있었던 것이다. 승모가, 은수의 연인인 주승모가 사실은 그녀를 성폭행했던 범인 중 하나였다.

은수는 이 믿을 수 없는 현실에 아연실색했다. 그래, 악몽은 따로 있었던 것이다. 꿈속에 나타났던 것들은 지금의 이 가혹한 현실에 비한다면 차라리 위로였다. 지금의 이 현실이야말로 진짜 악몽이 아니고 무엇인가. 은수는 꿈과 현실이 뒤바뀐 것 같은 끔찍한 혼란 속에서 정신을 놓지 않으려, 버티어내려, 죽을힘을 다했다.

"허억……."

은수는 갑자기 화들짝 놀라며 숨을 들이켰다. 그녀를 놀라게 한 소리는 그녀의 핸드폰 벨소리였다. 그 사이 잠이 든 엄마 역시 벨소리 때문에 눈을 뜨니 은수는 얼른 주무시라 하고 방을 나왔다. 벨소리를 낸 사람은 승모였다.

[인천에서 서울로 가는 길이야.]

승모의 경쾌한 목소리를 들으며 은수는 집밖으로 나왔다.

[무형이네가 졌어. 무형인 잘 던졌는데 자책점도 없이 패전이다. 타선 완전 삽질이었지, 뭐. 에러에, 본 헤드 플레이……. 내가 아주 미치는 줄 알았다니까. 경기 끝나고 무형이 잠깐 봤는데 거기다 대고 난 또 막 자랑했다는 거. 오늘 은수 씨네 집에 가서 부모님 만나 뵙고 완전 사위 대접 받고 왔다고 말이야.]

승모는 기분 좋은 웃음소리를 냈다.

"그래서…… 무형 씨가 뭐래?"

은수는 태연하게 물었다.

[그놈이 뭐 반응이 있기나 한 놈인가, 아니다. 좀 놀라더라.]

"놀라? 왜?"

[모르지. 부러웠나?]

승모는 다시 웃음소리를 냈다. 통화는 보통의 연인들이 흔히 하는 인사와 함께 끝이 났다. 은수는 걸으면서 통화하다, 통화를 끝내고 나서도 계속 걸었다. 주변은 어둡고 고요했다. 개 짖는 소리도 들리지 않았다. 은수는 그 고요한 어둠과 하나 된 듯 달빛을 따라 유령처럼 부유했다.

은수는 자신과 승모, 그리고 또 한 남자를 생각했다. 지워져 버린 기억에 자신을 만신창이로 만든 남자와 사랑을 속삭이는 여자, 자신의 추악한 범죄에 대한 죗값도 치르지 않고 죄의식 없이 살아가는 남자, 그리고 그 모든 것을 알고 있으면서 침묵하는 또 다른 남자.

은수는 특히, 자신과 승모의 어처구니없는 악연을 알면서도 침묵하는 최무형을 용서할 수 없었다.

"최무형……."

나직한 목소리로 읊조리는 은수의 창백한 얼굴이, 아직은 차가운 4월의 밤바람만큼이나 스산했다.

6.
수줍은 관능

월요일, 서울로 돌아온 은수가 가장 먼저 들른 곳은 산부인과였다. 그녀는 그곳에서 자신이 임신할 수 없는 몸을 가졌다는 사실을 처음 알았다. 성생활에는 지장이 없으나 아이를 가질 수는 없다는 말을 의사로부터 들었을 때는, 그래선지 눈물도 나지 않았다. 그런 사실을 지금까지 모르고 살았던 것에, 또 그렇게 망가진 몸으로 정작 몸을 망가뜨린 사건에 대해서는 기억도 못 한다는 것에, 다만 기가 막혔을 뿐이다.

병원을 나온 은수는 꽤 오랜 시간을 걸었다. 특별히 무엇을 생각하려 했기보다는 그 반대였다. 잡념을 헤매다 자기연민에 빠지고 싶지 않았다. 그렇게 걷다가 그녀는 눈에 들어온 어느 미용실로 무작정 들어가, 다짜고짜 펌을 해달라고 요구했다. 미용사는 전체 펌보다는 머리 끝부분에만 펌을 하는 것이 어떻겠느냐 물었고 은수는 그대로 따랐다. 결과는 좋았다. 머리끝에만 굵게 웨이브가 들어간 헤어스타일은 은수의 풍부한 표정에 관능미를 더했다.

"화장은 어떻게 하면 좋을까요?"

평소 화장을 즐겨 하지 않는 은수가 물었다. 미용사는 은수의 얼굴이 하얗고 피부가 좋으니 피부 톤은 최대한 그대로 살리고, 부분 메이크업, 그중에서 특히 눈에 집중하라고 조언했다. 크지는 않지만 옆으로 긴 은수의 눈을, 미용사는 귀엽기보다는 요염하다 하면서 직접 은수의 눈에 아이라인을 그려주었다. 그러자 마치 요술을 부린 듯 은수는 정말 달라 보였다. 화려하지는 않아도 싱그러운 풀빛 같던 분위기에서, 미용사가 언급했던 요염함이 더해졌다. 그리고 그것은 방금 바꾼 헤어스타일과도 무척 잘 어울려, 은수는 거울에 비친 제 모습에 만족했다.

은수가 미용실을 나와 곧장 찾은 곳은 백화점이었다. 그녀는 그곳에서 원피스를 샀다. 평소에는 일하고 이동하는 데에 편한 바지를 선호해, 집에 원피스나 스커트 종류가 그리 많지 않았다. 은수가 선택한 원피스는 내추럴한 플라워 패턴의 단순한 디자인, 그러나 여성성이 두드러지는 시폰 소재였다. 거기에 아직 4월인 날씨를 고려해 원피스 위에 덧입을 얇은 니트 카디건도 함께 샀다.

다음 날인 화요일 오전에, 은수는 새로 산 옷을 입고 방송국에 도착했다. 굵은 웨이브의 머리를 목덜미 한쪽으로 느슨하게 묶고, 미용사에게 배운 대로 아이라인을 그린, 평소와는 좀 다른 모습이었지만 그렇다 해도 그것이 다였다. 은수는 늘 하고 다니는, 귓불에 박힌 반짝이는 귀걸이를 제외한 그 어떤 장식도 하지 않았다. 그럼에도 은수는 바로 어제의 그녀와는 다른 여인이었다. 더 또렷해졌으며, 심지어는 정말 요염해졌다. 물론 아직은 수줍어하는 관능이었다.

"으엥? 은수 씨……. 자기 맞어?"

외주제작국에서 만난 오리온의 이 피디가 은수를 보자 놀라서 소리쳤다. 이 피디를 포함, 오리온 팀 세 명과 승모, 은수가 모여 기획회의를 하는 날로, 모두 회의실에서 모이기로 해 오리온 팀은 이미 다 와 있었고, 뒤늦게 들어온 승모 역시 은수를 보며 깜짝 놀란 얼굴을 해보였다.

"여잔 꾸미기 나름이라더니, 은수 씨가 이렇게나 이뻤나? 맨날 소박한 모습만 보다가 이런 모습 보니 완전 딴 사람이네?"

오리온의 촬영감독도 한마디 거들었다.

"가만…… 특별히 화장을 짙게 한 것도 아닌데……."

이 피디가 은수를 들여다보며 고개를 갸웃했다.

"쑥스럽게 왜들 이러세요? 아이라인 하나 했을 뿐인데……. 이제 완연한 봄이잖아요. 기분 전환한 거죠, 뭐."

은수는 수줍게 말했다. 평소에도 그녀가 원피스를 전혀 안 입는 것은 아니니, 정말 달라진 것이라고는 눈 화장과 머리끝에 굵게 들어간 웨이브뿐이기는 했다. 그런데 그 작은 차이 하나가 승모를, 은수에게서 눈을 뗄 수 없게 만들었다.

"여봐, 여봐. 우리 주 피디님. 완전 뿅~ 가셨네."

이 피디가 승모를 보며 악의 없이 놀리자 모두 웃음을 터뜨렸다. 승모는 멋쩍어 하면서도 굳이 부인하지 않았다. 그의 눈에 비친 은수의 모습이 숨 막히게 아름다웠기 때문이다.

기획회의를 마친 후, 은수와 승모는 좀 늦은 점심을 먹으러 방송국을 나와 부근의 식당가로 움직였다.

"누가 납치해 갈까 무섭네."

승모는 불쑥 입을 열었다.

"응? 납치?"

"그대가 너무 눈부시게 아름다워서 어떤 놈이 납치할까 무섭다구."

"방송국에서 정말 예쁜 탤런트들을 많이 보는 피디가 그런 말을 하면 내가 믿어줄까 봐?"

"믿거나 말거나, 난 진심이라는 거."

"말이라도 고맙다는 거."

"우리 은수 씬 너무 겸손해. 자기가 얼마나 이쁜지 전혀 모른다니까. 아, 잠깐만……."

승모는 핸드폰을 꺼냈다.

"사진 한 장만 찍자. 활짝 웃어."

그는 은수의 가슴 정도까지 나오는 크기로 사진을 찍었다. 그리고 음식점에 들어가 주문한 음식이 나오기를 기다리는 사이로 문자를 찍어 사진과 함께 어디론가 보냈다.

"자기 사진 보냈다. 아까 찍은 거."

"응? 누구한테?"

"무형이. 도저히 자랑 안 하고는 못 배기겠어서 말이지."

"팔불출!"

"괜찮아. 무형이가 아무리 이쁜 여자들을 갈아치워도 난 자기만 있음 하나도 안 부럽거든."

자신의 말을 증명이라도 하듯 그의 표정에는 자부심마저 깃들어 있었다.

승모의 문자를 무형이 받은 것은 인천으로 가는 구단버스 안에서였다.

〈잠시 팔불출 짓 좀 한다. 우리 은수 씨가 오늘 완전 천사가 돼 나타났지 뭐야? 우리 애인이 이렇게 이쁘다는 거. 하하.〉

무형은 문자에 첨부된 사진을 핸드폰의 화면 가득 채웠다. 사진 속의 은수는 오후의 찬란한 햇빛을 받으며 활짝 웃고 있었는데 생동감 넘치는 그녀의 표정에 더해, 마치 그녀의 웃음소리가 귓가에 들리는 듯했다.

"누구예요? 와, 이쁘다……."

무형 옆에 앉은 팀의 후배가 곁눈으로 슬쩍 사진을 보며 말했다. 무형은 말없이 핸드폰을 끄고 창밖으로 눈을 돌렸다. 승모와 은수의 악연을 알고 있는 그로서는, 승모는 몰라도 은수가 만약 그 사실을 알게 되면 어떤 충격을 받을지 짐작조차 되지 않았다. 더구나 무형이 그 사실을 알고도 침묵했다는 것을 알면 과연 그를 용서할까. 불현듯 '침묵의 방관자인 네가 더 나빠' 했던 은수의 얼굴이 떠올랐다. 그리고 그것이 떠오를 때마다 무형은 목에 가시가 걸린 듯 불편했다.

✶

은수는 변했다. 아니, 변해갔다. 그것도 시간을 두고 천천히, 그래서 가까운 사람들도 미처 의식하지 못할 정도로, 그녀의 변화는 공기처럼 퍼져 사람들의 눈을 미혹했다. 은수는 먼저 허리를 펴고 당당하게 걷기 시작했고, 그것이 적응되자 항상 사람들을 대할 때 밝은 표정과 미소 띤 얼굴을 잊지 않았으며, 이러한 변화도 익숙해질 때쯤에는 그녀가 하고 있는 일에 보다 적극적으로 자신을 어필하기 시작했다. 원래 은수는 풍부한 독서량과 예민한 감수성을 지녀, 그 두 가지가 시너지 효과를 일으키면 놀라운 재능으로 나타날 수 있는 여인이었다. 그러나 수줍고 소극적인 성격 탓에 자신이 지닌 재능에 비해 그것이 그만큼 발현될 기회를 갖지 못했다. 이제 그녀는 그것을 깨고 자신의 존재와 가치를 조금씩 입증하려 했다.

　은수의 그러한 노력은 짧은 시간에도 효과가 나타나기 시작했다. 그것은 일찍이 그녀를 알았던 남자들도 새삼 그녀에게 관심을 보이는 것에서부터였다고 해도 틀리지 않을 것이다. 은수가 주승모와 교제하고 있다는 사실은 그들에게 별 문제가 되지 않았다. 승모로부터 그녀의 마음을 빼앗으면 되는 것이니 무슨 문제겠는가.

　그렇게 시간이 흘러 계절은 서서히 여름으로 접어들고 있었다.

　방송국 근처의 점심시간은, 주변에 깔린 증권사들과 은행 등 다양한 직업군의 사람들로 각 음식점마다 만원사례였다. 식당 입구 앞으로 차례를 기다리며 줄을 선 사람들의 모습도 그리 낯선 풍경만은 아닌 북새통에서, 승모는 그의 동료 세 명과 함께 점심 식사를 하고 나서, 동료들 중 흡연을 하는 동료 한 명과는 또 따로 남아, 식당가 곳곳에 비치된 한 벤치에서 담배를 피우고 있었다. 두 사람이 앉아 있는 곳의 바로 맞은편이 흡연실을 갖춘 커피전문점이었지만 역시나 만원이라 들어가기를 포기한 채였다. 그런데 그 커피전문점의 입구로부터 승모의 눈에 매우 낯익은 여자가 모습을 보였다. 바로 은수였다. 혼자가 아닌, 중년의 남자를 동반하고 있었는데, 온화한 인상에, 검은색 뿔테 안경과 세련된 옷차림이 어우러져 무척 지적인 분위기를 풍기는 사십대 초반 정도의 남자였다.

"하 작가랑 같이 있는 사람, 서현 작가 같은데……?"

승모의 동료 역시 은수와 중년의 남자를 보고 있어 먼저 입을 열었다.

"네, 그런 것 같네요."

승모는 별다른 내색 없이 대답했다. 서현 작가라는, 중년의 남자는 은수를 데리고 곧 두 사람의 시야에서 멀어져갔다.

"하 작가가 드라마 쪽에 관심이 있는 모양이네? 주 피디한테 그런 말 해요?"

"네. 원래 드라마 하고 싶어 했으니까."

"근데 서 작가는 좀……. 자기 드라마에 나왔던 탤런트랑 바람나서 와이프랑 별거 중이잖아요. 쪼금 밝힌다던데."

동료의 말에 승모는 딱히 기분 나쁜 내색을 하지는 않았지만 결코 유쾌하지도 않은 것이 그의 솔직한 심정이었다. 아니, 그것은 그가 요즘 은수에 대해 느끼고 있는 미묘한 불안감이라고 하는 것이 더 적절할지도 몰랐다.

승모가 보기에 은수는 점점 아름다워지고 있었다. 하나하나 뜯어보면 뭐가 달라졌는지 알 수 없는데도 은수는 분명 전에 비해 빛이 났고, 그 당연한 결과로 은수를 향한 남자들의 눈길도 뜨거워졌다. 승모는 그것이 불안했다. 사실 불과 얼마 전까지만 해도 승모는 그것을 ―은수를 다른 남자에게 빼앗길까― 걱정한 적도, 걱정할 필요도 없었다. 비록 그녀와 깊은 관계를 갖지는 못했으나, 보다 우월한 위치에서 그녀를 보호하고 또 지배하고 있다고 믿었으니 말이다. 그런데 어느 틈엔가 은수는 승모의 보호가 필요 없다는 듯, 그의 지배를 벗어나 홀로 빛을 발하기 시작했다. 그래선지 그녀에게 관심을 보이는 남자들도 승모의 존재를 별로 개의치 않는 것 같아 그것이 또 못내 승모의 자존심을 상하게 했다. 그렇다고 은수를 육체적으로 '내 여자'로 만든 것도 아니어서, 그녀를 '내 여자'라 믿을 만한 그 어떤 것도 승모는 갖고 있지 못한 셈이었다. 그리고 그것은 그대로 그의 성급함으로 나타났다.

"승모 씨…… 이제 그만……."

은수는 고개를 옆으로 돌리고 두 손으로 승모를 밀쳤다. 그런 은수를 붙들고 입맞춤을 퍼붓고 있는 승모는, 그러나 좀처럼 떨어지려고 하지를 않았다. 승용차 앞좌석에서였다. 차는 승모의 것으로, 어둑한 샛강 근처에 서 있었다.

"그만하라니까."

은수는 목소리를 다소 높였다.

"내가 뭘 했다고? 이제 키스 3초 하다가 거절당하고 있는데."

결국 운전대 쪽으로 몸을 거둔 승모는 두 손을 허공에 가볍게 저으며 황당하다는 몸짓을 해보였다.

"자기, 나 사랑하기는 하는 거야? 어떻게 이젠 만지지도 못하게 하냐?"

승모는 한숨까지 쉬었다.

"나 남자야, 은수 씨. 그것도 아주 건강한 남자. 내가 사랑하는 여자 갖고 싶은 거 당연하다구."

"알아."

은수는 짐짓 다정한 미소를 지어보였다.

"하지만 여잔 자신이 싸구려라는 기분 느끼지 않고 그러길 바래."

"싸구려라니, 말도 안 돼. 자기가 어딜 봐서……. 설마 내가 자기한테 그런 기분을 느끼게 한단 말은 아니겠지?"

"그런 건 아니구…… 순전히 내가 나를 납득시키고 싶은 거야."

"자기, 진짜 어렵다. 어려운 여자야. 미치겠네, 정말……."

"미안……. 조금만 더 기다려줘, 응?"

은수는 다정한 목소리로 말하며 나긋한 손끝으로 승모의 젖은 이마를 부드럽게 쓸어내렸다. 그러자 승모는 다시 충동이 이는지, 은수를 와락 부여잡고 재차 키스를 시도해 보지만 그녀는 다시 그를 밀칠 뿐이어서 결국에는 그도 포기하지 않을 수 없었다. 더 이상 치근덕대다가는 승모 자신의 모양새도 우스워질 뿐더러 한편으로는 자존심도 상해, 그저 제 몸 안에서 용광로처럼 타오르는 욕정을 꾹꾹 참아낼 수밖에 없었다.

승모는 아마 꿈에도 몰랐을 것이다. 그가 참는 것 이상으로 은수 역시 죽을힘을 다해 참고 있다는 것을 말이다. 어쩌면 은수는 참을 수 없는 것을 참고 있는지도 몰랐다. 바로 승모를 참을 수가 없었다. 그의 딱 하나가 참아지지 않았다. 그의 존재도, 심지어는 그가 과거에 했던 짓까지도 참을 수 있었지만 현재 그의 애무만큼은, 키스만큼은 도저히 참아지지가 않았다. 은수는 제 몸을, 그가 만질 때마다 구역질이 날 것 같았다.

6월 중순 어느 날 밤 9시경, 잔잔한 재즈 피아노 소리가 들려오는 성인재즈클럽의 스탠드바에서 무형과 승모가 나란히 앉아 술잔을 기울이고 있었다. 무형이 서울, 홈에서 경기를 갖고 있을 때로, 승모의 요청으로 만난 터였다.

"이건 뭐 인내심 테스트하는 것도 아니고. 아니, 원래 여자랑 자는 게 이렇게 힘들었나? 막말로 안 줄 거면 이쁘지나 말지, 뭐 내 눈에만 이쁜 거라고 한다면 할 말은 없지만, 아냐, 아냐. 그 여자 이뻐. 진짜 이뻐. 아주 돌아버리게 이뻐."

그렇게 투덜거리는 승모는 이미 취해 있었다. 아마도 그는 신세 한탄을 하려 무형을 불러냈던 모양이다.

"내 여자 놔두고 딸이나 치는 놈, 나 말고 또 있나 몰라? 쪽팔려서 어디 가서 말도 못 하겠다니까."

그는 말해놓고 잠시 낄낄댔다.

"그 여자 지금 서현 작가 사무실 드나들며 드라마 수업 받고 있는데, 서 작가가 은수를 아주 잘 봤나 봐. 은수가 글은 잘 쓰니까 뭐, 시간문제일 뿐 성공하긴 할 것 같아. 근데 그 서 작가도 소문이 좀……. 암튼 뭐, 은수가 일도 열심히 하고 있으니 딱히 시비

걸 것도 없고……. 근데 정말 미치겠는 건 뭐냐믄 이 여자 말이야, 어떨 땐 또 얼마나 다정하게 입 안의 혀처럼 구는지…… 아, 내 여자 맞네……, 이렇게 착각하게 만들고, 돌아서는 순간 불안하게 만들고……. 뭐냐고!"

승모의 투정 어린 불평이 계속되는 동안 그 곁에서 무형은 말한마디 없이 술만 마시고 있었다. 재미있는 것은, 아마도 승모가 불평을 늘어놓고 있는 대상이 은수가 아니었다면 그는 결코 승모의 말을 참을성 있게 듣고 있지는 않았을 것이라는 점이다.

무형은 지난 4월에, 은수가 그의 아파트에서 통곡하듯 울고 간 뒤로 —그가 직접 그녀의 집에 바래다 준 뒤로— 단 한 번도 그녀를 보지 못했다. 은수의 얼굴을 보는 것은 차치하고라도, 근황만이라도 알았으면 했지만 그가 직접 연락을 하기는 또 애매했던 터라, 그저 지금처럼 승모를 통해 듣는 것이 그녀에 관한 소식의 전부였다. 4월의 그날 이후, 무형은 설마 이렇게 오랫동안 그녀를 만나지 못하리라고는 생각 못 해, 지난 2개월간 그가 겪은 혼란도 사실은 승모만큼이나 어지러웠다.

"너처럼 아무 감정 없이 여잘 만나면 속은 편하지 싶어 부럽다. 근데 난 섹스뿐 아니라 사랑도 필요하거든. 와이프가 필요하거든. 정말이지 나도 내가 이렇게 빠질 줄은 몰랐어. 그런데 나만 점점 빠지고 은수는 첨이나 지금이나 그냥 똑같고, 그래서 말이야…… 점점 참는 게 힘들어. 며칠 전에도 여우처럼 사람 완전 홀려놓고 뒤로 빠지는데 나 정말 그거 참느라고 반 죽는 줄 알았다니까……."

그렇게 말하는 승모의 모습은 처량 맞아 보이기까지 했다.

"고문도 그런 고문이 없다. 이러다 나도 모르게 그 여자 덮칠까 싶기도……."

순간 승모는 '아차' 하는 얼굴로 얼른 입을 다물고는 슬며시 무형의 눈치를 살폈다. 무형은 아무 말 하지 않았지만 그의 눈빛만으로도 승모는 오금이 저렸는지 재빨리 일어나 '실수야, 실수' 하며 몸을 돌렸다. 아마도 화장실을 향하는 것이리라.

그 사이 무형은 핸드폰을 꺼내 그 안에 저장된 은수의 사진을 열었다. 전에 승모가 보내준 바로 그 사진이다. 지난 2개월간 무형은 사진 속의 은수를 족히 수백 번은 본 것 같았다. 밥 먹을 때나, 경기 중 더그아웃에서나, 구단버스로 이동할 때나, 시도 때도 없이 그녀의 사진을 꺼내들어, 심지어는 사진을 보고 있는 자신을 갑자기 의식할 때도 있었다. 그러고 나서야 무형은, 자신이 하은수라는 여자를 보고 싶어 한다는 사실을, 그것도 최근에서야 깨달았다. 그러나 '보고 싶다'는, 사랑이 시작하는 감정의 첫 단계마저도 무형에게는 아직 욕정의 색다른 변주에 지나지 않았다.

"승모야."

승모가 화장실에서 돌아왔을 때 무형은 그 특유의 느릿한 어조로 입을 열었다.

"하은수 씨와 자고 싶으면 그녀를 설득하고, 설득이 되지 않으면 포기해. 만약 한 번 더 그런 일 만들면 넌 내 손에 죽는다."

승모는 얼른 고개를 끄덕였다. 그리고 마치 과거의 기억을 떨쳐내려는 듯 술 한 잔을 단숨에 비웠다. 12년 전 당시, 무형이 입을 열지 않아 무사할 수 있었지만 또한 무형한테 딱 죽지 않을 만큼 당해서 그 기억 또한 아직도 그를 몸서리쳐지게 만들었다. ─야구는 그 연장선에서 그만 두었다— 그 기억이 도리어 자신이 저지른 범죄보다 더 그를 두렵게 만드는지도 몰랐다. 당시 승모와 함께했던 두 선배 중 한 명이 진즉에 야구 인생을 종쳤는데 그것 역시도 무형의 짓이란 것을 승모는 눈치채고 있었다.

햇빛이 쨍쨍한 어느 휴일의 잠실야구장 주변은 경기가 시작되기 한참 전부터 꽤 많은 사람들로 북적였다. 관중석에도 벌써부터 자리를 차지하고 앉아 있는 사람들이 적지 않았는데 오히려 그라운드는 텅 비어, 선수들이 몸을 풀러 나오기에도 아직은 이른 시간인 것을 대신 보여주고 있었다.

홈팀의 라커룸에는 무형을 포함, 그의 팀 선수들이 유니폼을 갈아입거나 갈아입기 전의 모습들로 역시나 한가로운 풍경 속에 있었다. 무형은 유니폼 하의와 베이스볼 티 차림에 마침 야구모를 깊이 눌러쓰던 중 핸드폰 벨소리를 들었다.

무형이 라커룸을 나왔을 때는 그 차림 그대로 손에 핸드폰만 든 채였다. 그는 제 느린 말투만큼이나 느린 걸음으로, 그러나 서두는 것이 분명해 보이는 큰 보폭으로 구장 내의 한 주차장을 향했다.

무형이 주차장에서 무엇을 찾고 있는지는 아주 쉽게 발견되었다. 경기 시작까지는 여유가 있는 시간이라 주차장에는 차들이 반도 차지 않은 데다 햇빛이 쏟아지는 그곳을 오가는 사람들도 거의 없어 더욱 그랬으며, 무엇보다 그의 독특한 검은색 승용차 앞에 서 있는 피부가 하얀 여자의 모습이 유난히 도드라져 보인 때문이기도 했다.

은수였다. 흰 바탕에 베이비블루 컬러의 패턴이 들어간 원피스를 입고 있는 그녀는 강렬한 태양 아래에 자신을 고스란히 내놓은 채였다. 그녀는 전보다 좀 야위어 있었다. 아니, 눈부시게 밝은 햇빛으로도 드러낼 수 없는 그녀 자신의 처연함을, 조금 바뀐 머리 모양과 아이라인으로 감추고 있는 흔적일 뿐이라고 말하는 편이 옳을지도 모르겠다. 무형의 동공에 비친 은수는, 그러나 그 모든 것에도 불구하고 여전히 그가 알고 있는 은수였으며, 그 독특한 수줍음 위에 자리한 풍부한 표정 역시 그녀의 눈빛과 섬세한 입술 끝에서 다양한 빛으로 반짝였다.

"우리 여기서 한 번 만났던 거 기억해요?"

무형이 은수 앞으로 가까이 다가와 섰을 때 먼저 입을 연 사람은 은수였다.

"기억합니다."

무형은 대답했다. 그는 은수 앞으로 오는 내내 한 번도 그녀의 얼굴에서 눈을 떼지 않았고, 말을 하는 순간에도 마찬가지였다. 그에게는 두어 달 만에 보는 은수였다.

"지금 내가 서 있는 이 자리에 그땐 어리고 예쁜 치어리더가 서 있었죠?"

은수 역시 무형을 빤히 보며 말을 했다.

"그 치어리더한테 무형 씨가 무슨 짓을 했는지도 기억해요?"

"네."

그의 대답과 동시에 은수의 눈은 아래를 향해 무형의 손에 머물렀다.

"저 손을 거쳐 간 여자들이 정말 한 트럭쯤 될까?"

은수가 혼잣말처럼 한 탓인지 무형의 대꾸는 없었다. 그녀는 다시 고개를 들고 손을 내밀었다.

"오랜만이에요."

"네."

무형은 은수의 그 손을, 그의 손에 비하면 턱없이 작고 가녀린 그녀의 손을, 혹 부서지기라도 할까 조심하는 양 살포시 잡았다. 그것은 또한 그가 의식한 것 이상으로 온전히 은수에게도 전달되었다.

"나 안 보고 싶었어요?"

은수의 갑작스러운 질문에, 무형은 얼른 대꾸를 못 했다.

"난 무형 씨 보고 싶었는데."

이어지는 은수의 말에도 무형은 역시 입을 열지 못했다.

"사실은 부탁이 있어서 일부러 왔어요. 한 10분 정도 시간이 되나요?"

"네. 시간 됩니다."

은수는 가방에서 야구공 하나를 꺼냈다.

"사인 좀 해주세요. 이거 말고 4개 더 있거든요. 그러니까 모두 5개 해주시면 돼요. 펜도 준비했어요."

"그러죠."

무형은 바지주머니에서 자동차 키를 꺼내 먼저 조수석의 문을 열어 은수를 태운 후, 그 자신은 반대편으로 가 은수 옆으로 탔다. 차 안에서 은수는 공과 펜을 무형 앞으로 내밀었다.

"내가 주로 아쉬운 부탁을 해야 하는 사람들 중에 무형 씨 팬들이 몇 명 있어서요. 이거 선물하면 점수 좀 딸 거 같거든요. 사람들이 그러는데 무형 씨 사인볼 구하기 쉽지 않다고 하더라구요."

무형이 말없이 공에 사인을 해서 은수에게 다시 주자 은수는 다른 야구공을 무형에게 건넸다.

"아, 근데 포크볼이란 게 어떻게 던지는 거예요?"

"그건 어디서 들었어요?"

무형은 공에 사인을 하려다 말고 은수와 눈을 마주했다.

"그냥 어디서 들었어요. 무형 씨가 그거 잘 던진다면서요."

무형이 사인하기 위해 들고 있던 공을 이용해 검지와 중지를 브이 모양으로 벌려, 그 사이에 공을 낀 모습과 실밥의 위치를 알려주었다.

"이렇게 잡고 투구를 하죠. 보통은 공이 회전하면서 날아가는데 포크볼은 회전이 거의 없이 날아 공기의 저항을 받기 때문에 타자 앞에서 속도가 죽으며 뚝 떨어져요. 그래서 타자들이 타격 포인트를 잡기 힘든 겁니다."

"아아~."

"이해가 돼요?"

"글쎄 뭐…… 반만?"

하며 은수는 하얀 이를 드러내며 웃음을 띠었다.

"잡아볼래요?"

무형의 권유에 은수가 손을 내밀자 무형이 그녀의 손에 야구공을 쥐어주고는 포크볼 투구 시의 손 모양으로 잡아주었다. 은수의 흰 손에 닿은 무형의 갈색 손이 묘한 대비를 이루고, 그의 커다란 손 안에서 그녀의 손은 고사리손 같았다.

"요새 나 야구 공부해요."

은수는 불쑥 말했다. 그녀는 정말 그동안에 TV의 스포츠 채널을 통해 프로야구 녹화방송을 열심히, 그리고 꾸준히 봐왔다. 물론 은수가 본 것은 무형이 나오는 경기뿐으로, 그가 마운드에서 투구하는 모습에서부터, 투구 시 그만의 독특한 버릇이나 변화를 특히 눈여겨봤다. 처음에는 마운드 위에서의 무형과 평소의 그의 모습 사이에서 특별히 다른 점을 발견할 수 없었다. 무엇보다 그의 와인드업 동작은 느린 편이어서, 은수가 보기에는 평소의 그와 전혀 다를 바가 없었기 때문이다. —그럼에도 그의 공이 강속구라는 것을 은수가 실감하기에는 무리였을 것이다— 그런 중에 처음으로 은수를 깜짝 놀라게 한 것은 투수의 수비가 일어났던 순간이었다. 타자가 친 공이 투수 앞으로 튀어 오르자 무형이 그것을 잡아 1루 수비수에게 던지는 동작은 단 1초라도 불필요하게 버리는 움직임 없이, 모든 동선이 하나로 연결된 것처럼 빠르고 깔끔하게 떨어져, 야구에 대해 잘 모르는 은수가 보기에도 그림 같았던 것이다. 더구나 그 부분만 따로 떼어서 보면 무형의 움직임은 마치 정상의 속도에서 갑자기 몇 배 빠른 속도로 전환되는 느낌마저 들어, 은수는 자신이 알고 있는 무형과 마운드의 투수가 같은 사람이 맞나 싶었을 정도였다. 물론 경기를 계속보면서 무형의 그런 모습은, 그가 루상의 주자를 견제하거나 스퀴즈 플레이 등의 수비 시에 늘 보인다는 것도 알게 되었다.

또 하나 그녀의 눈길을 끈 것은 무형의 표정이다. 그의 얼굴은 포커페이스에 가까울 만큼 거의 표정 변화가 없는 편이지만 그런 그도 루상에 주자가 있을 때는, 없을 때와 분명히 달랐다. 그리고 그 차이는 그의 눈빛이었다. 마운드에서 위기상황일 때 그가 보인 눈빛을, 은수는 평상시의 그에게서는 단 한 번도 본 적이 없었다.

"야구 선수들한테 성폭행당하고 야구가 싫어진 게 쪽팔려서요. 한번 극복해 보려구요."

은수는 야릇한 미소를 지었다.

"대견하지 않아요?"

"네."

무형은, 역시나 무심한 눈빛으로 짧게 대답했다.

"그건 대견하다는 거예요, 아니라는 거예요?"

"대견합니다."

"무형 씨 경기 자주 보러 올게요. 해설자가 필요하니 승모 씨도 같이. 요즘 그 사람, 나랑 잘 생각만 해서 좀 피곤하긴 한데……."

은수는 두 번째 사인볼을 무형에게 받으며 세 번째 공을 넘겼다.

"자줄까요, 말까요?"

은수의 물음에 무형은 사인하려다 말고 눈을 들어 은수를 향했다.

"승모 씨가 하도 졸라서요. 보시하는 셈 치고 한 번 자줘? 하는 마음까지 들더라구요. 이건 뭐 중생구원도 아니고…… 아니, 구원이 될 수도 있으려나? 무형 씬 어떻게 생각해요?"

"은수 씨 마음이죠."

무형은 세 번째 사인볼을 넘기고 그녀로부터 네 번째 공을 받았다.

"내 마음인 건 맞는데, 요즘 승모 씨 보면 딱 발정난 개 같아서요……."

은수의 말에 무형은 사인하다 말고 다시 눈을 들었다. 그녀는 미소 짓고 있었다.

"무섭거든요. 16살 때 강간당했는데 28살에 또 당하진 않겠죠? 아무리 내 운명이 엿 같아도…… 그건 너무 심하지 않겠어요? 그래서 당하느니 그냥 주는 게 낫겠다 싶더라구요. 16살 때완 다르게 이번엔 날 사랑한다고 매일 노랠 부르는 남자니까……."

무형은 말없이 사인볼을 주고 마지막 공을 건네받았다.

"어떻게 생각해요? 한 번 자주는 게 나아요? 아님 버티다 당하는 게 나아요?"

"자고 말고는 은수 씨 선택입니다."

"당하는 것도 내 선택이에요? 내가 선택해서 강간당했어요?"

"이제 그럴 일 없을 겁니다."

"그걸 무형 씨가 어떻게 알아요? 인간이 발정난 개가 되면 어떻게 되는지 매일 뉴스에 나오고 대다수는 침묵하는데."

"하려고 했던 말을 해봐요."

마지막 공에 사인을 마친 무형이 그녀의 의중을 묻는 것과 다름없는 말로 그 대화에 끝을 내려했다.

"나, 애 못 낳는대요."

무형이 들고 있는 공에 손을 가져간 은수는 아주 기꺼운 얼굴로 그의 말을 냉큼 받았다.

"자궁이 망가졌대요. 승모 씨가 이런 나와 결혼해 줄까요?"

무형은, 그의 눈을 들여다보듯 코앞에 다가와 있는 은수의 얼굴을 보는 것이 불편해졌다. 그 불편은 또 처음도 아니었다. 목에 가시가 걸린 것과는 또 다른, 마치 가슴 한편에 기묘한 화학작용이 일어나듯 불쾌감을 주면서도 딱히 통증이랄 것도 없는, 바로 그것이었으니까.

"불리하면 침묵하는군요? 사인 고마워요."

마지막 사인볼을 가방에 넣은 은수는 즉각 대답하지 못하는 그를 기다려 주지 않고 지체 없이 차에서 내려, 뒤이어 내린 무형의 시야에서 뒤도 돌아보지 않고 사라져갔다.

이튿날 은수는 무형의 사인볼을 들고, 최무형의 팬이라고 자처하던 지인들을 돌아다니며 하나씩 나눠주었다. 그중에는 오리온의 이 피디와 현재 은수의 드라마 작업을 도와주고 있는 서현 작가도 포함되었는데 사인볼을 받은 사람들 모두가 기대 이상으로 기뻐해, 은수는 도리어 놀라고 말았다.

〈사인볼 다 돌렸어요. 반응 완전 대박. 나중에 몇 개 더 부탁해요.〉

은수는 그렇게 문자를 보냈다.

〈네.〉

무형의 답문은 간단했다. 그것도 은수가 문자를 보낸 지 두 시간 만이었다.

〈아참, 내 꺼두요.〉
〈네.〉
〈물론 난 무형 씨 팬은 아님.〉
〈압니다.〉
〈근데 사인볼로 여자들 꼬신 거 아녜요?〉
〈아닙니다.〉

무형의 문자들을 보다가 은수는 그만 웃고 말았다. 문자도 어쩌면 그리 그의 말투와 똑같은지, 음성지원이 되는 듯 착각이 들 정도였다.

은수는 집에서 시간이 날 때마다 무형이 나오는 경기를 일일이 다 챙겨봤다. 실황을 못 볼 때가 많아 스포츠 채널에서 해주는 녹화방송을 주로 봤는데 여전히 그녀는 직구와 변화구도 구분 못 하고, 무형이 던지는 공의 구질도 몰랐지만 야구 경기의 기본 룰은 어느 정도 이해할 수 있게 되었다. 그리고 은수가 야구처럼, 이전에는 관심도 없고 거의 본 적도 없었지만 지금은 열심히 보고 있는 것이 바로 성인동영상이었다. 그녀는 그런 동영상을 여러 개 다운받아 놓고 보며, 자신이 섹스에 대해, 스스로 이해하고 있던 이상으로 무지하다는 사실을 조금씩 깨닫고 있었다. 은수는 승모를 만나기 전까지 연애를 두 번 했었는데 모두 대학 때였으며 잠자리를 함께하는 데까지 이르지는 못했었다. 연애도 시간과 돈과 마음의 여유가 있어야 순조롭게 되는 것이었을까, 학비를 거의 스스로 조달해야 했던 은수는 대학 때는 아르바이트로, 졸업 후에는 대출금을 갚으며 먹고 사는 것에 바빴었다.

은수는 컴퓨터에서 성인동영상을 열어놓고 모니터에 눈을 고정했다. 그녀는 특히 발기된 '남성'에 주의를 기울였다. 그것으로 무형을 떠올리고, 영상 속의 남자와 여자를 무형과 은수 자신의 모습으로 상상하기도 했다. 영상 속에서 벌어지는 것들 중에서 은수가 가장 보기 힘들어하는 것은 펠라치오였는데 그것을 보고 있으면 비위가 상해 토할 것 같았다. 더구나 남자가 사정하는 순간에, 그 정액을 입으로 받아내는 여자의 모습이 이어지면 은수는 늘 외면하고 말았다. 마음으로는 그것도 태연하게 봐야 한다고 주문을 외면서도 또한 한 번도 빠짐없이 그것으로부터 눈을 돌렸다. 이번에도 은수는 결국 '커피 타야지' 하면서 주방으로 움직였다.

"배고파 죽겠다."

은수가 외주제작국에서 승모를 만났을 때 그는 대뜸 그렇게 입을 열었다. 은수는 오리온의 일로 취재를 다녀오던 길에 그와 전화 통화를 한 후 들른 길이었다.

"지금 5신데, 저녁 먹기엔 이르지 않아? 점심 못 먹었어?"

"아주 안 먹은 건 아닌데, 오늘 점심 전후로 바쁘게 처리해야 할 일이 있어서 햄버거 하나로 때웠더니만……."

"그럼 정말 배고프겠다. 그럼 같이 나가자, 승모 씨."

두 사람은 방송국 근처로 나와 콩국수 음식점 안으로 들어섰다. 음식점 안은 이른 저녁 손님들로 제법 붐볐다. 승모만 콩국수를 주문하고 은수는 음식점 내 무료 자판기 커피를 하나 뽑아 왔다. 주문한 콩국수는 금방 나왔다. 승모가 콩국수를 먹는 동안 은수는 식당 내 대형 TV를 보고 있었는데, 마침 손님 중 한 명이 채널을 돌려 뉴스 중이던 TV 화면은 금세 야구중계로 바뀌었다. 화면에는 마운드에서 로진백을 만지고 있는 무형의 모습이 나오고 있었다.

"최무형 씨네."

은수의 말에 승모도 TV로 눈을 돌렸다. TV에서는 마침 상대 팀의 타자가 타석에 들어서고 있었다. 이어서 무형의 투구 모습이 불과 몇 번 나오는가 싶더니 타자는 삼진아웃으로 물러났다.

"이야, 스윙 아웃 봐라."

TV에 재생되는 슬로모션 장면을 보며 승모가 감탄했다.

"타이밍 완전 뺏는 저 체인지업, 죽이는데……, 삼구삼진이다. 오늘 컨디션 좋은 모양이야."

"삼구삼진? 그게 뭔데?"

"공을 딱 세 번 던져서 아웃시키는 거야."

"근데 저긴 어디지? 원정지인 것 같은데."

"광주야."

"아, 무형 씨가 지금은 광주에 있구나……."

"슬라이더 봐라. 타자가 손도 못 대네."

TV에서는 삼진으로 물러나는 타자의 모습과 함께 '최무형 투수, 오늘 아주 좋습니다' 하는 해설자의 목소리도 들려왔다.

"좋아. 오늘 잘하면 완봉이다. 여자 없다더니 힘이 남아도는 모양인데?"

승모가 웃음기 띤 얼굴로 말했다.

"지금 사귀는 여자 없대?"

"응. 처음이야, 여자 없단 소리 들은 게. 더 새롭고 신선한 자극이 없다나……, 뭐 그것도 잠시의 권태겠지만."

무형이 여자들을 통해 얻고자 하는 것은 오직 자극과 쾌락뿐이구나, 그것을 몰랐던 것도 아니면서 은수는 새삼 확인하며 쓴웃음을 머금었다. 새 여자는 새로운 자극이요, 동시에 증폭하는 자극으로, 최고조의 쾌락에 이르는 도구일 뿐일 테니, 반복되다 보면 내성도 생겨 '더 강하고 더 센 것'을 찾다 급기야는 완전한 쾌락, 완전한 절정이라는 허상을 향해 달려갈 것이다. '나 같은 숙맥이 그런 남자를 상대할 수 있을까' 하는 생각 끝에 은수는 절로 한숨을 쉬었다.

"근데 최무형 씬 여자면 다 좋아하는 거야? 이상형, 그런 건 없나?"

"이상형?"

승모는 웃음을 터뜨렸다.

"그런 단어를 무형이한테 쓰니까 진짜 안 어울린다. 아, 뭐 좀 더 끌리는 여자가 있긴 하겠지만 길어봤자 6개월 시한부니 이상형이란 건 의미가 없지 않나?"

"그래도 취향은 있을 거 아냐?"

"글쎄…… 내가 그 자식 여친을 다 본 것도 아니고, 무형이가 그런 말을 하는 것도 아니라서……. 내 생각엔 그냥 얼마나 자극적인가, 이런 게 기준이 아닐까 싶은데? 임유라처럼 몸매 되고 뭐 그런 거?"

"다시 말해서…… 잘하는 여자?"

'잘하는 여자'를 좋아한다고 은수가 생각하는 무형이, 실제로는 매일 숙맥을 머릿속에 떠올리고 있다고는, 정작 그 숙맥인 은수는 아마 상상도 못 했을 것이다. 무형은 어쩌면 그 때문에라도 잠시나마 여자에 흥미를 잃어버렸는지도 모를 일이다.

광주에서 무형이 탄 구단버스는 밤 9시가 조금 넘어서 시내의 한 호텔에 선수들을 내려놓았다. 이 호텔은 무형의 팀이 광주의 원정지 숙소로 이용하는 곳이었다. 무형을 포함한 선수들과 코칭 스태프들은 각자의 가방을 들고 호텔 로비로 들어섰다.

"무형아."

누군가 조용히 부르는 소리에, 무형이 소리 나는 쪽으로 고개를 돌리니 팀 동료 중 하나였다. 동료는 한 방향으로 눈짓을 해보였다.

"널 보는 것 같은데?"

동료의 눈짓을 따라 눈을 옮긴 무형은 그곳에서 이십대 초반의 낯익은 여자 하나를 발견했다. 여자는 배시시 웃는 낯으로 무형을 향해 손짓을 살살 해보였다. 아마도 이 로비에서 꽤 오래 무형을 기다렸을 것으로 보이는 여자는 단발머리에 약간 고양이 상을 한, 전에 무형이 그의 차 안에서 관계를 가졌던 여자로, 그 후 두 번을 더 만난 후 한 달 전에 정리가 된 여자였다. 현 시점에서 보자면 무형의 마지막 여자인 셈이다.

무형은 여자에게 눈을 둔 채로 누군가의 이름을 불렀다. 그러자 마침 무형 뒤를 지나던 선수 하나가 '네'라고 대답하니 무형은 제 손에 들고 있던 가방을 그 선수에게 던졌다.

"갖다 놔."

팀 내 후배로 보이는 선수에게 가방을 던진 무형은 곧장 여자에게 발길을 옮기며 턱짓으로 따라오라 신호했다. 여자는 얼른 무형을 따라 로비의 끝으로 가, 그와 나란히 앉았다. 마침 로비에는 사람이 많지 않았다.

"우리 딴 데로 가자, 오빠."

"뭐야? 용건이."

여자의 말을 무시하고 툭 던지는 투로 무형이 물었다.

"아이 참, 쌩하긴. 보고 싶어 광주까지 날아왔더니."

"자칭 선수라기에 거머린 아닐 줄 알았더니. 폐업한 데서 삽질해 얻어걸리길 기다리는 거면 번지수 잘못 골랐고."

줄곧 앞만 보며 말하는 무형을 향해 여자는 입을 삐죽거렸다.

"보고 싶어서 왔다고 했잖아요."

"보고 싶으면 TV에서 봐라. 스포츠 채널에서 프로야구 중계다 해주니까."

무형은 그제야 여자에게 슬쩍 고개를 돌렸다.

"놀고 싶을 땐 딴 데 가서 놀고. 알아듣지?"

"왜 그래요? 오빠. 솔직히 나 정도면 괜찮지 않나?"

여자가 야릇한 표정으로 무형과 눈을 맞추며 그의 팔을 은근히 꼬집었다.

"오빠도 만족했으면서, 갑자기 싫증난다고 하니 솔직히 안 믿어져. 딴 기집애 있어요?"

"있으면?"

"걔가 나보다 잘해요?"

여자는 입을 약간 벌리고 혓바닥으로 자기 윗입술을 한 번 슥, 훑았다. 무형은 별다른 반응 없이 그저 그 꼴을 보고만 있었다.

"오늘 내가 뿅 가게 해줄 테니 나가요, 우리. 응?"

"그래, 뿅 주고 이쁨 받아. 단 딴 놈들과 주고받아. 나한테만 붙지 마라. 이제 난⋯⋯."

무형은 잠시 말을 끊고 여자 얼굴 가까이 그의 얼굴을 가져갔다.

"네 얼굴만 봐도 토할 거 같아서 말이다."

순간 여자의 얼굴이 흙빛으로 변했는데도 무형은 개의치 않았다.

"근데 너, 실력에 비해 자부심만 너무 큰 거 아니니?"

무형은 그 말을 마지막으로 자리에서 일어나 마치 아무 일도 없었다는 듯 평소처럼 느릿한 걸음으로 승강기를 향했다. 얼굴이 시뻘게진, '자부심만 큰' 여자는 곧 무형의 뒤를 빠르게 뒤쫓아, 호텔 직원들이 놀라서 보고 있는 가운데 무형을 향해 가방을 높이 쳐들었다. 그러나 무형이 소리만으로도 움직임을 간파했는지 돌아보지도 않고 그저 어깨만 슬쩍 움직여 여자의 공격을 피하니, 여자는 그만 앞으로 철퍼덕 나자빠지고 말았다. 꼴사나운 모습으로 바닥에 엎어진 여자를 향해 호텔 직원들이 달려오고 구경꾼들이 웃음을 터뜨리는데도, 무형은 여자를 돌아보거나, 당황하거나, 혹은 의식하는 느낌이라고는 눈곱만큼도 없이 태연하게 승강기를 기다리고 있었다. 곧이어 들리는 여자의 어린아이 같은 울음소리에도 그는 눈길은커녕 일말의 동요조차 보이지 않았다.

승강기에 오른 무형은 승모의 전화를 받았다.

7.
도살장의 추억

 광주 경기를 끝내고 무형의 팀은 서울로 올라왔지만 홈경기가 아닌 목동 원정이었다. 이어서 잠실에서만 다시 홈과 원정경기가 이어지는 일정이라, 무형은 10일 넘게 서울에서만 지낼 수 있게 되었다. 무형은 광주 1차전에 선발로 나왔던 터라 목동 3차전에 다시 선발 등판하는 일정으로 짜여 있었는데, 승모의 전화는 그런 무형의 일정을 물어본 것이고, 목동 3차전 때 은수와 함께 경기장을 찾으니 경기 끝나고 함께하자는 내용을 덧붙였다.

 무형은 문득 야구 공부를 한다 했던 은수의 말을 떠올리며 그녀의 의중이 무엇일지 생각해 봤지만 길게 가지는 않았다. 그녀의 의중이 뭐라도 상관없었다. 지금은 무슨 핑계든, 어떤 형식으로든 그녀의 얼굴만 본다면 무형은 만족했다.

 목동에서 열리는 3차전은 목요일 6시에 시작됐다. 목요일은 화요일과 함께 승모에게 가장 바쁜 날이었음에도, 경기 관람 후 밤이라도 샐 작정으로 은수와 함께 경기장을 찾았다. 은수가 야구를 본다는 것은 그만큼 그녀와 함께 즐기는 시간을 가질 수 있다는 것이니 승모에게는 기쁜 일이었다. 은수와 승모는 무형이 보내준 티켓으로 지정석에 앉아 관람했다.

6회 말에 무형의 팀에 위기가 찾아왔다. 상대 팀 첫 타자의 평범한 땅볼을 유격수가 잡아 1루로 던졌는데 그것이 악송구가 돼서 주자 세이프가 된 것이다. 이어 상대 팀의 번트 성공으로 주자가 2루로 간 후 다음 타자 때 무형의 제구가 안 되면서 포볼을 주고 말아 결국 원 아웃에 주자가 1, 2루인 상황이 되었다.

"저번에도 에러 땜에 무형이가 패전투수 됐었는데. 이제 안타 하나면 실점이라 정신 차려야겠다."

승모가 말하는 동안 은수는 작은 쌍안경으로 마운드에 있는 무형을 보고 있었다. 그녀는 쌍안경에 무형의 얼굴을 가득 채워서 그의 안색을 살폈다. 경기 중 위기상황일 때 무형이 달라진다는 것을, 특히 눈빛이 달라진다는 것을 은수는 그동안 TV를 통해 여러 차례 보아왔다. 그녀는 그것을 실제로 확인하려는 듯 그에게 집중했다. 그리고 볼 수 있었다. 야구모자의 챙 안, 깊은 곳으로부터 무형의 눈가에서 섬광처럼 번쩍하는 것을 말이다. 그것은 절대 광기의 빛이 아니었다. 오히려 푸른빛이 연상될 정도로 차가웠다. 시리도록 차가웠다. 마치 어둠 속에서 먹이를 노려보는 육식동물의 집중력과도 흡사했다. 은수는 오싹해져서 얼른 쌍안경을 내려놓았다. 그때 '딱' 하는 소리와 함께 위로 높게 뜨는 공이 보였다. 승모와 은수는 물론이고 모든 관중의 눈길이 공의 방향을 따라갔다. 공은 중견수에게 잡혔다.

"스피드에 밀렸네, 밀렸어. 무형이 공이 무거우니까. 이제 투 아웃. 하나만 잡음 위기는 넘긴다."

박수소리가 시끄러운 가운데 승모 역시 손뼉을 치며 설명했다.

"공이 무겁단 게 무슨 뜻이야?"

은수는 고개를 갸웃하며 물었다.

"아, 무형이 같은 오버핸드 투수가 투구할 때 공에 무게를 실어 던지는 경우를 말하는 거야. 반대로 변화구 위주로 던지는 언더핸드 투수들의 공이 좀 가볍지."

"그렇게 말함 내가 알아들어?"

"그럼 무형이만 이해해 봐. 권투로 비교하자면 체중이 좀 나가는 선수가 스트레이트로 주먹을 뻗을 때, 스피드와 함께 자신의 체중을 주먹에 싣게 되는 경우랑 같다고 보면 돼. 좀 이해돼?"

"난 권투도 모르는데?"

"그럼 이해하지 말고 걍 외워. 암기도 공부는 공부니까."

승모가 웃음 섞어 말하던 중에 주변에서 환호성과 함께 다시 박수소리가 터져서 보니, 다음 타자가 스윙아웃 처리된 후였다. '포크볼로 잡았다'고 하는 남자들의 목소리도 들려왔다.

경기는 5대 1로 무형의 팀이 승리했다. 경기 후 무형과 승모, 은수는 예정대로 모여서 목동 내 해물탕 전문점에서 식사를 했다.

"우리 자기가 야구를 공부하는 건 좋은데, 이거 설명해주는 일이 생각보다 만만치 않네. 은수를 이해시키려면 생초보용으로 설명해야 된다는 걸 오늘 절실히 깨달았어."

승모는 웃으며 악의 없이 은수를 무시했다.

"자기 설명 절대 친절하지 않거든. 원래 우리나라 남자들의 야구 상식이 다 그 정도는 되나? 혹시 승모 씨, 전직 야구 선수 아냐?"

"응? 뭐?"

승모가 약간 당황하는 사이로, 맞은편에서 말없이 식사하던 무형이 눈만 들어 은수를 향했다.

"너무 전문적으로 설명하잖아."

"전문은 무슨, 그대가 지나치게 무식한 거지. 그 정돈 야구 본다는 사람이면 다 알고, 알아듣거든요."

"무식해서 미안합니다. 하긴 승모 씬 고등학교 때부터 무형 씨랑 친했으니 선수 못지않게 야구를 잘 알긴 하겠다."

은수는 무형의 눈을 찾아 그와 마주했다.

"승모 씨랑 2학년 때 같은 반이었죠?"

"승모랑 같은 반이었던 적 없습니다."

"어⋯⋯? 그래요?"

은수는 의아해하며 승모에게로 고개를 돌렸다.

"무형 씨랑 2학년 때 같은 반이라고 안 했어?"

"내가? 내가 그렇게 말했어?"

승모는 당황했기보다는 자신이 그런 말을 했다는 기억조차 없는 것 같았다.

"그럼 승모 씬 야구 선수도 아닌데 무형 씨랑은 어떻게 친해졌던 건데? 접때도 그거 물어봤을 때 자기가 2학년 때 무형 씨랑 같은 반이었다고 해서 난 그렇게 알고 있었거든."

"아아……."

승모는 다소 난처한 얼굴로 이마를 긁적였다.

"근데 그게 중요해? 무형이랑 나랑 불륜도 아닌데."

대수롭지 않다는 듯 슬며시 농담조로 돌리는 승모의 대답에, 은수는 짐짓 가볍게 깔깔댔다.

"불륜도 나름 로맨슨데 두 남자 불륜은 넘 끔찍하다. 로맨스 불륜이 제대로 되려면 나랑 무형 씨가 불륜해야지. 안 그래요? 무형 씨."

은수는 젓가락을 입에 댄 채 무형을 향해 싱긋 웃어보였다.

"무형이랑 자기랑 불륜한다고? 진짜?"

"왜? 못할 거 같아?"

"해. 안 말려. 근데 그게 불륜다워지려면 나랑 먼저 그림 맞춰야 하는 거 아냐?"

"자자고? 하자고? 또 그 얘기?"

"그렇게 대놓고 말하면……."

승모는 약간 당황한 얼굴로 슬쩍 무형의 눈치를 살폈다.

"알았어. 그 합방 날 곧 잡아줄게. 그만 좀 보채주세요. 네?"

은수는 마치 아이를 어르듯 하고는 화장실 간다며 일어나 자리를 떴다.

"술도 안 먹고 취한 거야?"

은수의 뒷모습을 보며 승모는 어이가 없다는 표정을 지었다.

"은수가 이제 너 편해졌나 봐. 저런 농담, 남 앞에선 절대 못했거든."

무형을 향해 그렇게 말을 잇던 승모는 그 뒤를 핸드폰 벨소리가 방해하자 짜증나는 얼굴로 핸드폰을 확인하며 역시 자리를 벗어났다. 그 잠시 뒤 은수는 다시 자리로 돌아왔다.

"지금 여친 없다면서요?"

은수는 승모가 자리에 없는 것에는 관심도 없이 무형을 향해 뜬금없는 질문을 던졌다.

"네."

"원숭이가 나무에서 떨어진 건가? 아님 마땅한 여자가 없어요?"

"내일이라도 만들 수 있습니다."

"능력자시네요. 기간은 미리 정해두나요? 1주일짜리, 1개월짜리, 혹은 4개월짜리, 이렇게요."

"그렇진 않습니다."

"그럼 일단 자보고 나서 결정하나요?"

"아무래도 그게 실수가 적겠죠?"

"자보면 딱 알아요?"

"네."

은수의 짓궂은 질문에, 무형은 평소처럼 대답하고 있었다. 그는 마치 오늘의 날씨에 대해 말하고 있는 사람 같았다. 속내를 숨기지 못해 말하는 중에도 불안정한 숨결을 조금씩 토해낸 사람은 오히려 은수였다. 그녀는 그것이 갑자기 화가 났다. 그가 쉽게 당황할 사람이 아니라는 것을 그녀도 모르는 바는 아니었으니, 아마도 스스로에 대해 화가 났을 것이다. 그리고 그 감정마저 숨기지 못해 얼굴에 다 있는 은수를, 무형은 또 가만히 '구경하고' 있는 사이, 기척과 함께 승모가 급한 모습으로 나타났다.

"나 지금 가야 해."

다짜고짜 그렇게 말하는 승모의 목소리에는 서두는 기색이 역력했다.

"자기, 괜찮으면 무형이 차 타고 갈래?"

승모는 은수의 대답도 듣기 전에 무형에게로 고개를 돌린다.

"무형아, 은수 좀 부탁한다. 난 지금 바로 튀어나가서 마구 밟아야 하거든."

승모는 자신의 말처럼 바로 밖으로 달려 나갔다. 밤이 늦어 시간은 벌써 11시 40분이었다.

무형은 자신의 차로 은수를 그녀의 집까지 바래다주었는데 막히는 곳이 없어 15분밖에 걸리지 않았다.

"잠깐 들어와서 커피 마시고 갈래요?"

안전띠를 풀면서 은수가 말했고, 잠시 후 무형은 은수를 따라 그녀의 집 안으로 들어왔다.

"앉으세요."

은수가 식탁 앞에 있는 의자를 가리켰다.

"무형 씨가 이 집에 있으니 집이 좁아 보이네요. 나한텐 충분한 공간인데."

은수의 집은 실 평수가 11평 남짓으로, 큰 방과 작은 방, 화장실, 다용도실, 그리고 거실은 따로 없이 주방이 전부였다. 그런 집의 구조를, 무형은 식탁 앞에 앉기 전, 눈으로 대강 훑었다. 반쯤 열려 있는 방문부터 가장 먼저 눈에 띄었는데 그 안으로 책들이 많이 보이는 것으로 보아 침실은 아닌 듯했고, 현관에서 가장 가까운 문 앞에는 발판이 있는 것으로 보아 화장실임을 짐작케

했다.

"카푸치노 괜찮죠? 봉지 카푸치노. 그래도 고급이거든요."

은수가 머그컵에 카푸치노 봉지를 터서 넣고는 익살맞은 표정
으로 무형을 돌아보았다.

"좋습니다."

은수는 곧 김이 오르는 카푸치노 한 잔을 무형 앞에 놔주었다.
물론 그녀의 것도 있었다.

"무형 씬 주로 어떤 여잘 만나요?"

카푸치노 잔을 두 손에 쥔 은수는 불쑥 물었다. 그런 그녀의
모습은 마치 해물탕 전문점에서 못다 한 공격을 다시 재개할 뜻
이 있는 것처럼 비쳤다.

"취향이 있을 거 아녜요. 임유라 씨처럼 몸매가 훌륭한 여자?"

"아닙니다."

"그럼요? 어쨌든 섹시 쪽일 것 같은데?"

"그건 왜 묻는데요?"

"나처럼 성폭행 당했던 여잔 별로예요?"

은수는 마치 '나처럼 화장 안 한 여자는 별로예요?' 하는 것처
럼 물었다.

"하고 싶은 말이 뭡니까?"

"하고 싶은 말 지금 하잖아요. 나 어떠냐구요? 성폭행 당했던
여자, 게다가 임신도 못 하는 여자, 어때요? 괜찮아요?"

은수는 야릇한 미소를 머금고 집요하게 무형의 답을 요구했다.

"네. 괜찮습니다."

"어차피 섹스만 할 거라서 상관없다는 거죠?"

"네."

"그러고 보니 임신 못 하는 여잔 오히려 퍼펙트네. 피임할 필요도 없으니. 맞죠?"

"네."

"정말 여자랑 제일 오래 간 게 6개월이에요? 그게 한계인 거예요?"

"네."

"여자들이 먼저 유혹한 경우 말고, 무형 씨가 좋아서 대시한 경우도 있겠죠?"

"네."

"어떤 스타일인데요?"

"고정된 스타일 없습니다."

거의 시비에 가까워 보이는 은수의 얄궂은 질문공세를 무형은 역시나 담담히 받아냈다.

"왜 나한테 잘해줘요?"

무형은, 그러나 여기서 말문이 막히고 말았다. 그렇다고 당황한 것도 아니었다.

"나 좋아해요? 아니다. 섹스만 한다고 했지……. 그럼 나랑 자고 싶어요?"

"네."

"난 경험 없는 숙맥이어서 재미없을 텐데요?"

"재미는 상대적인 거니까요."

"그럼 나랑 섹스해요."

은수의 말이 떨어지기가 무섭게 무형은 자리에서 일어났다. 은수는 아마도 그가 그렇게 빨리 반응하리라고는 짐작 못 했던 것 같다. 그의 움직임에 순간 가슴이 철렁했으니 말이다. 그럼에도 무형이 그녀의 팔을 잡아 일으켜 침실로 데려갔을 때는 순순히 그를 따랐을 뿐만 아니라 겉으로는 태연하게 보이려 애도 썼다.

침실에서 무형은 먼저 은수의 양 어깨를 잡고 그녀의 눈을 마주했다. 은수도 피하지 않고 의식적으로 눈에 힘을 주었다. 그러나 은수가 제아무리 눈을 부라린다 해도 무형의 눈에 그녀는, 방금 전에 철렁했던 가슴을 아직도 수습 못 해 그것을 제 얼굴에 고스란히 드러내 놓고 있는 수줍은 숙맥에 불과했다. 반면, 도저히 그 속을 알 수 없는 얼굴을 하고 있는 무형은 은수에게 난공불락이었다.

"다시 말해 봐요. 잘 생각해서."

무형은 은수에게 기회를 주었다. '자신이 없으면 물러서라' 하는 것이었다. 그런데 은수는 그것이 고맙기보다는 꼬리를 내릴 제 꼴이 먼저 상상이 돼 얼굴이 화끈거렸다. 얼마나 우스운 꼴인가.

"섹…… 스하자구요."

무형은 두 번 묻지 않았다. 바로 그녀의 옷을 벗기기 시작했다. 은수는 실크 소재의 블라우스에 면 소재 스커트를 입고 있었는데 먼저 블라우스가 순식간에 벗겨졌다. 이어 스커트가 그녀의 다리를 타고 쭉 떨어져 발목에 걸린다. 그렇게 해서 은수는 태어나서 한 번도 남자 앞에 그런 차림으로 서본 적이 없는, 최소한의 속옷 차림으로 무형 앞에 서게 됐다.

은수는 머리가 어지러웠다. 지금이라도 늦지 않다, 빨리 결정해야 한다, 백기를 들까? 아냐, 어차피 마음먹은 일이다, 끝까지

가는 거야, 하면서도 은수는 혹시 그가 한 번 더 물어봐 줄지 모른다는 기대를 가졌다. 그러나 그 기대는, 무형에 의해 브래지어가 벗겨지는 것으로 완벽하게 빗나갔다.

쿵, 은수는 그대로 주저앉았다. 두 팔로 제 몸을 가린 채, 어쩌면 부러 앉았다기보다는 다리에 힘을 잃고 무너졌다는 편이 맞을 것이다.

무형은 은수를 내려다보았다. 전에 봤을 때 조금 야윈 것 같다고 느꼈었는데, 몸을 낮게 숙인 채 꼼짝 않고 있는 그녀의 벌거벗은 등은 정말 살갗 위로 뼈가 도드라져 보이는 것이 너무 마르고 가녀려 애잔할 지경이었다. 그것을 보고 있자니 무형은 다시 가슴 한편에, 뭐라 표현할 수 없는 심히 거북하고 불편한 타격을 느꼈다. 이제는 낯설지도 않고, 분명한 통증이기까지 했다. 순간, 28살의 은수 위로 16살의 피투성이 소녀가 겹쳐 보인 것은 우연일까, 이 여자는 스스로 기억도 못 하는 16살의, 그 암흑의 지점으로부터 오히려 자라고, 키워진 것 같았다. 무형은 침대 위에 있는 여름용의 얇은 이불을 끌어 은수 위로 덮어주고는 그곳을 떠났다.

은수는, 그가 나간 후로도 꽤 오랫동안 그대로 있었다. 이윽고 고개를 들었을 때는 아랫입술을 지그시 깨문 채였다. 결코 만만치 않은 사내를 상대로 한 자신의 어설픈 도발을 스스로도 용서할 수가 없었다. 지금쯤 그는 얼마나 비웃고 있을지, 그 생각에 그녀는 정말 딱 죽고 싶었다.

무형은 실제로 은수의 집이 있는 방향을 돌아보며 웃고 있기는 했다. 그의 차를 몰고 천천히, 큰길로 접어들기 직전이었다. 한쪽 입꼬리만을 슬며시 올린 그의 미소는, 그러나 비웃음으로 보이지는 않았다. 오히려 즐거워 보였다. '이제는 2개월씩이나 그녀의 얼굴을 못 보는 일은 없을 테지' 하는 생각을 하면서였다.

✖

다음 주 수요일, 잠실에서 열리는 원정경기 2차전에 무형은 다시 선발등판하기로 예정돼 있었다. 잠실은 서울을 연고지로 하는 두 개의 구단이 홈으로 사용하고 있어, 그중의 한 구단인 무형의 팀은 잠실에서 홈과 원정경기, 둘 다를 하고 있었다.

수요일은 승모도 한숨 돌리는 날이라, 그는 은수와 함께 느긋한 마음으로 경기장을 찾았다. 두 사람은 데이트도 겸해 만난 터라 경기 시작 훨씬 전에 이미 경기장 안에 들어와 있었다. 때문에 관중석은 아직 사분의 일도 채 들어차지 않은 상태에, 그라운드에도 몇 명 안 되는 양 팀의 선수들만이 나와 가볍게 몸을 풀고 있었지만 그나마도 대부분 더그아웃 앞이었다.

승모와 은수는 과자 봉지와 커피를 들고 3루 지정석 사이의 통로를 따라 내려가, 펜스 가까운 곳에서 몸을 풀고 있는 무형이 잘 보이는 곳으로 가 섰다. 무형은 그늘진 곳에서 포수와 함께 가벼운 투구 중이었는데 유니폼을 다 갖춰 입지는 않고 있어, 상의는 언더웨어인 베이스볼 티셔츠에, 스포츠형 고글 선글라스로 모자를 대신하고 있었다. 그런 그를 향해 승모가 큰소리로 '파이팅, 최무형'이라고 소리치자 무형은 천천히 고개를 움직여 소리가 난 관중석을 향했다.

승모와 은수가 나란히 서 있었다. 승모는 두 팔을 위로 들어 크게 흔들어 보였지만 선글라스 안에 가려진 무형의 눈은 오직 은수만을 향했다. 은수는 짧은 데님 반바지에 린넨 소재의 흰색 티셔츠를 입은 발랄한 모습으로, 그러나 입가에는 수줍은 미소를 달고서 무형을 향해 손을 살랑살랑 흔들고 있었다. 일주일 만에 보는 그녀였다.

"최무형 씬 고등학교 때도 야구 잘했어?"

무형이 다시 투구하는 것을 보며 은수는 물었다.

"잘했지. 원래 야구란 게 투수 게임이라 지명에서도 우선이야. 대학 들어갈 때도 제일 먼저 지명됐고, 그 후 프로 들어올 때도 스카우트 대상 0순위였어. 지금 연봉이 얼만 줄 알아? 저래 봬도 청년 재벌이야. 더구나 내년엔 미국 아님 일본 갈 건데 그럼 100억 대도 시간문제다."

"여자들이 붙을 만하네."

"내가 보기엔 무형이한테 붙는 여자들, 무형이 조건 때문만은 아닌 것 같아. 무형이보다 휠 잘나가는 여자들도 꽤 됐거든. 준재벌 정도 되는 무슨 기업의 딸도 있었고, 변호사에 톱 탤런트까지……. 하도 많아서 소문대로 진짜 한 트럭 되고도 남겠다."

승모는 말끝에 소리 내어 웃었다. 그러나 은수는 심란한 얼굴로 긴 한숨을 뱉어냈다.

경기 후 세 사람은 경기장에서부터 각자의 차로, 곧장 어느 호텔로 향했다. 그 호텔의 베트남 전문식당이 유명하다 하여 승모가 미리 예약을 해둔 터였다. 식당에 도착해서는, 화장실을 먼저 들른다는 승모가 잠깐 빠지면서 은수와 무형이 먼저 자리를 차지

하고 앉게 되었다.

"여친 만들었어요?"

물수건으로 손을 닦고 있는 무형을 향해 은수는 불쑥 물었다. 그녀의 말투는 대놓고 시비조였다.

"아뇨, 아직."

"바로 만들 것처럼 그러더니 왜 아직이에요?"

"그냥 하룻밤 잤던 여잡니다."

"그건 여친이 아니라 창녀잖아요."

"그렇다고 해두죠."

"주변에 그런 여자들 많아요?"

"네."

"다 한 가닥씩 하는 여자들인가요?"

"비교적."

"그럼 무형 씬…… 굳이 나 같은 숙맥이랑 자고 싶진 않겠네요?"

"당연히. 자원봉사할 일 있습니까?"

그의 태연한 대답에 은수의 얼굴은 싸늘하게 굳었다. 그녀는 승모가 돌아올 때까지 더 이상 입을 열지 않았지만 이따금씩 사나운 눈빛으로 무형을 노려보는, 또 다른 공격으로 자신의 전투 의지를 이어갔다.

무형은 그런 그녀의 얼굴에서, 앞으로 삐죽 튀어나온 아랫입술을 주로 보고 있었다. 사실 은수의 입술은 윗입술이 더 도톰한 편으로 평소 그녀의 얼굴에서 아랫입술이 튀어나올 일이란 거의 없었다. 그럼에도 그녀는 의식을 못 하는 것 같았다. 자신이 내심 공격이라 믿고 있는 사나운 눈빛을, 삐죽이 튀어나와 있는 제 아랫입술이 무력화 ―어린 계집아이의 심술쯤으로 보인다면 그나마 양호할 것이다― 시키고 있다는 사실을 말이다.

얼마의 시간이 흐른 후 주문한 음식이 나오면서 세 사람은 식사를 시작했다. 그런데 얼마 지나지 않아 무형이 갑자기 젓가락질을 멈추었다. 그는 눈만 살짝 치떠 은수에게 묘한 눈길을 보냈는데 오히려 은수는 그의 눈길을 전혀 의식하지 못한 듯 승모와 시시덕대고만 있었다. 동시에 테이블 아래에서 그녀의 맨발은 무형의 정강이에 닿아 있었다. 그냥 닿아만 있는 것도 아니고, 발가락 끝으로 그의 정강이를 살살 문질렀다.

무형은, 그러나 곧 모른 체하며 식사를 계속했다. 그러자 그 다음으로 은수는 그 발로 그의 정강이를 걷어찼다. 그 바람에, 마침 물을 마시던 무형이 쿨럭하며 기침을 한다.

"사레들렸냐?"

냅킨으로 입을 닦는 무형을 보며 승모는 대수롭지 않게 물었다. 그 곁에서 은수는 베트남 음식이 담백해 맛있다는 둥 딴청을 부렸다.

식사를 마친 세 사람은 1층으로 내려가기 위해 승강기가 있는 곳으로 움직였다. 그런데 마침 식당 층의 단체 손님들이 돌아가는 시간과 맞물려 승강기 안은 사람들로 꽉 들어차게 되었다. 그런 와중에 은수는 승모가 아닌 무형 쪽으로 붙어 그와 몸을 밀착시켰다. 사실은 일부러 밀착시킬 필요도 없이 사람들로 빈틈없는 승강기 안에서 그것은 또 자연스러운 일이기도 했다. 자연스럽지 않은 것은 은수의 의도된 공격으로, 그것이 이번에는 무형의 허벅지를 향하고 있었다.

무형은 자신의 허벅지를 슬쩍, 슬쩍 스치듯 만지는 은수의 손
길을 느끼면서도, 그러나 신경 쓰지 않는 얼굴이었다. 그럴수록
은수의 공격도 멈추지 않아, 그녀는 이제 손가락으로 무형의 허
벅지를 쿡쿡 찌르는가 하면, 그의 바지만 꼬집듯 잡아 세게 당기
다 못해 정말 그의 허벅지를 꼬집으려 하다 잘 안 꼬집히자 ―워
낙 근육으로 단단해서― 툭 때리기도 했다. 무형은 그간 다양한
여자들로부터 역시나 다양한 형태의 유혹을 받아봤지만 지금 은
수가 하는 식의 '덜떨어진' 방법은 처음이었다. 그것도 나름 신선
하다고 생각은 했지만 그럼에도 웃음이 나오는 것만은 어쩔 수 없
어, 그것을 계속 참아내야 했다.

잠시 후, 호텔 1층의 커피숍에는 무형과 승모만 앉아 있는 가
운데 뒤늦게 은수가 합류했다.

"자긴 뭐 할래?"

승모는, 은수가 자리에 앉기도 전에 묻고는 '카모마일'이라는
대답을 듣고서 카운터로 움직였다.

"승모 씨한테 말해야 할까요?"

주문하러 가는 승모의 뒷모습을 보며, 은수는 무형을 향해 밑
도 끝도 없는 질문을 던졌다.

"뭘 말입니까?"

"나 성폭행당한 거요. 그것을 고백하면 승모 씨가 어떤 반응일
것 같아요? 친구니까 대충 예측 가능하지 않아요?"

"글쎄요……."

"날 버릴까요?"

"버림받는 게 두렵습니까?"

무형은 그 특유의 느릿한 어조로 반문했다.

"아뇨. 침묵이 두려워요."

은수의 의미심장한 대답에 무형은 입을 다물었다. 그러는 동안 승모는 커피와 차를 들고 돌아왔다. 은수는, 승모가 앞에 놓아준 카모마일을 입에 대기도 전에 가방을 열어 호텔의 객실 키로 보이는 것을 꺼내 그에게 내밀었다.

"어, 이게 뭐야?"

엉겁결에 그것을 받으면서도 승모는 어리둥절해했다.

"뭔지 몰라?"

"객실 키 같은데…… 이걸 왜?"

"내가 잡았어. 자기랑 합방 날 잡았다구."

그녀는 마치 영화를 예매했다고 한 것처럼 말하고는 태연하게 카모마일을 입에 댔다. 그 사이로, 아주 잠깐 당황한 빛을 보이던 승모의 얼굴에는 금세 화색이 돌았다.

"미리 눈치라도 좀 주지……."

승모는 짐짓 민망하다는 투로 말하며 슬쩍 무형의 눈치를 보았다.

"속으론 좋으면서."

은수는 비웃음을 머금은 입을 삐죽댔다.

"그거야 당연히…… 좋지. 그래, 좋다. 무지 좋다. 오늘밤 아주 잘 모시겠습니다, 아가씨."

"네에. 기대해볼게요."

"무형아, 너 혼자 가야겠다."

웃음이 입에 걸린 승모가 무형을 보며 말했다. 그것은 그에게 빨리 가라는 의미기도 했다.

무형은 혼자 호텔을 나와 그의 애마에 몸을 싣고 아파트로 향했다. 그는 은수와 승모의 성관계에 대해 별다른 타격을 받고 있지 않았다. 그것은 두 사람의 섹스에 무형 자신의 기분이 어떠냐하는 것과는 별도로 —아마 감정상 그도 썩 흔쾌하지만은 않았으리라— 다만 자신이 간섭할 문제가 아니라 여겼다. 그것은 다시말해 은수가 승모와 섹스를 했느냐, 하지 않았느냐의 문제는 무형에게 전혀 중요치 않았음을 의미했다. 또한 무형 자신이 은수에게 욕정을 느끼는 것과 별개로, 그녀와 꼭 섹스를 해야겠다고생각하지도 않았다. 그런 숙맥과 섹스를 해봐야 얼마나 쾌락을 얻을 수 있을까 싶어 도리어 그것은 뒷전이었다.

무형이 지금까지 줄곧 은수에게 원한 것은 그녀를 보는 것이었다. 만나는 것이었다. 그러면서도 그녀를 보고, 만나면 왜 기분이좋은지에 대해서는 또 깊이 생각하지를 못했다. 아마도 그것은여전히 그에게, 욕정의 색다른 변주였던 모양이다.

※

은수와 승모는 2인실의 더블베드 룸에 있었다. 은수는 침대 위에 앉아 있고, 승모는 그런 그녀를 미소 띤 얼굴로 바라보며 서있는 중에 초인종이 울렸다. 룸서비스였다. 서비스 직원은 창가의테이블에 와인을 세팅해 주고 나갔다. 승모는 와인 잔을 채우고은수와 마주앉는다.

"일단 마시자."

승모의 권유에 두 사람은 가볍게 건배했다.

"안 피곤해?"

"피곤하다면 그냥 재울 거야? 편히 재워줄래?"

"절대 안 되지. 대신 자긴 가만히 있어. 모든 노동은 내가 다 할게."

승모는 기분 좋은 웃음소리를 내며 말했다.

"승모 씨……."

은수는, 그러나 승모의 웃음 가득한 얼굴과는 사뭇 다른, 심 각한 얼굴로 그의 이름을 불렀다.

"왜? 아참, 씻어야지. 먼저 씻을래?"

"그 전에…… 나, 할 얘기가 있어."

"응? 왜 갑자기 심각한 표정이야? 겁나게……. 설마 또 '생리야' 이러는 건 아니겠지?"

승모는 여전히 입가에 웃음을 머금고 가벼운 농담까지 섞었다.

"잠깐만 심각해 줘. 심각한 얘기야."

"뭔데? 얼른 얘기해 봐."

"지금까지 아무한테도 말하지 않았던 나만의 비밀."

"그러니까 그게 뭐냐구요? 뼈아픈 첫사랑의 추억?"

"12년 전 나, 중학교 다닐 때……."

무심한 듯 서늘한 은수의 눈길이 승모를 향해 있었다.

"세 명의 남학생들로부터 집단성폭행 당했었어."

느닷없는 은수의 고백에, 승모의 얼굴에 남아 있던 웃음기는 천천히 사라졌다. 그는 잠시 제 귀를 의심했다.

"내가 자꾸 승모 씨와 깊은 관계를 기피한 것도 그때의 기억에서 벗어나지 못했기 때문이야. 전에 회의실에서 내가 악몽을 꾸다 운 적 있지? 그것도 당시의 끔찍한 경험으로 인해 생긴 거야. 아직도 악몽에서 벗어나질 못해."

승모의 귀에, 은수의 말소리는 더 이상 들려오지 않았다. 대신 자신의 심장이 미친 듯 날뛰는 소리를 들어야 했고, 그 소리를 따라 오래전 그때에, 비좁은 화장실 안을 가득 채운 어린 소녀의 비명 소리를 제 의식으로부터 깨워냈다.

비명은 잠깐이었다. 두 선배의 폭력에 제압된 여자애는 거의 실신 상태였고, 선배들이 범행을 하는 사이로 망을 보는 승모의 귀에는 선배들의 시시덕대는 소리만 간간이 들려왔을 뿐이다. 이윽고 '야, 네 차례다' 하는 선배의 소리를 듣고 돌아봤을 때 여자애는, 이미 사람이 아니었다. 다만 도살된 고깃덩이에 지나지 않았다.

두 명의 선배 중 하나가, 아랫도리만 발가벗겨진 여자애의 다리 하나를 잡아들고서 '빨리해' 하며 재촉했다. 승모는 하기 싫었다. 선배들의 부추김과 술의 힘으로 여기까지 오기는 했지만 피투성이의 여자애를 상대로 그럴 자신은 없었다. 그러나 그는 이미 선배들의 동조자였으며 공범이었다. 하는 척이라도 해야 했다.

두 사람은 꽤 오랜 시간동안을 긴 침묵 속에서 마주앉아 있었다. 승모는 담배를 하나 피워 물면서 시작된 줄담배로, 앉은 자리에서 한 갑을 다 해치워 버릴 기세였다.

은수가 먼저 자리에서 일어났다. 그녀는 아무 말도 없이 조용히 객실을 나갔다. 승모는 잡지 않았다. 자신의 혼란도 정리하지 못했는데 그녀를 잡은들 뭐라 말할 것인가.

승모는 두 손에 머리를 싸안고 몸을 숙였다. 자신이 사랑하는 여자가, 과거 제 동일한 범행의 희생자였다는 사실이 믿어지지 않았다. 집단성폭행 당한 여자애의 모습이 어떤지 그는 너무도 잘 안다. 아직도 생생히 기억하고 있으니까. 여자애의 얼굴은 몰라도 —얼굴은 의미가 없다. 이미 사람이 아니니까— 그 비명과 그 난잡한 모습과 여자가 아닌 짐승을 잡아 죽이던, 그 도살장의 추억을 말이다.

호텔을 나온 은수는 길을 따라 걸었다. 새벽 1시가 넘어 인적도 드문 거리를 그냥 터벅터벅 걸었다. 그녀는 지금 자신의 기분이 어떻다고 스스로에게 납득할 만한 설명조차 할 수가 없었다. 성폭행당한 것은 자신의 잘못이 아니었다. 자신의 잘못도 아닌 것을, 더구나 가해자에게 고백하는 이런 코미디 같은 상황을 뭐라고 설명해야 할지, 은수는 픽 웃다 말고 더듬더듬 가방을 뒤져 핸드폰을 꺼냈다. 무형에게 문자를 보내는 것으로 이 모든 것을 정리해야지.

무형이 은수의 문자를 확인한 것은, 아파트에 들어와 샤워를 하고 난 후였다.

⟨나 쫓겨났어요. 그거 고백했거든요. 그 남자 표정을 무형 씨도 봤어야 하는데⋯⋯. 내가 사람을 죽였다고 해도 그런 표정은 아마 안 나올걸요. 벼락을 서른일곱 번쯤 맞은 꼬락서니라면⋯⋯ 상상이 가려나?⟩

문자를 확인 후 무형은 바로 전화를 걸었지만 통화음은 떨어지지 않았다.

〈과거 고백했다 거리로 쫓겨 나와서 나 지금 너무 비참하거든요. 버려져서 참담하거든요. 전화 못 받아요. 울 것 같아서……. 다음에 연락할게요.〉

은수의 문자가 다시 왔지만 무형은 전화를 계속했다. 통화음은, 그러나 끝내 떨어지지 않았다.

다음 날, 잠실에서 원정 3차전을 끝낸 무형의 팀은 바로 대구로 이동해야 했다. 때문에 밤 10시쯤 경기장의 주차장에 서 있던 구단버스 주변으로는 선수들과 일부 팬들로 인해 다소 북적이는 모습이었다.

무형은 뒤늦게 가방을 들고 나타났다. 그러자 일부 팬들이 몰려들어 무형 역시 걸음을 늦췄지만 그의 눈길은 팬들이 아닌, 그 너머를 향해 있었다. 바로 은수였다. 붉은 벽돌색의 원피스를 입고 얌전히 서 있는 그녀의 모습에는, 무형을 기다렸다는 것과 사전에 아무 연락도 없이 왔다는 것을 함께 보여주는 수줍음이 깃들어 있었다. 무형은 사인을 요구하는 팬들에게 양해를 구하고 곧장 은수에게 다가갔다.

"놀랐죠?"

무형이 가까이 오자 은수는 먼저 배시시 웃으며 입을 열었다.

"어젯밤에 걱정했습니다. 그렇게 늦은 시간이면 전화를 받았어야죠."

"그래서 걱정할까 봐 이렇게 직접 왔잖아요."

"괜찮습니까?"

"괜찮아요. 세상은 넓고 남잔 많거든요. 잘 다녀와요."

"그래요. 다녀와선 나랑 연애합시다."

"좋아요. 기대할게요."

무형은 은수의 머리를 향하여 손을 뻗었다. 그녀의 정수리로부터 천천히, 그 아래를 향하는 그의 손은 그녀의 얼굴을 다 가리고도 남을 정도였다.

은수는 마치 기다렸다는 듯 그의 손안에 얼굴을 묻었다. 깊이 묻고, 눈을 감고 가만히, 그의 손이 전하는 체온에 제 것을 살포시 실었다. 그런 그녀의 얼굴은 놀라우리만치 편안해 보여, 거의 아기 같을 정도였다. 그것은 그 이전까지 줄곧 불안했던 심리가 잠시 풀어진 것 같은, 그런 종류의 편안함이요, 안도(安堵)였다.

무형을 실은 구단버스가 움직이기 시작했다. 무형은 차창을 통해 은수를 내려다봤다. 그녀는 알 듯 말 듯 미소를 머금은 채 하얀 손을 살랑살랑 흔들고 있었다. 그런 그녀의 모습은 곧 사라져 갔다. 마찬가지로 은수의 눈에도 구단버스는 더 이상 보이지 않게 되었다. 그런데도 은수는 자리를 뜨지 않고 그대로 있었다. 사실은 아직 제 얼굴에 남아 있는 그의 손길과 체온을 느끼고 있어, 그 여운으로부터 벗어나기를 원치 않았던 까닭이다. 인정하기 싫지만 그의 손길에 위로를 받았다. 그것을 무어라 불러야 할까, 세상의 모든 공격으로부터 '나'를 보호해줄 울타리가 생긴 것처럼 절로 긴장이 풀리고, 안심이 되고, 편안해지는 그것을 말이다. 그의 손은 그렇게 말하고 있는 것 같았다. '이제 안심하라'고.

은수는 이내 세차게 고개를 흔들었다. 불과 얼마 전까지만 해도 무형의 손은 기분 나쁜 손이었다. 불쾌하고 불결한 손이었다. 그런 손이 몸에 닿는다는 상상만으로도 소름이 돋고 구토가 나지 않았던가. 그런 손에 위로를 받다니, 아니야, 은수는 서둘러 그 자리를 벗어났다.

8.
적과의 동침

목요일 밤에 무형이 대구로 내려가, 다시 올라오는 일요일 밤까지 은수는 승모를 만나지 못했다. 승모로부터 어떤 연락도 받지 못했고, 그녀 역시 하지 않았다. 그러나 은수는 승모에 관해서는 하등의 신경도 쓰고 있지 않았다. 다만 자신이 해야 할 일만을 하고 지냈으며 그중에는 서현 작가를 만나는 일도 포함되었다. 은수는 서 작가를 통해 TV드라마 쪽으로 발을 넓히는 한편으로 작법도 배우고 있었는데 다행히 서 작가는 은수의 재능을 인정해주었고 무엇보다 그녀에게 매우 호의적이었다.

무형이 귀경하기 하루 전인 토요일, 은수는 서현 작가의 사무실에서 하루 종일 있었다. 서 작가의 사무실은 30평대의 오피스텔로, 그곳에는 서 작가 외에도 그의 문하라고 할 수 있는 삼십대 초반의 남자가 ─김 작가로 불렸다─ 사무실에서 상주하다시피 하고 있었다. 김 작가는 서 작가의 작품에 필요한 자료를 수집하거나 집필 중인 작품의 조력자 역할을 했는데 은수는 사무실에 들를 때마다 종종 그런 김 작가의 일을 도와 함께하기도 했다. 그런 일들은 은수가 드라마의 세계를 파악하는 데에 많은 도움이 됐으며 때때로 서 작가로부터 그녀가 구상하는 작품에 대한 조언을 얻기도 했다. 실제로 은수는 작품을 구상 중에 있었다.

일요일 밤이 돼서야 은수는 무형의 문자를 받았다. 9시에 대구에서 출발하면 새벽 1시쯤에 잠실에 도착할 것이라는 내용이었다. 두 사람은 문자를 주고받으며, 프로야구 경기가 없는 월요일에 보기로 했다. 그리고 월요일, 정확히 오전 11시에 무형은 은수가 사는 다가구주택 앞으로 그녀를 데리러 왔다.

무형은 차에서 내려, 3층으로부터 은수가 그린 계열의 잔 꽃무늬가 들어간 원피스 자락을 나풀대며 계단을 내려오는 모습을 보고 있었다. 머리를 느슨하게 하나로 땋아 한쪽 어깨에 늘어뜨리고, 원래도 좋은 피부에 정성껏 메이크업을 한 얼굴 위로 핑크빛 틴트로 화사함까지 더한 그녀의 모습은 그 어느 때보다도 예뻐 보였지만 무형의 눈에는 그것만으로는 부족해, 실제로도 그녀만이 갖고 있는 그 무엇이 빠졌다, 라고 한다면 굳이 특별한 아름다움이라고까지 할 만한 것은 못 되었을지도 모른다. 그래서 그렇게 나름 멋을 부리고 나온 은수가 무형 앞에서 수줍은 듯 코끝을 살짝 찡긋했을 때에야 비로소 그는 그녀에게 미혹되었다. 무형의 눈에 은수는 한 번도 같은 얼굴을 보여주지 않았을 정도로, 같은 감정의 변주만으로도 매우 다양하게 발현돼 그를 즐겁게 했다.

두 사람은 시내로 나가 식사를 한 다음 곧장 영화관으로 향했다. 마침 보고 싶은 영화가 상영 중이어서 은수가 원했던 것인데 영화관에서 티켓을 사고 자리를 확인하는 과정에서 그녀는 무형이 지금껏 영화관에 거의 오지 않았거나, 혹은 한 번도 오지 않았을지도 모른다고까지 추측했다.

"어릴 땐 운동하느라 그랬다 치고…… 가 아니라 커서도 계속 운동만 하느라 영화 한 편 볼 시간이 없었던가요?"

상영시간을 기다리는 동안 커피를 들고 극장 내 벤치에 앉아 있던 중에 은수가 물었다.

"영화는 봤습니다. 집에서."

무형은 자신 있게 대답했다.

"영화는 집에서 봤다 치고요, 영화관은 데이트 필수 코스거든요. 그럼 여자들하고는 침대 밖을 벗어난 적이 없었나 보네요?"

"네."

"내가 섹스 숙맥일진 모르겠지만, 그쪽도 이쪽 방면으론 완전 숙맥인데요?"

"그렇군요."

두 사람이 말하는 동안 극장 안을 지나다니는 사람들의 눈길이 자주 무형을 향했다. 은수도 그것을 의식했지만 처음에는 그것이 무형의 큰 키와 더불어 그의 외적인 조건이 남달라 그렇다고만 이해했지, 스포츠 스타라는 인식을 미처 못 하다, 두 명의 남녀가 다가와 무형에게 사인을 요청했을 때에야 비로소 그녀는 그것을 깨달았다. ─무형은 은수를 가리키며 동행이 있다고, 사인을 정중히 거절했다─ 무형은, 그러나 그가 설사 유명인이 아니었다 해도 남들의 눈길을 받는 것이 전혀 이상하지 않을 만큼 평범한 외모는 결코 아니었다. 먼저, 190센티미터에 달하는 키부터 충분히 눈에 띌 뿐더러, 구릿빛으로 그을린 피부에 짧게 깎아 넘긴 머리도 그렇거니와 얼굴 생김새까지도 잘생기고 못생기고를 떠나서 일단 눈길을 끄는 인상이었다. 마른 것처럼 보이는 체격도 골격이 커서 어깨와 등이 넓은 데다, 하체로 내려가면서 은수의 허리보다 굵은 허벅지는 완전한 근육질로 오히려 키보다 더 위협적이었으며, 그럼에도 경기 중일 때만 빼고는 그 긴 팔과 다리로 느릿하게 움직여, 그 역시도 은근히 튀었다. 은수가 다행으로 생각하는 것은, 그나마 그가 옷을 평범하게 입는다는 점이었다. 무형은 티나는 니트보다는 셔츠를 즐겨 입는 편이었는데, 은수가 보기에는 무채색과 블루 계열을 돌려가며 입는 듯했다. 바지는 캐주얼로 입을 때는 청바지부터 소재별로 다양하게 입는 대신 스트레이트 피트 단 한 가지만을 즐겼으며, 그 외에는 수트를 입을 뿐이었다.

"시간 다 됐어요."

은수가 무형의 팔을 잡고 끌었다. 두 사람은 곧 상영관 내에 자리를 잡았다.

"보통 연애하는 남녀가 이렇게 나란히 앉아 영화를 보면서 하는 짓이 있는데 그게 뭔지 알아요?"

"뭡니까?"

"잠실경기장 주차장에서 무형 씨가 치어리더한테 했던 짓이랑 비슷해요."

은수는 그렇게 말하며 무형의 귀에 입을 바짝 갖다 댔다.

"내 치마 안으로 손 넣으면 된다구요. 물론 영화 시작하고 어두워지면요."

"알겠습니다."

영화가 끝나고 무형과 은수는 주차장으로 가 차에 올랐다.

"내 치마 안으로 손 안 들어오던데요?"

차에 타자마자 은수는 입을 열었다. 마치 그것이 불만이라는
투였다.

"영화가 재미있어서 깜박했습니다."

"실은 내가 하나도 안 섹시한 거죠?"

"지금 할까요?"

무형은 은수 쪽으로 몸을 틀며 물었는데 표정이 너무나 태연한
데다 은수의 눈을 빤히 보고 있기까지 해, 그녀는 순간 뭐라고 대
답을 해야 할지 몰라 그냥 고개만 끄덕여 보였다. 그러자 무형은
은수와 눈을 마주한 그대로, 그녀의 원피스 치맛자락 안으로 정
말 손을 넣었다. 그의 손은 치마 안에서, 그녀의 무릎과 허벅지를
타고 천천히 안으로 향했다. 은수의 눈은, 티끌만큼의 변화도 없
는 무형의 눈빛 아래에서 금세 동그래지며 눈빛까지 흔들렸다. 그
사이 무형의 손은 은수의 가랑이 끝에 가 닿는다. 은수는 더 이
상 버티지 못하고 고개를 돌렸다.

"그만할까요?"

무형은 나직이 물었다.

"아, 아뇨……. 난 괜찮아요……."

눈을 피한 채로 말을 더듬는 은수의 상태는, 그러나 '안 괜찮
아' 보였다. 은수의 치마 안에 있던 무형의 손은 다시 움직여, 그
녀의 가랑이 사이에서 팬티 밖으로, 치골 부위를 슬며시 건드렸

다. 은수는 움찔하며 눈을 질끈 감았다. 그녀의 그 모습에 무형은 그제야 참았던 웃음을 소리 없이 흘렸다. 그러면서도 그는 그녀의 팬티 안으로 손가락 하나를 슬쩍 집어넣었다.

"그만……."

숨을 토해내듯 하는 은수의 소리에, 거의 같은 속도로 무형의 손은 그녀의 치마 밖으로 빠져나왔다.

"다음 데이트 코스는 어딥니까?"

그 손을 운전대에 올려놓고 무형은 태연하게 물었다.

"속으로 나 비웃고 있죠?"

은수의 목소리에는 삽시간에 짜증이 묻어났다.

"아닙니다."

"조만간 절대로 비웃지 못하게 만들어 주겠어요."

"비웃지 않았습니다."

무형은 정색해서 대답했지만 은수는 약이 오를 대로 오른 얼굴로 그를 노려봤다.

❈

월요일 오후, 어느 공원의 자전거 길은 무척 한가로웠다. 그 길에서 은수와 무형은 나란히 자전거를 탔다. 처음에는 일인용으로 각자 타기 시작해 나중에는 이인용을 빌려 앞뒤로 타고 달렸다. 그런데 무형이 앞에서 탈 때 은수는 뒤에 앉아 페달을 밟지 않고 아이스콘만 핥아먹고 있다, 위치가 반대로 되자 그녀는 화가 나기 시작했다. 경사가 완만한 오르막길인데도 도무지 자전거가 앞으로 나아가지 않고 있던 까닭이다.

"페달 안 밟고 있죠?"

은수가 뒤를 돌아보며 날카롭게 쏘아붙였다.

"네."

뒤에서 은수처럼 아이스콘을 손에 쥔 무형이 대답했다.

"무슨 매너가 그래요? 당연히 밟아줘야죠."

"은수 씨도 아까 안 밟았잖습니까?"

"체급이 다른데 그런 말이 나와요? 더구나 무형 씬 운동선수 잖아요?"

"자전거 잘 탄다면서요? 그것도 선수 급으로."

"예전에 그랬다고요. 지금은 간만이거든요. 무형 씨야 늘 하는 게 운동이지만 나 같은 글쟁이는 엉덩이 한 번 들썩하기 쉽지 않아요. 그래서 모처럼 운동 좀 하려는 건데 협조해요. 알았죠?"

은수는 거의 따지듯 했다.

"네. 그럼 내가 다시 앞에 탈까요?"

"아뇨. 협조만 하라구요. 단지 뒤에서 페달만 밟아주면 돼요. 알았죠?"

"네."

그렇게 해서 이인용 자전거는 다시 출발했다. 그러나 무형은 종종 페달에서 발을 떼기 일쑤여서 그때마다 여지없이 멈춰 버린 자전거에서는 은수의 야단치는 소리가 시작됐다. 그렇게 티격태격하면서도 두 사람은 꽤 오랜 시간 동안 자전거 놀이에 빠져 시간가는 줄을 몰랐는데 그런 두 사람의 모습은 누가 봐도 영락없는 연인의 그것이었다는 것을, 정작 당사자들은 의식을 못 하는 것 같았다.

"일부러 그런 거죠?"

무형과 나란히 주차장 안을 걸어가던 중 은수가 물었다.

"페달 안 밟은 거요."

"네."

"왜요?"

"은수 씨 운동시키려구요."

"말도 안 돼. 그건 운동이 아니라 노동이거든요."

"근육이 생기려면 약간 힘들어야 합니다. 은수 씨의 다리가 새 다리라서 말입니다."

"아항, 취향이 근육질의 여잔가요?"

"아닙니다."

"혹시 섹스도 운동이 돼요?"

무형의 차 앞에 이르렀을 때 은수는 느닷없이 물었다.

"됩니다."

조수석문을 열어주며 무형이 대답했다.

"그건 좀 힘들어도 참을 수 있을 것 같은데."

야릇한 눈빛을 보내는 은수에, 무형은 그저 어깨만 으쓱해 보일 뿐이다.

두 사람은 차를 타고 움직여 한식전문점에서 저녁 식사를 한 후 곧장 대형서점에 들렀다. 이번에도 은수의 요청이었다.

은수는 꽤 오래 신간 코너에 있었다. 그런 그녀가 제 가까이에 무형의 모습이 보이지 않는다는 것을 깨달은 것은, 보던 책을 내려놓고 다른 책들의 제목을 눈으로 훑던 중이었다. 은수는 약간 당황해 두리번거렸다. 무형은 은수와는 다소 거리가 있는 통로 한쪽에서 발견되었다. 평소처럼 다리를 약간 벌린 채 떡 버티고 서서, 통로를 지나다니는 사람들의 구경거리가 된 것에는 아랑곳도 없이 오직 은수만을 향해 있는 모습을 하고서였다. 그런 무형과 눈이 마주친 은수는 '허' 하는, 어이없는 웃음을 지었다. 그 꼴이 마치 엄마한테서 눈을 떼지 못하는 어린아이 같았기 때문이다. 은수는 서둘러 책 두 권을 골라 무형 앞으로 다가갔다.

"여기서 뭐해요?"

"방해하지 않으려고요."

은수의 책을 받아들며 무형은 대답했다. 은수가 가슴에 품어야 하는 책 두 권을 그는 간단히 한 손에 들었다.

"게오르그 루카치? 체 게바라? 이게 무슨 책입니까?"

무형은 책의 제목을 보며 물었다.

"하나는 철학과 문학 이론서구요, 나머지 하난 평전이에요."

"철학? 점보는 거 말입니까?"

"농담하는 거죠?"

하던 은수는 그의 진지한 얼굴을 보고는 웃음을 터뜨렸다.

"루카치는 마르크스 철학에 바탕을 둔 문화, 문학 비평가예요. 철학자기도 하구요. 체 게바라는 쿠바의 혁명가인데, 루카치는 몰라도 체 게바라도 못 들어봤어요?"

"처음 듣습니다."

"무형 씨 책 안 읽죠?"

"네."

"그저 잘하는 건 야구랑 섹스뿐인 거야……?"

은수는 고개를 절레절레 흔들었다.

"실망했습니까?"

"아뇨. 그것도 못하는 것보단 낫죠, 뭐."

은수는 웃으며 무형의 손을 잡았다. 그녀의 웃음은 맑아 보였다.

"자, 이 정도면 성공적인 데이트거든요. 문화와 스포츠와 교양을 두루 갖춘 품격 있는 연애죠."

밤거리를 달리는 무형의 차 안에서 은수는 자평했다.

"어때요? 맘에 들어요?"

"네. 마음에 듭니다. 다음에 또 하는 거죠?"

"다음엔 섹스해야죠."

은수는 무형을 힐끔 보며 말했다.

"섹스도 운동이 된다면서요? 가르쳐 주세요."

무형은 다시 애매한 어깻짓만을 해보였다.

"나랑 자고 싶은 거 맞잖아요. 근데 왜 피해요? 친구의 여친이어서요?"

"아닙니다."

"그럼 왜요? 나 벗겨보면 몸매 은근 괜찮거든요."

그때 무형이 운전대를 돌려, 차를 한가로운 갓길에 세웠다.

"왜요? 여기서 벗기려구요?"

은수가 약간 놀라서 물었다.

"전에 대강 벗겨봤으니 굳이 다시 보고 확인할 필요는 없습니다. 은수 씨 말 맞아요. 몸매 나쁘지 않습니다. 그런데 섹스는 몸매로 하는 게 아닙니다. 숙맥이 너무 말만 잘하는 거 아닙니까?"

"무형 씨가 지금 뭘 말하고 싶은지 알아요. 아까도 내가 바보같이 굴어서 그렇죠? 이번엔 가만히 있을 테니 다시 해봐요."

하더니 은수는 무형의 손을 잡아 제 치마 안으로 넣었다.

"별로 기대 안 됩니다."

무형은 손을 뺐다.

"섹스로만 본다면 은수 씨한텐 아무 것도 기대가 안 됩니다. 기대도 안 되고 재미도 없을 게 빤한데 굳이 그런 숙맥이랑 뭐하러 합니까? 삽질도 아니고."

"삽질?"

은수는 부르짖었다.

"섹스할 여잔 많습니다. 우린 그냥 연애나 합시다."

무형은 평소처럼 조용한 목소리로 말했을 뿐인데 은수는 기분이 매우 상한 얼굴이 되었다.

"알았어요. 오늘 데이트는 끝났어요. 집에 데려다주세요."

"화났습니까?"

"네. 지금부터 말 시키지 마세요."

말을 시켜도 절대 대답하지 않겠다는 고집스러운 얼굴로, 은수는 무형의 눈길로부터 고개를 돌렸다. 무형은 그런 그녀를 잠시 바라보다 이내 차를 출발시켰다. 그는 정말 은수의 집에 도착할 때까지 그녀에게 말을 붙이지 않았다. 은수 역시, 무형이 열어준 문으로 차에서 내렸으면서도 쌩하니, 뒤도 돌아보지 않고 곧장 다가구주택의 계단을 올랐다. 인사는커녕 입도 벙긋하지 않았음은 물론이다. 무형은, 은수가 집안으로 완전히 모습을 감출 때까지 지켜보았다.

은수는 집에 들어오자마자 창을 통해 무형의 차가 떠나는 모습을 지켜보았다. 말시키지 말라 했다고 정말 말 한 마디 없이 버티다니, 어이가 없었다. 무형의 문자가 온 것은 그로부터 10분 후였다.

〈언제부터 말을 시켜도 되는지 그건 좀 가르쳐 주시죠? 생각보다 답답하네요.〉

문자를 본 은수는 그만 웃음을 터뜨리고 말았다. 그러나 그 웃음은 오래가지 않았다. 정말 이 남자와 연애라도 할 생각인 거야, 하며 은수는 스스로를 나무랐다.

화요일은 승모에게, 목요일과 함께 일주일 중 가장 바쁜 날이었다. 그러다 보니 점심도 거른 채 바삐 움직이다가 오후 3시가 넘어서야 배를 움켜잡고 구내식당으로 들어올 수 있었다. 배가 고프기보다 요 며칠 동안 밥보다는 술을 많이 먹었던 탓에 속이 쓰렸다. 그나마 오늘은 바빴던 덕분에 잡념에 시달리지 않은 것이 위로라면 위로였다.

승모는, 호텔에서 은수의 벼락같은 고백을 들은 후 무척 어지러운 나날을 보내고 있었다. 그중에서도 그를 가장 괴롭힌 것은 딱히 이유를 댈 수 없는 분노였다. 그 화풀이를 하느라 여자도 사고, 죽지 않을 만큼 술도 마셔봤다. 어두운 기억 속에서 도살된 고기처럼 쓰러져 있던 소녀와 은수가 하나 되는 것을 도저히 멈출 수 없었던 탓이다. 때문에 그런 끔찍한 과거를 지닌 여자를 받아들일 수 없다, 하면서도 또 막상 은수와 헤어질 생각에 이르면 더욱 괴로워지는 승모였다. 그는 은수와 헤어질 자신이 없었다. 이제와 그녀를 포기하기에는 너무 깊이 빠져 버렸다. 그러니 그녀와 헤어지지 못하리라는 것을 스스로 너무 잘 알아, 결국 헤어질 수 없다는 것에 화가 났는지도 모를 일이었다.

구내식당에 들어서자마자 승모는 걸음을 딱 멈췄다. 맞은편에 은수가 보인 것이다. 그녀는 식당을 막 나서려던 모습으로, 또 어떤 남자와 함께였는데 남자는 승모도 안면이 있는 다큐멘터리 부서의 오 피디였다. 승모는 은수가 오 피디와 만나고 있는 것이 이상했다. 오 피디는 주로 사회의 어둡고 무거운 주제들을 다루는 프로를 맡고 있어서 은수와는 만날 일이 없는 데다 또 이전에 그녀와 작업한 적도 없었기 때문이다. 은수는 오 피디와 함께 승모 앞으로 다가왔다. 승모는 내심 당황했다. 미처 마음의 준비를 할 사이도 없이 마주친 은수를 어떻게 대해야 할지 —호텔에서 그녀와 헤어진 후 처음 만나는 것이었기에 더욱— 판단이 서지 않았던 것이다. 전 주까지만 해도 의식적으로 그녀를 피했었는데 어제부터는 사실상 아무 생각이 없어져 버린 터였다.

"점심이 늦었네?"

은수가 오히려 자연스럽게 승모를 향해 인사하며 미소까지 지어보이고는 오 피디와 함께 식당 밖으로 움직였다. 그녀는 마치 아무 일도 없었던 듯 너무도 태연해서 승모가 오히려 당황스러울 지경이었다. 그 탓이었을까, 더욱 입맛을 잃은 승모는 결국 식사도 하는 둥 마는 둥 하고 다시 사무실로 올라갔다가 1시간 후 외근할 일이 있어 지상 주차장으로 나왔다. 그런데 공교롭게 그곳에도 은수가 있었다. 4명의 남자들에 둘러싸여 주차장을 가로지르고 있던 그녀는 짙은 네이비 컬러의 원피스를 입은 모습으로, 늦은 오후의 햇살 속에서 어느 왕국의 공녀(公女)처럼 눈이 부셨다. 순간 승모는 조금 전에 식당에서 봤던 은수의 태연한 얼굴까지 떠올라 갑작스레 부아가 치밀었다. 그를 지옥 속에 몰아넣고 정작 그녀는 아무렇지도 않은 모습에, 심지어 남자들 틈 속에서 저렇게 즐거워하다니, 배신감마저 들었다. 승모는 앞뒤 잴 것도 없이 성큼성큼 걸어가 다짜고짜 은수의 손목을 잡아끌고는 황당한 표정의 남자들을 뒤로 했다.

"타."

승모는 제 차의 조수석을 문을 열고 말했다. 은수는 별다른 내색이나 저항 없이 차에 올랐다.

승모의 차가 달려서 선 곳은 방송국에서 머지않은 한강변이었다. 차 안에서 승모는 운전대 위로 상체를 굽히고 팔에 얼굴을 묻은 채 꼼짝도 않고 있었다. 옆에서 그의 그런 모습을 지켜보는 은수의 입가에는, 그러나 희미한 조소가 맺혀 있었다. 벌써 그러면 어떡하니, 이제 시작인걸, 그녀의 조소는 그렇게 말하는 듯했다.

"승모 씨…… 많이 괴롭구나?"

은수는 짐짓 동정 어린 어조로 먼저 말문을 열었다. 그러자 승모가 부스스 몸을 일으켰다.

"마른하늘에 날벼락이라더니, 이게 바로 그런 게 아닌가 싶어.

왜 나한테 이런 일이 일어났는지…….”

승모의 목소리는 가라앉아 있었다.

“차라리 말하지 말지 그랬어? 끝까지 숨기지 그랬어?”

“이해해. 하지만 승모 씨에게 그 사실이 아무리 날벼락인들 그 것을 당한 나만 할까? 그건 12년 전에 끝나 버린 사건이 아냐. 내 겐 여전히 현재진행형이야. 그런 내 아픔도 좀 돌아봐 주면 안 될 까? 날 좀 위로해 주면 안 되는 걸까?”

은수의 말에, 그는 깊은 한숨부터 내쉬었다.

“그래. 미안해. 내가 왜 자기 불행에 아무 감정이 없겠어? 자기 한테 그런 짓을 했던 놈들, 알기만 한다면 당장이라도 가서 밟아 버리고 싶어.”

“나도 미안해. 승모 씨가 어떤 결정을 내리든 난 받아들일게.”

“내일이나 모레 다시 보자. 지금 외근 나가던 중이라서.”

“알았어. 방송국 앞에 내려주고 가. 다큐 부서 가봐야 하거 든.”

“아, 그러고 보니 오 피디는 왜 만난 거야?”

“당연히 일 때문이지. 지금 오 피디님이 성폭력 피해 여성에 관 한 프로를 준비 중이거든.”

“뭐? 성폭력? 오 피디가 그걸 은수 씨한테 부탁했단 말이야? 자긴 그렇게 무거운 프로는 맡아본 적 없잖아.”

“배우면서 해야지. 그리고 부탁은 내가 했어. 다행히 오 피디님 이 단번에 오케이 해주셔서…….”

“그거, 안 했으면 좋겠는데.”

승모가 은수의 말허리를 잘랐다. 그런 그의 안색은 눈에 띄게

굳어 있었다.

"하지 마, 은수 씨. 자기가 그런 거 하는 거 싫어. 그러니까 하지 마."

"내가 부탁해서 허락을 받은 건데 이제 와서 안 한담 내 꼴이 뭐가 되게?"

"그래도 하지 마. 다른 거 해. 아름답고 감동적인 거."

"그런 거 지금까지 많이 했거든. 좀 더 다른 거, 무겁고 진지한 거 해보고 싶어서 택한 거야."

"그럼 무겁고 진지하고 아름다운 거 해. 성폭력 같은 거 말구. 강간 같이 지저분한 거 말구."

"지저분해? 뭐가 지저분한데? 그런 짓을 한 그놈들? 당한 여자들?"

"둘 다."

두 사람의 언성은 점점 높아가고 있었다.

"승모 씨, 그럼 나도 지저분하다고 생각하고 있었겠구나? 그래서 그렇게 괴로워한 거구나? 내 아픔 때문이 아니라, 내가 가엾어서가 아니라, 지저분한 여자를 어떻게 받아들일지 몰라, 그게 괴로웠던 거구나?"

"그런 식으로 비약하지 마."

"지저분하다며?"

"솔직히 자랑은 아니잖아."

승모의 말이 떨어지기가 무섭게 은수가 그의 뺨을 후려쳤다. 이어 곧장 차에서 뒤도 돌아보지 않고 달아나는 동안, 승모도 차에서 내리기는 했지만 멀어져 가는 그녀의 뒷모습을 그저 바라만

볼 뿐이다.

다음 날, 은수는 승모의 연락을 의도적으로 받지 않은 채 하루 종일 남산도서관에 있었다. 오 피디의 일로 많은 자료가 필요해, 그것을 찾아서 읽고 스크랩하는 일로 대부분의 시간을 보내며 계속되는 승모의 전화와 문자를 모두 무시했다. 그 다음 날이 목요일이었는데 승모에게는 화요일과 함께 일주일 중 가장 바쁜 날이어선지 전날보다는 그의 연락이 뜸했다. 은수는 서 작가의 사무실에 있었다.

"그럼 지금부터 1부를 써봐요. 한 부를 쓸 때마다 리뷰를 하면서 진행하면 어떨까?"

서 작가의 사무실에서 회의용 탁자 앞에, 서 작가와 그의 문하인 김 작가, 그리고 은수가 모여 앉아 이야기를 나누고 있던 중에 ─은수가 기획한 드라마에 관한 것이었는데 작품에 관해 의견을 나누는 이런 시간을 그녀는 아주 좋아했다─ 서 작가가 말했다.

"처음엔 2부까지 쓰고 리뷰하는 게 나을 것 같은데요, 선생님. 시작 부분이니 아무래도 한 부 갖고는 좀 짧습니다."

김 작가가 다른 의견을 보탰다.

"하 작가 의견은 어때요?"

"저도 2부까지 쓰고 보여드리고 싶습니다. 선생님."

"그래요. 그럼 그렇게 합시다. 기대할게요."

"열심히 쓰겠습니다."

은수가 기분 좋은 미소를 띠며 대답하는 순간 바로 옆, 빈 의자에 놔두었던 그녀의 핸드폰이 진동했다. 승모의 전화였다. 아직 대화 중이었다면 그냥 무시했겠지만 서 작가가 자리에서 이미 일어나고 있어 은수 역시 핸드폰을 들고 일어나 밖으로 나왔다.

처음의 진동은 이미 끊겼지만 곧 다시 울릴 것이라 짐작했고, 역시나 그것은 금세 다시 울렸다. 핸드폰 너머, 승모의 목소리는 의외로 담담했다. 4시부터 5시 사이에 잠깐 보자며 그는, 자신이 서 작가의 사무실 근처로 오겠다 했다.

은수는 정확히 4시에 어느 커피숍으로 들어섰다. 서 작가의 오피스텔이 있는 건물의 1층에 위치한 곳이었다. 승모는 아직 도착 전이다. 은수는 창가의 테이블에 자리를 잡았다. 그리고 잠깐 새 핸드폰에서 문자 오는 소리가 나 승모려니 했더니 무형에게서 온 것이었다. 무형은 화요일 새벽에 대전으로 내려갔는데, 거기서 원정 3차전을 끝내고 오늘 귀경하는 날이었다. 그의 문자는 '11시에 잠실에 도착할 것 같고, 잠실에서 은수 집으로 출발한 후 전화하겠다'는 내용이었다. 그렇다면 11시 반은 넘어야 도착할 터인데 얼굴 한 번 보고 돌아가기에는 늦은 시간인 것 같아, 은수는 다음 날 보자고 문자를 보낼까 하다가 그냥 '알았다'고만 했다. 아마도 월요일에 쌩하니 헤어졌던 일을 무형이 마음에 두고 있는 것이 아닌가 해서였다.

승모는 곧 커피숍에 모습을 보였다. 그는 먼저 은수에게 무엇을 마시겠느냐 묻고는 카운터로 가서 주문 후에 가져왔다.

"저번에…… 미안해."

아이스커피를 은수 앞에 놔주며 그는 차분하게 입을 열었다.

"내가 옹졸했어. 미안해."

"응. 마음은 정했어?"

"사실 정하고 말고 할 것도 없어. 나, 자기랑 못 헤어져. 겨우 그만한 일로 헤어진다면 내가 자기 사랑했다고 할 수도 없지."

"사실 난 거의 포기했는데……."

은수의 말에 승모는 별다른 반응 없이 커피만 몇 모금 마셨다.

"근데 자기야……."

잠시의 침묵 후, 승모는 머뭇거리듯 입을 열었다.

"오 피디의 성폭력 기획…… 그거 안 하면 안 될까? 꼭 해야겠어?"

"응. 해야 하고, 할 수밖에 없어. 그 프로를 통해 내가 겪은 사건도 정리하고 싶으니까."

"뭐? 그, 그게 무슨 소리야?"

순간 승모의 얼굴에는 당황한 기색이 역력했다.

"오 피디님이 기획하는 프로가 여러 성폭력 사례들을 재구성하는 거거든. 그래서 내가 겪은 사건도 재구성해 보려구."

"서, 설마 오 피디한테 자기 얘길 한 건 아니겠지?"

"아직 안 했어."

"절대 말하면 안 돼. 그건 나만…… 그래. 자기랑 나만 알아야 해."

"내 사건은 고소 취하가 된 데다 공소시효도 지나 기록이 남아 있질 않아. 그래서 신문 기사를 찾아보려고 하는데, 오 피디님이 신문사의 도움을 받게 해주실 수 있거든. 그러려면 결국 내 얘길 해야 하는데……."

"미쳤어? 자기 그런 거 동네방네 다 소문내겠단 얘기잖아, 지금?"

"실명이 나오는 게 아니잖아."

"오 피디가 알잖아. 방송국에서 알 만한 사람들은 다 알게 되는 거잖아."

"승모 씨. 난 피해자야. 왜 내가 숨어야 해? 난 폭행을 당한 거지, 성관계를 한 게 아니거든."

"알아. 나도 알아. 다들 앞에서는 그렇게 말하겠지. 하지만 뒤에서 뭐라고 할 거 같아? 사람들 입에 자기가 얼마나 난잡하게 난도질당할지 생각 안 해봤어?"

"그런 사람들은 어디 내놔도 결국 그럴 수밖에 없는 구더기들이야. 난 구더기 안 무서워."

"그럼 난? 난 뭐가 돼?"

"결국 자기 걱정인 거지, 승모 씨?"

"미치겠네……."

승모는 테이블 위에 팔꿈치를 괴고 두 손에 얼굴을 묻더니, 이어 자신의 답답한 심정을 드러내듯 손으로 얼굴을 몇 번 비볐다. 이런 일로 고집을 피우는 은수를 이해할 수 없었고, 또 미웠다.

"자기, 선택해."

승모는 이윽고 무겁게 입을 열었다.

"오 피디의 프로를, 자기가 당한 성폭행 사건 재구성을 포기하든지, 아님 나를 포기하든지."

승모와 은수는 서로의 눈을 정면에서 마주했다.

"나, 자기가 어릴 때 그런 일 당한 거 진심으로 마음 아파하고, 또 받아들일 수 있어. 위로할 수도 있어. 하지만 그 일이 밖으로 나가는 것만큼은 절대 용납 못 해."

"알았어. 우리 끝내."

승모의 말이 채 떨어지기도 전에, 단칼에 결정을 해버리고 지체 없이 자리에서 일어난 은수는 뒤도 돌아보지 않고 입구를 향했다. 승모는 그런 은수의 뒷모습을 바라보며 그저 멍하니 앉아 있을 뿐이었다. 그의 말에 고민하는 내색조차 없이 일어나 찬바람을 일으키며 사라져가는 은수가, 그는 황당하기도 하고, 실감도 나지 않았다.

은수는 승모와 헤어진 후 다시 서 작가의 사무실로 올라가 시간을 보낸 후 8시 넘어 귀가했다. 그녀는 승모의 일로 고민하지 않았다. 그가 자신을 버리지 못할 거라는 것을 잘 알고 있기 때문이었다. 걱정할 것이 없는 남자다, 쉬운 상대다, 어려운 상대는 따로 있다, 그 '어려운 남자'를 기다리는 동안 은수는 샤워를 하고 몸단장을 했다. 그리고 남은 시간에 컴퓨터 앞에 앉아 드라마 대본 1부를 시작해 보려고 정신을 집중한 지 얼마 후, 그녀의 손이 키보드 위에서 움직이기 시작했다.

시간이 흘렀다. 은수의 손이 키보드 위에서 움직임을 멈춘 것은 밖으로부터 현관문 두드리는 소리가 난 뒤였다. 여름이라 작업실로 쓰는 작은 방의 문을 열어둔 터라 소리는 바로 들렸다. 은수는 먼저 옆에 놔둔 핸드폰을 들어 시간부터 확인한다. 11시 15분. 무형이 아무 연락도 없이 왔다는 것을 감안해도 조금 이른 듯했지만 잠실 도착이 빨랐을 수도 있다는 생각에, 그녀는 핸드폰을 그대로 손에 쥔 채 방을 나가 현관문을 열었다.

"자기야, 얘기 좀 해."

방문자는 승모였다. 더구나 만취해 있었다.

"다음에, 맑은 정신으로 해."

은수는 그가 들어오지 못하도록 현관문을 잡은 채로 차갑게 말했다.

"잠깐이면 돼. 좀 들어가게 해줘. 나, 치한 아냐. 자기 애인이야. 애인……."

"남잔 누구든 치한으로 바뀔 수 있거든. 다음에 얘기해, 승모 씨."

그러나 승모는 문을 힘껏 당기는 것으로 그의 대답을 대신했고, 그 바람에 문고리를 잡고 있던 은수가 그대로 딸려가 그의 품에 안겨 버렸다.

"사랑해 자기야……."

절로 품에 들어온 은수를 더욱 힘 있게 안으며 승모는 안으로 들어섰다.

"이, 이거 놔……."

"내 말 좀 들어줘. 은수 씨. 부탁이야……. 나 정말 괴로워 죽겠어……."

승모는 품에서 빠져나가려는 은수를 도리어 더욱 힘을 줘 끌어안았다. 그때 은수 손에서 핸드폰이 울렸다. 굳이 확인해 보지 않아도 무형의 전화라는 것을 알 수 있었다.

"스, 승모 씨, 이거 놔……."

"자기……. 어떻게 그럴 수 있어? 끝내잔 말을 어떻게 그렇게 쉽게 할 수가 있냐구. 응?"

승모는 은수를 안은 채로 그녀의 몸을 더듬었다. 은수는 그의 품에서 빠져나가려 애쓰던 것을 포기하고 대신 자신의 손에서 계속 요란한 소리를 내고 있는 핸드폰의 액정을 엄지손가락으로 밀어 터치했다.

"사랑해. 은수 씨……. 사랑한다구…… 사랑해……."

취한 승모가 큰소리로 말했다.

"놔. 승모 씨. 좀 놓고 얘기해……. 이거 놔……."

밀고 당기며 실랑이를 하던 두 사람은 결국 식탁 의자와 부딪치며 우당탕 소리와 함께 바닥으로 쓰러졌다. 쓰러진 후에도 은수를 놓지 않던 승모가 곧 그녀의 몸을 덮쳤다.

"이러지 마, 승모 씨. 저리 비켜."

은수가 화난 얼굴로 소리쳤다.

"자기야, 사랑해, 내가 자기 사랑하는 거 알지? 죽을 정도로 사랑해……."

"비키라고 했잖아."

질색인 얼굴로 은수가 다시 소리쳤지만 승모는 오히려 그녀의 입술을 덮쳤다.

"읍……, 읍……."

은수는 머리를 흔들어 피하려 했으나 그에게 머리를 잡혀 꼼짝할 수가 없었다.

※

무형은 은수의 집으로 향하는 택시 안에 있었다. 숨소리도 내지 않고, 제 손에 쥔 핸드폰에 귀를 기울이고 있는 모습이었다. 그의 핸드폰은 당연히 통화 중 상태로, 은수와 승모의 상황이 고스란히 생중계되고 있었다. 취한 승모의 목소리와 괴로워하는 은수의 목소리, 승모의 강제 키스, 은수의 신음 소리, 그리고 '내 몸에 손대지 마' 하는 그녀의 외침이 무형의 귀를 찢듯 터져 나온 것을 마지막으로 통화는 끊겼다.

"더 빨리 갑시다."

나직하지만 무겁게 내려앉은 무형의 목소리에, 택시기사는 무심히 룸미러를 보다 깜짝 놀랐다. 룸미러에 비친 무형의 모습은 먹이를 향해 달려들기 일보직전의 육식동물과 흡사했다. 최고의 집중력과 냉철함을 요하는 순간의 독기, 그것은 그가 마운드에서 위기의 순간마다 보여주는 모습이기도 했다.

무형이 탄 택시는 약 5분 정도를 더 달려, 차도에서 우회전해 들어가 은수가 사는 다가구주택의 좁은 골목으로 접어들었다. 그러자 택시의 헤드라이트가 비추는 저 끝으로부터 다급한 모습의 한 여자가 빛 안으로 뛰어들었다. 은수였다. 그녀는 집에서 입은 옷 그대로, 슬리퍼는 한 짝만 신고 손에는 핸드폰을 든 채 눈앞에 비친 강한 헤드라이트 앞에서 어쩔 줄을 모르고 있었다. '끼익' 소리와 함께 택시에서 무형이 내렸다. 겨우 택시에서 내리는 그의 단순한 동작은 평소처럼 서둘지 않으면서도 놀라울 정도로 유연하고 안정적인 데다, 심지어는 은수 앞으로 한 발자국 내디딘 것까지를 하나의 동작처럼 보이게 만들 정도로 빨라, 오히려 은수가 그를 알아보는 데에 더 시간을 지체했을 정도였다.

"무형 씨⋯⋯."

무형이 한 발 더 다가오고서야 그를 알아본 은수는 얼른 그의 앞으로 달려왔다.

"다친 덴 없습니까?"

무형이 은수의 어깨를 잡고 눈으로 그녀의 몸을 훑으며 물었다. 표정이나 느릿한 목소리, 모두 평소의 그와 비교해 전혀 차이가 없었다.

"괜찮아요……."

눈물 자국이 보이는 시무룩한 얼굴로 은수가 고개를 끄덕여 보이는 사이, 무형의 눈길은 은수 너머 그녀의 다가구주택을 향해 있었다.

"승모는 아직 안에 있습니까?"

"네……. 가요……. 무형 씨가 날 좀 데려가요."

은수는 무형의 팔을 잡아끌었다.

"하룻밤만 나 재워줘요. 네?"

무형은 그렇게 말하는 은수를 택시로 데려가 안에 태운 후 자신은 타지 않은 채로 기사에게 뭐라 당부하는 말만 하고서는 먼저 보냈다. 그는, 택시가 후진으로 골목을 빠져나가 마침내 시야에서 완전히 보이지 않게 된 후에야 천천히, 은수의 다가구주택으로 걸음을 옮겼다.

무형이 은수의 집 안으로 들어왔을 때 승모는 식탁 옆에서, 옆으로 넘어진 의자를 잡고 허우적대고 있었다. 그는 아마도 의자에 몸을 의지해서 제 몸을 가누려는 것 같았지만 그것은 그저 우스꽝스러운 몸짓으로 보일 뿐이었다. 그는 무형이 들어온 것도 모르고 있다가, 바닥에 진 그림자와 함께 미묘한 기척을 느끼고 나서야, 그때까지 줄곧 아래를 향하고 있던 고개를 위로 들었다. 승모는, 그러나 그 그림자의 주인이 무형이라는 것을 미처 확인할 틈도 없이 숨통이 콱 막히는 날카로운 고통부터 먼저 만나야 했다. 승모가 고개를 든 것과, 무형의 그 커다란 손이 승모의 턱 아랫부분으로부터 목에 걸친 부위를 움켜잡은 것이 거의 동시였으며, 더구나 그 엄지와 중지는 각기 승모의 턱밑 양옆을 정확히 짚은 채로 곧장 힘을 실었기 때문이다.

승모는 이를 악물고, 턱 양쪽의 심한 압박과 함께 턱뼈가 으스러지는 것 같은 통증을 이겨보려 했다. 의지라기보다는 본능적인 반응이었으리라. 그러나 악물린 이가 풀리고, 입술 사이가 절로 벌어지는 데에까지 얼마 걸리지 않았다. 승모는 있는 힘을 다해 무형의 팔에 매달려 발버둥을 쳐봤지만 그도 소용없었다. 그가 무형의 힘을 당할 재간도 없거니와 비명조차 나오지 않는 끔찍한 고통 탓에 힘도 제대로 쓸 수 없었기 때문이다. 부릅뜬 눈은 그대로 발사가 돼도 이상하지 않을 만큼 돌출돼 버렸고, 벌어진 입술 사이에서는 스팀이 새는 것 같은 '푸식, 푸식' 소리가 흘러 나왔다. 시간의 흐름을 타고 승모의 얼굴색이 차츰 시체의 그것처럼 변해가는 사이 눈꺼풀도 내려와, 흰자위만 남은 눈동자의 반을 가리고 있었다. 승모의 입 밖으로 흘러나온 타액은 무형의 손을 적셨다.

무형은 그 과정을 눈 하나 꿈쩍 않고, 평소 승모를 만나 커피를 마실 때와 전혀 다르지 않은 얼굴로 지켜보았다. 마침내 손을 풀었을 때 제 발밑에 풀썩, 쓰러지는 승모를 내려다보면서도 마찬가지였다. 무형은 태연하게 주방의 수돗물에 손을 닦고 그곳을 나왔다. 홀로 남겨진 승모는, 무형이 나가면서 불을 끌 때까지도 꼼짝을 않는 것이, 아마도 기절한 모양이었다. 고통이 시작돼서 기절하기까지 실제의 시간은 불과 2분 남짓했지만 승모에게는 영겁이나 다름없었으리라.

은수는 밤늦게까지 영업을 하는 어느 감자탕 음식점 앞, 노천 테이블에 앉아 있었다. 무릎에 무형의 가방을 올려놓은 모습으로, 그녀는 차도의 먼 곳에 눈을 두거나 혹은 핸드폰으로 시간을 확인하는 두 가지의 동작만을 하고 있었다. 밤이 깊은 탓에 음식점 안은 몰라도 노천 테이블에는 은수 혼자뿐이었다. 얼마 후, 택시 한 대가 가까이 오자 은수의 눈길은 곧장 그것에 따라붙었다. 그녀는 택시에서 무형이 내리는 것을 확인하며 자리에서 일어났다. 무형은 움직이지 않고, 제 앞으로 다가오는 은수의 슬리퍼 하나만을 신고 있는 발에 눈을 두고 있었다.

"뭐하느라 지체한 거예요?"

무형이 내민 손에 가방을 건네주며 은수가 물었다.

"문단속했습니다."

"훔쳐갈 것도 없는데……."

"타요."

무형은 자신이 타고 온 택시에 은수를 태웠다.

두 사람을 태운 택시는 1시 넘어 무형이 사는 아파트 3동 앞에 도착했다.

"한 팔을 내 목에 걸어봐요."

두 사람을 내려놓은 택시가 떠나자 무형이 몸을 낮추며 말했다. 은수는 어리둥절했지만 '왜 그러냐' 묻지 않고 무형이 시키는 대로 하니, 그는 그녀의 엉덩이 바로 아래에 팔을 둘러 잡아 그대로 안아 올렸다. 은수가 놀라 짧게 숨을 들이켜는 소리를 냈지만 곧 중심을 잡기 위해 얼른 다른 팔로도 그의 목을 감았다.

"누가 보면 어쩌려구……."

두 팔로 무형의 목을 끌어안은 은수가 슬쩍 주변을 살피며 말했지만 그녀의 얼굴에 드러난 당황한 기색에도 불구하고 정말 그것을 걱정해서 한 말 같지는 않아 보였다. 그녀의 당황은 주위의 눈보다는, 오히려 무형과 몸을 밀착한 데서 온 것임에 틀림없었다. 태연한 쪽은 무형이다. 그는, 은수의 한쪽 발이 맨발이니 그녀를 안고 간다는 이유 외에 다른 뜻은 전혀 없는 사람 모양으로 3동의 경비실을 지났다. 경비실 안에 있던 경비가 그런 두 사람의 유일한 목격자였다.

얼마의 시간이 흐른 후, 에어컨이 돌아가는 쾌적한 실내에서 소파에 앉은 은수와 무형은 커피를 앞에 두고 앉아 있었다. 은수는 들어오자마자 발을 씻는다며 욕실로 들어가 아예 샤워를 해 화장기 없는 말끔한 얼굴을 하고 있었는데 소파 위에 두 다리를 올려 오도카니 앉아 있는 그녀의 모습에서는 왠지 첫날밤의 기대를 앞둔 새신부의 야릇한 흥분이 읽혔다. 그녀는 다만 그에게, 승모와 있었던 일을 간략하게 설명하고 있는 것뿐인데도 그러했다.

"나 어디서 자요?"

말끝에 은수는 갑자기 물었다. 마치 그 질문을 언제 꺼내나 노리고 있던 사람 같았다.

"침실에서 자요."

무형은 무덤덤하게 대답했다.

"무형 씬요? 소파에서 잘 거예요?"

"네."

"피곤한 몸으로 왜 소파에서 자요? 원정경기하고 왔잖아요."

"오늘 공 안 던졌어요. 괜찮아요."

"침실에서 그냥 나랑 같이 자면 안 돼요?"

"안 돼요."

"끝내 나랑 섹스 안 하겠다구요? 맥없이 연애만 하자구요?"

"네."

"그럼 딱 한 번만 데리고 자봐요. 네?"

"정말 그러고 싶어요?"

"네에. 진심이거든요. 일단 한 번 자보고 나서 결정해도 되잖아요. 혹시 알아요? 의외로 괜찮을지?"

"글쎄……? 피곤할 거 같은데?"

"재미는 상대적인 거라면서요?"

"하나하나 가르쳐야 하는 재미죠. 그런데 은수 씬 아주 심하게 숙맥이라 재미는 눈곱 만큼이고 피곤은 왕피곤?"

"첨엔 좀 피곤해도 가르쳐 놓으면 나중엔 물건 될지 누가 알아요?"

"왜 날 유혹하는 겁니까?"

"왜 내 유혹을 거부하는데요?"

두 사람은 마치 식당에서 메뉴를 보며 무엇을 먹을지 고르는 사람들처럼 너무도 아무렇지 않게 말을 주고받고 있었다. 두 사람의 얼굴 표정은 물론이거니와 말투조차도 무척 건조해, 다소 기이하게 느껴질 정도였다.

"무형 씨 지금 사귀는 여자도 없잖아요. 없는 주제에 왜 튕겨요? 솔직히 말해봐요. 무형 씨도 나랑 자고 싶은 마음 있죠? 그렇죠? 내 말이 맞죠?"

"상처 주기 싫어요."

불쑥 내뱉은 무형의 그 말에는 은수도 바로 반응하지 못했다.

"그러니 날 너무 가까이하진 말아요."

약간의 침묵 후 무형은 그렇게 말을 이었다.

"기억 대신 나쁜 꿈으로만 남아 있는 상흔을 갖고도 이렇게 살아가는데…… 무형 씨가 나한테 그 이상 얼마나 더 깊은 상처를 줄 수 있겠어요?"

은수는 조용하고 침착한 어조로, 이번에는 그의 말을 바로 받았다.

"난 무형 씨를 사랑하지 않을 거예요. 사랑에 안 빠질게요. 그러니 걱정 안 해도 돼요. 그래도 불안해요? 내가 보기엔 숙맥인 거 빼고는 퍼펙트한 조건인데, 섹스를 하기엔."

"후회 안 하겠어요?"

"후회 안 해요. 그러니 언제든 싫증나면 날 버려요. 아주 쌈박하게 떨어져 나가줄게요. 이럼 된 거죠?"

"듣던 중 반가운 소리군요."

계속되는 기이하고 서늘한 대화 속에서 무형은 줄곧 은수의 얼굴에 눈을 두고 있었다. 그것은 그녀의 안색을 살피고 거기서 무엇을 읽어내려는 뜻보다는 그저 가만히 바라보기만 하는, 마치 딸을 걱정하는 아비의 그것과도 같은 눈빛이었다.

"일단 한번 시험해 볼래요? 내가 무형 씨한테 새로운 자극을 줄 수 있는지, 없는지?"

무형의 눈길 속에서도 은수는 고집을 꺾지 않고 불쑥 제안했다.

"어떻게요?"

"무형 씨는 그냥 가만히 있음 돼요."

무형은 천천히 고개를 끄덕였다. 사실 그녀가 무슨 '짓'을 할지 궁금하기도 했다. 은수는 마치 기다리고 있던 사람 모양 추호의 머뭇거림도 없이 소파 위를 기어서 무형에게 다가왔다. 그녀는 가우치 위에 앉아 있는 무형의 몸 양 옆으로 다리를 벌리고 무릎을 괴었지만 엉덩이를 내려앉지는 않고 일으킨 자세였다.

"뒤로 기대요."

은수는 가우치 등받이 쪽으로 무형의 가슴을 슬며시 밀었다.

"눈 감아요."

무형은 시키는 대로 등받이에 머리까지 뒤로 편히 기대어 눈을 감았다. 은수는 먼저 무형의 얼굴 가까이 자기의 얼굴을 가져간다. 두 사람의 숨결은 서로의 것을 느낄 정도로 가까이 얽혀들어 하나로 섞였다. 순간, 무형은 딱히 설명할 수 없는, 어떤 종류의 긴장을 느꼈다. 은수는 무형의 머리를 가만히 잡았다. 그리고 그의 눈꺼풀 위에 입술을 갖다 대었다. 왼쪽에 먼저, 이어 오른쪽으로 옮겨간 후 혀로 그 눈꺼풀을 핥았다. 왼쪽으로 다시 옮긴 은수의 혀는 마찬가지로 그의 눈꺼풀을 혀로 핥는다. 이 사람과의 처음 접촉이 하필 눈이네, 불현듯 그런 생각이 든 은수는 그와의 신체 접촉이 그리 싫지 않음에도 생각이 미쳤다.

은수는 무형의 두 눈에서 코로, 이어 입술로 자신의 입을 가져
갔다. 그의 숨결이 의식되고, 그의 체취도 느껴졌다. 그녀는 무형
의 뺨을 핥는다. 아래에서 위로, 마치 강아지처럼, 그러나 아주
천천히. 그 사이로 무형은 눈을 감고 꼼짝도 않고 있었다. 꼼짝할
수가 없었다는 것이 정확할 것이다. 은수가 그의 눈두덩에 입을
맞추던 순간 아찔한 현기증과 함께 심장박동까지 약간 빨라졌던
까닭이다. 가벼운 접촉만으로도 그럴 수 있다는 것이, 그는 내심
신기했다.

은수는 이제 무형의 입술 위로 자신의 입술을 포개고 있었다.
가볍게 시작해서 깊숙이, 은수가 제 혀를 무형의 입안으로 밀어
넣자 그는 다시 핑 도는 현기증을 느꼈다. 현기증이, 이번에는 긴
꼬리를 단 여운으로 손끝까지 전달되고는 되돌아와, 다시 그의
심장을 울렸다. 이 여자 뭐야, 하는 건 이렇게 어설픈데 어떻게
이런 느낌을 주는 거지. 무형에게 그것은 너무 오래돼 기억에 없
거나 아니면 전에는 한 번도 가져보지 못했던 것임이 분명했다.
때문에 그것으로 제 몸과 마음이 서서히 이완돼 가는 것을 그는
굳이 거부하지 않았다. 그런데 그것은 ─부드러운 자극이거나 포
근한 쾌락은─ 전적으로 은수가 준 것이 아니었다. 그것의 반은
다름 아닌 무형, 그 자신으로부터 나왔다는 사실을 그는 아직 알
지 못했다.

은수는 아주 길게 입맞춤을 한 후 입을 뗐다.

"눈 떠봐요."

은수의 말에 무형은 눈을 떴다. 그러자 그의 눈앞에 갸웃한 고
갯짓으로 수줍은 미소를 머금은 은수가 있었다.

"조금만 가르쳐 주시면 더 잘할게요."

그녀의 말에 무형은 천천히 고개부터 저었다.

"가르칠 필요 없겠습니다."

그렇게 말한 무형이 은수의 입술을 덮쳐, 이번에는 그의 주도로 입맞춤을 이끌었다. 그녀의 겨드랑이 사이로 팔을 넣어, 그녀의 뒤통수를 그 큰 손으로 받치면서였다. 그것은 은수에게 자극받아 더는 참을 수 없게 돼 버린 그의 격렬한 욕정의 표현이었으며, 이제는 멈출 수가 없다는 신호이기도 했다.

두 사람이 침실로 자리를 옮겼을 때는 이미 벌거벗은 몸으로 서로 엉켜 있었다. 갈색의, 바위 같은 남자의 몸 아래에, 그것에 대비되게도 작고 흰 여자의 몸이 꿈틀댔다. 숙맥일 것 같은 은수는 어쩐 일인지 그 바위 아래에서 그저 가만히 있지 않고 온몸으로, 그것도 뜨거운 몸으로 그 바위에 맞서고 있었다. 그것이 그녀의, 본래의 수줍음이다. 그러니 차가운 머리로는 이 부끄러운 쾌락의 탐닉에 자신을 초대할 수 없었을 것이다. 아니면 기억 너머, 무의식의 어지러운 실타래 속에 감춰진 과거의 깊은 상흔 탓이었을까. 어떤 이유에서건 이런 은수도 무형에게 낯설지만은 않았다. 이 수줍음 많고 경계심 많은 여자가 그것들을 한순간에 무너뜨릴 정도의 발작적인 흥분 상태에 빠지는 것을 보았었기에, 은수를 발가벗기고, 젖가슴을 애무하고, 치골 아래, 가랑이 깊은 곳에 손을 뻗었을 때 보인 그녀의 반응뿐 아니라 ─그녀는 열에 들뜬 사람 같았으니까─ 이어진 구강섹스조차 순순히 받아들이는 것에도, 무형은 별로 놀라지 않을 수 있었다. 놀라움은 도리어 그 자신을 향해 있었다. 과거, 수많은 여자들과 섹스를 해왔으면서도 그는, 자신이 구강섹스를 했던 적이 있는지 즉시 기억에 떠올릴 수 없을 정도로 그것은 그를 상대로 한, 더 정확히는 오로지 그의 쾌락을 위한 여자들의 몫이었기 때문이다.

무형의 구강섹스는 상당히 오래 계속되었다. 그는 자신의 손에 잡힌 은수의 허벅지에 미묘한 떨림을 느낀 후에야 고개를 들고 위로 올랐다. 이어 은수의 날카롭고 짧은 비명소리를 듣는다.

"그냥…… 있어요."

비명 뒤로, 거의 사이도 두지 않고 은수는 말했다. 말이기보다는 사실 신음에 가까웠다. 은수의 비명에, 무형이 그녀의 몸에서 나가려 했을 때였다. 나갈까 봐, 은수는 그의 몸을 꽉 붙들고 있기까지 했다. 무형은 천천히, 아주 조심스럽게 허리 아래를 들어, 마찬가지로 내리며 행위를 시작했다. 무형의 움직임에 은수는 신음을 삼키느라, 대신 거칠고 불규칙한 호흡을 내뱉으면서도 무형의 몸을 잡을 잡고 있던 제 손에 힘을 빼지 않았다. 반대로 힘이 더 들어가, 그녀의 손에 잡힌 무형의 갈색 살갗이 그녀의 손가락 주변으로만 하얗게 보일 정도였다. 그것은 어찌 보면 그가 달아날까 봐 고통을 애써 참는 동시에, 고통 그 자체의 표현이기도 했을 것이다.

시간이 흐르면서 은수의 호흡은 점차 안정돼 갔다. 뿐만 아니라 무형의 품안에서 잔뜩 움츠려 있던 어깨도 이완된 것이, 아마도 그녀는 거기서 쾌감까지는 몰라도, 고통은 참을 만했던 모양이다. 그런데 바로 그 순간이 무형에게는 현실로부터 열락의 문을 여는 찰나였다. 미간을 꿈틀, 움직인 것과 동시에 그는 은수가 당황할 정도로 그녀를 힘 있게 부둥켜안았다. 은수는 무형의 몸이 더욱 단단해지고, 허리 아래의 움직임이 빨라지는 것이 무엇을 의미하는지 단번에 이해할 수는 없었다. 곧이어 신음인지, 그저 뜨거운 숨결일 뿐인지 구분하기 힘든 미묘한 무엇이 은수의 귓가를 뜨겁게 달궜다.

무형은 놀랍게도, 최근 몇 년 간 —어쩌면 기억나지도 않을 정도로 먼 과거였을지 모른다— 경험하지 못했던 아찔한 오르가즘의 극치에 도달했다. 절정에서 내려온 뒤에도 머리가 핑 돌 정도로, 그것은 여운조차 오래 갔다. 이 여자 뭐지, 무형은 절정의 여운 속에서도 불현듯, 이 숙맥이 선사한 '선물'에 다시금 신기한 기분을 가졌다. 그러나 그 역시 전적으로 은수의 선물만은 아니다. 그가 은수를 그저 섹스 상대로만 여겼다면 이 숙맥을 상대로 절대 그런 극치를 경험할 수는 없었을 테니 말이다. 그것은 오히려 한 남자가 한 여인을 향해 품은 판타지에 기댄 것으로, 결국 무형 자신으로부터 나온 것이며, 그가 의식을 하든 못 하든 이미 그녀를 사랑하기 시작했다는 방증(傍證)인 셈이다.

정사 후, 두 사람은 깊은 잠 속에 빠져들었다.

9.
세헤라자데

깊고 달게 잤다는 것을 은수는 깨고 나서야 알았다. 잠으로부터 의식이 돌아온 그녀의 눈꺼풀 안으로 가장 먼저 그녀를 맞은 것은 고요한 침실에서 주인 행세를 하고 있는 투명한 아침햇살이었다.

은수는 이불 대신 자신의 몸을 가로지른 무형의 팔에 갇혀 있었다. 때문에 그녀는 움직일 엄두를 내지 못한 채, 자신의 정수리 위에서 들리는 무형의 고른 숨소리에 주의를 기울였다. 그러다 보니 자연 어젯밤 그와의 정사도 떠오른다. 은수가 아주 선명히 기억하는 것은 그의 손에 의해 완전히 발가벗겨지기 전까지였다. 자신의 몸에서 마지막 속옷이 떨어져나간 이후로는 수치심을 견디느라 무슨 일이 있었는지, 지금 되돌아봐도 꿈결처럼 아스라하기만 했다. 물론 그것도 날카로운 통증이 그녀를 다시 현실로 불러

들이기 전까지였고, 아직도 아랫도리에 희미하나마 남아 있는 통증에, 그녀는 자신의 몸에 문제가 생겼음을 직감했다.

"깼습니까?"

무형의 말소리를, 은수는 제 정수리 위로부터 들었다.

"네. 잘 잤어요?"

'잘 잤다'는 무형의 대답을 들으며 은수는 그제야 자신의 몸을 가리려 이불을 끌어당겼다. 또 그것을 무형이 도와준다.

"무형 씨 집에 카푸치노 있어요?"

이불을 턱밑까지 올려 잡은 은수가 물었다.

"없는데……."

"모닝커피 생각나요. 카푸치노가 딱인데. 걍 봉지 커피로요."

"나가서 사올까요?"

"네. 귀찮겠지만요."

"귀찮을 거 없습니다."

무형은 일어나 벗어놓은 바지를 집어 들었다. 은수는 움직이지 않고 무형의 벗은 몸에 눈을 두고 있었다. 이전까지 은수는 남자의 벗은 몸을 실제로 본 적이 없다. 그러니 무형의 몸에 당황할 법도 한데 전혀 그렇지 않아, 그녀는 그런 자신이 좀 이상하다고도 느꼈다. 그동안 동영상에서 보았던 발가벗은 남자의 몸은 혐오감까지는 아니더라도 유쾌한 느낌도 결코 아니었는데, 지금 은수의 눈앞에 있는 무형의 몸은 반대로, 유쾌함까지는 몰라도 보기 싫은 느낌은 전혀 없었다. 오히려 보기 좋은 쪽에 더 가까웠다고 해도 틀리지 않을 정도로, 바지를 입으려 허리를 약간 굽힐 때 보이는 그의 구릿빛 넓은 등줄기와 그 아래로 이어지는, 근육으

로 단단한 엉덩이, 그리고 은수의 허리보다 굵은 그의 허벅지조
차도 그녀는 별다른 거부감 없이, 편안히 받아들이고 있었다. 사
랑하는 남자도 아닌데 왜일까.

무형이 나간 것을 확인하자마자 은수는 일어나 침대의 시트부
터 확인한다. 손톱 끝만 한 검은 얼룩이 눈에 띄었다. 또한 그것
이 자신의 몸에서 나온 피의 흔적이라는 것도 어렵지 않게 짐작
할 수 있었다. 은수는 손을 내려 가만히 자신의 가랑이 사이로
가져갔다. 조심스러운 손끝만큼이나 신중한 그녀의 얼굴은 곧 찡
그려졌다. 따끔한 통증 탓이었다. 은수는 서둘러 시트를 걷어냈
다.

무형이 돌아왔을 때 은수는 주방에 있었다. 가스레인지에 조
그만 투명유리의 주전자를 올려놓다 돌아보는 은수의 얼굴은 방
금 샤워를 했음을 보여주듯 해맑았다. 무형은 손에 검은 봉지를
들고 가까이 오며 주방 옆에 있는 다용도실로부터 세탁기 돌아가
는 소리를 듣는다.

"내 맘대로 시트 빨고 있어요. 괜찮죠?"

무형은 별다른 대꾸 없이 검은 봉지를 건넸다.

"새 시트 꺼내주면 내가 정리해 놓을게요."

은수가 봉지를 받아 그 안에서 카푸치노 믹스 종이박스를 꺼내
며 말하는 동안 무형은 여전히 별다른 대꾸도 없이, 이미 가스레
인지 쪽으로 다시 몸을 돌려 종이박스를 뜯고 있는 은수의 뒤를
얼쩡거렸다. 그러다 은수의 허리를 살며시 잡는 것이, 아마도 그
의 관심은 시트나 세탁 따위는 아닌 모양이다.

"어땠어요?"

은수는 불쑥 물었다. 돌아보지도 않은 채 커피 잔에 믹스 봉지를 털어 넣으면서였다.

"뭘 말입니까?"

마치 은수에게서 냄새라도 맡듯 그녀의 정수리 위로 코끝을 갖다 대고 있던 무형이 되물었다.

"숙맥이 어땠냐구요. 아주 못 써먹을 정도는 아닌 거죠?"

"아주 못 써먹을 정도가 아니라 아주 훌륭했습니다."

"정말요?"

은수는 반색한 얼굴로 돌아보았다.

"네. 기대 이상입니다."

"그럼 나 무시하고 비웃은 거 사과해 주세요."

무형 쪽으로 완전히 몸을 돌린 은수가 그를 마주 보며 말했다.

"네, 사과합니다. 잘못했습니다."

무형은 그녀가 돌아서기를 기다렸던 듯 그녀에게 입을 맞추며, 그의 그 큰 손으로 그녀의 뒤통수부터 목덜미, 등, 엉덩이까지 부드럽게 쓸어내렸다.

오전 11시쯤, 무형은 은수를 그의 애마에 태우고 백화점에 들렀다. 그녀에게 옷과 신발을 사주기 위해서였는데 그것이 실수라는 것을 느끼기까지 그리 오래 걸리지 않았다. 여자들이 옷을 살 때 으레 그렇듯 은수는 매우 신중했다. 그러나 그 신중함이란 결국 처음에 보고 마음에 들었던 것으로 최종 결정하는 것, 그 이상도 이하도 아니어서, 그렇게 고르고 골라 처음 마음에 들었던 것을 사게 될 것을, 몇 번이고 매장을 돌아다니는 이유를 ―대부분의 남자들이 이해 못 하듯― 이해할 수 없었던 탓이다. 그래도 그는 인내심을 갖고 군소리 없이 —'무려' 두 시간이 넘게 걸리는 동안— 그녀의 뒤를 쫓아다녔다. 지치지도 않고 그 많은 옷들을 갈아입고 거울을 보며 고민하는 은수의 모습이, 그의 눈에는 신기하기도 했으니까. 그러나 더 큰 이유는, 그가 은수에게 정말 사주고 싶은 것은 따로 있어서 그 시간이 나기만을 기다렸던 것인데 당장 입을 옷과 구두를 사는 데만도 이리 시간이 걸릴 줄이야, 여자들은 미쳤다고밖에 달리 생각할 수 없었다.

두 시간이 넘게 걸려서 산 새 원피스를 입고 새 구두를 신은 은수와 9회까지 완투한 것보다 더 힘든 쇼핑을 마친 무형이 백화점 식당가에서 늦은 점심을 먹고 나오니 오후 2시였다.

"귀에 있는 그거 다이압니까?"

무형은 뜬금없이 물었다. 은수의 귓불에서 반짝이는 귀걸이를 묻는 것이었다.

"네? 이게 다이아면 얼마라구요, 거의 5부 크긴데. 그냥 큐빅이에요. 좀 비싼 큐빅."

"항상 그것만 하기에……."

"실은 바꿔 끼우기 귀찮아서요. 딴 귀걸이가 몇 개 없기도 하지만."

"다이아로 바꿔줄까요?"

"정말요?"

"대신 딱 한 군데서 합시다."

은수가 눈을 동그랗게 뜨고 기뻐하자 무형은 바로 그렇게 다짐을 받았다. 그런데 이번에는 무형이 앞장서서 은수를 데려간 곳이 하필 고가의 수입 명품 브랜드 매장이라 부담을 느낀 은수가 그의 팔을 잡아끌어 다시 데리고 나오고, 또 다시 그에 의해 끌려 들어가고를 반복하다 마침내 그 매장에서 3부 크기의 다이아몬드 귀걸이를 샀다. 모양은 은수가 원래 하고 다니던 것과 거의 같은, 귓불에 딱 붙어 다이아몬드 빛만 반짝이는 심플한 디자인으로, 소박한 은수를 빛내는 유일한 화려함이기도 했다. 무형은 여자의 액세서리에 관심도, 아는 것도 없었지만 은수의 귓불에서 반짝이는 그것만은 정말 예쁘다고 생각해 왔다.

"근데 원래 한 번 잘 때마다 이런 거 사주는 건가요?"

매장을 나와 주차장 가는 길에 은수가 물었다.

"아뇨. 처음입니다."

무형은 툭 던지듯, 특유의 말투로 대꾸했다.

"아쉽다. 위시리스트를 만들려고 했는데."

은수의 그 뻔뻔한 발언에 무형의 입꼬리가 위로 살짝 올라간다.

그는 은수를 아파트에 내려준 후 바로 잠실로 향했다. 좀 늦기는 했지만 수요일에 이미 선발출장했었기에, 감독의 잔소리를 피할 그럴듯한 변명만 지어내면 될 뿐이어서 그는 그리 서둘지도 않았다.

아파트에 혼자 들어온 은수는 자기 집도 아닌 곳에 홀로 남겨진 낯설고 어색한 기분에서 벗어나기 위해 무엇인가 할 일을 찾아야 했다. 어차피 일요일까지 이곳에 있기로 작정한 이상 빨리 익숙해지는 편이 낫다고 생각한 그녀는 먼저 침실이 아닌 나머지 두 개의 방을 구경할까 했다. 은수가 무형의 아파트에서 유일하게 보지 못한 곳이 바로 그 두 개의 방이었는데 구경하고 말 것도 없다는 사실을 방문을 열어보고 나서야 알았다. 그나마 그중 하나에는 운동기구라도 몇 개 있었지만 나머지 하나의 방은, 굳이 그곳에 존재하는 무엇인가를 대라고 한다면 '먼지'라고 밖에 대답할수 없는 텅 빈 곳이었기 때문이다. 침실로 쓰는 방에 비하면 협소한 공간임에도 은수가 부러 소리를 내니 그 소리에 공명이 느껴질정도였다.

은수의 입에서는 저도 모르는 피식, 웃음이 새어 나왔다. 정말무형답지 않은가, 보통은 자기 안으로 이것저것 담고, 담으려 하는 것에 비해 무형에게서 느껴지는 것은 그 반대였다. 그렇다고덜어낼 것도, 그럴 필요도 없이 그대로 족했다. 그러니 그 안에무엇이 있을까보다는 그 안으로 들어가면 얼마나 편안할까, 얼마나 아늑할까, 마치 세상의 그 무엇으로부터, 그 어떤 위험으로부터도 지켜줄 안전지대처럼 완전한 세상일지도 모른다, 하는 것이먼저였다.

은수는, 그러나 그 상념 끝에서 소스라치듯 깨어났다. 언젠가무형의 손안에 얼굴을 묻었을 때도 그러더니 그를 울타리로, 안전으로, 위로로 느끼고 있지 않은가. 은수는 고개를 저었다. 현실의 그는 전혀 그렇지 못했다. 안전하지 못하다. 지켜주지도 않는다. 그는 단지 방관자일 뿐이었다. 은수는 빈방을 나왔다. 마치무형의 안에서 밖으로 나오듯 그녀는 서두르기까지 했다. 어쩌면그녀는 방금 자신이 마음속에 그려보았던 '안전지대'란 실제로 존재하기보다는 존재하기를 염원하는 공간이라는 사실을, 동시에그것을 무형에게서 보았다는 사실을 두려워하는 것 같았다.

은수는 원피스 주머니에 들어 있던 신용카드를 꺼내보고는 다시 집어넣은 후 밖으로 나왔다. 3동 입구에서 무형과 헤어지기 전, 그에게서 현관의 비밀번호와 신용카드를 받았는데 그것은 아파트를 자유롭게 드나들며 필요한 것이 있으면 구입하라는 의미 아니겠는가. 은수는 일단 시장을 볼 요량으로 단지 내에 있는 마켓에 들러 주말 내내 해먹을 만큼의 먹을거리와 과일 등을 사서 배달주문을 해놓고, 당장에 필요한 주방용품 몇 가지와 —무형의 주방에는 아주 간단한 음식조차도 만들어 먹기 힘들 만큼 필수 주방용품이 부족했다— 역시나 당장에, 여자들에게는 꼭 필요한 기초화장품 몇 종류를 샀다.

무형은 9시가 좀 안 돼서 들어왔다. 유니폼을 입은 채였던 그는 현관 입구에서 그를 맞는 은수를 껴안기부터 하고는 그녀의 뒤통수부터 엉덩이까지 만지고 쓸어내렸다.

"그런데 이게 무슨 냄샙니까?"

은수의 엉덩이에 손을 댄 채 그가 물었다.

"맛있는 냄새요."

은수는 무형의 팔을 잡고 주방으로 데려왔다. 식탁 위에는 몇 가지의 밑반찬과 두부 요리, 된장찌개 등 평범하지만 매우 깔끔해 보이는 세팅으로 이미 식사가 준비돼 있었다.

"매번 나가서 사먹는 것도 귀찮아서요. 어때요?"

"재주 좋습니다. 못 하는 게 없군요."

"난 팔방미인…… 이라고 사기 치고 싶긴 한데, 이 정돈 우리나라 여성분이라면 다 하거든요. 여잘 그렇게 많이 만났으면서 밥 한 끼 못 얻어먹었나 봐. 불쌍하게……."

"밥 못 하는 여자들만 만났나 봅니다."

"섹스만 잘하면 됐겠지, 뭐. 밥보다 섹스가 더 좋은 최무형 투수 아니신가요?"

악의 없이 비아냥댄 은수가 다시 그를 잡고 욕실로 밀며 '씻고 오라' 했다. 섹스 외에는, 아파트에서 여자와 한 자리에서 자는 것도 귀찮아했던 무형이 여자로 하여금 아파트에서 밥을 짓게 했을 리 만무했지만 그는 아무 변명도 없이 은수가 시키는 대로 했다.

"무형 씨 두부 잘 먹더라구요. 체격이 커서 고기 좋아할 줄 알았는데 은근히 나물이랑 두부 그런 거 잘 먹던데, 나랑 식성 잘 맞아요."

무형과 마주앉아 식사 중에 은수가 말했다.

"식성 까다롭지 않습니다."

"그거 까다로운 거거든요. 나물이 얼마나 손이 많이 가는데요. 남자들은 뭘 모른다니까."

은수가 마치 야단치듯 하자 무형은 대꾸 없이 애매한 몸짓만 해보인다.

"근데 아파트 비번 바꾸는 것도 일이겠어요?"

무형은 먹다말고 무슨 의미냐, 눈짓으로만 물었다.

"여자 바꿀 때마다 비번도 바꿔야 하는 거 아녜요? 카드 사고는 한 번도 안 났어요? 나한테 준 카드 한도는 얼마예요? 백화점 가서 비싼 가방 막 사고 결제해 버리면 어떡하려구? 지금까지 다 섹스는 잘하고, 사고는 안 치는 착한 여자들만 만났나 봐요?"

"네."

무형은 선뜻 대답했지만 그는 여자에게 아파트 비번을 가르쳐

준 적도, 카드를 준 적도 없다.

"내일 샤넬 매장 가서 가방 하나 사두 돼요?"

"네."

"내가 봉을 잡은 건가?"

은수는 잠시 깔깔대며 웃었다.

"근데요, 어떻게 집에 컴퓨터가 없어요? 무형 씨 혼자 있을 땐 뭐해요? TV만 봐요? 인터넷 안 해요? 난 뭐 할 게 없던데?"

"내일 바로 컴퓨터 삽시다."

"그냥 노트북이면 될 것 같은데······."

"그럼 그거 삽시다."

"원래 한 번 자주면 그렇게 너그러워져요?"

은수는 고개를 살짝 옆으로 기울인 모습으로 물었다. 장난기가 아닌, 제법 진지한 그녀의 또랑또랑한 눈빛이 무형의 눈길을 잡아 고정시켰다. 그의 얼굴은 하마터면 웃을 뻔했다는 듯 입술 중앙이 살짝 실룩거렸지만 그 입으로 대답을 내어놓지는 않았다.

식사 후, 은수가 설거지하고 주방을 치우는 동안 무형은 가지도 않고 식탁 앞에 그대로 앉아, 은수의 움직임을 눈으로 좇고 있었다.

"내가 그렇게 좋아요?"

그의 눈길을 의식하지 못할 리 없는 은수가 주방을 다 치운 끝에 마지막으로 커피를 준비하며 힐끔 돌아봤다. 입가에 살포시 웃음을 담고서였다.

"그렇게 마냥 보고 있어도 지루하지 않을 정도로 좋냐구요."

무형은 다만 모호한 어깻짓을 대답 대신 해보았다.

"여자한테 사랑한다고 해봤어요?"

이어지는 은수의 질문에 무형이 이번에는 고개를 갸웃한다.

"아, 우문이다. 연애도 제대로 못 해본 거 같은데 고백 같은 걸 했을 리 없지. 근데요, 여자 꼬실 때 뭐라고 하면서 꼬셔요? 난 그게 영 상상이 안 되던데? 그냥 대놓구 나랑 섹스합시다, 이럴 순 없잖아요?"

"그렇게 합니다."

"정말요?"

"은수 씬 나한테 그렇게 안 했나요?"

"아, 맞다. 그러고 보니 나도 그렇게 졸랐구나."

은수가 민망한 듯 손으로 입을 가리고 킥킥대자 무형의 입꼬리도 슬며시 올라갔다.

두 사람은 커피를 들고 거실로 자리를 옮겼다. 은수는 '에어컨을 너무 쐬면 건강에 좋지 않다'며 에어컨을 끄고 거실의 창을 연 다음 연한 스탠드 조명만을 켜놓았다.

"바람 들어와서 그렇게 안 덥죠?"

은수는, 거실로 와서도 여전히 자신에게만 눈을 고정하고 있는 무형에게 이제는 좀 부담을 느껴, 애써 아무렇지 않게 말을 하고 커피를 마셨다. 그것도 아주 천천히 마셔, 커피를 마시는 동안에는 '건드리지 마라'는 뜻을 은연중에 내비쳤지만, 사정 급한 무형이 커피를 핥아 먹고 있는 여자를 ―은수는 진짜 커피를 그렇게 마시고 있었다― 마냥 기다려 줄 리 만무했다. 결국 그는, 은수가 커피를 세 번도 채 할짝대기 전에 그녀의 몸을 덥석 잡아 번갯불에 콩 볶을 새에 제 무릎 위에 올려놓았다. 이어지는 그의 애무에, 은수는 어젯밤의 관계로 인해 몸에 생긴 작은 문제를 그에게 말해야 하나, 말아야 하나, 그 생각을 또 진지하게 할 새도 없이 발가벗겨졌다.

은수는 저항하지 않았지만 어깨를 움츠리고 양 무릎을 꼭 붙였다. 얼굴은 또 빨갛게 달아오른다. 비록 어젯밤 몸을 섞었을지라도 —그것도 겨우 한 번— 아직 무형에게, 어쩌면 정확히는 남자에게 자신의 알몸을 보이는 것이 아무렇지도 않을 만큼, 그녀는 그것에 익숙하지 못했다. 자신의 젖무덤을 핥고 있는 것도, 제 가랑이 사이 깊은 곳으로 들어오는 손도 —비록 은수가 무형의 손길을 싫어하지 않는다 해도— 아직은 모두 낯설고 불편한 것들이었다. 그리고 무엇보다 은수의 가랑이를 벌리고 그 중앙을 빤히 들여다보는 무형의 눈길은 너무 끔찍해 쇼크를 느낄 지경이었다. 불행히도 그녀는 어젯밤처럼 그 수치심에 맞서지를 못하고 있었다. 맞서기는커녕 오히려 무형이 하고 있는 모든 것이 너무도 생생하게 느껴져 기절할 것만 같았다. 은수를 무력하게 만든 것은 —수치심에 맞서 싸우지 못하게 만든 것은— 다름 아닌 통증이었다. 그녀는 통증과 싸우느라 더욱 잔인하게 수치심에 지배당해야 했다.

무형이 하던 행동을 멈춘 것은 은수의 울음소리를 들은 후였다. 정확히는 느꼈다고 하는 편이 맞을 것이다. 은수는 거의 소리를 내지 않았기 때문이다. 그러니 무형이 그것을 느낀 것도 너무 늦은 후였다. 은수의 얼굴은 비를 맞은 것처럼 흠뻑 젖어 있었다. 그러나 무형의 간담을 정말 서늘하게 만든 것은 바로 자신의 손에 묻은 피를 보았을 때였다. 은수의 몸을 만지고 있던 것은 무형 자신이었으니 그것이 누구의 피라는 것을 굳이 생각하고 자시고 할 것도 없는 것에 더해, 그녀의 울음이야말로 지금 무엇인가가 잘못되고 있다는 완벽한 신호의 다름 아니었기 때문이다. 아마도 무형을 잘 아는 사람이라면 그의 얼굴에서 그처럼 당황한 표정을 보기도 쉽지 않았을 것이다. 그래도 무형은 무형인가 보다. 그는 어찌된 일이냐 묻기보다는 즉시 그녀를 두 팔에 안고 침실로 들어가 침대에 눕히고 이불을 덮어주었다. 그리고 깨끗한 흰색 타월을 가져다주고는 곁에 앉아 가만히, 은수가 진정되기를 기다렸으며, 그녀가 먼저, 스스로 입을 열 때까지는 말을 시키지도 않았다. 그것은 제법 긴 시간을 소요했음에도 그는 답답해하지도, 초조해하지도 않았다.

"놀랐죠? 나 때문에……."

마침내 은수가 입을 열었다. 울음이 진정된 지 꽤 시간이 흐른 후였는데도 그녀의 목소리에는 눈물이 묻어났다. 무형은 말없이 그녀의 얼굴을 내려다보고만 있었다.

"사실은……."

은수는 말을 할 듯하다, 이내 머뭇거렸다. 이미 마음속으로 어젯밤 일에 대한 설명을 정리했으면서도 막상 말을 하려니 머릿속은 다시 그 설명에 대한 어휘들을 고르고 있었다. 그녀는 그것을 설명하는 데에 심히 부끄러움을 느끼고 있었다. 그래서 좀 덜 부끄러운 어휘를 선택하는 데에 애를 먹고 있는 것이었다.

"상처가 났어요……."

결국 그렇게만 말하고, 은수는 다시 머뭇거렸다.

"내일 병원에 데려다 줄게요."

무형은, 그러나 그녀의 말을 더 들을 필요도 없다는 듯 바로 그렇게 받았다.

"아, 아뇨. 병원에 갈 필요까진 없고……."

"그래도 가요."

"금방 자연 치유돼요. 정말이에요……."

말끝을 흐리는 은수의 얼굴은 발그레해졌다. 무형은 그것을 보면서도 무표정하게, 그녀의 이마와 머리를 그 큰 손으로 쓰다듬었다. 지금의 은수는 어제의 그녀와 다르다는 사실을 그는 그제야 눈치챘다. 그렇다고 낯설었던 것도 아니다. 열에 들떠 본래의 수줍음을 무의식 아래로 감춘 어제의 은수가 낯설지만은 않았듯 오늘의 그녀 역시 그저 그의 기억을 환기시켰을 뿐이다. 원래의 은수는 지금처럼 금방 쨍하고 깨져 버릴 듯, 얇고 투명한 유리 같은 성정이기는 했으니까. 그러고 보니 이런 숙맥과의 어젯밤 정사가 새삼스러워지는 무형이다. 나신과 음부를 무기로써 도발하는 많은 여자들을 상대해 왔던 무형이었으니, 숙맥을 상대로 그 기억에서조차 아찔했던 열락을 다녀왔다는 것이 믿기지 않을 만도 했을 것이다. 그는 이불 속으로는 들어가지 않은 채 그녀 옆으로 비스듬히 누워 그녀의 머리 밑에 팔베개를 해주었다.

"나, 바보 같죠?"

무형의 팔에 안겨, 그의 품으로 어깨를 기울인 은수는 민망한 듯 물었다.

"숙맥이라 그런 거겠죠? 며칠 못 하게 돼서 어떡해요?"

"괜찮습니다. 문제가 있거나, 원치 않을 땐 항상 말을 해요. 입 됐다 키스할 때만 쓰면 안 됩니다."

"네. 앞으론 좀 다양하게 쓸게요. 그래서요……."

은수의 다음 말을 무형이 침묵으로 기다리는 동안 그녀는 펠라치오를 생각하고 있었지만 입 밖에 내지는 못했다. 아직 자신이 없었기 때문이다. 말도 아니게 어설프게 하느니 하지 않는 것이 낫겠지 싶었다.

"나 일주일 개점휴업이니까, 천일야화나 할까 해요."

은수는 대신 그렇게 말을 이었다.

"천일야화? 그게 뭡니까?"

"아참, 우리 무형 씨 무식하지……."

은수는 짐짓 킥킥댔다. 그리고 천일야화를 궁금해하는 무형에게, 왕비의 배신으로 여자를 믿지 못하게 된 후 새 왕비를 맞을 때마다 하룻밤만 자고 죽여 버리는 한 아라비아의 왕과 그런 왕의 새 왕비로 간택되어, 밤마다 흥미진진한 이야기를 천일하고도 하루를 이어 결국 살아남게 되는 지혜로운 여성, 세헤라자데에 관한 이야기를 들려주었다. 무형은 그것을 들으며 은수와 함께 잠이 들었다.

주말 동안 무형의 아파트에서 지낸 은수는 마치 그의 아내와도 같았다. 무형을 위해 식탁을 차리고, 경기장으로 향하는 그를 배웅하고, 귀가하는 그를 맞아 그의 가방을 풀어 유니폼을 세탁소에 맡겼다. 밤이 되면 또한 그녀는 무형의 여자로, 다만 당장 그를 받아들일 수 없는 대신 기꺼이 발가벗은 몸을 그의 품에 맡겼다. 무형은 잠들기 전까지 은수의 몸을 쓰다듬고 애무하고는 했는데 주말의 마지막인 일요일 밤에도 마찬가지였다.

"오늘은 그 여자 얘기 안 합니까?"

얇은 이불 안에서 은수를 안고 그녀의 등과 엉덩이를 어루만지며 무형이 물었다.

"어휴, 이름 진짜 못 외운다니까. 세헤라자데요."

"이름이 깁니다."

무형의 변명에 은수는 짧게, 의식적인 웃음을 터뜨렸지만 그 웃음은 또한 의식적으로 잦아들었다. 그녀의 몸을 만지는 그의 손길을 느끼며, 그가 그것으로나마 섹스에 대한 갈증을 풀고 있다, 생각하면서였다. 그래서 은수는 불안했다. 그저 발가벗은 몸을 내맡기는 것만으로, 어떻게 이 남자의 마음을 잡을 수 있겠는가.

"무형 씨…… 섹스 못 해 괴롭죠?"

"그렇지 않습니다."

조심스럽게 묻는 은수와 다르게 무형의 목소리에는 나른함이 묻어났다.

"무형 씨, 나……."

은수는 결국 결심했다.

"그거 좀 해보면 안 될까요?"

"뭘 말입니까?"

그렇게 되묻던 무형은 곧 자신의 아랫배 밑을 더듬는 은수의 손을 느꼈다. 은수는 짐짓 대담한 체하는 자신의 손과는 다르게도 그것을 설명할 때는, 만약 그녀의 손이 그의 아래가 아닌 코를 잡고 있었다면 요령부득일 정도로 횡설수설했다.

"갑자기 그게 왜 하고 싶은데요?"

은수의 모호한 설명과 관계없이 그녀가 하고자 하는 것이 무엇인지를 금세 알아챈 무형이 물었다.

"무형 씨가 좋아할 것 같아서요. 나 땜에 섹스도 못 하니까, 대신 해주면 좋을 것 같기도 하고, 어때요?"

"싫습니다."

"왜요? 남자들, 그거 좋아하지 않나요?"

"숙맥이 하는 건 좋아하지 않습니다."

"또 숙맥이라 무시하는 거예요? 아주 훌륭하다고 했잖아요. 그래서 무시한 거 사과도 했잖아요."

"그거랑 다릅니다. 이건 스킬이 필요한 거라……."

"처음부터 잘할 순 없죠. 그렇다고 딴 데 가서 배워 올 수도 없잖아요."

"배워 오진 말아요."

"그럼 무형 씨가 가르쳐 줘요."

"싫습니다."

"왜요?"

"안 해도 되니까요."

"왜요?"

"시키고 싶지 않아요."

"왜요? 왜요? 왜요? 무형 씬 나, 나, 나…… 해줬잖아요."

은수는 말끝을 재빨리 지나며 얼굴을 살짝 붉혔다.

"그건 내가 하고 싶어서 한 거죠."

"나, 나도 하고 싶다니까요."

"은수 씬 내가 좋아할까 봐 하려는 거구요."

순간 은수의 얼굴은 도저히 숨길 수 없을 정도로 묘하게 일그러졌다. 은수는 자신의 심중을 숨기려는 듯 무형의 품에 얼굴을 묻었다. 그런 그녀를 안고 무형은 그녀의 머리에서부터 얼굴과 목덜미에 이르기까지를 입술로 훑어 내렸다. 그러한 잠시, 고개를 든 그의 머리를, 이번에는 은수가 재빨리 두 팔로 끌어안았다. 그녀의 젖무덤에 갇힌 무형은 입술로 그것을 더듬어 젖꼭지를 찾아 내 입에 물었다. 손을 아래로 내려 그녀의 엉덩이를 가볍게 움켜잡기도 했다. 그의 그것은 의식적인 것이었다. 은수가 애써 숨기려 하는 것을 보고 말았는데, 다름 아닌 그녀의 얼굴에 드러난 어둡고 무거운 고뇌의 빛이 그것이었다. 무형의 의식적인 애무는, 그러나 그것의 ─어둡고 무거운 고뇌의─ 정체가 무엇인지 궁금해서도, 의심스러워서도 아니었다. 다만 은수가 제 얼굴에 드러난 그것을 숨기려 하니 모른 척하기 위해서일 뿐이었다.

❂

은수가 무형의 아파트에 있는 동안 승모는 계속 은수에게 연락을 취했지만 그녀의 핸드폰은 여전히 침묵했다. 그녀는 승모의 전화를 받지 않고, 그의 문자 연락에 답문도 보내지 않았을 뿐만 아니라 나중에는 전원마저 꺼놓아 승모를 당혹스럽게 만들었다. 은수가 제 집을 비운 이상 승모로서는 그녀의 소재를 알 도리가 없었다.

승모는 금요일 아침에 은수의 집에서 깨어났는데 눈을 뜨자마자 턱에 심한 통증을 느꼈다. 어쩌면 그 통증 때문에 깬 것일지도 몰랐다. 꿈인 듯 현실인 듯 누군가 자신에게 극심한 고통을 줬다는 것을 어렴풋 의식했지만 처음에는 혼란스러워서 쉽게 정리가 되지를 않았었다. 그는 바로 화장실로 들어가 거울을 향했다. 그의 턱 가장자리에 있는 검푸른 멍은 금세 눈에 들어왔다. 기억을 오래 더듬을 것도 없었다. 자기에게 그런 짓을 할 사람은 최무형, 한 사람뿐이란 것을, 승모는 너무도 잘 알고 있었으니까. 그런 고통이 처음도 아니었기 때문에, 과거에도, 지금의 것과는 비교도 안 될 정도로 극심한 고통을 무형으로부터 당한 바 있었기 때문이었다. 승모는 12년 전의 사건을 기억에 떠올리며 몸서리를 쳤다. 더불어 무형에게 새삼 그런 일을 또 당한 이유에도 생각이 미쳤다. 답은 하나다, 은수가 무형에게 연락을 한 것이다. 그런데 그녀는 지금 어디에 있는 거지, 하며 승모는 집안을 둘러봤지만 그녀의 그림자도 보이지 않았다. 지난밤, 만취해서 그녀에게 어떤 행동을 했는지 기억을 못 하고 있는 것은 아니었다. 그런데 그것은 사실 승모 입장에서는 투정이었다. 그렇게 쉽게 이별을 말하고 떠났던 은수에게 섭섭하고 울컥해서 과음을 했고, 그래서 투정했고, 그런 투정 정도는 그녀가 받아 주리라, 생각도 했었다. 물론 자신의 행동이 과했을 수도 있었지만 연인 사이에 그 정도는 용서 못 할 정도는 아니라 생각했으며, 강제로 범할 의도 따위는 추호도 없었다. 만약 강제로 범하려 했다면 무형이 이 정도에서 끝내지는 않았겠지, 그런 생각을 하며 승모는 쓴웃음을 지었다. 몹시 불쾌했다. 무형에게도 불쾌했고, 무형을 부른 은수에게도 불쾌했다.

승모는, 그러나 이제 그녀 쪽에서 연락이 오기를 기다리는 것 말고는 달리 방도가 없었다. 은수의 집을 나온 이후 두 차례 다시 가보기도 했지만 그녀의 집은 여전히 비어 있었다. 상황이 이쯤 되고 보니 그는 슬슬 불안해지기 시작했다. 혹시 '키스 말고도, 그 이상의 실수를 했던 것은 아닌지' 하는 것에 더해, '그녀가 사고를 당했을지도 모른다' 하는 것까지 잡다한 생각이 꼬리를 물었다. 오죽 답답했으면 무형에게 전화해 보려고까지 했을 정도였다. 사실 그는 아직까지도 턱에 남아 있는 얼얼한 후유증을 생각할 때마다 무형에게 전화는커녕 다시는 상종도 안 하리라, 그렇게 다짐도 했었는데 말이다. 아마 더 솔직히 하자면 무형이 두려웠던 것일 테지만 또한 무형이 은수의 행방을 알 리도 없다 생각했기에, 그가 무형에게 전화를 하는 일은 일어나지 않았다.

일요일에 승모는 결국 은수의 부모님 댁이 있는 양수리까지 다녀오고 말았다. 은수가 집을 떠나서 갈 만한 거의 유일한 곳이 양수리였기 때문이다. 물론 그전에 은수의 가장 친한 친구에게 마치 다른 볼 일인 듯 전화를 해서 —은수의 친구 남동생이 같은 방송사에 있었기에 핑계를 만들어내기는 어렵지 않았다— 적어도 은수가 그녀의 친구와 함께 있지는 않은 것이 분명하다는 확신을 한 후였다. 그러나 양수리에서도 그는 이렇다 할 소득을 올리지 못했다. 단 한 번 갔을 뿐인 그곳에를, 은수도 동반하지 않고 혼자 방문해 그녀의 부모에게 불필요한 오해를 살 수는 없는 노릇이었다. 때문에 은수 부모의 집 주변만 배회하다 돌아왔는데 그것만으로는 은수가 그곳에 있다는 별다른 징후를 발견하기 힘들었다.

월요일, 승모는 아침도 거른 채 오전 일찍 출근길에 먼저 은수의 집에 들러, 은수가 아직 귀가 전임을 확인부터 하고는 다시 그녀에게 또다시 '연락을 기다린다', 문자를 보내놓고 —금요일부터 해서 같은 문자를 십 수 개는 보냈기에— 방송국으로 향했다. 대체 그녀는 어디로 사라진 것일까, 승모는 입이 바짝바짝 마르는 기분이었다. 점심시간 때는 다시 은수에게 문자를 보내며 구내식당을 향해 걷고 있었다. 입맛은 없었지만 아침을 굶었더니 속이 쓰려 빨리 뭐라도 먹어야겠다 싶어, 문자를 보낸 후에는 걸음을 더욱 재촉했다. 그의 걸음은 식당 입구에 다다라서야 늦춰졌다. 아는 얼굴을 만난 것인데 다큐 부서의 오 피디였다. 오 피디 혼자는 아니고, 아마도 구성작가인 듯싶은 삼십대 초반의 여자와 함께였다.

"식사하러 오셨습니까?"

승모가 먼저 오 피디에게 인사를 했다. 승모에게는 한참 선배이기도 한 오 피디였다.

"참, 은수 씨한테 얘기 들었습니다. 성폭행 피해 여성에 관한 프로를 기획 중이시라고요?"

"아, 그중에서도 처벌이 안 됐거나 어떤 사정으로 처벌을 못 해서 피해자들이 더 고통 받는 사례들만 모으고 있어. 여기 양 작가도 하 작가랑 같이 구성을 맡고 있지."

오 피디는 동반한 여자를 소개했다. 세 사람은 함께 움직여 한 테이블에서 식사를 했는데 식사 중에 대화는 주로 오 피디의 기획에 관한 것이었지만 승모는 대화에 끼기보다는 식사에 더 열중하며 그저 듣기만 했다.

"특히 미성년을 상대로 한 집단성폭행은 아주 질이 안 좋아요."

양 작가가 먹으면서 하던 얘기를 계속했다.

"가해자가 같은 미성년이든 성인이든, 미성년의 피해자들은 그 스트레스랄까, 트라우마에 평생을 지배당한다고 해도 과언이 아니거든요."

"아, 하 작가가 말했던 그 미진여중생 집단성폭행 사건도 조사해 봐야죠?"

오 피디가 그렇게 말을 받는 것과 거의 동시에 승모의 손에서 젓가락질이 멈췄다.

"사건 내용은 대충 알아요. 미진여중고와 가까운 곳에 위치한 대북고 학생들에 의한 성폭행이었어요. 그 사건도 뭐, 아주 고약하더구만요."

양 작가의 말이 이어지는 순간에 이미 승모의 심장은 거친 방망이질을 하고 있었다. 그 방망이질에 얼굴까지 뜨거워진 승모는 식판에서 얼굴을 들 수도 없었다.

"그럼 자료는 충분히 구해졌나? 12년 전이라 공소시효도 지난 건데……."

오 피디가 질문을 이었다.

"저도 하 작가한테 들었어요. 신문을 찾아봤는지 내용을 대충 알던데요. 대북고의 남학생 세 명이 미진여중생을 잔인하게 성폭행한 건데, 전치 12주가 나왔다니, 뭐 말도 못 하게 처참했나 봐요. 근데도 합의를 본 건지…… 고소 취하가 됐다네요."

"애만 불쌍하군. 몸이야 그렇다 치고, 정신적인 쇼크로 정상적으로 컸으려나……."

"그거야 모르죠. 정신과 치료를 받긴 했겠지만……. 보통 제정신으로 버티긴 힘들지 않겠어요?"

"죽일 놈들."

"암튼 그 사건은 하 작가가 더 취재해 본다고 했어요."

승모는 묻고 싶은 것이 있었지만 목소리가 떨려 나올까 봐 엄두도 내지 못한 채 산만한 정신 속에서 식사를 마쳤다. 세 사람은 식당에 들어올 때처럼 함께 밖으로 나가, 또한 동시에 한곳을 향해 눈길을 모으며 걸음을 멈췄다. 은수가 모습을 드러낸 것이다. 그녀는 1층의 현관 입구로부터 역광을 받으며 로비를 가로질러, 승모와 오 피디 일행 쪽으로 곧장 걸어오고 있었다. 무형이 사준 원피스를 입고, 역시 그가 사준 구두에, 그 사이 새로 구입한 가방까지 든 모습이었다. 그녀의 양 귓불에 박혀 있는 다이아몬드는 묘하게도 더욱 빛을 발하며, 역광을 받아 어두운 그녀의 얼굴에서 홀로 반짝이고 있었다. 그녀는 아파트에서 무형을 배웅한 뒤 ─무형은 잠실로 가서 구단버스를 타고 부산으로 내려간다고 했다─ 곧장 이곳으로 온 것이었다.

승모는, 은수가 빛을 등지고 걸어오는 탓에 그녀의 안색을 바로는 파악할 수 없었다. 어쨌거나 그렇게 애타게 기다렸던 그녀였으니 마땅히 기뻐해야 함에도 그는 도리어 투명치 않은 불안감에 심장이 오그라드는 것만 같았다. 방금 식당에서 들은 얘기 때문일까, 그러나 그것으로부터 시작된 불안감을 애써 물리치듯 승모는 마치 '설마 그럴 리 없어' 하는 양 저도 모르게 고개를 한 번 슬쩍 흔들었다.

"안녕하세요. 오 피디님. 양 작가님두요."

은수는 가까이 와서 환하게 웃으며 인사했다.

"회의는 3시인데 좀 빨리 왔네? 식사는 했어요?"

오 피디가 먼저 은수의 인사를 받았다.

"네. 먼저 올라가세요. 두 분, 좀 있다 다시 봬요."

은수는 오 피디와 양 작가를 먼저 보낸 후에야 승모와 눈을 마주했다.

"어디에 있었어?"

그러나 먼저 입을 연 것은 승모였다. 차분한 얼굴과 목소리였다.

"양수리."

은수는 짤막하게 툭 던지듯 대답했다.

"응……?"

승모는 잠시 멈칫했으나 양수리, 그녀의 부모 댁에 은수가 있었는지 없었는지 분명하게 확인을 했던 것도 아니어서 곧 개의치는 않았다.

"아, 부모님 댁에 있었구나. 그래, 그럴 것 같더라. 일단 나가자."

승모는 은수와 나란히 방송국을 빠져나왔다.

"문자라도 한 번 주지. 걱정 많이 했는데……. 아직도 화 많이 났어?"

승모는 그녀의 눈치를 살피며 물었다.

"그냥……. 좀 그래. 기분이."

"미안해. 내가 실수 많이 했어?"

"설마 기억 안 난다고 하진 않겠지?"

"아냐. 기억 나. 내가 잘못했어. 너무 취해서 그만……. 미안해."

"그날, 최무형 씨 봤지? 뭐래? 난 바로 나와 버려서……."

"으응? 아니 뭐……, 별 얘긴 안 했어."

"자기 너무 취해서 못 움직인다고, 와서 좀 데려가라고 내가 불렀거든."

그렇게 말하는 은수가 이번에는 승모의 눈치를 살폈다.

"그랬구나……."

승모는, 그러나 건성이었다. 그의 머릿속은 이미 다른 문제로 복잡했던 탓이다. 두 사람은 이내 가까운 커피숍으로 들어갔다.

"자기…… 중학교 어디 나왔어?"

커피를 주문해 마시던 중 승모가 불쑥, 그러나 무심함을 가장한 얼굴로 물었다.

"응? 갑자기 그건 왜?"

"어? 그냥……. 자기 그 사건, 중학생 때 당했다고 했던 거 같아서……."

"응. 중3때. 경희여중이야."

은수의 대답을 듣고서야 승모는 그제야 하나의 불안이 사라진 듯 슬며시 안도의 한숨을 쉬었다. 동시에 그런 그를 훔쳐보는 은수의 눈에는 경멸의 빛이 스쳐 지났다는 것을, 그는 당연히 모를 것이다.

"근데 자기 사건도 오 피디 프로에 넣겠다는, 그거 말이야……."

"아니. 내 사건은 뺄 거야. 자기가 그렇게까지 반대하는데 너무 내 고집만 부린 거 같아 미안해."

"정말이지? 그래. 고마워."

승모의 입가에는 이제 편안한 웃음까지 떠올랐다. 그러나 그것도 잠시였다.

"사실은 내 사건과 유사한 미진여중생 사건이 있어서 겹치기도 했거든. 참, 자기 대북 나왔지? 혹시 그 사건 기억 나?"

"응......?"

승모는 당황함을 감출 수가 없었다.

"모, 모르겠는데......."

"12년 전이니까 자기 고등학교 1학년이었을 텐데 기억 안 나? 가해자들이 야구부라던데, 최무형 씨는 알려나?"

"그, 글쎄......? 오래전 일이라....... 근데 자긴 그 사건을 어떻게 알았어?"

"내 친구 동은이 알지? 동은이가 미진여중 나왔잖아. 당시에 그 사건 엄청났었다고 하더라구. 내가 오 피디 프로 말하니까 참고하라고 알려줘서 알았어. 정말 사건 내용을 알고 나니 끔찍하더라."

"그래서...... 그 사건을 다루려고?"

"응. 일단 당시 신문을 살펴보고 직접 취재도 해보려고."

승모는 다시 입이 바짝바짝 말랐다.

"나 먼저 일어날게. 집에 가서 자료 챙겨갖고 오 피디님 회의 들어가 봐야 하거든. 나중에 봐."

은수가 나가는데도 승모는 인사도 제대로 못한 채, 실내 에어컨 바람이 무색하게도 식은땀만 뻘뻘 흘리고 있었다. 그는 침착하게 생각을 정리하려 애썼다. 그 사건은 고소 취하가 된 사건이고 12년 전의 일이다. 은수가 아무리 알아내려 해도 거기서 승모의 이름을 발견할 수는 없을 것이다. 신문에서 그 사건을 찾아낸다 한들 실명이 나와 있을 리 없고, 당시의 야구부원들을 찾아다니며 취재한다고 해도 아무도 말하지 않을 것임을 누구보다 승모가 잘 알고 있었다. 당시에 함께 범행을 저지른 선배 하나가 아직 프로야구 계에 있지만 은수가 찾아낼 수는 없을 테고, 설사 찾아낸다 한들 선배가 그 사실을 털어놓을 리도 없다. 걱정할 것이 없다, 승모는 그렇게 자신을 안심시켰다.

목요일, 부산에서 서울로 올라오는 구단버스 안에서 밤 10시쯤, 무형은 승모의 전화를 받았다. 두 사람은 금요일에 잠실 경기장에서 보기로 했다.

다음 날 승모는 2시쯤에 경기장으로 들어와 ─경기는 5시부터 시작한다─ 무형에게 전화를 했다. 그런 후 테이크아웃용 커피 두 잔을 사들고 약속 장소인 테이블 석에서 무형을 기다렸다. 15분 정도를 기다리니, 팀 유니폼을 입고 야구모를 눌러쓴 무형이 느린 걸음으로 모습을 보였다. 야구할 때는 그리도 빠른 운동신경이 평상시에는 저렇게 느린 것도 재주다 싶어, 승모는 헛웃음이 절로 났지만 더불어 안 좋은 기억도 함께 떠올라, 이제는 아프지도 않은 멀쩡한 자신의 턱을 손으로 한 번 쓸어본다.

"오늘 안 던지지?"

무형이 가까이 오자 커피를 건네며 승모는 아무렇지도 않은 얼굴로 먼저 입을 열었다. 커피를 받은 무형은 말없이 고개만 끄덕여 보였다.

"내일 선발?"

"모레."

두 사람은 약간의 거리를 두고 나란히 앉았다. 승모는, 은수가 맡은 오 피디의 프로그램에 대해 설명하기 시작했는데 그녀가 '그때 그 사건'을 취재하고 있다고 어렵게 말을 이어갔다.

"아마 은수가 너한테도 만나자고 할 거야. 미리 알고 대비하라구."

무형은 아무 반응 없이 무표정한 얼굴로 커피만 마시고 있었다.

"제장, 철없던 시절 한때의 실수가 지금까지 내 발목을 잡을 줄이야……. 뭐, 12년 전 사건이니 은수가 아무리 애를 써도 나를 알아낼 순 없겠지만 마음이 편친 않아. 은수가 그 일을 다 끝낼 때까진 계속 이럴 것 같아. 진짜 미치겠다. 현실이 소설보다 더 소설 같다더니, 어떻게 그때 그 일이 돌고 돌아 은수와 인연이 닿느냐 말이야. 이게 대체 우연인 거야, 필연인 거야? 내 인생에 없는 사건이다, 그러니 깡그리 잊고 살자, 그러면서 벗어나려고 노력했는데 12년이 지나 이런 식으로 뒤통수를 칠 줄이야……. 잘못했다고 생각도 했고 후회도 했지만, 이젠 좀 질린다, 질려."

승모는 자신의 답답한 심정을 드러내듯, 고개를 숙인 채 손으로 머리를 '파바박' 털었다. 그러나 무형은 여전히 아무 말이 없었다. 그저 그의 야구모의 챙 안에서 아주 시린 빛이 ―그것은 정말 푸른빛을 띠고 있었다― 찰나에 명멸했을 뿐이다.

"은수는 왜 하필 그딴 프로를 맡아가지고는……."

말끝에 고개를 들던 승모는 갑자기 소스라치게 놀랐다. 무형이 그런 승모의 눈길을 따라가니, 그 끝에 은수가 있었다. 그녀는 사랑스러운 머스터드 컬러의 린넨 소재 원피스에, 갈색 숄더백을 메고 테이블 석 사이의 통로에 서서 두 사람을 지켜보고 있었다. 7월 말경의 더운 날씨 속에서, 단정하게 위로 틀어 올린 머리 아래 그녀의 가늘고 긴 목덜미가 유난히 뽀얀 빛을 발했다. 그것은 한 여름날의 강렬한 태양빛에 기댄, 아찔하고도 눈부신 미혹(迷惑)의 모습으로, 두 남자의 눈길을 잠시의 침묵 속에 묶어놓고 있었다.

"은수를…… 만나기로 했어? 하필 나랑 같은 시간에? 미리 말을 했어야지……."

이윽고 승모가 먼저 입을 열어 무형을 향해 투덜댔지만 무형은 아무 대꾸도 없이, 그저 은수에게만 눈을 고정하고 있었다.

"승모 씨 외근이라더니 최무형 씨 만나고 있었던 거야?"

가까이 온 은수는 환한 얼굴로 말했다. 더구나 아주 상냥한 목소리였다.

"으응……. 자기도 무형이 만나려고 온 거야?"

승모는 이미 일어나 있었으나 엉거주춤한 모습이었다.

"응. 잠실에 볼 일이 있어서 왔다가 무형 씨 만나려고 전화했는데 안 받아서 그냥 들러봤어. 오늘 경기가 있으니 경기장에 있을 거 같아서. 아래에서 물어보니 어떤 선수가 여기로 가라 가르쳐주더라구."

"그랬구나. 무형이가 경기 전에 몸 푸느라 폰을 못 봤을 거야."

"자긴 왜 왔어? 남자들끼리 이런 데서 만나 밀담 나눌 일 있나?"

그녀는 여전히 미소 짓는 데다 장난기마저 보였다.

"그럴 일이 좀 있어. 그럼 난 갈 테니까 자긴 자기 볼일 보고 가."

승모가 말하며 은수의 곁을 스치자 그녀는 재빨리 그의 허리를 한 팔로 감싸 안았다.

"자기, 차 갖고 왔지? 그럼 차 안에서 나 조금만 기다려 줄래? 30분만. 응? 자기 차 타고 같이 가게."

"그럴래? 알았어. 기다릴게."

은수의 다정한 태도에 기분이 좋아진 승모는 미소를 지어보였다.

"키스해 주고 가."

은수의 느닷없는 부탁에 승모는 당황했다. 아직 경기 시작 전인 경기장이라 사람들이 거의 없다고는 해도 야외인 데다 바로 곁에 무형도 있었다. 그럼에도 은수는 마치 주변에 아무도 없는 양, 오직 승모만 있는 양 사랑스러운 미소를 짓고 있으니 승모는 또한 어리둥절할 따름이었다. 키스는 결국 은수가 먼저 했다. 이어 그것은 승모로 인해 더욱 깊어졌다. 그는 은수의 체취와 부드러운 타액으로 정신을 놓을 지경이었다. 키스는 그것을 시작한 은수의 의지로 끝도 정해졌다.

"미치겠다."

은수에게 떠밀려 그녀의 입술에서 강제로 떨어지다시피 한 승모는 혼잣말처럼 중얼거렸다.

"바쁘지 않으니까 충분히 일 보고 와."

그는 그렇게 말하고 계단을 내려갔다. 은수는 승모의 모습이 시야에서 완전히 사라진 후에야 천천히 무형 곁으로 다가왔다. 무형은, 은수가 나타난 이후로 잠시도 그녀에게서 눈을 떼지 않고 있었음에도 정작 그녀가 가까이 오자 오히려 눈길을 거두고 만다. 어젯밤 늦게 서울에 도착했던 그는 은수와 전화통화만 했을 뿐 —그녀는 '집에서 작업해야 할 일이 있으니 내일 보자' 했다— 만나지는 못하다, 이제야 그녀를 보는 것이었다. 오늘 아침에도 은수와 통화를 하며 이곳에서 승모와 만나기로 했다, 일러주기까지 했는데, 물론 그녀가 이 자리에 나타나리라고는 짐작도 못 했다.

"승모 씨 왜 왔어요?"

은수가 물었다.

"은수 씨와 같은 볼일인 것 같습니다."

"내 볼일이 뭔데요?"

"아마도 승모와 같겠지요."

"지금 그거 농담한 거예요?"

전혀 농담하는 얼굴이 아닌, 무형의 시큰둥한 안색을 보며 은수는 소리까지 내어 웃었다.

"승모 씨가 날 버릴 줄 알았는데 안 버리네요."

은수는 웃음 끝에 불쑥 말했다.

"그렇다고 내가 그를 버릴 순 없어요. 당신이 언제 날 버릴지 모르니…… 뭐랄까, 스페어? 그냥 보험이라고 생각해요. 어때요?"

"뭐가 말입니까?"

"내가 두 남자를 다 갖는 거요. 안 될까요?"

"난 괜찮습니다."

"정말요? 정말 괜찮아요?"

"네."

"내가 승모 씨랑 자도?"

"네."

"승모 씨와 섹스하는 거 동영상으로 찍어 보여줘도?"

그는 대꾸하는 대신, 바로 곁에 서 있는 은수의 얼굴로 먼저 눈을 옮겼다. 은수가 제아무리 감정을 숨기려고 해도, 그런 그녀에게서 분노의 감정을 읽어내기란 그리 어려운 일도 아니었다.

"내가 질투하길 바랍니까?"

무형은 툭 던지는, 그 특유의 말투로 물었다.

"네. 무형 씨가 날 사랑하는지 알고 싶어요."

무형은 손을 약간 아래로 뻗어 은수의 스커트 안으로, 그녀의 무릎 안쪽을 살그머니 잡았다. 그의 손은 그녀의 다리를 따라 쭉 올라 허벅지 안쪽의 거의 끝에서 멈췄다. 그 살의 떨림이 그대로 그의 손에 전해진다.

"그런데 왜 두려워합니까?"

은수의 살을 잡은 손에 지그시 힘을 주며 무형은 물었다.

"두렵지 않아요. 나도…… 당신만큼 독할 수 있다구요."

은수는, 그러나 대답 끝에 고개를 떨어뜨리고 만다. 목에 제법 힘을 주어 대답했음에도, 무형의 손에 잡혀 있는 그녀의 살처럼, 목소리도 떨리고 말았던 탓이다. 무형의 손은 이제 은수의 허벅지 끝에서 더욱 안으로 움직여, 가장 은밀한 그곳에 닿아 있었다.

"어때요? 다 나았습니까?"

"네."

"오늘밤 아파트에서 기다려요."

같은 시간에 승모는 주차장의 그늘진 곳에 세워둔 자신의 차 안에서 은수를 기다리고 있었다. 담배를 피우느라 차창을 모두 열어놓은 채였다. 오래지 않아 은수는 백미러에 모습을 보였다. 그는 얼른 내려서 조수석의 문을 열어 그녀를 태운다.

"집에 내려주면 돼."

"알았어."

승모는 바로 차를 출발시켰다.

"무형이랑 얘기는 짧게 끝났나 봐? 자기 너무 금방 나와서……."

운전 중에 승모는 은수를 향해 슬쩍 눈길을 보냈다. 은수는 차창 밖에 얼굴을 두고 있었는데 그런 그녀의 모습에 기운이 하나 없어 보였다.

"응……. 소득이 없었어."

은수의 힘없는 대답에 승모는 오히려 안심했다. 오늘 은수가 무형을 만난 용건이야 빤한 것이었으니, 그녀에 앞서 무형을 만나 미리 언급을 해놓은 자신의 발 빠른 대처에 그는 자못 뿌듯해하 기까지 했다.

"자긴 무형 씨 왜 만났어?"

은수가 물었다.

"응? 아, 요즘 자기랑 트러블이 많아서 그냥 고민 상담 차……."

"나 성폭행 당했던 거 말했어?"

"미쳤어? 아무리 친구라도 그런 말을 어떻게 해? 자기 비밀은 나만 알고 있어야지."

"비밀……?"

"아, 내 말은…… 그러니까 그건 아픈 상처잖아. 자기 상처는 나한테도 상처고. 남하고는 관계없는 거잖아. 우리 둘만의 문제라는…… 그런 뜻이야."

승모는 은수가 다시 그 문제로 시비를 걸까 저어돼 애써 변명을 했다. 그 문제로 또다시 그녀와 싸우기는 싫었다. 다행히 은수는 별다른 말없이 다시 창밖에 눈을 두어 승모는 내심 안도를 하면서도 그런 그녀의 모습에서는, 다만 무형을 만나 아무 소득 없이 돌아가며 느꼈을 실망감 이상의 우울함마저 느껴져, 자못 의아하기도 했다.

"혹시……."

승모는 결국 궁금한 것을 참지 못했다.

"무형이와 안 좋은 일 있었어? 그 자식이 또 자기한테 기분 나쁜 말한 거 아냐?"

"아냐. 그런 거……."

은수는 고개도 돌리지 않고 대답했다. 여전히 맥 풀린 목소리였다.

"그럼 다행이고. 근데…… 자긴 미진…… 그 사건 때문에 무형이 만난 거였지?"

승모는 이어 확인 차 물었지만 은수는 못 들었는지 대답하지 않았고, 그도 굳이 더는 묻지 않았다.

승모와 헤어져 집에 들어온 은수는 옷도 벗지 않은 채 침대 위로 쓰러졌다. 갑작스러운 피로가 몰려와 잠시 잠을 청했지만 정작 잠은 오지 않았다. 은수가 피로라 느끼는 것은 사실 불안감이었다. 그것도 딱히 정체를 알 수 없는 불안감이기에, 머리에서 그것을 헤아리기도 전에 몸이 먼저 반응을 하는 것인지도 몰랐다. 분명한 것은 하나 있었다. 왜 불안한지는 알 수 없으나 그것이 무형으로부터 비롯되었다는 것만큼은 느끼고 있었다. 그는 질투를 하는 것일까, 은수는 결국 불안의 모습을 구체화하려 했다. 그러다 갑자기 움직여 작업실에 있는 컴퓨터를 켜고 성인동영상의 파일을 열었다. 그러나 얼마 보지도 않아 그녀는 실소를 터뜨렸다. 그와 단 한 번의 섹스로 개점휴업 상태에 들어간 주제에 야동에서 답을 얻으려고 하다니, 제정신인가 싶었다. 이미 넘칠 만큼 보았음에도 정작 그녀가 침대에서 할 줄 알고, 또 했던 것이 있다면, 그것은 수치심을 참느라 이를 악물었던 것뿐이었다. 그런데 그는 왜 그녀에게 '훌륭하다' 했을까. 반은 놀리는 것이라 알아듣기는 했지만 매번 새로운 자극, 혹은 쾌락을 극대화시켜줄 상대를 고르는 무형이고 보면, 은수 같은 숙맥도 나름 색다른 자극이 됐으려니, 또 그런 생각도 해보았다. 그러니 아직까지는 은수에게 욕정을 느끼는 무형이지만 이대로 계속 숙맥으로 있는 한 그는 또 금세 싫증을 낼지도 모를 일이다. 그런 생각 끝에 은수는 처음부터 이길 수 없는 게임에 자신을 던져 버린 것은 아니었나 싶어 절망했다. 그녀에게 그는 너무 어려운 상대고, 그에게 그녀는, 그를 거쳤던 수많은 다른 여자들처럼 너무나 쉬운 상대인 것이다. 은수가 어리석었다. 그렇다고 이제 와서 멈추기에도 너무 늦었다. 그녀는 그만 패배감에 빠져들고 말았다.

늦은 밤, 무형이 유니폼을 입은 모습으로 아파트에 들어섰을 때, 은수는 그의 주문대로 그를 기다리고 있었다. 너무 밝지도, 어둡지도 않은 거실의 가우치 위에 비스듬히 누워 있는 모습으로, 현관으로부터 막 들어선 무형의 시야에 뒷모습을 보인 채 그녀는 또한 완전히 발가벗은 몸이었다. 붉은 빛이 감도는 조명은 에어컨이 돌아가는 실내를, 역설적인 따뜻함으로 지켜내며 더불어 은수의 나신을 마치 이전 세기에 그려진, 고풍스러운 액자 속 유화의 여인처럼 신비롭고 은밀한 관능의 그것으로 보이게 했다. 특히 빛에 노출된 은수의 둥근 엉덩이는 화가의 떨리는 붓 끝으로부터 비켜간 듯 투명하면서도 우윳빛처럼 뽀얗게 드러나, 그것만으로도 무형은 자신의 뒤통수를 번개처럼 스쳐 지나는 짜릿한 충격을 느낄 정도였다. 그러고 보니 그것도 실로 오랜만이었다. 여자의 나체를 보는 것만으로도 몸에 열이 오르고 아랫도리가 뻐근하던 때가 언제였는지, 너무 까마득해 기억도 나지 않았다.

무형은 천천히 은수 앞으로 접근했다. 돌아누워 있던 은수 역시 천천히 어깨를 열며 고개를 돌려, 위로부터 그녀를 내려다보는 무형의 눈과 만났다. 그녀는 미소 짓고 있었다. 한쪽 입 끝만 위로 끌어올린, 어떻게 보면 비웃음 같기도 하면서 또한 상대를 유혹하는 그것이기도 했다.

"기다리고 있었어요."

은수는 먼저 말했다.

"어때요? 나."

"예쁩니다."

"그럼 무형 씨 마음대로 해봐요."

은수의 도발에 무형은 소리 없이 그녀 곁으로 앉았다. 앉아서 가장 먼저 손을 뻗은 곳은 은수의 얼굴이다. 여전히 미소 짓고 있는 은수의 얼굴을 감싼 그의 손에, 은수는 입술을 내밀어 입을 맞췄다. 그 입술은 또 슬며시 벌어져, 그 안으로부터 밖을 구경하듯 빼꼼 혀끝의 모습도 보였다. 그 혀끝으로 무형의 엄지가 다가가니, 둘이 만나 장난치듯 놀던 것도 잠시, 은수가 그 엄지를 입술로 물었다. 이어 이로도 살짝 물어본다. 그런 그녀를 줄곧 내려다보던 무형의 눈빛은 아스라이 흐려졌다. 눈길은 은수의 얼굴에 닿아 있으나 초점은 분산된, 그것은 이미 그가 거역할 수 없는 충동에 지배되어 있음을 의미했다. 다만 그것에 너무 지독히 사로잡힌 탓에 오히려 무엇부터 해야 할지를 모르고 있을 뿐이다. 그러나 그것도 오래가지는 않았다.

은수는 숨이 턱 막히는 충격에 가슴을 들어 올렸다. 무형이 입술을 덮쳤다는 것을 의식한 것은 나중이었다. 들어 올린 그녀의 가슴 반대편으로 무형의 손이 파고들어 대번에 그녀의 목 뒷덜미를 움켜잡아 입맞춤은 전쟁처럼 격렬해졌다. 단순히 입을 맞대고 있을 뿐인 두 사람의 몸 전체는, 다만 한곳으로 —오직 입으로— 에너지를 모으듯 파도처럼 일렁였다. 은수는 가우치의 바닥을 발로 밀어내며 버둥댔다. 얼핏 남자가 여자를 해하려 하고, 여자는 달아나려는 것처럼도 보이는 모양새는 잠시 후, 은수의 얼굴 위로 포개어 있는 무형의 그것이 아래로 향하면서 역전되기 시작했다. 키스 중에 마치 숨이 막혔던 듯 긴 숨을 토해낸 은수는 무형에게 목과 젖가슴을 차례로 내어주며, 달아나려고만 했던 몸짓에서 점차 공격성을 띠었던 것이다. 그녀는 과감하게도 두 다리를 높이 들어 무형의 목을 휘감는 것으로 선전포고를 대신했다. 어쩌면 그것으로 아예 고지까지 점령하려 들었는지도 모르겠다. 그녀의 수줍은 본성을 생각한다면 매우 파격이었으니까. 더구나 그녀는 그것을 매우 또렷한 의식을 갖고 '해치웠다'. 그럼에도 그녀의 얼굴에 드러난 수줍음의 그림자를, 그녀 자신은 아마 몰랐을 것이다. 광대뼈 부근이 다소 발그레했다 사라진 것도, 처음부터 그녀의 행동은 그 매혹적인 모습과 관계없이 사실은 몹시 어설펐다는 것도 몰랐을 것이다. 마치 어린아이가 어른의 화장을 한 것 같은 우스꽝스러움에, 거기서 좋게 봐줘야 귀여움 정도나 얹힐 수 있을까. 그러니 또 그것을 무형이 모를 리 없었다. 동시에 그런 것 따위는 그에게 ―설사 그녀의 모든 것이 지금보다 더 어설펐다고 해도― 아무 문제도 되지 못했다. 이미 그는 은수에게 사로잡혀 있었기 때문이다. 그런데 그 사실을 정작 두 사람 다 모르고 있는 것 같았다.

무형은 자신의 목에 걸린 은수의 다리 안쪽에 얼굴을 묻고 서서히 중앙을 향해 내려갔다. 은수는 절로 손가락을 모아 주먹을 쥐었다. 물론 구강섹스가 처음은 아니다. 그런데 은수에게 그 '처음'이란 기억의 대지 위에 오리무중이었던 까닭에 맨 정신으로 다시 감당하려니 결국은 처음이나 한 가지였다. 그 긴장과 막연한 상상만으로 저 혼자 흥분에 빠진 은수는 또 그것에 얼마나 심하게 압도당했는지, 막상 제 몸이 전하는 미묘한 전율과 만나서는 오히려 맥이 탁 풀려 버릴 정도였다.

순수하게 몸으로 느낄 수 있는 그것은 축축하고, 부드럽고, 섬세한 감각이었다. 은수는 제 허벅지로 무형의 머리를 지그시 조였다. 그러자 그의 다른 움직임도 전해온다. 옷을 벗고 있구나, 눈을 뜨지 않아도 허벅지가 전하는 소식은 그랬다. 실제로 무형은 은수의 허벅지에 머리를 잡혔거나, 혹은 잡힌 척한 채로 옷을 벗었다. 이어 아쉬워하듯 고개를 들었을 때는 '자신'을, 그녀의 몸 안으로 깊숙이 넣기 위해서였다.

은수는 대번에 눈을 떴다. 입도 함께 벌어졌지만 소리를 내지는 않았다. 무형이 은수 안으로 들어온 찰나였다. 처음의 경험처럼 날카로운 고통이기보다는 골반을 나사로 조이는 것 같은, 불쾌한 뻐근함이 하복부를 지배했다. 그런데 눈앞에 무형이 보이지 않았다. 대신 그의 손길이 느껴진다. 그 손길을 좇아, 은수는 눈을 아래로 내렸다. 그는 그곳에 있었다. 은수의 다리 하나를 한 팔에 감싸듯 잡아 쓰다듬으며, 무형 역시 직전까지 그녀의 눈을 찾고 있었던 듯, 두 사람의 눈은 즉시로 만났다.

두 사람은 긴 소파와 가우치가 이어진 위에서, 'ㄴ'자 형태의 다소 불편하고 기이한 모습으로 하나 돼 있었다. 똑바로 누운 은수 아래에서 모로 누운 무형이, 그녀의 다리 하나를 잡고, 또 다른 다리를 그의 가랑이 사이에 둔 채, 그녀의 엉덩이 아래로부터 그 자신을 연결시켰다고나 할까. 그 기묘한 체위에 어울리지 않게도 무형의 행위는, 은수와의 첫 관계 때만큼이나 조심스럽게 시작됐다. 또한 눈으로, 은수의 얼굴을 놓치지 않고 있어 은수 역시 그의 눈길에 의지에, 몸이 흔들리는 약간의 통증 속에서도 안정돼 갔다. 당연히 그녀의 하복부를 지배했던 '나사의 조임'도 차츰 느슨해졌다. 그 반면, 어쩐 일인지 무형은 도리어 괴로워하는 것처럼도 보였다. 그런 그가 갑자기 허리의 움직임을 멈추고 은수의 종아리를 물었다. 정확히, 물지 않으려 애썼다고 하는 편이 맞을 것이다. 사정을 참아낸 것이다. 무형은 곧 몸을 일으켜, 은수를 잡아 품에 껴안듯 위로 올려 안고는 그대로 침실을 향했다.

무형은 은수를 마주 껴안은 채로 침대에 누우며 거의 동시에 다시 그녀의 몸으로 들어왔다. 마치 가우치 위에서의 그것을, 지체 없이 다시 이어가려는 것 같았다. 은수는, 이번에는 바로 위에 있는 무형의 얼굴을 보고 있었다. 그가 침대 위에 손을 짚고 팔을 쭉 편 상태라, 은수는 그에 의해 흔들리면서도 그의 모든 것을 볼 수 있었다. 그의 이마에서 관자놀이를 따라 흐르는 땀, 무표정하게 다물린 입술 아래로 핏줄이 불거져 나온 목, 평소보다 근육이 선명히 잡혀 있는 그의 가슴과 팔이 차례로 눈에 들어왔다. 이어 은수는 그것만으로는 부족하다는 듯 두 손을 위로 들어 무형의 얼굴을 가볍게 잡았다. 축축하고 차가운 습기가 먼저, 뒤이어 용광로 같은 열기가 곧장 섞여, 묘하게도 차가움과 뜨거움이 함께 손바닥에 전해진다. 그뿐인가, 은수는 자신의 손을 통해 무형의 얼굴에서 일어나는 미세한 반응, 그의 광대뼈 부근과 그 아래의 뺨에서 턱에 이르는 얼굴 근육이 불규칙적으로 꿈틀대는 것도 읽을 수 있었다. 그것에서 은수는 다시, 다시 그가 힘들어하는 것 같은 인상을 받았다. 그래서였을까, 은수는 충동적으로 그의 입술을 덮쳤다. 그의 목에 팔을 걸고 매달린 채였다. 그리고 얼마 걸리지 않았다. 은수의 몸이 지금까지보다 서너 배의 속도로 흔들리기 시작한 것이 말이다. 은수에게 그것은 바위가 와서 부딪는 것과 같은 충격이었다. 때문에 절로 신음을 토했으나 그것은 모두 무형의 입안으로 들어가 버렸다. 또한 공평하게도, 그의 신음 역시 은수의 목구멍을 타고 넘었다.

무형은 다시 그녀와의 첫 관계 때만큼이나, 어쩌면 그 이상으로 강렬한 극치를 경험했다. 마음먹은 대로 사정을 조절할 수 없을 정도로, 밀려드는 쾌락의 파도에 대항하기도 벅찼다. 그는 기진해서 바로 눈을 감았다.

얼마나 시간이 흘렀을까. 무형은 제 귀를 간질이는 솜털 같은 숨결에 의식을 깼다. 은수의 그것이었다. 그는 그제야, 자신이 깊은 잠에 빠지지 못하고 줄곧 아스라한 선잠 상태였던 것을 알았다. 열락을 다녀왔던 여운 탓이었을까. 그런데 순간, 곁에서 쌔근거리던 은수의 숨소리가 점차 가쁘게 들려와 그는 천천히 고개를 옆으로 돌렸다. 무형을 향해 모로 누워 있던 은수의 얼굴은, 바로 눈에 들어왔다. 은수는 입을 약간 벌린 채 불규칙한 소리를 뱉어내고 있었다. 몸이 흔들릴 정도로 힘들게 들이켰다, 끊어질 듯 고통스럽게 토해내는 숨죽인 오열의 소리로, 그러나 눈물도 없이 서럽더니, 그도 얼마 지나지 않아 제방의 둑이 터지듯 많은 양의 눈물을 한꺼번에 쏟아냈다. 무형은 손을 들어, 그녀의 뺨에 대고 지그시 감쌌다. 그러자 놀랍게도 은수의 오열은 빠르게 진정돼 갔다. 눈물이 멈추고 호흡도 차츰 안정되었다.

은수는 처음으로 고통스러운 악몽으로부터 구원받았다. 언제나 그녀를 두렵게 했던 검은손에게서 위로 받았다. 검은손은, 피투성이가 돼 쓰러져 있는 어린 소녀에게 이제는 괜찮다, 말하고 있었다. 걱정하지 말라, 토닥였다.

"복수하는 것이⋯⋯."

무형은 은수를 안고, 그녀의 등과 엉덩이를 부드럽게 어루만지며 속삭였다.

　"그렇게 힘이 듭니까?"

10.
뱀의 심장을 가진 사내

이틀 후 일요일 오전, 무형은 침실의 문을 열고 거실로 나왔다. 외출복 차림으로 손에는 편지봉투 크기의 봉투를 들고 있었다. 그는 곧장 주방으로 향했으나 또한 그 즉시 발길을 멈췄다. 노랫소리가 들려왔기 때문이다. 주방으로부터 들려왔으며 당연히 은수의 노래였다. 그런데 자세히 들으니 그것은 노래기보다는 허밍에 가까운 웅얼거림이었다. 속삭이듯, 혹은 한숨을 쉬듯, 멜로디도 확실히 잡히지 않아 혹은 탄식처럼도 들리는 그것은, 그럼에도 무형의 발길을 잠시나마 한 자리에 잡아둘 정도로 그의 귀를 파고들었다. 음악에 별로 예민하지 않은 무형이기에, 그런 자신이 스스로도 좀 이상하다, 하면서 말이다.

"일요일 아침에 듣기엔 우울한 노래군요."

주방 입구에 서서 무형이 말했다. 은수는 싱크대를 마주하고

있다 돌아보며 활짝 웃었다. 물론 흥얼거리던 노래를 딱 멈추고
난 후였다.

"글루미한 일요일이니까요."

"왜죠?"

"당신은 나가고 나 혼자 남으니까."

"은수 씨도 나와요."

무형은 말하며 손에 든 봉투를 내밀었다.

"뭐예요?"

은수는 묻고 있으면서, 그의 대답을 듣기도 전에 또한 그것을
열고 있었다.

"티켓이네. 나더러 경기장에 오라구요? 무형 씨 나와요?"

"네. 5시 경기니까 그 안에 오면 돼요."

"근데 왜 두 장이에요? 친구 데려가요?"

"승모랑 같이 와요."

그러자 은수는 아랫입술을 삐죽 내밀었다.

"왜요? 질투하지 않아서 실망입니까?"

"네."

"질투할 시간은 많으니까 걱정 말아요. 경기장에서 봅시다."

무형은 은수를 품에 안고, 언제나 그렇듯 그녀의 엉덩이를 토
닥였다.

휴일의 경기장은 만원이었다. 은수는 승모와 함께 경기 시작

30분 전에 옐로우석에서 지정된 좌석을 찾아 걸어가고 있었다. 두 사람은 과자 봉지와 커피, 응원용 막대풍선 등을 각기 나눠 든 모습이다.

"일요일이라 외야까지 꽉 찼네."

승모는 잠깐 서서 외야 쪽을 보며 말했다.

"주차장에서부터 난리도 아녔는데, 뭐."

"오늘 무형이 선발이니까 더할 거야. 무형이 팬들이 얼마나 많은데."

"다 여자 팬들 아닐까?"

"그건 사심이 들어간 팬이고, 순수 야구팬들은 남녀노소 안 가리고 많아. 무형이가 그래도 국내 최고의 우완 오버핸드인데."

말하는 중에 승모는 걸음을 멈추고, 손에 든 티켓과 좌석의 번호를 대조해 보지만 이미 대략의 위치를 아는 양 그저 시늉만 해보는 눈짓이었다.

"앉자. 포수 뒤인 요 자리가 야구에 집중하기엔 아주 그만이야."

승모는 먼저 은수를 좌석에 앉힌 후 그도 자리를 잡았다.

"어, 진짜……. 정면으로 훤히 다 보이네."

좌석에 앉은 은수는 그라운드를 내려다보며 감탄했다.

"응. 무형이가 마운드에 서면 정면으로 보이니까 무형이도 우릴 볼 수가 있어. 어, 나온다."

승모의 손끝을 따라가니, 무형이 마운드로 천천히 걸어 나오고 있는 모습을 볼 수 있었다. 무형의 뒤를 따르던 포수는 홈플레이트로 움직였다. 경기 전에 가벼운 피칭으로 몸을 풀기 위한 것이다. 마운드에 선 무형은 공을 던지기 전에 먼저, 은수가 있는 관중석을 향했다. 그곳에는 승모가 손을 크게 흔들어 존재를 알리고 있었지만 그것에는 아무 반응도 없이, 무형은 다만 은수만을 눈으로 확인 후 바로 피칭에 들어갔다.

"자식, 손이라도 한 번 들어주지, 아는 척도 안 하네. 저 성격 평생 안 변한다니까."

"무형 씨, 겪어보니 은근 괜찮던데? 첨엔 좀 밥맛이었지만…….뭐, 좀 특이하긴 해도 그렇게 나쁘진 않은 것 같애. 화도 잘 안 내고, 욕하는 것도 못 봤고…….”

"그건 자기가 무형이 화내는 걸 못 봐서 그렇지…….”

말끝을 흐리는 승모의 얼굴은 무형과 관련해 아주 나쁜 기억이라도 있는 듯 찌푸려 있었다.

"왜? 화나면 막 부수고 그래?"

"차라리 그게 낫지. 뭐라고 설명을 못 하겠네……. 암튼 옛날에 선배들도 못 건드렸어. 체격이나 작어?"

은수는 지금까지 무형이 화내는 것은 고사하고, 흥분을 하거나 짜증, 신경질을 내는 것도 못 봤다. 큰소리를 낸 적도 없고, 거친 말을 한 적은 더더욱 없었다. 기껏해야 반은 습관과도 같은 약간의 퉁명스러움 정도가 다여서, '다혈질의 반대면 뭘까' 하는 생각이 들 정도로 무형의 피는 차가웠다.

"아참, 여자 생긴 거 같더라."

승모는 이어 갑자기 생각난 듯 불쑥 말했다.

"응? 정말? 무형 씨가 그래?"

은수는 태연하게 반응했다.

"아니. 그냥 눈치가. 엊그제 여기서 무형이 만났었잖아. 그 전날 무형이가 대전에서 올라올 때 통화하고 약속 잡았던 거였는데, 원랜 그날 오전에 내가 무형이 아파트로 간다 했었거든. 참, 무형이는 본가 말고 그놈 혼자 사는 아파트가 있어. 나도 딱 한 번밖엔 못 가봤지만. 근데 오지 말라고 하더라구. 순간 느낌이 딱 오는 거야. 여자 있구나 하구. 좀 이상한 건 그 시간대면 무형이가 여자 부를 시간은 아니라는 거지. 오전이니까. 그런데도 굳이 오지 말라고 한 거 보면 집 안에 여자 흔적이 있거나, 아님 가능성 거의 희박하지만 여자랑 동거하고 있거나⋯⋯. 아, 이건 진짜 좀 오버다. 그놈이 동거할 리는 절대 없다, 참."

엊그제 그 시간에 은수는 무형의 아파트에 없었다. 그러나 아파트 전체에 그녀의 흔적은 깔려 있었다. 은수는 비밀을 가진 자의 야릇한 미소를 입 끝에 달고는 마운드로 눈길을 보냈다. 무형이 여전히 마운드에 서 있는 가운데 마침내, 외야수들이 그라운드로 모습을 보이고 있었다. 경기가 시작되는 것이다.

"쉽게 설명해 줘."

은수가 과자 봉지를 뜯으며 말했다.

"네. 초등용으로 풀겠습니다, 마마."

경기가 시작되자 승모는 정말 타자와 무형의 투구 구질에 대해서 쉽게 설명해 주려고 노력했다. 그것이 '초등용'인지는 모르겠지만.

경기는 양 팀 득점 없이 다소 투수전 양상으로 진행돼, 무형의 팀이 수비를 보는 3회 초 경기로 이어지고 있었다. 그런데 상대 팀의 첫 타자인 8번 타자가 나오자, 새로운 타자가 나올 때마다 계속되던 승모의 설명이 갑자기 중단되었다. 설명을 기다리던 은수가 의아해 승모를 보니, 그의 표정이 좀 놀랐다고 해야 하나, 당황했다고 해야 하나, 그런 얼굴로 타자 이름이 나오는 전광판을 다시 확인하는 눈치였다.

"저 선수는 승모 씨도 몰라?"

은수가 의아한 눈길로 물었다.

"응? 아…… 원래 8번이 우익수 보는 이정환 선순데 부상인지 빠졌네."

"지금 선수는 이현명 선순데?"

"으응. 아마 2군 선수였을 거야. 수비 때 우익수 봤을 텐데 자기한테 설명해주는 데 정신을 팔다 보니 내가 못 봤나 보다."

"그럼 2군에서 1군으로 올라온 거야?"

"응, 오늘 첨 나온 거 같은데……."

무형의 1구는 스트라이크였다.

"오늘 직구 스피드 좋네. 전력투구도 아닌 것 같은데. 150 넘겠다."

승모는 설명을 하면서도 불안한 표정을 감추지 못했다. 그러는 사이 마운드에 선 무형은 와인드업 포지션에 들어가기 전 포수와 사인 교환을 하고 있었다. 그리고 포지션에 들어간 후 투구를 하기 직전, 포수가 타자 안쪽으로 살짝 몸을 기울이는가 싶더니 '빡' 하는 둔탁한 소리가 따라왔다. 관중석에서는 놀라움의 탄성이 터져 나온다. 타자는 이미 타석에 쓰러져 고통에 몸부림치고 있었다.

"어, 어떻게 된 거야?"

은수는 놀라 어정쩡하게 엉덩이를 들썩였다. 승모는 이미 일어나 있었다. 홈플레이트 주변은 타자가 속한 팀 스태프들의 바쁜 움직임으로 어지러웠고, 또 대부분의 눈길이 그곳에 쏠려 있는 가운데 은수는, 그러나 마운드의 무형을 보고 있었다. 글러브 든 손을 가슴에 댄 채 다리를 약간 벌리고 서서 꼼짝도 않고 있는 무형, 그것은 은수가 보기에 너무도 완벽한, 평소 그대로의 그의 모습이었다. 놀라고 당황한 흔적은커녕 실투에 대한 최소한의 자책조차 찾아보기 힘들었다.

"몸에 맞은 거지? 맞을 때 소리가 엄청 소름끼쳤는데……. 어딜 맞은 거지? 많이 다친 거 아냐?"

"팔꿈치 같은데……."

승모는 마치 다리가 풀린 듯 다시 털썩 주저앉았다. 은수가 보기에 놀라고 당황한 것은 승모 같았다. 결국 이현명 타자는 들것에 실려 나가는 것으로 홈플레이트 주변의 어지러운 상황은 종료되고, 무형의 히트 바이 피치드 볼로 1루에는 상태 팀의 대주자가 나갔다. 무형은 흔들림 없이 냉정하게 다음 타자들을 상대해, 점수를 내주지 않고 3회 초를 마무리 지었다. 그는 완투를 하지 않고 8회에 구원투수에게 마운드를 넘겨주었지만 9회까지 경기 결과는 3대 1로 무형의 팀 승리였다.

경기가 끝난 후 승모의 차로 돌아가는 길에 은수는, 승모의 기분이 내내 좋지 않다는 것을 눈치챘다. 그의 얼굴은 거의 화가 난 사람의 그것이었다.

"1군으로 올라오자마자……. 나 참, 내가 다 기분이 더럽네."

승모는 여전한 얼굴로 혼잣말처럼 중얼거렸다.

"최무형 씨도 기분이 좀 그렇겠는걸."

가방에서 태블릿을 꺼내며 은수가 말했다.

"그렇긴 뭐가 그래? 아까 못 봤어? 눈 하나 꿈쩍도 안 하는 거. 예전에도 하나 보내더니……."

"뭐? 그게 무슨 말이야? 무형 씨가 그런 실수 자주해?"

"제구력이 좋아서 오히려 잘 안 해. 그러다 크게 사고 치지. 오늘처럼."

"기사 올라왔다. 이현명 선수…… 많이 다쳤나 봐. 큰 부상이래."

은수는 태블릿을 보며 말했다.

"볼 것도 없어. 3, 4년 야구 못 해. 그렇잖아도 2군에서 빌빌거렸는데 그 나이에 3, 4년 야구 못 하면 인생 종치는 거지."

그러더니 그는 이어 짧게 한숨을 쉬었다.

"근데 자기야, 웬만하면 자기랑 같이 저녁 먹고 싶었는데……."

"왜? 약속 있어? 난 괜찮아. 할 일도 있고 하니까 그냥 집에만 데려다 줘."

"미안해, 모처럼 데이트인데……."

"근데 방금 한 말 중에 예전에도 하나 보냈단 게 무슨 말이야?"

"아, 그게……."

승모는 다시 화난 사람의 얼굴을 했다.

"대학야구 때, 그때도 경기 중에 무형이가 던진 공에 맞아서 실려나간 선수가 있었거든. 결국 그 길로 야구 생명 종쳤지, 뭐."

은수를 그녀의 집 앞에 내려주고 돌아 나오는 길에 승모는 바로 무형에게 전화를 했다. 아마도 무형이 지금쯤 선수단과 회식을 하고 있으리라 예상했는데 역시나 적중했다. 승모는 곧장 그 회식 장소로 차를 몰았다. 이현명 타자의 일로 뒷맛이 영 개운치 않아 아무래도 무형을 만나야겠다고 생각했다. 이현명이 타석에 들어설 때부터 왠지 불길하더니, 하며 승모는 운전대를 꽉 부여잡았다. 이현명은 대북고 야구부 1년 선배로, 바로 승모와 함께 미진여중생을 집단 성폭행했던 세 명 중 하나다. 또 다른 한 명이자 선배인 박호식이 대학야구 때 무형으로부터 같은 일을 당했었던 탓에, 이번에 이현명이 타석에 들어서는 순간 승모는 마치 데자뷰를 경험하는 듯했을 정도였다. 대학야구 때 박호식이 무형으로부터 몸에 맞는 공에 당했을 때만 해도 승모는 그것을 반신반의했다. 때문에 무형의 고의라는 의혹이 비록 강하게 일어지만 대놓고 물어보지는 않았었다. 내심 실투(失投)기를 바라는 마음은 더 간절했으니까. 그런데 오늘, 같은 일이 또 벌어지고 보니 이제 의심의 여지가 없지 않은가. 박호식과 이현명을 향한 무형의 히트 바이 피치드 볼은 완벽한 고의였다. 더구나 이번에는 은수까지 불러내 그런 짓을 하다니, 승모는 못내 찜찜했다.

무형의 팀이 회식을 하는 장소는 소갈비를 전문으로 하는, 규모가 큰 음식점이었다. 승모는 음식점의 주차장 옆에 붙은 야외 휴게실 같은 곳에서 무형을 기다렸는데 그곳은 흡연을 위한 장소로 몇 개의 티 테이블이 마련돼 있었다. 그중 한 테이블에서, 승모가 담배 한 대를 다 피울 즈음에 무형이 그 특유의 느릿한 걸음과 함께 모습을 보였다.

"이현명 선배 말이야……"

무형이 맞은편에 앉은 후, 오늘 경기에 대해 별로 대수롭지 않은 촌평을 늘어놓던 승모가 마침내 어렵게 말을 꺼냈다.

"너 일부러 그런 거지?"

"그래."

무형은 너무나 선뜻, 아무렇지도 않게 대답했다.

"그래? 그래? 너무 인터벌 없이 대답하는 거 아냐? 너 진짜 심하다. 이현명 선배 말이야, 2군에서 내내 빌빌대다 1군으로 왔음 그동안 2군에서 죽기 살기로 했을 텐데, 1군으로 오자마자 그렇게 만들어? 그거 칼만 안 들었지 살인이다."

"그 걱정을 왜 네가 해?"

"어쨌든 선배잖아."

"그럼 네가 먹여 살리든가."

차갑기보다는 느릿한 어조로 퉁명스럽게 반응하는 무형의 모습에, 승모는 그만 말문이 막히고 말았다. 하기는, 무형의 말대로 남 걱정할 때가 아니기는 했다. 그 '남 걱정'이라는 것도 사실은 그가 무형을 찾아온 목적의 밑밥에 불과했을 뿐이니까.

"빌어먹을, 야구 진즉에 때려친 게 정말 다행이다."

담배를 다시 하나 꺼내 불을 붙인 승모가 연기와 함께 신경질적으로 말을 뱉어냈다.

"야구 계속했으면 나도 그 꼴 당했을 거 아냐? 맞지? 솔직히 말해봐, 너. 내 말이 맞지?"

그러나 무형은 말없이 승모의 오버액션을 지켜만 본다.

"왜 대답 안 해? 친구고 뭐고 없는 거냐? 나 정말 드러워서 야구 그만뒀다. 너 무서워서 그만둔 거 아니야. 알아?"

"알았다. 얘기 끝났냐?"

무형은 시큰둥하게 대꾸했다.

"어쨌든 야구 그만뒀으니 난 끝난 거지? 뭐 더 없는 거지?"

"그래. 나하고는 계산 끝났다."

"너하고, 라니? 다른…… 뭐랑은 남았단 거야?"

무형은 대답하지 않았다. 다만 귀찮다는 얼굴을 하고 있을 뿐인 그에게 승모도 반복해 묻지는 않았다. '계산 끝났다'고 했으니, 승모 자신이 원한 대답은 들은 셈이니까.

"그런데 왜 오늘 은수랑 불러 그걸 보게 한 거야? 속셈이 뭐야?"

무형은 여전히 귀찮다는 얼굴로, 물끄러미 승모를 쳐다보기만 했다.

"왜? 왜 그런 눈으로 봐? 설마 내가 그런 짓을 또 할까 봐? 미쳤어? 직업도 방송국 피딘데 내가 인생 종칠 일 있냐구. 접때 은수한테 실수한 일 갖고 그러는 거면 너 진짜 오버다. 은수는 내가 결혼까지 생각하는 여자라구. 네가 하는 것처럼 그렇게 데리고 놀다 버리는, 그런 여자가 아니야. 알겠어?"

"그러니까 조심해."

무형은 느닷없이 말했다.

"조심히 다뤄."

"그렇잖아도 여왕 대접하고 있거든. 내 여친 갖고 왜 네가 그래?"

승모는, 반은 황당하고 반은 짜증난 얼굴로 소리쳤다.

"그게 다야?"

"그래."

무형은 자리에서 일어났다.

"가라."

특유의 툭 던지는 말투로 마무리를 한 무형이 몸을 돌리자 승모는 들고 있던 담배를 바닥에 패대기쳤다.

"뭐, 뭐야? 저 사이코."

승모는, 그러나 그 '사이코'에게 당했던 지난 기억을 떠올리며 몸서리를 쳤다. 바로 12년 전의 일이었다.

12년 전, 대북고 야구부 세 명에 의한 미진여중생 집단성폭행 사건은 대북고의 야구부에도 여러 가지 후유증을 남겼는데 그중 하나가 그 사건의 유일한 목격자였던 최무형에 의한 린치 사건이었다. 린치(Lynch)란 미국 서부시대에 실존했던 어느 판사의 이름에서 유래된 것으로, 법에 의거하지 않은 사사로운 형의 집행이란 의미의 사형(私刑)을 가리키는 것이다.

사건 직후, 무형에게 가장 먼저 린치를 당한 사람은 승모였다. 장소는 야구부 내 창고였다. 그곳은 야구 관련 부자재들과 기타 사무용 잡동사니들을 쌓아놓던 곳으로, 그 탓에 사람이 움직일 수 있는 공간이 크지 않아 사실 폭행도, 도망도 쉽지 않은 곳이었다. 그런데도 무형의 린치가 가능했던 것은 그가 승모에게 가한 방식이 다소 특이했던 때문인데 지금까지도 승모를 두려움에 휩싸이게 한 이유도 사실 그것이었다.

무형의 방식은 폭행이기보다는 고문에 가까웠다. 그것은 단순히 몸에 상처를 내는 것이 아니라 오랜 시간, 잔인할 정도로 끈질기고 독한 고통 속에 몰아넣는 식으로 목적은 오직 고통, 그 자체에 있었다. 더구나 친구에게 그런 짓을 하면서도 무형은 안면의 근육 하나 변화가 없어 ─마치 친구와 밥을 먹거나 핸드폰을 확인하는 얼굴이라─ 승모는 고통도 고통이거니와 훗날 그것을 떠올릴 때면 당시 무형의 얼굴이 동시에 떠오를 정도로 저승사자의 그것과 같았었다. 그렇게 무형은 평소와 같은 얼굴로, 뼈가 뒤틀리고 부서지는, 상상을 초월하는 고통을 승모에게 선사한 후 그를 병원으로 보내 버렸다. 그럼에도 승모의 부모가 무형을 폭행으로 고소할 수도 없었던 것이, 이미 야구부와 학교에서는 그 사건으로 무형의 입을 막아놨던 터여서 그 입막음을 유지시키기 위해서라도 승모 측에서는 아무것도 할 수가 없었다. 그 후, 집단성폭행에 가담했던 나머지 선배 두 명도 무형에게 같은 방식으로 차례로 린치를 당했지만, 두 선배 중 마지막 하나를 처리할 때 야구부 2학년들이 야구방망이를 들고 현장으로 몰려왔다. 아무리 동료가 잘못했어도 후배가 감히 선배를 린치하는 꼴은 못 본다는 집단의식이 그들을 움직였던 것이다. 남다른 체격의 무형은 워낙 힘도 좋고, 격투에서도 쉽게 지지 않았지만 야구방망이를 든 선배들 여섯을 당해낼 수는 없었다. 그렇다고 만만히 물러설 그도 아닌 일촉즉발의 상황에서 때마침 3학년들이 몰려왔다. 그들은 집단성폭행 같은 수치스러운 일이 야구부 내에서 일어났다는 것에 분노하는 한편으로, 무형이 선배를 폭행하는 것에도, 또한 무형이 일방적으로 당하는 것에도 동의하지 않아, 자칫 패싸움으로까지 갈 뻔했던 상황은 그렇게 수습이 되었다. 그러나 문제의 본질이 봉합된 것도 아니어서, 대북고의 야구부는 꽤 오랫동안 크고 작은 분란으로 시끄러웠다. 특히 무형이 물러서지 않았던 것은, 그 사건에 가담한 세 명의 야구부 제명에 관한 것이었다. 무형은 그들에게 야구를 그만둘 것을 대놓고 종용했는데 그것은 그대로 승모가 야구를 그만둔 계기가 되었다. 문제는 나머지 두 명의 선배들이었다. 야구를 그만둘 생각이 전혀 없는 그들은 그 문제로 대북고를 졸업하는 날까지 내내 무형과 부딪쳤지만 결과는 시간만 벌었을 뿐, 끝내 무형에 손에 차례로 퇴출된 셈이었다.

무형과 헤어져 돌아가는 길에 승모는 당시의 기억을 더듬으며, 그때 미련 없이 야구를 그만둔 것이 백번 잘한 일이었다고, 가슴을 쓸어내렸다. 계속 해봤자 결국 선배들처럼 당하고 인생 막장으로 가는 것이었겠지, 하나 그것이 아니더라도 타자로서 클린업 트리오에 한 번 끼어보지도 못했던 실력으로 프로에 들어갈 수나 있었겠나 싶어 더욱 그랬다. 차라리 일찍 그만두고 죽어라 공부한 덕에 안정적인 삶은 보장이 됐으니 전화위복이라, 그는 자위했다.

⊗

은수는 집에서 드라마 대본에 몰두하며 시간을 보내고 있었다. 무형에게서 전화가 온 것은 밤 10시 가까이 되었을 때인데 늘 그렇듯 거두절미하고 '어디냐' 묻기부터 하고는 잠실에서 곧 출발하니 준비하고 기다리라 했다. 무형과 통화 후 은수는 드라마 대본을 접고 인터넷 포털로 들어갔다. 그리고 곧장 무형의 공에 맞은 이현명의 새 기사를 검색했다. 마치 무형이 고의로 그런 짓을 한 것처럼 뉘앙스를 풍겼던 승모의 설명이, 실은 마음에 걸렸었다.

은수가 스포츠의 야구 카테고리를 클릭해 들어가니 이현명 선수의 새 기사가 하나 올라와있기는 했다. 엄밀히 말하면 무형의 기사에 가까웠지만 특별히 더 새로운 내용은 없었다. 새로운 일은 은수에게 일어났다. 무형의 투구 사진 옆으로 이현명의 얼굴 사진이 크게 실려 있어, 그것을 무심히 바라보던 중이었다. 은수는 아주 갑작스레, 마치 무방비 상태에서 뒤로부터 세게 한 대 얻어맞은 것 같은 돌발적인 섬뜩함에 사로잡혔다. 잠시 동안 멍해질 정도였다. 그러나 곧 정신을 차린 그녀는 서랍을 열어 사진 두 장을 꺼냈다. 양수리 부모의 집에서 가져온 사진으로, 12년 전 은수를 성폭행한 가해자들의 얼굴이 바로 그곳에 있었다. 은수가 그 사진에서 이현명을 발견하는 일은 그리 어렵지 않았다. 오늘 무형의 히트 바이 피치드 볼에 쓰러진 그 선수가 바로 12년 전 어린 은수를 무참히 유린했던, 그들 중 하나였던 것이다. 그럼 나머지 한 명은 누구일까. 오래 생각할 것도 없이 승모에게 들었던, 대학야구 때 무형이 던진 공에 맞아 '야구 생명 종쳤다'던 그 선수일 것이다.

은수가 그동안 승모를 제외한 나머지 성폭행범 두 명에 대해 알아보려 하지 않은 것은 아니었다. 은수의 부모가 가해자들의 신상을 알 수 있는 서류들을 없애 버렸고, 이름도 이제는 잊었다 했지만 사진만은 용케 남아 있어, 은수는 그 사진으로 범인들을 찾아보려 했었다. 먼저 현재 프로야구 선수들의 프로필을 모으고 그중 대북고교를 졸업한 선수들을 따로 분류해, 그 가운데서 무형의 졸업년도를 기준으로 그 전에 졸업한 선수들을 또 따로 모아, 갖고 있는 사진과 대조해 본 적이 있었다. 그러나 그 방법 자체가 그리 정교하지 못한 데다, 무엇보다 프로야구 시스템을 잘 몰랐던 그녀는 2군 선수들의 신상에 대해서는 놓치고 있었다. 그렇다 해도 은수가 기필코 찾으려 했다면 시간은 걸렸을지언정 못 찾을 것도 없었을 것이다. 그러나 그들이 현재 그녀의 삶에 직, 간접적으로 관계가 있는 것도 아니고 앞으로도 자신과 얽힐 일이 없다면 묻어두기로 하자, 12년 전의 과거가 현재의 시간에서 악연으로 되풀이되는 승모와 무형에 비한다면 그들은 용서를 하고 말고 할 가치도 없는 것이다, 그녀는 그렇게 결정했었다. 그러던 중 은수는 혼란에 맞닥뜨렸다. 오늘 경기에 은수와 승모를 부른 것은 무형이었다. 그는 당연히 상대 팀에 이현명이 나온다는 것을 알고 있었을 것이다. 그것이 무슨 의미지, 하는 순간에 무형에게서 전화가 왔다. 그는 '내려오라' 했다.

"밥은 먹었습니까?"

차 옆에 서서 은수가 내려오기를 기다렸던 무형은 그녀를 보자마자 그렇게 물었다. 은수는 고개를 저었다.

"먹고 들어갈까요?"

"무형 씬 회식했잖아요. 그냥 라면 끓여먹을래요."

무형은 은수를 차에 태우고 아파트를 향했다. 가는 동안 차 안은 조용했다. 원래 말이 없는 무형에, 은수도 어쩐 일인지 입을 다문 채 창밖에 눈을 두고만 있었기 때문이다. 은수는 이현명의 정체를 알고부터 그 생각에서 쉽게 벗어나지 못하고 있었다. 물론 그녀는, 무형이 단지 그녀를 위해서 이현명을 그렇게 만들었다고, 단순하게 생각하지 않았다. 그는 이미 대학야구 때 나머지 하나를 처리했고 그건 은수와 아무 상관이 없다. 그러니 은수를 위해서라기보다는 무형 자신의 원칙 때문이거나, 아니면 기껏해야 중요사건의 방관자가 될 수밖에 없었던 자신의 양심을 달래는 차원이었을 것이다. 그렇다면 왜 군이 오늘 이현명을 처리하는 현장에 은수를 불렀을까. 은수뿐 아니라 승모도 같이 불렀다. '왜지'라며 은수는 스스로 던진 의문에 그 해답의 실마리를 찾아보려 했다.

"무슨 생각을 그렇게 합니까?"

무형의 느릿한 말소리가 은수의 의식 속을 파고들었다.

"라면에 뭘 넣을까 생각하고 있었어요."

은수는 태연하게 대답했다.

"파랑 당근은 필수고, 계란을 넣을까 말까, 밤이니까 안 넣는 게 좋겠죠? 살찐 여자 좋아요?"

"글쎄……."

"무형 씬 여자 좋아하는 사람치고는 취향이 분명치가 않아요. 아, 일종의 서사적 바람둥인가? 여자를 종류별, 스타일별로 다 포섭하는?"

무형은 애매한 어깻짓만 해보였다.

"쿤데라 소설 보면 바람둥이 남자를 두 가지로 분류하는데 서사적 바람둥이와 서정적 바람둥이가 그것이에요. 먼저 서정적 바람둥이는 이상형이 분명해요. 그래서 한 여자와 사랑이 식으면 아, 이 여자는 내 이상형이 아니구나 하면서 떠나죠. 그 후 또 비슷한 여자를 만나 사랑에 빠지고, 또 같은 이유로 헤어져요. 반면 서사적 바람둥이에게는 이상형이 따로 없어요. 이런 여자는 이래서 좋고, 저런 여자는 저래서 좋고, 뭐 그런 식이죠. 있는 그대로를 좋아하면서 매번 여자를 바꾸는 식이에요. 어때요? 무형 씨가 그런 것 같지 않아요?"

"날 놀리는 게 재밌습니까?"

"네."

하며 은수는 소리 내어 웃었다.

"그 여자도 왕을 그렇게 놀렸나요?"

무형은, 그러나 웃지 않았다.

"세헤라자데요? 아마도요. 천 하루 동안 쉬지 않고 이야기를 만들어낼 능력의 머리 좋은 여자라면 그런 멍청한 왕 따위 놀려먹는 건 일도 아니었을 것 같아요. 왕은 세헤라자데의 이야기에 흠뻑 빠져서 자기가 놀림 당하고 있단 사실도 아마 몰랐을걸요?"

"그래도 왕은 지루하진 않았겠군요."

"지루한 거 싫어요? 그건 다른 말로 하면 평화라구요. 남자들은 왜 평화로운 걸 싫어하지? 그러니까 전쟁하고, 죽고, 죽이고, 여자 바꾸고……."

"은수 씬 권태가 좋습니까?"

"평화가 좋아요. 안정된 것이 좋고 일상이 좋아요. 그래서 스포츠가 싫어요. 마음을 졸여야 하잖아요. 무형 씬 마운드에서 안 떨려요? 보는 내가 다 떨리던데."

무형은 더 이상 입을 열지 않았다. 그런 그를 은수는 힐끔 쳐다보았다. 그러고 보니 이 남자, 마운드에서 위기일 때마다 눈가에 푸른빛을 띠는구나, 그 순간만큼은 지루하지 않은 거구나, 권태가 사라지겠구나, 은수는 소름이 끼쳤다. 일상에서는 바보 같을 정도로 느리면서, 경기 중에는 그 일상을 무너뜨릴 정도의 긴장감을 즐기고, 일상의 사람들은 떨려 죽을 것 같은 위기의 순간에 오히려 차가워지는 뱀의 심장을 가진 사내. 그래서 더 이상 자극을 주지 않는 여자들에게도 싫증을 느끼는 거겠지, 그런 생각에 은수는 씁쓸한 웃음을 삼켰다.

"아까 경기에서 무형 씨 공에 맞아 쓰러진 선수요……."

은수는 다시 힐끔, 무형을 보며 입을 열었다.

"기사 보니까 많이 다친 것 같던데……."

"그런가요?"

무형은 전혀 아무런 동요나 안색의 변화 없이 태연하게 은수의 말을 받았다.

"무형 씬 기분 괜찮아요?"

"히트 바이 피치드 볼도 경기의 일부일 뿐입니다."

"하지만 인간적으로 미안할 순 있잖아요."

"미안하지 않습니다."

무형은 툭 던지는 듯 말을 했지만 차갑기보다는 그저 무덤덤했다.

"승모 씨는 그 선수, 야구 생명이 끝난 것처럼 말을 하던데……. 그래도 안 미안해요?"

"네."

"그 선수한테 무슨 원한 있어요?"

"없습니다."

"그런데 왜요?"

"그게 야구니까요."

'그게 승부니까요'로 치환될 수 있는 비정한 말을 하는 무형에게서, 은수는 일말의 동요도, 동정심도 찾아볼 수가 없었다.

아파트 도착 후, 무형이 샤워를 하러 욕실로 들어간 사이 은수는 주방에서 라면을 끓이기 위해 물을 올렸다. 그녀는 여전히 무형이 오늘 경기에 자신과 승모를 부른 속셈에 대해 끈질기게 의문을 던지고 있었다. 그러다 문득 그녀의 기억은 이틀 전, 같은 경기장에서 무형과 승모가 만난 상황으로 거슬러 올라갔다. 무형과 승모는 무슨 말을 나눴을까, 순간 은수는 갑자기 머리를 한 대 얻어맞은 것 같은 충격으로 하나의 기억을 환기했다. 돌아오는 길에 승모가 은수에게 했던 말, '자긴 미진, 그 사건 때문에 무형이 만난 거였지?'라고 했다. 그 말은 어쩌면 승모 자신도 그것 때문에 무형을 만나러 왔다는 얘기일 수 있었다. 그렇다면 그날 승모는 무형에게, 은수가 '미진 사건'을 취재 중이란 말을 했을 것이다. 은수는 마른침을 삼켰다. 이렇게나 어설프다니, 그러나 그 자책도 '모든 것이 발각됐다' 하는 것에 비하면 아무것도 아니었다. 무형은 이미 알고 있다, 은수가 승모의 정체를 안다는 것을 알고, 그것을 알면 사실상 모든 것을 —은수의 의도를— 아는 것이었다.

"뭐 태웁니까?"

갑작스럽게 들려온 무형의 말소리에 은수는 소스라쳤다. 동시에 현실로 돌아온 의식 속에서 가장 먼저 느껴진 감각은 역한 냄새였다. 가스레인지 위에서 물이 다 졸아든 냄비가 벌겋게 타고 있었다. 놀란 은수가 얼른 불부터 끄고, 냄비 손잡이를 잡아 그것을 싱크대 개수구로 옮기려 했으나 이내 비명을 질렀다. 그런 은수를 무형이 재빨리 잡아챈다. 냄비는 요란한 소리를 내며 바닥으로 떨어졌다.

잠시 후, 거실 소파에서 무형이 은수의 손에 얼음 팩 찜질을 해주고 있었다.

"정신을 어디다 두고 있는 겁니까?"

무형은 점잖게 나무랐지만 은수는 시무룩한 얼굴로 자기 손만 내려다보고 있었다. 그녀의 왼손 끝은 붉게 변해 있었다.

"아파요?"

은수는 고개를 저었다.

"다행히 그리 심하진 않습니다. 이대로 대고 있어요. 라면은 내가 만들어볼 테니."

무형은 얼음 팩을 은수의 손에 쥐어주고 일어나 주방으로 향했다. 평소 같으면 그가 주방에서 사고 칠까 봐 말렸을 테지만 지금의 은수는 그저 넋을 놓고 있을 뿐이다. '끝났다'는 세 글자가 그녀의 정신을 지배했다. 그 공황을 깨운 것은 은수를 부르는 무형의 목소리였다. 대답을 해야지 했지만 생각과 달리 말은 목구멍에서 막히고 심지어는 몸도 움직여지지 않았다. 그가 무서웠다. 다 알면서 평소와 조금도 다르지 않은 그의 모습이 끔찍해 진저리가 쳐졌다. 그 많은 여자들을 만나면서 마음 없이 몸만 섞었을 때야 얼마나 독했겠는가, 그런 그를 상대로 여기까지 잘도 왔구나, 그래봤자 이제 자신이 할 수 있는 것은 아무것도 없고, 버려질 그날까지 그저 그의 장난감으로 시간만 죽여야 한다는 절망감에, 은수는 다시 정신이 아득해짐을 느꼈다.

어느새 무형은 은수 바로 곁에 와 있었다. 은수는 천천히 고개를 들어 그를 보았다. 구릿빛 얼굴에 무표정한 입술, 그리고 그 위에서 빛나는 육식동물의 푸른 눈빛, 그것이 그녀가 본 무형이었다.

"집에…… 내 집에 가야겠어요……."

은수는 말했다.

"보내줘요……."

앉은 채로 스르르 무너지는 은수를 무형은 얼른 잡았다. 그는 은수의 얼굴을 잠시 들여다보다, 그대로 안아들고 침실로 가 침대에 눕혔다. 거의 감긴 눈꺼풀 아래로 속눈썹이 파르르 떨리고 있는 은수의 얼굴은 이미 의식을 거의 놓아버린 사람의 그것이었다. 은수를 눕힌 무형은 그녀의 옷을, 속옷까지 모두 벗겨내고 그위로 얇고 부드러운 시트를 느슨하게 한 번 감아 싼 후, 무릎 아래로는 쿠션을 받쳐주었다. 이어 은수의 이마와 뺨을 손으로 짚어본 무형이 다시 침실을 나갔다 들어왔을 때는 알약과 물 컵을 들고서였다. 그는 알약을 은수에게 먹였다. 그때까지 희미하나마 의식이 남아 있던 은수는 따뜻한 물이 목구멍을 넘어가는 것을 마지막으로, 어둠 속으로 빠져들었다.

물 컵을 들고 주방에 들어선 무형은, 아직 물이 남아 있는 컵을 마저 더 채우고는 단숨에 들이켰다. 순식간에 고열이 올라 정신을 잃듯 잠이 든 은수를 본 것이 이번이 두 번, 아니 세 번째인가, 그는 그 생각을 하고 있었다. 곁에서 지켜보다 약으로도 열이 내리지 않으면 병원에 데려가야지, 하며 그는 가스레인지 위에 올려 있는 냄비로 눈을 돌렸다. 냄비에는 그가 만들어본다던 라면이 있었는데 물을 얼마나 많이 부었는지 면은 안 보이고 시뻘건 물만 가득했다.

잠시 후, 무형이 다시 침실로 왔을 때 은수는, 그가 눕혀놓고 간 모습 그대로 고른 숨소리만을 내고 있었다. 무형은 티셔츠만 벗고 곁에 누워, 베개 위에 있던 그녀의 머리를 자신의 팔로 옮겼다. 은수의 몸은 아직 뜨거웠다. 그 불덩이를 품에 안고 무형은 잠을 청했다.

빛이 창의 커튼을 뚫고 들어와 뿌연 일렁임을 보였을 때 은수는 눈을 떴다. 잠들었던 사이 약간 해쓱해져 버린 그녀의 얼굴은, 그러나 열은 내린 모습으로 맑은 눈빛을 하고 있었으며 동시에 슬퍼 보였다. 그녀는 자신의 눈앞에 있는 무형의 가슴을 보았다. 바위처럼 단단해도, 안기면 이상하리만치 편안하고 따뜻한 가슴이었다.

은수는 코끝을 한 번 찡긋거렸다. 그의 독특한 체취가 느껴졌고, 그 역시 그녀를 편안하게 했다. 그래서일까, 그의 품 안에 있다 보면 몇 번이고 약해지고 흔들렸다. 그것은 마치 텅 빈 방과 같아 자유로우면서도, 그러나 울타리가 쳐져 있어, 오직 한 남자만을 허락하는 안전지대이기도 했으니까. 다른 여자들도 그랬을까, 이 가슴에 속아서 사랑하고 버려진 걸까, 심지어는 끝이 어찌 될지 알면서도 사랑하면서 미쳐간 걸까. 안 돼, 정신을 차리지 않으면 안 된다고 은수는 고개를 흔들었다. 아무리 독사의 심장을 가졌어도 그도 사람이다. 빈틈은 반드시 있다, 스스로를 다그쳤다.

"머리 아픕니까?"

은수의 요동을 느낀 듯, 무형이 갑자기 그 특유의 느릿한 말투로 물었다. 그가 깨어 있으리라고 생각 못 한 은수는 깜짝 놀랐다. 자기 생각을 들킨 것 같아 잠깐 떨리기도 했지만 이내 마음을 다잡았다.

"아뇨. 잘 잔 거 같아요."

움직이지 않은 채로 은수는 대답했다.

"기분은 좀 어떻습니까?"

역시나 느릿한 말투였다. 무형의 말투는 툭 던지는 투와 느릿한 어조가 같이 섞이는데 상황에 따라 툭 던지는 것이 강하거나 느릿한 어조가 강하거나 혹은 반반 섞여, 은수는 그의 얼굴보다는 그 말투로 그를 읽는 습관이 생겼다. 포커페이스 같은 얼굴보다는 오히려 읽어내기 더 쉬웠기 때문이다. 물론 거기에 미묘한 차이까지 더하면 다양한 스펙트럼으로 나타나지만 단순하게 보자면, 지금 은수에게 건넨 말처럼 느릿한 경우에는 그가 좀 이완돼있을 때였다.

"좋아요. 당신은?"

"은수 씨가 좋으면 나도 좋습니다."

무형은 은수를 감싸고 있는 시트 안으로 손을 넣어 그녀의 몸을 쓰다듬었다. 그것으로 열이 다 내렸다는 것을 안 그는 이내 시트를 벌려 그녀의 벗은 몸을 드러냈다. 그는 대번에 은수의 젖가슴에 얼굴을 묻었지만 시체처럼 꼼짝도 않고 있는 몸을 눈치채는 데까지 그리 오래 걸리지는 않았다. 그는 고개를 들어 은수의 얼굴을 내려다본다.

"어제 라면도 못 먹고 잤더니 힘이 없어서요. 그냥…… 무형 씨 혼자 해요."

은수는 어설픈 미소를 보였다.

"어차피 나, 당신의 장난감이잖아."

무형은 다시 천천히 그녀의 몸 위로 시트를 덮어주었다.

"왜 그렇게 슬픈 얼굴을 합니까?"

은수 위로 몸을 기울인 무형이 그 큰 손으로 그녀의 머리를 부드럽게 쓸어 올렸다.

"은수 씨는 나한테 귀한 사람입니다. 귀하게 생각합니다."

그의 느릿한 목소리는 한층 더 낮고 울림이 있었다.

이 날은 프로야구 8개 구단 모두 경기가 없는 월요일이었다. 밖은 비가 추적추적 내리고 있었고, 무형과 은수는 아침이라고 하기에는 늦고 점심이라고 하기에는 좀 이른 식사를 하고 있었다.

"데이트합시다."

식사 중에 무형이 불쑥 입을 열었다.

"품격 있는 데이트 말입니다."

"좋아요. 비도 오니 드라이브 어때요? 분위기 있잖아요."

곧장 이어진 은수의 제안에 무형 역시 바로 고개를 끄덕였다.

무형의 차는 경춘 고속도로를 달렸다. 생긴 지 얼마 되지 않은 도로는 막힘없이 뚫렸고, 빗줄기는 너무 굵지도 가늘지도 않게 적당히 내리는 데다 바람도 불지 않아서 드라이브하기에 그리 나쁘지만은 않았다.

은수는 창문을 반쯤 열어놓고 창밖을 망연히 내다보던 중에 나직한 목소리로 노래를 불렀다. 무형이 귀 기울여 보니 어제 아침에도 들었던 노래였다. 노래라기보다는 차라리 중얼거림이나 탄식에 가까운, 멜로디도 분명치 않아 바람결에 잠깐 실려 왔다 사라진 휘파람 같기도 한 그것은 그럼에도 무척이나 애절하게 들렸다.

"그게 무슨 노랩니까?"

무형이 묻자 은수는 노래를 멈췄다.

"사랑하는 사람을 잃고 자살한 사람의 노래예요. 가사를 다 몰라 그냥 흥얼거려요."

"어떤 내용인데요? 아는 가사만이라도."

은수는 먼저 눈을 가늘게 떴다. 그녀의 눈빛이 아스라하게 부서진다.

"Death is no dream. For in death I'm caressing you. With the last breath of my soul. I'll be blessing you.(죽음은 꿈이 아니야. 왜냐구? 죽음 속에서 나 당신을 애무하거든. 내 영혼이 숨을 거둘 때, 나 당신을 축복할게.)"

은수는 손을 뻗어, 손끝으로 무형의 뺨과 목덜미를 슬며시 건드렸다.

"Darling, I hope that my dream never haunted you. My heart is telling you how much I wanted you.(내 꿈이 당신을 미혹한 건 아니었길 바래. 내 마음의 소릴 들어봐, 내가 얼마나 당신을 원하는지.)"

비는 여전히 내렸고, 무형의 차는 꽤 오랫동안 달렸다.

두 사람은 돌아오는 길에 휴게실에 들러 따뜻한 커피를 사서 차 안에서 마셨다. 주차장에 차를 그대로 세워둔 채였다.

"카섹스해 봤어요?"

느닷없는 은수의 질문에, 어지간해서는 잘 놀라지 않는 무형도 커피를 마시다 뿜을 뻔했다.

"그건 왜 묻습니까?"

무형은, 그러나 다소 퉁명스러운 어조로 침착하게 되물었다.

"그냥요. 안 해봤을 린 없을 거 같고, 해봤죠?"

"네."

무형은 다시 퉁명스럽게 툭, 던지듯 대꾸했다.

"나도 해보고 싶은데……."

"왜 그렇게 골고루 다 해보고 싶은 겁니까?"

"무형 씨가 싫증을 잘 내니까요. 계속 새로운 걸로 자극을 줘야죠. 안 그래요?"

"걱정 말아요. 아직 싫증 안 났으니까."

"그래도 할래요. 비도 오고 이런 날, 더 잘 어울리는 것 같은데요?"

"오늘 품격 있는 연애하기로 한 거 아닙니까?"

"품격 있는 카섹스하면 되잖아요."

"품격 있는 카섹스라…… 그게 가능할진 모르겠습니다만……."

무형은 말끝을 흐리며 애매한 고갯짓을 해보였다.

"어디 해봅시다."

"정말요? 지금 해요?"

"보통은 밤에 으슥한 곳에서 합니다. 이런 주차장이 아니라."

"알았어요. 밤 되면 무형 씨가 알아서 좋은 자리 찾아주세요."

"그러죠."

"하나만 더 물어봐도 돼요?"

"그러시죠."

"그, 무형 씨, 마지막에 느끼는 거요……. 그런 게 난 왜 없죠?

내가 아직도 숙맥이라서……?"

"그런 이유도 반은 있고……."

무형은 먼저 빈 종이컵을 한 손에 구겨 뒷좌석으로 던진 후 은수를 본다.

"내가 노력을 더 해야겠군요."

"그 말은 뭐야? 지금까진 별로 노력도 안 해줬단 거예요? 자기만 재미 보고?"

눈을 말똥하게 뜨고 묻는 은수의 얼굴을, 무형은 먼저 손으로 쓰다듬었다.

"좀 엉뚱한 거, 압니까?"

그는 물었지만 그녀의 대답을 원하는 것은 아니었는지 바로 사이드 브레이크를 풀었다.

"그래도 시무룩한 은수 씨보단 낫군요. 다시 출발합니다."

"잠깐요. 내가 운전하면 안 될까요?"

잠시 후, 무형의 차는 핸들을 잡은 은수의 운전으로 빗길의 고속도로를 달리고 있었다. 날은 어두워가고 있었다.

"불안하지 않아요?"

은수는 뜬금없이 물었다.

"뭐가 말입니까?"

"내가 사고 낼까 봐. 비싼 차 같은데."

"비싼 차 맞습니다."

"쳇, 진짜 비싸면 나더러 운전하라고 했을까?"

"은수 씨가 처음인데요? 그 핸들 내 손만 닿았습니다. 지금까진."

"누가 믿어요? 여자가 그렇게 많았으면서……."

"굳이 믿으라고 강요 안 합니다."

"그럼 처음으로 여자한테 운전대 맡겼는데 사고 나서 죽으면 기분이 어떨까요?"

"죽은 후의 기분까진 모르겠고, 죽기 전 기분이라면 한번 생각해 봅시다."

"좋아요. 내가 같이 죽자고 하면 죽을 수 있어요?"

"지금 죽으려구요?"

"가능하면……."

"품격 있는 카섹스 못 해보고 죽어도 괜찮겠습니까?"

"죽음 속에서 애무한다잖아요. 죽음 속에서 카섹슨들 못 하겠어요?"

"그런데……."

하며 무형의 눈은 속도 계기판을 향했다.

"지금 그 정도의 속도 갖고는 못 죽습니다, 차가 튼튼해서."

"그래요?"

은수는 바로 거침없이 액셀을 밟았다. 도로에 차들이 많지는 않았지만 빗길에는 상당히 위험한 속도였다. 중앙선 안쪽 차선으로 해서 은수가 운전하는 무형의 애마는 무서운 속도로 질주하기 시작했다. 은수는 운전대를 꽉 잡고 긴장한 얼굴로 앞만 보고 있었다. 헤드라이트 앞으로 다른 차들은 보이지 않았다. 긴장을 다소 푼 은수는 슬쩍 무형을 곁눈질했다. 그는 가슴 아래로 팔짱을 끼고 평소와 다름없는 무심한 얼굴을 하고 있었다. 그런데 그것이 원래 포커페이스라선지, 정말 전혀 긴장을 하고 있지 않은 것인지 은수로서는 판단할 도리가 없었지만 다만 그의 너무 태연한 모습에는 화가 났다. 은수는 액셀을 더 밟았다. 자가용차를 갖고 있지 않은 그녀는, 보통 어떠한 위험에 대해 피부로 느끼지 못하고 막연함만을 갖고 있는 사람이 저지르기 쉬운, 가장 흔한 실수에 쉽게 빠져들었다. 차의 속도와 빗길이 만나는 위험성을 깊이 인식하지 못한 것이다.

무형의 차는 낮게 깔리며 순식간에, 저 멀리에 있던 백라이트의 붉은빛을 은수의 코앞에 가져다놓았다. 끼이이이이, 당황한 은수가 브레이크를 밟는 것과 함께, 물을 머금은 바퀴와 도면이 마찰하는 소리가 빗속을 뚫었다. 은수가 두 손에 꽉 잡고 있는 운전대를 무형이 잡아 오른쪽으로 휙 튼 것과 거의 동시였다. '쿠앙' 하는 소리를 내며 차는 가드레일과 충돌했다. 앞 차와의 충돌을 간신히 피해 오른쪽으로 한 바퀴 이상을 돌고 난 후였다. 다행히 무형의 차 뒤로 따라오던 차들이 없어 또 다른 사고로는 이어지지 않았다.

"괜찮습니까?"

에어백이 터진 차 안에서, 무형과 은수 앞으로 이미 공기 빠진 껍질만이 쭈글쭈글한 모습으로 남아 있는 가운데 무형이 은수를 향해 물었다. 은수는 겁에 질려 창백한 모습이었다. 무형은 먼저 자신의 안전띠에 이어 은수의 것을 풀고는 조심스럽게, 마치 의사가 환자의 몸을 만지듯 그녀의 몸에 손을 댔다.

"아픈 데 없어요?"

은수는, 그러나 대답 대신에 무형의 옷깃을 주먹 쥔 손 모양새로 꽉 부여잡기부터 했다.

"무형 씨 어때요? 다, 다친 데 없어요? 운동선순데…….."

은수의 목소리는 떨리고 있었다.

"공 던져야 하는데…….."

"괜찮아요. 안 다쳤어요."

무형은 그녀를 안심시킨 후 곧 차에서 내렸다. 밖은 완전히 어두운 가운데 비는 여전히 내리고 있었다. 무형은 먼저 가드레일과 닿아 있는 차의 충돌 정도를 확인해본다. 왼쪽 백라이트가 파손되고 차체가 약간 찌그러져 있었지만 그 외에 별다른 이상은 보이지 않았다. 그는 운전석에 있던 은수를 내리게 해 자리를 바꿔 앉은 후 시동을 걸어보았다. 시동은 무리 없이 걸렸다. 차는 다시 출발했다.

"미안해요."

차가 달린 지 한참이 지난 후에야 그렇게 말하는 은수의 목소리는 의기소침해 있었다. 그 사이 무형은 보험사와 두 차례의 통화를 하고 난 후였다.

"뭐가 말입니까? 죽지 못해서요? 아니면 수리비 때문에요?"

은수는 아무 대답도 내놓지 못했다. 또 얼마나 바보 같은 짓을 했는지, 그는 또 얼마나 속으로 비웃고 있을지, 그 생각을 하니 화가 치밀어 올라 오히려 목이 메었기 때문이다. 결국 그녀는 흐르는 눈물을 참을 수 없어 창밖으로 고개를 돌렸다. 순간 차의 방향이 크게 바뀐다 싶더니 얼마 안 가 브레이크가 잡히는 소리까지 들렸다. 당황한 은수는 손을 들어 몰래 눈물을 닦다가 곧이어 저도 모르게 '악' 하는 소리를 질렀다. 무형이 은수의 겨드랑이 아래를 잡아서는 순식간에 그의 무릎 위로 데려가 앉혔기 때문이다. 무형의 키와 체격에 맞춰 구입했던 차인지라 비록 그 내부가 일반 차에 비해 넓었다 해도, 다 큰 여자를 애 들듯이 들어자신의 무릎 위로 옮기는 무형에, 은수는 잠시 어이가 없었다.

"왜 웁니까?"

아직 눈물이 마르지 않은 은수의 얼굴을 보며 그가 물었다.

"말해 봐요. 뭘 잘했다고 웁니까?"

"이런 건 좀 모른 척해주면 안 돼요? 정말 피 말리게 하는 건 잘도 모른 척하면서……."

은수는 눈 밑을 손끝으로 닦으며 짐짓 투덜댔다.

"무형 씨 속셈이 뭐예요? 내 속셈, 당신은 알 거구……."

"그런 거 없습니다. 은수 씨가 예민한 겁니다. 생각이 너무 많은 겁니다."

무형은 그녀의 얼굴을 품으로 끌어, 그 큰 손으로 그녀의 뒤통수를 감쌌다.

"그리고 난 은수 씨의 속셈 모릅니다."

무형은 느릿하게 말을 이었다. 은수는 잠시 그의 어깨에 턱을 괴고는 아무 생각 없이 마음을 편안하게 가라앉혔다. 은수가 고개를 들어 무형의 눈을 마주한 것은 그로부터 약간의 시간을 소요한 후였다.

"사고 나서 카섹스는 못 하나요?"

은수는 불쑥 물었다.

"글쎄요, 사고 난 차에서 카섹스는 못 해봤는데?"

"그럼 그건 나랑 처음 해요."

"은수 씨가 원하면 해야죠."

그러자 은수는 기다렸다는 듯 무형의 머리칼을 움켜잡고 그에게 입을 맞췄다. 그런 그녀의 입맞춤이 어찌나 격렬했는지 무형은 없던 욕정도 생길 지경이었다. 그의 손은 대번에 은수의 원피스 치맛자락 안으로 파고들었다. 속옷 안으로 들어간 것도 금세였고, 얼마 지나지 않아 그 속옷은 그녀의 몸에서 분리돼, 비어 있는 옆자리의 주인이 되었다. 은수는 이미 자세를 고쳐 앉아 양 무릎 안에 무형을 가둔 채 그를 정면에서 마주하고는 더욱 깊고 뜨겁게 입을 맞췄다. 무형의 의자 등받이가 스르르 뒤로 넘어가며 두 사람의 몸짓은 더욱 격렬해졌다. 은수는 처음으로, 낯선 긴장으로서가 아닌 순수한 성적 흥분에 빠져들어, 그대로 그것에 자신을 내맡겼다. 또한 그것은 무형에게, 앞서 경험한 열락은 오픈 게임이었다는 듯 완전히 새로운 열락으로의 초대였다.

11.
어쩌지? 그를 사랑하나 봐

애마의 수리를 맡긴 화요일부터 무형은 원정경기였지만 원정지 역시 서울이라 계속 아파트에 머물면서 택시로 움직였다. 무형이 서울에 있을 때는 더불어 은수도 아파트에서 지내는 날이 많아, 아파트에는 알게 모르게 그녀의 소지품들도 많아져, 화장실 수납 장에서 무형이 여자 생리용품을 발견하는 것도 그리 놀라운 일은 아니었다. 그는 은수가 아파트에 무엇을 가져다 놓든, 어떻게 꾸미 든 전혀 상관하지 않았지만 다만 은수의 손을 거치면서 날로 ─썰 렁한 분위기에서 아늑한 그것으로─ 변해가는 아파트에 적응하는 데는 약간의 시간이 걸려, 무심코 현관을 들어서다 '집을 잘못 찾 아왔나' 하는 몇 번의 착각을 일으키기는 했다.

은수는 아파트 단지 밖으로 거의 외출을 하지 않은 채 무형의 아내와 같은 일상 속에서, 그가 그녀를 위해 사준 노트북으로 드라마 쓰는 일에 주로 몰두했다. 그녀는 무형이 집에 있는 밤 시간대에는 다소 불편해 보일 수 있는 침실의 작은 티 테이블 앞에서 원고를 했는데, 그것은 그녀가 다른 곳에 있는 것을 원치 않는 무형 때문이었다. 그는, 은수가 밤새 글을 쓰면서 내는 키보드 소리를 들으며 잠에 드는 것을 좋아했다.

그러던 어느 날, 여느 때와 마찬가지로 은수는 티 테이블 앞에서 원고에 열중하고 있던 중에, 노트북 옆으로 슬그머니 올라온 머그잔을 의식하며 고개를 들었다.

"밤이라 카푸치노로 탔습니다."

머그잔을 올려놓은 범인이 말했다.

"은수 씨 위 안 좋은 거 맞죠? 밤엔 이거 마셔요."

"네, 고마워요."

무형은, 시키지도 않은 일을 할 때는 '뻘쭘해선지' 불필요한 말이 많아지는데, 이번에도 그런 것을 보고 은수는 웃음이 나오려 했지만 내색하지 않았다. 위가 안 좋다느니, 밤에는 카푸치노로 마시라느니 하는 것은 평소 그의 말 습관으로 봐서는 사족이었다. 그런데 은수가 카푸치노를 한 모금 마시는 사이로 무형의 손은 재빨리 그녀의 아랫배를 더듬었다.

"확인해 봤자 소용없거든요. 아직 하거든요."

은수는 짐짓 나무라듯 했다.

"뭘 그렇게 오래 합니까?"

무형은 거의 볼멘소리를 냈다.

"오래 아니거든요. 이틀 전에 시작했고 내일 끝나거든요. 보통 다 4일은 하거든요."

은수의 째려보는 눈빛 속에서, 무형은 할 수 없다는 듯 침대로 물러났다. 그의 그런 모습에 은수는 다시 웃음이 났지만 역시나 조용히 그것을 삼켰다. 얼마의 시간이 지난 후 은수는 모니터에서 눈을 떼, 이미 잠들어 있는 무형을 바라봤다. 요즘 무형은 은수를 편안하게 해주었다. 그는 은수에게 아무것도 묻지 않고, 그의 생각도 말하지 않았다. 그는 그저 은수를 지켜만 보는 것 같았다. 그의 의중은 뭘까, 그런 의문이 고개를 들었지만 그것을 아는 것도 두려웠다. 은수는 다시 모니터로 고개를 돌리며 짧게 한숨을 쉬었다. 사실 그녀는 자신에 대한 걱정이 더 컸다. 무형이 그녀에게 아무리 잘해줘도 결국 상처를 입는 건 그녀 자신일 거라는 것을 알고 있다. 무형은 그녀의 칼날이 그를 향하고 있음에도 눈 하나 꿈쩍 않고 그녀를 품고 있지만 그녀는 칼자루를 쥐었음에도 베이고 있었다. 어쩌지, 그를 사랑하나 봐, 은수는 이 어리석은 게임을 시작한 것을 자책했다.

  목요일이 돼서야 은수는 다가구주택의 집으로 향했다. 무형이 목동에서 경기를 마치는 즉시 대구로 이동해야 해서 일요일 늦은 밤까지는 그녀만의 시간이었다. 은수는 며칠 비워두었던 집을 정리한 후 방송국으로 향했다. 다큐멘터리 팀과 회의가 있는 데다 서현 작가도 만나야 했다. 다큐멘터리 팀과의 회의는 두 시간을 소요했는데 이후 서현 작가를 만나기까지 20분 정도의 여유가 있어, 은수는 그 시간을 이용해 승모에게 전화를 걸었다.

"승모 씨, 나 지금 방송국이야."

은수는 사내 커피숍에서 서 작가를 만난다고 알려주고 승모와는 저녁 식사 약속을 잡았다.

은수가 커피숍으로 왔을 때 서 작가는 이미 와서 기다리고 있었다.

"어, 선생님. 이렇게 일찍 오셨어요? 저 안 늦었는데……."

"안 늦은 거 알아요. 앉아요. 뭐 마시겠어요?"

서 작가는 그윽한 눈빛으로 은수를 맞았다.

"제가 가져올게요. 아메리카노 하시죠?"

"아녜요. 아냐. 이런 건 남자가 해야지."

하며 서 작가는 굳이 일어나더니 잠시 후 아메리카노와 아이스 라떼를 들고 와 라떼를 은수 앞에 놔주었다.

"제가 사무실로 가도 되는데……. 일부러 나오신 건 아니죠?"

라떼를 받으며 고맙다고 한 은수는 이어 물었다.

"하 작가 보려면 일부러라도 나와야지, 그런데 그건 아니고."

서 작가는 말 중에 잠시 소리 내어 웃었다.

"신 피디와 주연 배우들을 좀 보기로 해서요. 겸사겸사 나왔어요. 미팅 장소가 요 근처라."

지금 서 작가의 작품이 드라마 첫 촬영을 앞두고 있었다.

"이번 드라마 대박나길 기원합니다. 선생님."

"중박만 나도 뭐 감사하지요."

두 사람은 곧 은수가 서 작가에게 보낸 드라마 대본의 리뷰 시간을 가졌는데 어느 순간부터 두 사람의 모습을 지켜보는 눈이 있었으니 바로 승모였다. 승모는 서 작가를 은근히 신경 쓰고 있었다. 사실은 진즉부터 그는, 은수를 바라보는 서 작가의 눈길에서 단지 재능 있는 후배를 바라보고 지원해 주는, 그 이상의 것을 느꼈었다. 때문에 은수와 단둘이 식사를 하는 자리에서 결국 서 작가 얘기를 꺼내고 말았다.

"질투하는 거야, 승모 씨?"

은수는 어이없다는 얼굴이다.

"아니라곤 말 못 하지만 내가 한 말이 아주 허튼 소리도 아니니까 은수 씨도 좀 조심하라는 거야."

"뭘 조심하라는 거야? 서 선생님이 날 강제로 어떻게 하기라도 한단 거야?"

"그, 그게 아니라……."

승모는 약간 당황해서 말을 더듬었다.

"설사 승모 씨 말대로 서 선생님이 나한테 이성적 호감을 갖고 있다 해도 그건 그분 마음이잖아. 나하곤 상관없는 거잖아. 내 마음이 기울면 또 그건 어쩔 수 없는 거잖아. 세상에 조심해야 할 건 내가 원치 않는데 강요나 폭력에 의해서 유린당하는 거지, 누가 날 좋아하는 마음을, 혹은 내가 누굴 좋아하는 마음을 조심할 필요는 없는 거라구."

"말은 잘해요, 하여간. 근데 혹시 알아? 서 작가, 겉으로만 신사지 뒤로 이상한 짓 안 한다고 누가 보장해? 알고 보면 남자들 다 똑같거든."

"하긴, 그럴 수도. 이렇게 매너 있고 친절한 승모 씨의 정체도 글쎄……? 암튼 다시 봤으니까."

"뭐?"

"술 먹고 내 집에서 무슨 짓을 했는지 벌써 다 까먹은 것은 아닐 테지?"

"그건 사과했잖아. 죽을죄를 지었다고 했잖아. 다신 안 그런다, 정말. 강제 키스 두 번 했다간 진짜 완전 치한으로 몰리겠네. 애인을 치한으로 만들면 좋아? 덕분에 무형이한테 당한 거……."

하다가 승모는 얼른 입을 다물었다.

"무슨 말이야? 무형 씨한테 뭘 당했는데?"

"아냐. 그냥 자긴 안심하라구. 자기 백그라운드 좋다구. 최무형 백그라운드."

은수는 무슨 소리인가 싶었지만 굳이 캐묻지는 않았다.

"나, 자기한테 나쁜 짓 하면 경찰서 갈 것도 없이 무형이 손에 내 제삿날 잡거든. 내가 그 자식을 무슨 수로 당해? 체격이 두 밴데……."

"최무형 씨가 무슨 권리로? 예전에 그런 일로 무형 씨한테 빚진 거 있었어?"

"응? 빚은 무슨……."

승모는 말꼬리를 흐리다 곧 아무렇지도 않은 얼굴을 한다.

"그 자식 약간 사이코틱하잖아. 사이코 오지랖 같은 거지. 지구의 여자들은 다 내가 지킨다, 뭐 그런 거?"

"그래? 그렇게 잘 지켜서 거쳐 간 여자들이 한 트럭이 넘는대? 그 여자들 눈물 모으면 온천 하나 정돈 거뜬히 짓는다더라, 소문에."

"온천?"

승모는 큰소리로 웃음을 터뜨렸다. 그가 좀처럼 진정을 못하고 눈물까지 찔끔거리며 낄낄대는 동안 은수는 음식점 내 대형 TV로 눈을 옮겼다. 그 온천에 자신의 눈물도 보탤 생각을 하니 웃을 기분도 아니었다. 뉴스 중인 TV에서는 마침 앵커가 새로운 뉴스를 전하고 있었는데, 성폭행 사건이었다. 초등학생 대상 성폭행이며, 붙잡힌 용의자가 그 학교의 야구감독이었다는 내용이어서 승모도 곧 TV로 눈을 돌렸다. '용의자 박 모 씨는 대학야구에서 선수 생활을 한 적도 있으며 부상으로 선수 생활을 그만둔 뒤 1년 전부터는 이 초등학교 야구부 감독을 하다 이 같은 범행을 저지른 것으로 밝혀졌습니다'라는 앵커의 소리와 함께 경찰에 의해 이송되는 용의자의 모습이 화면에 크게 잡혔다. 얼핏 봐도 나이는 많아야 삼십대 초반으로 보이는 용의자는 검은색 야구 모자를 깊숙이 눌러쓰고 고개를 푹 숙인 채여서, TV 화면에 클로즈업 되었다고는 하나, 그를 익히 아는 사람이면 몰라도 보통은 얼굴을 알아보기 쉽지 않은 모습인데도 승모는 당황한 표정을 감추지 못했다.

"왜 그래? 승모 씨……. 아는 사람이야?"

승모의 당황을 눈치챈 은수가 물었다.

"으응……? 아, 아니. 그냥 놀라서. 겨우 9살 여자애를 상대로 그랬다니까……."

"인간이길 포기한 거지."

"그래……."

승모는 멍해진 얼굴로 중얼거렸다. 방금 그가 본 초등학생 성폭행 용의자는 대학야구 시절 무형으로부터 '몸에 맞는 공'에 당했던 바로 그 선배였다. 세월이 흘렀지만 승모는 바로 알아볼 수 있었다.

은수는 승모와 헤어져 집에 돌아오자마자 컴퓨터를 켜고 인터넷 포털로 들어갔다. 승모의 반응에 짚이는 데가 있었던 그녀는 초등학생 성폭행 용의자에 관한 기사를 모두 찾아 읽었다. 기사는, 용의자의 컴퓨터에 많은 양의 아동 포르노물이 발견돼 여죄를 추궁 중이며, 피해자인 초등 여학생은 장 파열로 응급 수술을 받았다, 전하고 있었다. 은수는 역겨워서 토할 것 같았다. 그 역겨운 자가 바로 12년 전, 16살의 은수를 짓밟은 세 명 중 나머지 한 명인 것이다.

〈별일 없습니까?〉

무형의 문자가 도착한 것은 그때였다. 은수는 별일이 있다며, 초등학생 성폭행 사건에 대한 브리핑을 문자로 보냈다. 네티즌들이 이미 박 모 씨라는 용의자의 실명을 밝혀냈기에 그것도 알려주었다. 무형도 그 자가 누군지 너무도 잘 알 테니 말이다. 무형의 답문은 10분 후에 도착했다.

〈문단속 잘하고 자요.〉

일요일 밤 12시 가까이 돼서 무형이 아파트로 돌아왔다. 은수는 앞서, 아직 해가 지기 전부터 아파트에 와 청소를 하고, 시장을 보고, 남는 시간에는 노트북 앞에 앉아 있었지만 밤이 깊어질수록 자주 시간을 확인하며 무형을 기다렸다. 그리고 현관에 들어서는 무형을 보고 나서야 문득 그를 얼마나 기다렸는지, 얼마나 보고 싶었는지를 깨달았다. 그녀는 냉큼 다가가 무형의 품으로 뛰어들었다. 무형이 미처 가방을 바닥에 놓기도 전이었다. 더구나 늘 무형이 먼저 다가가 은수를 가볍게 품에 안고 등과 엉덩이를 어루만지던 것에 비하면 파격이라 그는 놀랄 만한데도, 그저 안정적으로 그녀를 받아내 번쩍 들어 올리는 것으로, 그녀의 인사에 화답했을 뿐이다. 무형은, 은수의 다리에 제 몸이 휘감긴 후에야 비로소 평소처럼 그녀의 엉덩이를 토닥였다.

"눈치챘어요?"

무형에게 안겨, 그의 목을 껴안고 짧지만 깊은 입맞춤을 한 후 은수는 물었다.

"뭘 말입니까?"

"생각보다 둔하네? 내가 무형 씨 유혹하고 있는 거요."

"지금?"

"며칠 됐는데요."

"그렇군요. 기억해 두겠습니다."

은수는 다시 무형의 목을 끌어안았다. 그녀의 어깨가 흔들렸다. 소리는 내지 않았지만 웃겨서 죽으려는 몸짓이었다. 무형이 농담을 하는 것인지, 아닌지도 구분이 가지 않을 만큼 신중히 대답했기 때문이다. 은수야말로 자신이 한 말에 농담과 진담을 섞었다. 어쩌면 스스로한테 하는 다짐일 수도 있겠다. 부지불식간에 그에게 달려든 제 반가운 표현을, 지금까지 그래왔던 것처럼 다만 유혹일 뿐이라고 우겨보려는 것이다.

"이제 내려주세요."

계속 은수를 안고 있는 무형에게, 그녀는 말했다.

"유혹, 벌써 끝난 겁니까?"

"식사로 유혹할게요. 배 안 고파요?"

"다른 게 더 고픈데……."

그러자 은수는 대답 대신 그저 하얀 이를 드러내 보이며 소리 없이 웃었다. 어차피 무형은 화요일부터 홈경기에 이어 원정도 같은 홈을 쓰는 팀과의 경기라 일주일 내내 서울에 있게 돼, 은수와의 유혹의 시간은 아주 충분했다.

화요일에 은수는 무형의 차로 방송국 앞에서 내렸다. 무형이 잠실구장으로 가는 길에 그녀를 태웠던 것이다. 은수는 늘 무형의 일정에 맞춰 움직이기에 그가 서울에 있을 때는 그보다 오히려 더 바빴다. 그가 경기장에 있을 때만 제 시간을 가질 수 있고, 또 그 시간을 이용해 볼일을 봤기 때문이다.

은수는 무형의 차에서 내리자마자 거의 뛰는 걸음으로 다큐멘터리 부서로 향했다. 회의 시간에 늦어, 가는 길에 우연히 승모를 만났지만 그의 인사에 대답도 제대로 하지 못할 정도로 급히 움직였다. 은수가 어디로 향하는지 빤히 아는 승모는, 평소 일과 관련해서는 사전 준비도, 시간도 철저한 그녀가 저리 서두는 모양이 다소 의아하게도 느껴졌다. 뿐만 아니라 최근 그녀의 행적이 가끔씩 아주 묘연하다고 느끼던 중이었다. 그동안에는 은수의 성폭행 고백과 오 피디 프로그램 등으로 마음고생을 했던 탓에 미처 예민하게 의식하지 않던 것들이 비로소, 그리고 점차 그의 의식 안으로 들어오기 시작하고 있었다. 그중 무엇보다 요 근래 들어, 어디냐 물을 때마다 딱 떨어지게 대답하는 법이 없는 그녀의 모호한 태도가 그랬다. 그 전까지 그녀는 늘 소재가 분명했었다. 오늘만 해도 승모는 은수를 우연히 보기 몇 시간 전인 점심에 그녀와 통화를 했었는데 어디냐 물으니 집이라 했다, 그럼 집으로 데리러 갈 테니 함께 점심을 먹자, 하니 그녀는 또 금세 말을 바꾸어 사실은 집이 아닌 밖이라 했다. 더구나 그녀는 용무가 있어 나와 있다고 하면서도 무슨 용무인지에 대해서는 또 얼버무렸다.

"들어오다 하은수 작가 봤는데 아주 멋진 차에서 내리던데요."

이런저런 생각을 하며 1층 로비에서 밖으로 나서던 승모는 마주오던 한 남자의 말에 걸음을 멈췄다. 승모의 동료로 보이는 남자는 실실 웃기까지 했다.

"네? 멋진 차요?"

승모는 어리둥절해서 물었다.

"꽤 고가의 수입차지 싶은데, 하 작가, 부자 친구 있나 봐요."

먼저 지나치는 동료의 말에서 풍기는 뉘앙스에, 승모는 기분이 나빴다. 은수가 수입차에서 내렸다니, 그것도 엉뚱하지 않은가, 하며 고개를 갸웃한 그는 '회의 끝난 후 잠깐 보자'는 문자를 은수에게 보냈다.

승모가 은수의 전화를 받은 건 저녁 6시 가까워서였다. 그녀는 1층 밖에 있다고 했다.

"마침 저녁 시간이네. 같이 저녁 먹을까?"

은수가 있는 곳으로 나온 승모는 그녀를 보자마자 청했다.

"안 돼. 할 일이 있어서 난 그냥 집에서 대충 먹을 거거든. 미안, 승모 씨. 근데 왜 보잔 거야?"

"무슨 일이 그렇게 바빠?"

"오늘은 드라마 대본 일이야. 서 선생님이 수정 시키신 거 있는데, 그거 보자고 하셔서 얼른 마무리를 해야 해. 내가 바빠서 미처 수정을 다 못 했거든."

"다른 일로도 바빴어? 그래봐야 드라마 아님 오 피디 일이잖아."

"으응…… 뭐 여러 가지. 개인 일도 있고……."

"요즘 자기 수상하다……. 바람피우는 거 아니지?"

"왜 아니겠어? 자기두 맞바람 피워."

"헐, 무서워서 무슨 말을 못하겠네. 낮엔 어디 있었던 거야?"

"응? 그냥 여기저기……. 종로에서는 서점 들렀어."

"택시로 왔어?"

"아니. 지하철. 왜?"

"힘들 거 같아서. 자기도 차 한 대 사야겠다."

"차는 무슨, 괜찮아."

"알았어. 가. 계속 집에 있을 거지?"

"응."

은수는 손을 잠깐 들어 보이고 돌아섰다. 그런 그녀의 뒷모습을 보는 승모의 심장은 거친 박동을 시작했다. 아까 동료의 말이 사실이라면 그녀는 수입차에서 내렸으면서 지하철을 이용했다고 거짓말을 하고 있었다. 왜 거짓말을 하는가, 낮에도 서점에 들른 것이 사실이라면 굳이 집에 있다고 했다가 말을 바꿀 필요가 없는 것이었다. 불안하고 혼란스러운 가운데서도 의심이 가는 사람이 전혀 없는 것은 아니었다. 승모는 서현 작가를 의심했다. 아무래도 일이 끝나는 대로 은수의 집에 가봐야겠다, 아무 연락도 없이 가서 과연 그녀가 집에 있는지 제 눈으로 확인을 해야겠다고 그는 작정했다.

은수는, 승모가 그녀를 의심하기 시작했다는 것을 아는지 모르는지 집에 오자마자 드라마 대본의 수정 작업에만 몰두하고 있었다. ―은수가 승모에게 말한 드라마 대본의 수정 작업은 사실이었다― 무형이 픽업하러 올 예정이라, 그 전까지 일을 모두 끝내기 위해 그녀는 밥도 굶어가며 열중했다. 아파트에서도 노트북으로 일을 할 수는 있었지만 아직은 제 집에서 일하는 것이 더 편하고 집중이 잘되는 그녀였다.

밤 10시 40분에 은수는 무형의 전화를 받고 내려가, 그가 열어준 문으로 해서 차에 올랐다.

"배고파요."

무형이 운전석에 앉는 것을 보며 은수는 말했다.

"먹고 들어갈까요?"

"네."

"뭐가 먹고 싶습니까?"

"음……. 밤에 파는 것 중에서 뭐가 제일 맛있을까요? 초밥 먹을까요? 늦게까지 하는 일식집이 있을 테니."

"그럽시다."

무형은 큰길로 차를 몰았다. 큰길 쪽에서는 마침 공교롭게도 승모의 차가 들어서던 중이었다. 무형은 단박에 알아보았지만 곁에서 핸드폰을 들여다보고 있는 은수에게 그 사실을 말하지 않았다. 굳이 말할 필요를 느끼지 못했다는 편이 맞을 것이다.

승모 역시 무형의 차를 바로 알아봤다. 눈에 띄기 쉬운, 범상치 않은 외관의 차를 못 알아보기가 실은 더 어려웠을 테니까. 순간 승모는 무어라 형언할 수 없는 감정에 사로잡혔다. 뒤통수를 한 대 세게 얻어맞은 느낌이랄까, 정신을 차려 차를 세웠을 때는 이미 무형을 뒤따라가기에는 늦었다는 것과 함께 은수가 집에 있는지를 확인하는 것이 먼저라는 판단도 했다.

은수의 집은 불이 완전히 꺼져 있었다. 다가구주택 3층의 문 앞에서 승모는 문을 두드려도 봤지만 안으로부터는 당연히 아무 반응도 없었다. 그 자리에서 그는 은수에게 전화를 걸었다.

"은수 씨, 나 지금 일 끝났는데, 자기 보고 싶어 자기 집으로 갈까 하거든.

[안 돼. 원고 수정 중이라고 했잖아. 바빠. 시간도 넘 늦었구.]

은수의 목소리는 딱 자르고 있었다.

"일이 잘되는 모양이네?"

평소와 같은 목소리를 유지하느라 승모의 얼굴은 도리어 일그러졌다.

[응. 잘돼.]

"그럼 더 잘되라고 야식만 사줄게. 그냥 주고만 갈 거야. 그래도 안 돼?"

[좀 전에 밥 먹어서 배 안 고파. 오지 마. 일하다 잘 거야.]

통화를 끝낸 승모는 3층에서 아래로 내려가는 계단 위에 털썩 주저앉았다. 무형의 애마와 은수의 거짓말이 겹치니 더 이상 기 댈 곳이 없었다. 만약 무형이 평범한 친구이기만 했어도, 막연한 의심을 할 수 있을지언정 직접적인 현장을 잡기 전까지는 섣불리 판단하지 않았을 것이다. 그러나 상대가 무형이라면 실낱같은 희망조차 걸 수가 없지 않은가. 더욱 어처구니가 없는 것은 무형의 상대가 다른 여자도 아닌 은수라는 점이었다. 여자에게서 단지 자극과 쾌락만을 원하는 무형이, 더구나 언제든 원하기만 하면 입맛대로 여자를 고를 수 있는 그가 자극이나 쾌락과는 별로 관련도 없어 보이는 은수에게 손을 뻗었다는 것이 승모로서는 이해가 되지 않았다. 더구나 그녀가 승모의 연인인 줄 뻔히 알면서도 그랬다는 것은 더욱이 이해불가였다. 승모가 아는 한 무형은, 남자나 남편이 있는 여자를 손대지 않으며 실제로 남의 여자를 탐해 문제를 일으킨 적도 없었다. 때문에 아무리 무형에게 여자를 사로잡는 무엇이 있다 해도 승모는, 은수와 무형이 어찌될 것이란 불안 따위는 전혀 갖고 있지 않았었다. 그렇다면 가능성은 은수가 먼저 무형을 유혹했다는 것인데, 그것이 또 가능한 일인가 싶어 승모는 머리가 어지러웠다. 역시 그가 아는 한 은수는 무형을 싫어했기 때문이다. 상황이 하도 어이없다 보니 승모는 화도 나지 않았다. 그저 은수의 상대가 무형이 아닌 서현 작가였으면 차라리 나았겠다, 생각을 한 것이 고작이었다. 그렇다면 은수를 설득할 자신도, 연적과 맞설 자신도 있었지만 무형이라면 얘기가 달랐다.

승모는 무형의 아파트를 향해 차를 몰았다. 동네와 아파트 명을 알고 있어 그곳까지 가는 데에는 아무 문제도 없었다. 다만 정확한 동과 호수를 기억 못 했는데 그것은 그곳에 가서 기억을 더듬어보든가, 아니면 알아낼 다른 방법을 찾으리라 했다. 40분 후 승모는 무형의 아파트 단지에 도착했다. 단지 입구의 경비가 승모에게 방문하는 동을 물었을 때 승모는 그저 '최무형 선수를 만나러 왔다'고만 했지만 차단기는 올라갔다. 승모는 차를 지상주차장에 파킹하고서 가장 가까이에 있는 동부터 탐문했다. 무형이 사는 아파트 단지는 전체 5동뿐이어서 사람을 찾으려고 마음먹는다면 못 찾을 것도 없을 것 같았는데 그런 승모의 생각과 달리 각 동의 경비들은 승모가 알고 싶어 하는 것을 확인해 주는 것에 완강한 거부감을 표시했다. 결국 승모는 무형에게 전화를 걸었다.

[차 안.]

어디냐 묻는 승모에, 무형의 짤막한 대답이 핸드폰을 통해 들려왔다.

[왜?]

"아, 퇴근 중인데 마침 생각나서 그냥……."

승모는 마치 안부 전화인 양 대충 얼버무린 후 전화를 끊었다. 그리고 곧장 지하주차장으로 향했는데, 무형이 아직 차에 있다면 분명 지하주차장을 통해 위로 오를 것이라 짐작했기 때문이다.

무형은 정말 차 안에 있었고, 당연히 은수와 함께였다. 두 사람은 식사를 하느라 시간을 지체한 후 아파트로 향하던 중이었다.

"상가 편의점에서 잠깐 세워줘요."

아파트 단지에 다다르자 은수가 말했다.

"살 거 있어요?"

"네. 커피 다 떨어져 가는 거 몰랐죠?"

"집에 살림하는 사람이 있으니 내가 굳이 알 필요가……."

"어머, 완전 와이프 취급이네?"

은수는 웃으며 차에서 내렸다. 은수가 커피를 사 들고 다시 돌아온 후 무형은 차를 지상주차장에 주차시켰다.

지하주차장에서 승모는 무려 2시간을 기다렸으나 당연하게도 무형의 차를 만나지 못했다. 아무래도 무형이 거짓말을 했다고 판단한 승모는 다시 위로 나오던 중에, 지상에서 무형의 차를 발견하고 만다. 그는 그 자리에서 당장 전화를 걸어 다짜고짜, 자기가 지금 3동 앞에 있으니 호수를 말해 달라 요구했다. 무형은 기다리라며 전화를 끊고는 10여분쯤 후에 3동 입구로부터 모습을 보였다. 실내용 얇은 면바지에 반팔 티 차림의 그는 느린 걸음으로, 담배를 피우며 기다리고 있던 승모 앞으로 다가섰다.

"새벽 2시에 무슨 짓이야?"

무형이 먼저 입을 열었다.

"안에 은수 있어?"

"그래."

무형은 아주 태연하게 대답했다. 승모는 말문이 막혔다. 마치 은수가 제 연인인 양 뻔뻔스러운 얼굴을 하고 있는 무형에게, 오랜 시간 그를 알아온 승모도 질려 버렸다.

"왜 하필 은수야? 은수 말고도 네 주변에 여자 많잖아. 훨씬 어리고, 예쁜 미친년들 많잖아."

"어리고 예쁜, 미친년들한테 질려서."

"그렇다고 은수를 건드려? 내가 그 여잘 어떻게 생각하는지 뻔히 알면서? 나한텐 그 여자가 전부야. 넌 아니잖아. 결국 단물만

빨아먹고 버릴 거잖아. 걸레 만들어서 버릴 거잖아."

그렇게 말하는 승모의 얼굴에 눈물이 흘렀다.

"왜 하필 은수냐구, 왜 하필 그 여자냐구 묻잖아, 이 자식아. 그렇잖아도 상처가 많은 여잔데…… 얼마나 여린 여잔데 꼭 그렇게 밟아야겠어? 이 피도 눈물도 없는 개자식아……."

승모는 눈알이 시뻘게져서 소리쳤지만 무형은 얼굴색 하나 변하지 않는 모습이었다. 오히려 3동의 경비가 놀란 얼굴을 하고서는 경비실 밖으로 머리를 내밀었다.

"다시 데려가고 싶으면……."

무형이 입을 열었다.

"그 여자를 설득하고, 설득되지 않으면 포기해. 포기가 안 되면 걸레가 될 때까지 기다려 보든가."

차갑기보다는 대수롭지 않은 듯 건조하게 말하고 무형은 몸을 돌렸다. 그런 그의 뒤로 '철퍼덕' 소리가 났으나 그를 돌아보게 하지는 못했다. 그것은 승모의 무릎이 절로 꺾이며 바닥으로 떨어진 소리였다. 그렇게 주저앉은 승모는 망연한 눈빛을 허공에 두고 있었다.

1407호 안으로 들어온 무형은 거실에 들어서자마자 티셔츠부터 벗어 던져 버리고, 먼저 주방으로 향했다. 그는 냉장고를 열고 방울토마토가 가득 담긴, 남자 손바닥만 한 펀치볼 그릇을 꺼내 들었다. 그것을 들고 무형이 침실의 문을 열었을 때 은수는 침대 위에 등을 대고 누운 모습으로 그를 맞았다. 침대 발치 쪽에 비스듬히 머리를 두고, 발가벗은 몸 위로는 커다랗고 푹신한 베개를 품에 안아 몸을 가린 채였다.

"이거 말입니까?"

무형은 은수를 향해 펀치볼을 들어보였다.

"네. 근데 주방이 한 삼십 리쯤 되는 모양이에요?"

"방문객이 있어서……."

무형은 은수의 머리맡에 앉았다.

"그 방문객한테 담부턴 사랑하고 나서 배가 고픈 여자가 있는
집엔 새벽 2시에 오지 말라고 좀 전해주세요."

"그러죠."

무형은 방울토마토 하나를 은수의 입에 넣어주었다. 누운 채로
입 안에 들어온 방울토마토를, 은수는 지그시 물어 터뜨렸다. 그
녀는 누가 무슨 용건으로 왔는지를 알고 있었다.

'그래, 이제 네 차례거든, 주승모.'

마지막으로 그를 완전하게 쓰러뜨릴 남은 한 방을 생각하며 은
수는 환하게 웃었다.

"맛있습니까?"

은수의 환한 웃음을 보며 무형이 물었다.

"네. 아주."

무형은 다시 하나를 은수의 입에 넣어주었다.

"근데 무형 씨가 나 버리면 이삿짐센터 불러야 할 것 같아요.
내가 내 물건들을 언제 이렇게 많이 갖다났나 몰라."

"차라리 내가 나가는 게 빠를 것 같습니다."

"그럼 그래주시든가. 연봉도 빵빵하신데 아파트 하나 더 사시
고요. 새 술은 새 부대에 담으랬다고, 새 아파트에 새 여자, 좋잖

아요?"

"그럽시다."

"아, 그럼 빨리 버려주시고 명의 이전해 주세요."

"아직은 본전 생각나서요. 이 아파트 비쌉니다."

다시 방울토마토 하나를 은수의 입으로 가져가며 무형은 말했다.

"나도 비싼 여자거든요."

순간, 방울토마토를 든 무형의 손이 은수의 입 근처에서 멈추었다. 은수가 고개만 약간 들어 그것을 입으로 받으려 했으나 그의 손은 그녀의 입이 닿지 않을 정도로만 위로 올라간다.

"비싼 여자분 재주 좀 봅시다."

무형의 말이 떨어지기가 무섭게 은수는 두 손으로 방울토마토를 든 무형의 손목을 덥석, 잡았다. 이어서 얼른 방울토마토를 향해 입을 가져갔지만 검지와 중지 사이에 방울토마토를 끼고 있는 무형의 손은 더 빨랐다. 은수가 두 손으로 그의 손목을 잡은 채 아무리 힘을 줘도 방울토마토는 내려오지 않았다. 마침내 은수는 그의 손목에 제 무게를 싣고 매달려도 보았지만 역시나 소용없었다. 그의 팔은 내려오기는커녕 꿈쩍도 하지 않았다.

"알았어요. 나 안 비싸요. 방울토마토 주세요."

은수는 투덜댔다.

"방울토마토 하나에 자신의 값어치를 떨어뜨립니까?"

"그게 어째서 방울토마토 하나예요? 방울토마토에 플러스 무형 씨잖아요."

무형은 침대 위에 팔을 괴고 은수 가까이로 몸을 낮추었다.

"방울토마토를 줄까요, 나를 줄까요?"

"방울토마토요."

"너무 고민 없이 답하는 거 같은데……?"

"고민할 것도 없어요."

은수는 손을 들어 무형의 얼굴을 어루만졌다.

"토마토를 먹으면 배가 부르지만 당신을 가지면 오히려 더 배가 고파지거든요."

두 사람은 서로의 눈을 응시하고 있었다.

"더 쓸쓸해지고…… 아프거든요……."

잠시 후 무형은 은수의 입에 방울토마토 하나를 넣어주었다.

같은 시간, 승모는 어느 편의점 근처에 차를 세워놓고 그 곁에 앉아 소주를 병째로 마시고 있었다. 제정신으로 있는 것이 괴로워 그는 가능한 빨리 취하고 싶었다. 그는 아무 생각을 하지 않았고, 할 수도 없었다. 그럼에도 감정은 살아, 병을 입에서 떼자마자 그는 그것을 집어던졌다. 날카로운 파열음과 함께 바닥에 뿌려지는 유리 파편과 투명한 알코올 액체가 그의 마음을 대신하는 듯했다.

다음 날, 승모는 방송국에 나오지 못했다. 조금이라도 마음을 추스르기에는 턱없이 모자란 시간에, 물론 과음의 이유도 있었다. 다행히 촌각을 다투는 업무가 없어 하루 결근 정도로는 큰 문제가 되지 않았지만 이후부터는 출근해야 했고, 그렇게 출근한

단 며칠 새에 승모의 얼굴은 반쪽이 되어갔다. 은수를 만나야 한다, 생각은 하고 있었지만 당장의 고통 위에, 그녀로부터 들어야할 말이 얹히며 고통을 더할 것 같아, 그는 두려웠다. 은수는 '헤어지자' 하겠지, 그것은 당연한 것이었다. 그런데 그 당연한 것이 현재의 승모에게는 쉽지 않았다. 그녀의 마음이 승모로부터 떠났다면 그것으로 끝인 것을, 오히려 헤어지자는 소리를 듣는 것이 두려워 그는 그녀에게 연락은커녕 혹시 방송국에서 우연히 마주치기라도 할까 봐, 외주제작국 밖으로 잘 나오지도 않았다. 그러던 어느 날 늦은 오후, 승모는 방송국 1층에서 승강기를 기다리고 있던 중에, 결국 은수와 정면으로 맞닥뜨리고 만다. 1층으로 내려온 승강기의 문이 열리면서였다. 승강기에서 내리는 사람들 틈으로 은수는 오 피디, 양 작가와 함께였다. 오 피디 기획팀의 회의가 있는 날로, 회의를 마친 후 저녁 식사를 위해 함께 움직이던 중이었다.

은수와 승모는 서로의 눈을 마주한 채로 잠시 움직임을 멈췄다. 그렇게라도 두 사람이 얼굴을 마주한 것은 일주일 만이었다. 먼저 움직인 쪽은 은수였다. 앞서 승강기에서 내린 오 피디와 양 작가의 뒤를 따라, 그녀는 마치 승모와 일면식도 없는 사람 모양 그의 곁을 무심히 스쳤다. 그녀의 몸에서 이는 바람은 차가웠다. 그런데 바로 그것이 승모를 정신 차리게 했는지, 그는 이미 저만치 가버린 은수 일행의 뒤를 쫓았다. 승모가 은수의 손목을 낚아채자 정작 황당해한 사람은 은수가 아니라 오 피디와 양 작가였다. 둘은 은수와 승모가 이미 헤어진 사이라고 아는 듯 딱하다는 얼굴마저 해보였다. 은수는 오 피디와 양 작가에게 양해를 구하고 두 사람을 먼저 보냈다.

"어디로 갈까?"

은수가 물었다. 승모는 제 차에 은수를 태우고 곧장 한강변으로 향했다.

해질녘의 강은, 하루 중 마지막 햇살이 주는 빛을 모아 그 빛을 품고 넘실댔다. 은수와 승모는 그것을 향해 서 있었다.

"승모 씨가 무슨 말을 하려는지 알아."

방송국에서 은수를 잡은 기세로만 봐서는 당장 어떤 액션이라도 취할 것 같던 승모가 의외로 아무 말도 없이, 짧지 않은 시간 동안 담배만을 축내고 있자 은수는 먼저 입을 열었다.

"알아? 뭘 알아? 자기가 뭘 알아?"

승모의 어조는 다소 격앙돼 있었다.

"날 비난하려는 거잖아. 승모 씨 뒤통수 때렸으니까. 다른 사람도 아닌 승모 씨 친구한테 붙었으니까 더럽다고 욕하려는 거잖아."

"아니, 솔직히 은수 씨보단 그 자식을 죽이고 싶어. 자긴 순진하니까 넘어갈 수 있다 치지만 그 자식은 다르니까. 제 주변에 널린 여자들도 모자라 내 여자한테까지 손댔으니까. 그렇다고 자길 이해한다는 건 아냐. 이해 못 해. 무형이 가까이 간 여자들이 어떻게 됐는지 자기도 잘 알잖아. 그걸 알면서 왜 무형이한테 넘어갔는지 난 정말 이해할 수가 없어."

"오해야. 승모 씨. 내가 무형 씨한테 넘어간 게 아니라 그 사람이 나한테 넘어온 거야."

"뭐?"

승모는 황당한 표정을 지었다.

"사실은 내가 무형 씨를 유혹했어."

"말도 안 돼……."

"그 말도 안 되는 게 진실이야. 내가 그 사람 붙들고 같이 자자고 했어. 그의 여자가 되고 싶다고 했어."

은수의 말에 승모는 적잖이 충격을 받은 모양이다. 어쩌면 그보다는 믿어지지 않는다는 쪽이 더 맞을지도 몰랐다. 그는 정말 마음 한편으로부터 '이 여자는 은수가 아니야'라고 부르짖고 있었다.

"나도 내가 이럴 줄 몰랐는데, 무형 씨 품에 안겨 있는 게 좋아. 그가 내 옷을 벗기고, 날 만지고, 장난감처럼 다루는 게 좋아."

"그만……!"

은수의 너무나도 뻔뻔스러운 고백에 승모는 분노에 찬 소리를 질렀다. 그런데도 은수는 안색의 변화조차 없다.

"왜 그래? 승모 씨. 난 겁탈당한 게 아냐. 나와 섹스할 남자를 내가 선택한 거야."

그 순간, 은수의 몸이 반쯤 돌아가더니 이내 바닥에 쓰러졌다. 승모가 은수의 뺨을 후려친 것이다.

"그래도 사랑했던 여자라고, 그 자식한테 버려져 상처 입을까 봐 걱정했던 내 자신이 정말 한심해진다. 너도 별 수 없는, 그 개자식의 걸레 같은 년들이랑 똑같아. 이게 마지막이다."

승모는 그렇게 내뱉고 몸을 돌려 곧장 차에 올랐다. 은수는 승모의 차가 그 자리를 떠나, 시야에서 완전히 사라질 때까지 꼼짝도 하지 않았다. 한쪽 뺨이 벌겋게 된 얼굴로도 진한 경멸의 눈빛을 하고 있는 그녀는 이내 어깨를 들썩이며 가소롭다는 웃음마저 머금었다.

"넌 다시 나를 찾게 될 거야. 주승모. 그때가 진짜 마지막이지!"

12.
싸늘한 미소

은수의 얼굴을 본 무형은 잠시 입을 열지 못했다. 무형의 팀은 현재 홈과 원정 경기가 이어지는 아홉 차례의 경기를 모두 잠실에서 치르고 있었는데 그것은 곧 무형이 경기를 마치고 아파트로 귀가할 때마다 은수가 그를 맞아준다는 의미기도 했다. 무형은, 마치 아내처럼 현관 앞으로 다가선 은수를 품에 안아, 언제나처럼 그녀의 등과 엉덩이를 먼저 어루만지고 나서 벼락 맞은 셈이었다.

"많이…… 흉해요?"

은수는 뺨의 붓기가 가라앉지 않은 얼굴로 어설픈 웃음을 지어 보였다. 그러나 그 웃음은 오래가지 못했다. 그녀는 처음으로 무형의 얼굴에서 화가 난 빛을 읽었다.

"내가 좀 심하게 약 올렸어요."

은수는 얼른 말을 이으며 무형의 옷깃을 붙잡았다.

"그러니 내버려둬요. 얼마 안 남았어요. 날 방해하지 말아요. 네? 대답해요, 어서."

무형은 마지못하듯 고개를 끄덕였다.

그로부터 5일 후였다. 무형이 잠실에서만 홈과 원정으로 이어지는 아홉 경기 중 여덟 번째 경기를 치른 날 밤, 그는 여느 때와 마찬가지로 제 애마로 아파트에 돌아와 지하주차장에서 바로 승강기에 올랐다.

14층에서 내린 무형은 역시나 평소처럼 한 손에는 스포츠 가방을 든 채로 1407호 문 앞에 섰다. 그리고 막 현관의 비밀번호를 누르던 참에, 바로 위층 계단으로부터 한 괴한이 소리도 없이 빠르게 내려와 무형의 뒤통수를 향해 야구방망이를 휘둘렀다. '콰앙' 하는 소리와 함께 야구방망이는 1407호의 문에 닿았다. 간발의 차이로 무형이 그것을 피한 후였다. 무형은, 평소 그렇게 느릿한 움직임을 보이던 그가 맞나 싶게, 야구방망이를 피한 것과 거의 동시에 가방으로 괴한을 후려치고, 그 때문에 계단 아래로 굴러 떨어진 괴한의 손에서 분리된 야구방망이를 허공에서 낚아채 손에 들었다. 그것이 모두 연결돼, 한 동작으로 보일 정도였다. 계단 아래로 굴러 떨어진 괴한은 왼쪽 팔꿈치에 보호대를 하고 있는 모습의 이현명이었다.

"성치도 않은 몸으로 애쓰는군."

손에 가방 대신 야구방망이만을 들고 계단 위에 선 무형이 입을 열었다. 마치 예상하고 있었다는 듯 태연한 얼굴이었다.

"개새끼, 네가 일부러 그런 짓 한 거 내가 모를 줄 알아?"

현명은 이를 갈았다.

"주승모가 알려주던가?"

무형이 천천히 계단을 내려오자 현명은 무형이 든 야구방망이에 눈길을 꽂으며 구석으로 몸을 움직였다.

"그렇다고 그런 몸으로 돌아다니면 안 되지. 예나 지금이나 뚜껑 열리면 계산 못 하고 덤비는 건 여전해."

무형은 말끝에 현명의 팔꿈치 보호대를 방망이로 톡톡 쳤다.

"저리 비켜……. 무슨 짓 하려는 거야? 이 새끼야."

"무슨 짓을 하려고 온 건 너 아냐? 그것도 뒤에서 노렸지 않나? 난 앞에서 할 테니 걱정 말라구."

"뭐?"

현명이 더 도망갈 수도 없는 구석으로 더욱 몸을 웅크렸지만 무형은 그런 현명의 몸 위로 야구방망이를 툭 떨어뜨렸다. 현명이 의아해하는 얼굴을 하는 사이로 1407호 문이 열린다. 은수였다. 그녀는 현관문 밖에서 큰소리가 나자 문을 열어본 것이었는데 계단 아래의 광경에, 한편으로는 놀라고 또 다른 한편으로는 어리둥절해했다.

"들어가요."

무형이 그녀를 올려다보며 말하는 순간 현명은 그 틈을 노려, 제 가슴에 있던 방망이를 재빨리 집어 들었다. 또한 그 찰나에 무형의 입가에서는, 마치 기다렸다는 듯 비릿한 미소가 떠올랐다. 그의 눈에서 섬광(閃光)이 명멸한 것과도 동시였다. '콰직' 하는 둔탁한 소리에, 현명의 짧막한 비명 소리가 이어졌다.

은수는 경악했다. 눈에, 이현명의 오른쪽 팔꿈치가 반대 방향으로 꺾여 있는 것이 들어왔기 때문이다. 무형이 움직였다는 것을 의식하지 못한 것은 아니지만 은수가 분명하게 본 것은 그것뿐이었다. 현명이 야구방망이를 잡아 올린 순간, 무형이 그것을 잡아채며 연이은 동작으로 현명의 팔꿈치를 관절 반대편으로 꺾어버리는 움직임은 은수의 눈에 들어오지 않았다. 얼마 후, 119와 경찰차가 아파트에 도착했다.

다음 날, 이현명의 최무형 습격사건은 저녁뉴스를 통해 보도되었다. 인터넷 주요 포털에도 무형의 기사가 대문에 걸린 것은 물론이다. 기사 내용은 무형의 히트 바이 피치드 볼에 앙심을 품은 이현명이 야구방망이를 들고 무형의 아파트에 잠입해 그를 습격했으나 몸싸움 과정에서 큰 부상을 입은 것은 오히려 이현명이고, 무형은 무사하다는 것이었다. 이현명은 왼팔에 이어 오른쪽 팔꿈치까지도 심각한 부상을 입어, 그의 야구 생명은 완벽하게 종료되었을 뿐만 아니라 사법처리까지 받게 될 처지에 놓이게 되었다. 그런데 무형의 히트 바이 피치드 볼이 고의라는 이현명 측의 주장은 없었다. 만약 그런 주장을 하게 되면 그 고의성을 뒷받침할 만한 타당한 근거를 대야 할 테고, 그렇게 되면 자칫 과거, 현명의 성폭행 범죄까지 드러날 수 있기 때문인 것으로 보였다.

은수는 가슴을 쓸어내렸다. 결과적으로 무형은 무사했지만 만약 이현명의 테러가 성공했으면 무형은 어찌 될 뻔했는지, 그 생각을 할 때마다 간담이 서늘해졌다. 반면 무형은 너무나 태연했고, 경찰서에 다녀와서도 평소처럼 행동했다. 또한 그 일에 관해서 일체 말을 꺼내지 않았을 뿐더러 은수가 물어도 답하지 않았다. 무형은 아마도 이현명의 문제를 자신의 일로만 치부하고 은수와의 연결고리는 아예 끊어버릴 작정인 것 같았다.

점심시간, 방송국의 많은 직원들 틈에 섞인 승모는 몇몇 동료들과 함께 승강기에서 내렸다. 이어 로비를 지나던 그의 발걸음은 마치 덫에 걸리듯 꿈틀대며 멈춰 섰다. 승모의 눈은 1층의 입구 안쪽에 버티고 선 무형을 향해 있었다. 검은색 바지에 검은색 셔츠를 입고 아주 진한 선글라스를 낀 무형의 모습은 승모가 아닌, 다른 곳을 향해 서 있었음에도 승모의 눈에는 저승사자처럼 보였다. 그가 누구를 만나러 그곳에 서 있는지는 빤한 것이었으니 말이다. 무형은 천천히 고개를 돌렸다.

"최무형 선수네. 주 피디 만나러 온 모양이군요? 만난 김에 그 사건에 대해 자세히 좀 물어봐요."

승모와 동행한 동료 하나가 말했다. 그 주변으로도 여러 사람들이 무형을 알아보고 수군댔지만 무형의 포스가 워낙 압도적이어선지 선뜻 다가가 아는 척하는 사람은 없었다. 무형은 승모를 향해 따라오라는 듯 턱짓을 해보인 후 먼저 밖으로 움직였다. 승모는 마른침을 삼켰다. 무형에게서 연락이 오리라 예상을 못 했던 것은 아니지만 이런 식으로 나타날 줄이야, 막상 발을 떼려니 오금부터 저려왔다.

이현명이 무형을 습격하기 4일 전, 승모는 이현명과 만났다. 이현명은 무형의 공에 맞은 왼쪽 팔꿈치의 부상으로 통원치료 중이었는데, 아직은 현 구단에 적을 두고 있었지만 이번 시즌을 끝으로 방출될 가능성이 높아 심리적으로 매우 불안정한 상태였다.

그리고 바로 그것이 승모가 현명과 접촉한 이유였다. 현명을 만난 자리에서 승모는, 무형이 명백한 고의로 히트 바이 피치드 볼을 던졌음을 넌지시 흘렸다. 그러자 현명은 당장에, 무형이 사는 곳과 그의 동선에 대해 자세히 물었다. 다혈질인 현명의 성격상 살짝만 건드려 놔도 분명 움직일 것이라 생각했던 승모의 예상은 그렇게 보기 좋게 맞아떨어졌다.

승모가, 그러나 처음부터 그런 계획을 마음에 품었던 것은 아니었다. 무형을 잘 아는 승모로서는 그런 계획을 아예 꿈도 꾸지 못했었다는 편이 오히려 더 맞을 터였다. 무형이 싸우려고 마음을 먹는다면 일반 사람들은 둘째 치고, 운동을 한 남자들을 상대로도 둘, 셋은 감당할 정도인데 아무리 뒤통수를 노린다고 해도 몸도 성치 않은 이현명이 무형을 상대한다는 것은 사실상 불가능한 일이라는 것을 모르지 않았기 때문이다. 그럼에도 승모가 운에라도 기대며 무리수를 둘 수밖에 없었던 것은, 며칠 전 홧김에 은수를 때리고 나서 그 뒷감당이 두려워졌던 탓이 컸다. 은수는 지금 무형의 여자였다. 무형에게 여자는 섹스 상대일 뿐이기는 해도, 아니 섹스 상대기 때문에 더욱 몸을 다치게는 하지 않는다는 것을 승모도 잘 알고 있었다. 결국 승모는 스스로 일을 키워 버렸다는 것을 깨달았다. 이제는 은수를 때린 뒷감당 이전에 무형을 직접 겨냥했던 그것을 더 걱정해야 할 판이었다.

승모가 밖으로 나왔을 때 무형은 지상주차장에 있는 자신의 검은색 애마를 향해 천천히 걸어가고 있었다. 무형이 먼저 운전석에 오른 잠시 후, 승모가 그 옆으로 앉았다.

"하은수 만나서 사과해라. 정중하게."

무형은 거두절미하고 말했다. 승모는 그런 무형을 보며 약간 놀란 얼굴을 해보였다. 이현명 건 때문에 온 줄 알았는데 무형은 은수 얘기부터 꺼냈다. 물론 은수 얘기도 당연히 나올 것을 알지만 그것은 이현명 얘기부터 휩쓸고 지나간 후가 될 줄 알았었다.

"용건은…… 그게 다야?"

"그래."

승모는 그제야, 무형이 이현명 건에 대해서는 아예 관심조차 없어 한다는 것을 눈치챘다.

"사과 못 하면? 아니, 안 하면?"

내내 앞을 향해 있던 무형의 얼굴이 천천히 승모 쪽으로 돌았다. 승모도 지지 않고 그의 선글라스를 노려보았다.

"넌 내 마음 몰라. 알 수가 없지. 여자를 사랑해 본 적이 없으니, 사랑하는 여자를 뺏긴 기분이 어떤지 네가 알기나 하겠어? 섹스만 했으니 뺏겨도 또 다른 파트너 찾으면 그만이겠지. 하지만 사랑은 달라. 그 사람 아니면 안 되는 게 사랑이야. 넌 또 금세 은수에게 싫증을 내고 버릴 거잖아. 다른 여자로 대체하면 그게 그거잖아. 이 여자나 저 여자나 자극을 주는 강도만 다를 뿐 똑같은 거잖아. 하지만 나한테 하은수는 세상에 단 하나야. 하나뿐이야. 대체할 수가 없단 말이다."

"그래서?"

"은수 돌려줘. 아니, 빨리 버려줘. 사과하는 대신 내가 책임질 테니까."

"승모야."

무형은 나직하지만 다소 위협적인 어조로 입을 열었다.

"네가 선택할 수 있는 게 아니야. 넌 설득만 할 수 있을 뿐이지, 선택은 그 여자가 하는 거야."

"젠장, 걸레를 데려다 책임지는 데도 설득을 하고 선택을 기다려야 한단 말이야? 어차피 너한테 버려지면 은수는 나한테 돌아올 수밖에 없어……."

승모의 짜증 섞인 외침은, 그러나 얼마 못 갔다. 무형이 승모의 멱살을 움켜잡아 즉시 제 앞으로 끌어당겼기 때문이다. 목이 졸린 승모는, 거기에 무형 가까이 끌려 제 무게까지 더한 바람에, 바로 축 늘어져 입만 헤 벌렸다. 그의 벌어진 입에서는 신음이기보다는 풍선에서 공기 빠지는 것 같은 소리만 새어 나왔다.

"마지막 경고다. 지금 네가 해야 할 건 딱 하나야. 그 여자한테 사과하고 용서받아. 못 한다고? 안 해? 그럼 하게 만들어주는 수밖에."

벌써 검붉게 변한 얼굴을 하고 있는 승모는 뭐라 말을 하려 했지만 숨조차 쉴 수 없는 입에서 말이 나올 리 없었다. 여전히 그의 입에서는 공기 빠지는 소리만, 그것도 점점 힘겹게 새어 나오고 있을 뿐이었다.

"알아들었으면 고개 끄덕여."

승모가 간신히 고갯짓을 해보인 후에야 무형은 그를 놔주었다. 승모는 막힌 숨이 터지는 소리를 거친 기침과 함께 토해냈다.

"어째서……."

승모는 숨을 헐떡이면서도 말을 꺼냈다.

"은수한테 그렇게 신경쓰는 거야? 좀 이상해……. 널 먼저 유혹했다는 은수 말도 믿기지 않았지만…… 난 솔직히 너도 이상해. 지금도…… 뭔가 너답지 않아. 은수한테 뭐 잘못한 거 있어?"

"그래."

무형은 툭하니, 그러나 무겁고 짤막한 대답을 던졌다. 그 말이 그의 진심인지, 귀찮아서 대충 던진 대답인지 해석이 안 되는 승모는 잠시 황당해하는 얼굴을 하고 있었다.

"좋아. 은수 만나서 사과하지. 때린 건 나도 실수였으니까. 그리고 그땐 그 여자와 마지막이라고 생각했거든. 하지만 안 되겠다. 나도 그 여자 좀 가져봐야겠어."

승모의 말은 진심이었다. 은수에게 사과하고, 그녀가 무형에게 버림받을 때까지 기다릴 것이다. 어차피 무형 옆에서는 길어야 6개월이니, 그 후에 그녀를 소유할 것이다. 그리고 그녀로 인해 다친 마음만큼 고스란히, 아니 그 이상으로 되돌려줄 것이다. 가능하다면 아주 천천히, 잔인하게 돌려줄 것이라고 승모는 마음먹었다.

무형과 헤어진 승모는 점심 먹으러 가는 길에 은수에게 전화를 걸어 정식으로 사과하고 싶다며 만나자는 뜻을 전했다. 은수는 밤 9시까지 집으로 오라 했다. 이후 승모는 방송국의 1층 승강기 앞에서, 문이 열리는 승강기 안으로부터 낯익은 얼굴과 조우한다.

"어머, 승모 씨. 오랜만이네요."

승강기에서 내린 이십대 후반의 여자는 승모를 향해 호들갑스러울 정도로 반갑게 인사했다. 은수의 친구였다. 은수와는 고등학교와 대학을 같이 다닌, 은수가 너나들이하는 친구들 중에서는 가장 가까운 친구여서, 승모도 두어 차례 만난 적이 있었다.

"아, 예. 동은 씨. 동생 만나러 오셨나 봐요?"

동은의 남동생이 드라마국에서 FD로 일하고 있는 것을 아는 승모는 그렇게 인사했다.

"네. 이놈이 뭘 좀 가져다 달라고 해서 던져주고 가는 길이에요. 근데 어디 아프세요? 얼굴이 왜 그래요? 은수가 뭐 속 썩이나요? 아, 맞다. 얘가 드라마 대본 좀 쓴답시고 잘 안 만나주나 부다. 그죠?"

"아니, 뭐…….."

"걔가 좀 그래요. 남잘 몰라. 남잘 좀 알아야 드라마도 나오는데 말입니다."

승모의 떨떠름한 표정에도 아랑곳없이 동은은 유쾌하게 떠들었다.

"그래도 구성 일은 다 손 놔서 시간이 좀 남을 텐데."

"아직 하나는 하고 있어요. 동은 씨도 도움을 줬다는 오 피디님 프로요."

"네? 내가 무슨 도움을 줘요?"

동은은 어리둥절해서 물었다.

"성폭력 프로그램에 동은 씨가 도움을 줬다고 은수 씨가 그러던데……."

"그래요? 어, 내가 치맨가……? 왜 생각이 안 나지? 나중에 은수 만남 물어봐야겠네요. 그럼 다음에 봬요."

동은은 그렇게 말하고는 몸을 돌렸다.

"잠깐만요, 동은 씨."

순간 기묘한 느낌에 사로잡힌 승모가 동은을 불러 세웠다.

"동은 씨, 중학교 어디 나왔어요? 미진여중인가요?"

"아뇨. 경희여중 나왔는데요. 그건 왜요?"

동은은 이상하다는 표정이었다.

"미진은 은수가 나왔죠."

승모는, 동은이 가고 나서도 한참 동안이나 그 말을 제대로 이해하지 못했다. 그리고 마침내 이해를 했을 때는 그것이 그를 완벽하게 공포로 몰아넣었다.

승모의 차는 정확히 밤 9시에 은수의 다가구주택 앞에 도착했다. 차에서 내려, 주택 안으로 들어가기 전에 먼저 3층을 올려다보는 승모의 얼굴에는 아직 그 형체가 분명치 않은 불안의 그림자가 어른거리고 있었다. 그는 천천히 계단을 올랐다. 마치 지옥의 문을 향한 계단을 오르듯 그의 발걸음은 천근만근으로 무거워 보였다. 현관문에 손을 대니 그것은 이미 조금 열려 있었다. 승모는 안으로 들어간다.

집 안은 정적이 감돌았다. 불이 켜져 있음에도 은수의 모습은 보이지 않았다. 승모는 반쯤 열려 있는 방문으로 다가섰다. 은수가 작업실로 쓰는 작은방이었다. 그곳은 열려 있는 창문으로 들어오는 스산한 바람이 은수 대신 주인 노릇을 하고 있었다. 승모는 그냥 돌아서려 했다. 그런데 바로 그 순간, 창으로부터 바람이 좀 세게 분다 싶더니 책상 위로부터 남자 손바닥만 한 크기의 종이 한 장이 날아올라 금세 승모의 발아래로 떨어졌다. 승모는 허리를 굽혀 그것을 집어 들었다. 사진이었다. 그러나 승모는 그 사진 속에 왜 야구부 시절의 제 모습이 담겨 있는지, 제 얼굴에 동그라미는 왜 쳐져 있는지, 그것이 무엇을 의미하는지 미처 생각을 고를 사이도 없이 문밖으로부터 기척을 들었다.

"왔어?"

기척에 이어지는 은수의 상냥한 목소리에 놀란 승모가 돌아보았다. 은수는 검은 비닐봉지를 들고 서 있었다. 미소를 짓고 있었지만 싸늘했고, 보란 듯 조롱과 멸시에 가득 차 있었다. 그것은 어쩌면 12년 전으로 갔다 되돌아온 복수의 전조였으리라. 사진은 다시 승모의 손에서 바닥으로 나풀나풀 떨어졌다.

"집을 자주 비웠더니 승모 씨를 대접할 만한 것이 없어서 음료수 좀 사오느라 슈퍼에 다녀왔어. 이리 나와. 식탁에 앉아."

은수는 태연히 식탁으로 가 검은 봉지에서 2리터짜리 페트병을 꺼내, 그것을 투명한 유리잔에 한 잔 따라 승모가 앉아야 할 자리 앞으로 놔주었다. 그녀는 맞은편에 앉아서, 오랫동안 작은 방에서 나오지 않고 있는 승모를 인내심을 갖고 기다렸다.

승모는 작은 방에서 비틀거리며 나왔다. 금방이라도 쓰러질 것처럼 위태로워 보이는 몸짓으로 그는 간신히 은수를 향했다. 모든 상황이 일목요연하게 정리가 되는 것은 아니었지만 지금 무슨 일이 벌어지고 있는 것인지에 대해서는 이해를 했다. 그가 사랑했고, 그를 배신한 여자가 바로 12년 전의 소녀, 도살된 고깃덩이 같았던 16살의 소녀, 그가, 아니 '우리'가 짓밟았던 그 소녀였다는 것을 말이다. 그 외에 다른 것은 이해할 필요도, 거론할 필요도 없다고, 승모는 생각했다.

"정식으로 사과한다고 했지? 그래. 좋아. 어디 사과해 봐. 들어는 줄게."

은수는 침착하고 분명한 목소리로 말했다.

"말해, 승모 씨. 난 들어줄 준비가 돼 있으니까. 용서할 순 없어도 들어줄 순 있거든. 그러니까 말해 봐. 사과해 봐. 12년 전일이든, 며칠 전 일이든."

"어, 언제부터……."

승모는 간신히 입을 열었다.

"언제부터 알았냐구? 궁금한 게 겨우 그거야? 4월부터."

"무형이도…… 알고 있어?"

"응. 나보다 먼저 알고 있었어."

승모는 낮에 만났던 무형과의 대화를 기억해냈다. '은수에게 잘못한 것이 있느냐' 하는 승모의 비아냥거림에 그는 그렇다고 대답했었다.

"무형이가 말해준 거야?"

"아니, 내가 알아냈어."

"내가…… 어떡하길 바래?"

"글쎄……? 승모 씨가 뭘 할 수 있는데? 12년 전에 못한 일을 지금이라고 할 수 있을까? 12년 전에 내가 하은수를 성폭행했다, 사람들 앞에서 고백할 수 있어? 아니면 죽어줄 수 있어?"

승모의 다리는 후들거리고 있었다. 이 모든 것이 다 꿈이기를 바랐다. 그저 악몽이기를 바랐다. 깨어나면 다시 아무 일도 없는 평범한 일상으로 돌아오기를, 그는 정말 간절히 바랐다.

"죽지 마, 승모 씨. 피하지 마. 12년 전엔 피해갔지만 이번에도 그러면 넌 쓰레기야. 피하지 말고, 죽지도 말고, 살아서 악몽으로 바뀐 현실을 한 번 살아 봐. 견디어 봐. 감당해 봐."

같은 시간, 다가구주택 밖에는 무형의 차가 도착해 있었다. 그는 차에서 내려, 먼저 승모의 차를 눈으로 확인 후 주택 안으로 들어섰는데 바로 계단을 오르지는 않았다. 위에서 승모가 내려오고 있었기 때문이다. 승모는 계단에서 굴러떨어져도 전혀 이상할 것이 없을 정도의 불안정한 걸음걸이로 터벅터벅 계단을 내려와, 무형에게는 눈도 주지 않은 채 그를 지나쳤다. 무형은, 주택 밖으로 나가는 승모의 뒷모습을 잠시 지켜보다 계단에 발을 올려놓았다.

승모는 자기 차에 올랐지만 바로 출발을 하지는 못하고 있었다. 그저 핸들을 꽉 움켜잡고 앞을 노려보다 그도 오래가지 못한 채 고개를 아래로 툭 떨어뜨렸다. 그리고 어느 순간 소리를 질렀다. 비명인지, 그저 의미 없는 외침인지 알 수 없는 그 소리는 어쩌면 생각을 할 수도, 말을 할 수도 없이 붕괴된 인간의 유일한 자기표현이었을지도 몰랐다.

무형이 승모의 외침을 들은 것은 3층에서였다. 그는, 그러나 별다른 내색 없이 몸을 돌려 은수의 집 현관을 열었다. 은수는 이미 식탁 앞에 없었다. 그는 은수를 침실에서 찾았다. 그녀는 침대의 바로 아래에 주저앉아 무형이 다가와도 꼼짝을 않고 있었다. 초점도 맞지 않은 그녀의 눈길은 허공에서 부서졌다.

"안아줘요."

여전한 모습의 은수가 중얼거렸다. 그녀 곁에 선 무형이 잠시 그녀를 내려다보고 있은 후였다. 무형은 은수를 두 팔에 안아들고 침대에 걸터앉았다. 그리고 제 무릎 위에 앉힌 그녀의 목덜미와 등을, 그 큰 손으로 위로하듯 쓸어주었다.

"이제…… 당신 차례야……."

은수는 다시 중얼거렸다.

"알고 있습니다."

나직이 속삭이듯 말하는 무형의 목소리는 담담했다. 대답과 함께 그는 제 품에서 꿈틀대는 은수의 몸짓을 느낀다. 은수가 그의 몸을 더듬고 있었던 것이다. 그렇게 더듬어 찾은 것은 그의 얼굴, 정확히는 입술이었다. 은수의 가늘고 긴 손가락은 마치 탐닉하듯 그의 입술을 손끝으로 매만졌다. 그녀의 입술이 다가온 것은 그 다음이었다. 조심스러운 손끝과는 다르게도 도발적이고도 공격적이었다. 은수는 거의 발작에 가깝게 무형의 셔츠를 잡아뜯었다. 단추가 다 떨어지고 드러난 그의 맨살에 다시 공격적으로 입맞춤을 퍼붓고 자신을 던지듯 온몸으로 그를 애무했다. 그런 은수가, 무형은 역시나 낯설지 않았다. 뜨겁게 달아올라, 용광로처럼 열을 발산하는 은수는 첫 관계 때도 그랬으니까. 무형은, 그러나 이번에는 은수에게 주도권을 넘겨주고 그녀의 지배하에 있는 것을 택했다.

얼마 지나지 않아 두 사람은 벌거벗은 모습으로 뒹굴었다. 여자가 남자를 올라타, 그를 아래에 두었다. 남자가 지칠 정도로, 여자는 또한 집요했다. 그 집요함 끝에 은수는 그때까지는 몰랐던 것을 경험한다. 그것은 현기증 같은 울림이 머리에서 아래로 내려가는 것과 동시에, 하복부에서 소용돌이치는 에너지가 역류하듯 위로 치솟아 단박에 머리를 때리고 전신으로 퍼지는 전율이었다. 은수는 저도 모르게 가슴으로부터 터지는 깊은 소리를 토해냈다. 그녀의 열락은 오래 지속되었고, 그것으로부터 아주 천천히 빠져나왔다.

❈

같은 시간, 승모의 차는 중앙분리대 가드레일을 들이받으며 공중으로 날아올랐다. 차는 뒤집혀진 모습으로 차도에 떨어져, 주승모는 그 자리에서 즉사했다.

13.
상심

 승모의 죽음이 자살인지 사고사인지 분명치 않았다. 다만 경찰은, 그가 자살할 이유가 없다는 점과 ─승모의 가족과 지인들의 진술을 토대로─ 부검 결과 혈중 내 알코올이 발견된 점을 들어 사고사 처리했다.

 은수는 승모의 빈소를 찾지 않았다. 그로 인해 은수를 여전히 승모의 연인으로 알고 있을 주변의 눈과 입이 어떤 말들을 지어낼지라도, 은수 자신이 그의 빈소를 찾는 것이야말로 위선이라는 그녀의 생각을 바꾸지는 못했다. 오히려 그의 빈소를 찾아 그 앞에서 눈물이라도 난다면 그것이야말로 견딜 수 없는 일이 되고말 것 같아, 그녀는 그것이 두려웠다. 승모의 죽음은 은수에게도 분명 충격이었기 때문이다. 악몽으로 바뀐 현실을 살아보라 했더니, 감당해 보라 했더니, 12년 전의 죄를 회피했듯 이런 식으로

도망갈 줄이야. 그래, 두려웠겠지, 그것을 감당할 수 있었다면 12년 전 그때에, 자신이 한 짓에 대해 어떤 식으로든 대가를 치렀을 테지. 그는 그런 사람이다, 역시나 이번에도 비겁했다고 은수는 생각했다. 그녀는, 무형이 승모의 빈소를 다녀온 것도 알았지만 아는 척하지 않은 채, 두 사람 사이에서는 마치 승모에 관한 것이 금기라도 되는 양 서로 일절 언급하지 않았다.

승모의 발인(發靷)이 있은 일주일 후, 은수는 무형의 집을 떠났다. 이삿짐센터에서 작은 트럭을 하나 빌려, 그것을 '철수(撤收)'라 불러도 무방할 만큼 무형의 아파트에서의 제 흔적을 모두 거두어냈다. 그의 아파트로 들어올 때는 흡사 가랑비에 옷이 젖듯 일상처럼 들어온 그녀는, 나갈 때는 그것을 매우 특별한 사건처럼 만들어 버렸다. 무형이 지방으로 원정을 갔을 때였으며, 그에게 통고도 하지 않았고, 나간 후에는 그의 전화도 문자도 받지 않았다. 그녀는 완벽하게 철수함과 동시에 또한 완벽하게 침묵했다.

은수의 철수가 있은 며칠 뒤에야 아파트로 돌아온 무형은, 그동안 그의 연락을 침묵으로 돌려준 그녀의 뜻이 무엇이었는지를 현관에서 바로 확인할 수 있었다. 그녀의 침묵에 짐작을 전혀 못했던 것은 아니었지만 마치 태고 적부터 그러했다는 듯 원래의 제 모습을 하고 있는 아파트에, 무형은 할 말을 잃고 말았다. 제 모습을 되찾은 아파트는 차갑고 적요해, 어쩌면 무형에게 이보다 더 잘 어울리고 또 익숙한 것도 없을 터였지만 그런 그도, 마치 처음부터 은수를 만난 적도 없는 양 썰렁하고 휑한 아파트를 받아들이는 데에는 약간의 시간이 필요했던 것 같다. 들고 있던 가방을 아무 데나 던져놓고 먼저 거실과 침실 등을 차례로 돌아보는 그의 움직임에서, 은수의 흔적을 하나라도 찾아내려 애쓰고 있는 모습을 발견하기란 그리 어렵지 않았으니 말이다. 결국 무형은 옷장과 신발장 안에서 각각, 그 자신이 사 주었던 은수의 원피스와 그녀의 구두를 발견할 수 있었지만 그것들은 다만, 정작 진짜 '은수들'이라 할 수 있는 것들이 사라지고 난 다음의 껍질에 불과했다는 것을, 식탁 위에 그녀가 남기고 간 또 다른 것들로 깨달을 수 있었다. 식탁 위에서 무형이 발견한 것은 다름 아닌, 역시나 그가 사주었던 다이아몬드 귀걸이였다. 그것이 —은수가 아파트에 있는 동안 그녀의 손에 있었던— 그의 카드와 함께, 정확히는 그 카드 위에 얌전히 올려 있었다. 그녀의 '철수'가 무엇을 뜻하는지, 그것 이상으로 선명히 말해주는 것은 또 있을 수 없을 것이다.

무형은 다이아몬드 귀걸이의 한 짝을 들어, 그의 검지 첫 번째 손마디 위에 올려놓고는 제 눈높이에서 바라보았다. 주인을 잃은 귀걸이는, 그럼에도 불구하고 그의 눈앞에서 영롱한 빛을 내고 있었다.

"내 차례라는 것이 실감나는군요."

무형은 느릿하게 중얼거렸다.

은수는 무형의 아파트에서 가져온 짐을 제 집에 다시 정리를 하는 데에 이틀을 소요했다. 그녀는 그 일을 전혀 서둘지 않고 의식적으로 매우 천천히 했는데 그럼에도 이틀을 넘기지는 못했다.

가만히 있는 것이 두려운 은수는 몸을 써서 할 수 있는 일을 찾고 찾으려 해, 집안을 홀랑 뒤집기도 했지만 그리 넓지도 않은 집인 탓에 그 의도치 않은 대청소마저도 4일을 하고 나니 더 이상 쓸고 닦을 거리도 없어져 버렸다. 이제는 뭘 하지, 은수는 제 집에서 한 곳에 가만 앉아 있지를 못하고 이 방에서 저 방으로, 특별한 목적도 없이 건너다녔다. 독서를 하는 것도, 컴퓨터 앞에 앉는 일도, 그녀는 할 수가 없었다. 책을 손에 들면 눈에 들어오는 글자와 상관없이 머릿속은 다른 것으로 ─특히 그녀가 두려워하는 상념으로─ 꽉 들어차기 일쑤였고, 혹시나 드라마 시나리오 작업에 열중해 있으면 그것으로부터 벗어날 수 있을까 싶어 컴퓨터 앞에 앉아도 보았지만 시나리오 상의 플롯과 줄거리는 매번 절묘하게도 은수가 피해가려는 상념으로만 길을 놓았기 때문이다. 거기에 다큐멘터리 부서, 오 피디의 일마저 기획 자체가 기약도 없이 미루어진 가운데 아직 새로 들어온 일거리도 없었다.

은수는 핸드폰을 들어 친구 동은의 번호를 한참이나 들여다봤다. 생각 같아서는 동은을 불러내 같이 밥을 먹고 차를 마시며 시간가는 줄 모르게 수다를 떨고 싶었지만 그러기 위해서는 반드시 거쳐야 할 승모에 관한 화제를 피할 길이 없어 보였다. 친구는 물론, 주변의 눈길에서 은수는 여전히 승모의 연인이었다. 때문에 승모의 사고사로 인해 다들 한마디씩 은수를 위로하는 분위기였던 터, 은수는 그것이 몹시 싫었지만 아무리 싫다고 해도 친구의 그것마저 한두 마디로 잘라 버릴 수는 없어, 선뜻 통화 버튼에 손을 대지 못하고 있는 것이었다. 친구는 이미 전화로, 은수를 위로한다며 승모 관련한 너무 많은 얘기를 했었기에 더욱 그랬다.

저녁 즈음 은수는 집에서 가까운 재래시장을 향했다. 사람들이 북적이는 곳에 가서 이리저리 부대끼는 것도 몸을 쓰는 일이고, 몸을 쓰는 만큼 피곤이 밀려오면 마음은 오히려 위로를 받는다는 것을, 무엇보다 잠들기 전 긴 시간을 뒤척일 필요가 없다는 것을 잘 알고 있기에 가능하면 시장에서 오래 버틸 요량이었다.

시장은 은수가 기대한 이상으로, 입구에 채 이르기 전부터 북적인 데다 사람들이 오가는 거리에 천막을 치고 바닥에 채소나 건어물 등을 널어놓고 파는 곳이 많아 지나다니기도 곤란할 지경이었다. 은수의 발길은 먼저 멸치를 팔고 있는 작은 트럭 앞에서 멈췄다. 그중 잔멸치를 보고 있자니, 그것을 청양고추와 파프리카에 함께 볶아 땡초김밥을 만들던 때의 기억이 절로 떠올랐다. 매운 것을 좋아하는 은수와 다르게도 무형은 그것을 잘 못 먹었다. 때문에 은수가 만들어준 땡초김밥을, 땀을 뻘뻘 흘리면서도 기어코 다 먹고는, 또한 그 후유증에 우유를 1리터도 넘게 마시던 무형의 모습이 떠올라, 은수는 저도 모르게 웃음 지었다. 은수는, 그런 제 모습을 빤히 쳐다보는 멸치 파는 남자의 눈길을 느낀 후에야 그곳을 물러났다. 그리고 흡사 쫓기는 사람처럼 시장통 안으로 깊숙이 들어가고 있었다. 그러다 보니 사람들과 부딪치기도 해, 그런 제 모습에서 당황함을 읽은 후에야 그녀는 또한 그것을 애써 부인하며 천천히 발길을 늦추었다. 마침 어물전 앞이었다. 은수의 눈길은 장어에 머물렀다. 무형이 특히 좋아해 외식으로 자주 선택하던 것이 장어구이였는데 은수는 그것을 손질할 자신이 없어 집에서는 한 번도 장어 요리를 내놓지 못했었다. 손질을 해서 팔기도 할 텐데, 이제 와 그 생각에 후회가 되는 은수였다.

시장에서 집으로 돌아왔을 때 은수의 손에는 검은 봉지 하나 달랑 들려 있었다. 은수는 그것을 식탁에 놓고 안에 들어있는 것들을 하나하나 끄집어냈다. 당근과 고추, 그리고 브로콜리가 다로, 모두 무형이 좋아하지 않는 것들이었다. 은수는 그것들을 깨끗이 씻어 먼저 브로콜리를 끓는 물에 데쳤다. 그렇게 데친 브로콜리와 초고추장이 식탁 위에 올라와 있는 날이면 무형은 '여자들 곱슬머리 같은 그것을 무슨 맛으로 먹느냐'며 투덜댔다. 그 덩치에 그 목소리로 툴툴대는 모습이라니, 그때처럼 은수는 '쿡'하며 시작한 웃음을 소리까지 내어 웃었지만 얼마 가지 못했다. 웃음의 끝은 눈물이 되어 데친 브로콜리 위에 한 방울, 두 방울 떨어졌다.

시간은 그렇게 흘렀다. 머리를 비우려 해도 절로 떠오르는 상념과 싸우며, 은수는 시간을 사는 것이 아니라 시간 안에서 다만 버티고 있다, 생각했다. 사실 시간은 죽어가고 있는 것이라고, 죽은 시간이라고 말이다.

⬥

은수는 오리온 기획의 이 피디를 만나기 위해 집을 나섰다. 가는 길을, 지하철 대신 오랜만에 버스를 택해 차창 밖으로 펼쳐지는 풍경과 함께 했다. 그러다 보니 계절도 어느덧 가을로 성큼 다가와 있음을 문득 깨달을 수 있었다. 그 찬란했던 여름, 무형과 함께했던 두 달여가 그렇게 지났는가, 사랑도 그렇게 끝이 났는가. 은수는, 제 가슴에 차오르는 눈물이 치밀어 눈시울 뜨겁게 하는 것을 꾹꾹 참아내느라 더 이상 차창 밖의 가을을 함께하지 못했다.

은수가 오리온 기획에 도착했을 때가 3시 반이었다. 이 피디에게 부탁했던 일거리의 첫 미팅으로, 그 자리에는 이 피디 외에 오리온 기획의 실무를 보고 있는 한 실장이라는 남자와 스크립터인 여자도 함께 했다. 은수와 이 피디의 일행은 세 시간여에 걸친 회의 후 모두 저녁 식사를 위해 근처 식당으로 이동했다. 전에도 한 번 간 적이 있는 부대찌개 전문식당으로, 마침 식사 시간이어선지 음식점 안은 만원까지는 아니어도 제법 많은 사람들이 들어차 있었다. 은수는, 일행이 자리를 잡고 앉는 동안 식당 안 TV에 주의를 기울였다. TV에서 들려오는 소리만으로 프로야구 중계방송 중이라는 것을 단박에 알아챈 그녀는 제 의지와 관계없이 절로 높아진 심박수에 당황하고 있었다. 귀가 먼저였고, 그 다음은 천천히 눈으로 TV를 더듬었다. 일행이 모두 자리에 앉은 후 마지막으로 남은 자리에 앉으면서였다. 선택할 수 없었던 그 자리는 은수의 시야 안에 TV를 포함하고 있었지만 다만 그것이 은수가 TV로 눈길을 보낸 이유는 아니었다. 프로야구 중계방송은, 은수에게는 다행히도 무형이 속한 팀의 경기가 아니었기 때문이다.

"어, 최무형이다."

이 피디의 목소리가 은수의 귀를 때렸다. 주문을 받는 식당의 아줌마에게 부대찌개를 주문한 직후였다.

"주인아저씨가 최무형 팬인가 봐요."

스크립터가 키득대며 이 피디의 말을 받았다. 아마도 음식점 주인이 TV 채널을 돌려 버린 듯했다. 은수는 제 앞에 놓인 물 컵에 눈을 두고 있었다. 무형의 아파트를 나온 후 그의 모습을 보지 않으려, TV는 말할 것도 없고 인터넷 포털사이트에도 얼씬하지 않기 위해 무던히도 애를 썼던 지난 며칠간의 괴로웠던 기억들이 머리를 스쳤다. TV에서는 계속 '최무형 투수' 하며 언급하는 경기 진행자와 해설자의 목소리가 번갈아가며 들려오고 있었다. 다른 말은 들려오지 않고 은수의 귀에는 오직 '최무형'이라는, 그의 이름 석 자만 고장 난 녹음테이프처럼 반복해서 들려왔다. 아직은 때가 아니라고, 그의 모습을 담담히 볼 수 있기까지는 좀 더 시간이 흘러야 한다고, 은수는 슬며시 고개를 저어보지만 어느 틈엔가 그녀의 눈길은 TV를 향하고 있었다.

TV는 마침 무형의 얼굴을 클로즈업으로 담고 있었다. 아마도 포수의 사인을 받고 있는지, 두 번 연거푸 고개를 가로젓는 모습이었다. 그는 여전하구나, 은수의 머릿속에 가장 먼저 떠오른 것은 그것이었다. 갈색으로 그을린 얼굴빛도, 야구모의 챙 안에 숨은 깊은 눈빛도, 만사 귀찮다는 듯 나른한 입매까지도 한 치의 변함없이 그대로 ―때문에 그녀에게는 너무나도 익숙한― 그의 얼굴이었다. 그가 변하기를 바라다니, 이 얼마나 덧없는 바람이던가, 그렇게 생각하면서도 은수는 TV 속 그를 물끄러미 바라만 보았다. 한 번 보기가 힘들었을 뿐 일단 보고 나니 그녀는 그에게서 눈을 뗄 줄을 몰랐다. 그리고 그 모습은 흡사 언젠가 병원에 입원해 있던 유라를 방문했을 당시에, 역시나 TV에 나온 무형에게서 눈을 떼지 못했던, 바로 그 유라의 모습과도 닮아 있었다. 은수 자신도 불현듯 그것을 느꼈는지 당혹스러운 얼굴로 TV로부터 눈을 돌렸지만 잠시뿐으로, 그것이 그녀의 의지였든 불가항력의 다른 힘에 의한 것이었든 그녀는 금세 다시 무형과 만나고 있었다. 정말 그는 아무렇지도 않은가, 조금도 아프지 않은가, 가슴 한편에 조금, 아주 조금이라도 쓰리고 저미는 느낌조차 없는가. 그러나 그 독백 또한 유라의 허망했던 바람처럼 은수에게도 공허한 메아리 같았다. 그때 '딱' 하는 소리가 TV에서 들려왔다. 공이 배트에 맞는 소리였다.

"안타네. 요즘 계속 왜 저러지?"

이 피디는 걱정스럽다는 얼굴이다.

"오늘도 패전이네요, 뭐. 뻔하다, 뻔해. 방금 맞은 거 직군데 공 끝이 죽으니까 저렇게 맞는 거라구. 확실히 예리한 맛이 떨어졌어."

한 실장이 TV를 보며 말하다가 이 피디에게로 눈길을 옮긴다.

"페넌트 끝나가니 팀 순위까지야 뭐 그렇다 쳐도 플레이오프가 문제네요."

"설마…….. 플레이오프 땐 회복하겠지."

"그거야 모르죠. 기본적으로 직구가 안 좋으면 다 안 좋은 건데, 직구부터 개삽질이니 뭐."

"타자 나갔으니 이제 포크볼 던지려나…….."

이 피디는 TV에 눈을 고정한 채 중얼거렸다.

"타자 1루데요. 포크볼은 결정군데 벌써 던지겠어요? 던져도 걱정이네. 직구가 안 되는데 체인지업은 되고 포크볼은 돼? 최무형이 속구가 되니 체인지업이 잘 먹혔잖아요. 것두 직구 안 됨 다 황이야, 황."

"이거 아군이야, 적군이야? 재 뿌리냐?"

"보세요. 또 맞잖아요. 바깥으로 빠지는 게 슬라이더 같았는데."

"잡혔잖아. 안타 아님 됐어."

"그래도 타자를 2루 보냈잖아요. 이제 안타 하나면 실점이라구요."

TV에 눈만 두었지 상념에 빠져 있던 은수의 귀에 이 피디와 한 실장의 수다가 들어온 것은 그때였다. 물론 은수는 두 사람이 나누는 대화의 거의 대부분을 알아들을 수가 없었다.

"슬럼픈가 봐요?"

이 피디와 한 실장의 대화로 불쑥 끼어든 것은 스크립터였다.

"원래 최무형이가 크게 부침 없이 꾸준한 편이었는데……."

이 피디는 물을 한 모금 마시며, 스크립터의 질문에 대한 대답이라고 할 수 있는 말을 툭 던졌지만 눈을 TV에서 떼지는 않은 채였다.

"그쵸, 컨시 좋은 편이죠? 프로 데뷔 때부터 자기 관리 철저했잖아요. 지금 연봉이 7억인가, 8억인가, 계약금이랑 옵션 빼고도 말이지."

한 실장이 이 피디의 말을 받아 내용을 보탰다.

"네? 8억요? 저 최무형 좀 소개해 주세요, 한 실장님."

스크립터가 놀라는 얼굴로 한 실장을 향했다.

"내가 무슨 재주로 그대를 최무형한테 소개하나? 소개했다 쳐. 최무형이 주변으로 초특급 미녀들이 깔렸다던데, 지금 잠깐 죽 좀 쑨다구 최무형 눈에 그대가 가당키나 하냐? 침이나 안 뱉으면 다행이다."

"아유, 침이오? 진짜 너무해."

"오히려 다행이라고 생각해라. 최무형 거쳐 간 여자애들 치고 안 망가진 애 골라내는 게 더 힘들다잖여."

이 피디가 점잖게 한마디 거들었다.

"최무형 정도라면, 뭐 좀 망가져도……. 헤헤, 인생 뭐 있나요? 한 방인데."

"한 방에 망가질라구? 강간범이랑 부킹시켜주랴? 한 방에 인생 조지는 덴 딱인데."

"아후, 한 실장님. 무슨 말을 그렇게 하세요?"

스크립터는 짜증을 내며 눈을 흘겼다.

"최무형이 내년엔 메이저리그 아님 일본 진출이랜다. 그러니까 이젠 백마 아님 게이샤 년들까지 달라붙게 생겼거든. 긍께 꿈 깨셔. 그댄 망가질 일 없음이야."

"백마가 뭐냐, 백마가? 막장스럽게시리."

이 피디는 냅킨 한 장을 구겨서 한 실장에게 냅다 던졌다.

"매력 있는 것도 죄냐? 한 번만 더 개막장 엮어봐라……."

"그러니까요 내 말이, 여자 관련 소문을 그렇게 내고도 자기 관리 철저하던 최무형이가 갑자기 왜 저러냐고요. 내 생각엔 이번에 꽃뱀한테 제대로 물려서 양기 다 **뺏긴** 거 아닐까…… 요런 **삘**이 **빡** 오던데."

"최무형이 양기는 화수분이니 걱정 마시고 댁 양기나 주워 담어. 마누라 의무 방어한 담날엔 고환암 걸린 수탉처럼 조는 주제에 감히 어따 대고 충고질이야, 충고질이?"

"고환암 걸린 수탉이오?"

한 실장이 발끈하는 동시에 터진 스크립터의 웃음소리가 좀처럼 그칠 줄 모르는 사이로, 은수 일행의 테이블 중앙, 가스 불 위에는 부대찌개가 놓이고 있었다. 은수는, 그러나 다들 숟가락을 들고 있는 중에 가방을 뒤적거려 핸드폰을 꺼냈다. 특별히 기다리는 연락도 없이, 아무 수신 기록도 없는 그것을, 그녀는 얼른 손에서 떼어 놓지 못하고 있었다. 무형의 아파트를 나오고 난 후의 습관이었다. 물론 은수는 그의 아파트를 나오고 나서 단 한 번도 그에게 연락을 취한 적이 없다. 그리고 그 어느 날엔가, 무형으로부터의 연락도 딱 끊겼다. 아마도 아파트에 들어가 은수의 물건이 다 빠져나간 것을 확인한 후부터라고 짐작이 되었다. 연락할 사람이 아니지, 뭐가 아쉬워서 연락을 하겠어, 그것을 잘 알면서도 은수는 가끔 이렇게 핸드폰을 확인해 보며 알 수 없는 실망감에 젖고는 했다. 이것이 무슨 한심한 심보냐, 스스로를 책망하면서도, 또 어느 틈엔가 아무 소리도 내지 않은 핸드폰을 손에 쥐고 있는 제 자신을 발견하고는 했다.

"은수 씨, 왜 안 먹어?"

이 피디가 은수를 쿡 찌르며 말했다.

"아, 네. 먹어요."

"저 봐, 저 봐, 결국 강판 당하네. 4회도 못 넘겼어."

한 실장이 젓가락으로 TV를 가리키며 아쉬운 소리를 냈다. TV 속에 무형은 감독에게 공을 넘기고 마운드를 내려가고 있다. 은수는 내심 정말 놀랐다. 그를 봐온 이래, 그가 그렇게 빨리 마운드를 내려가는 것을 보는 것은 처음이었다.

"빨리 슬럼프 벗어나야지. 가슴이 쓰리네, 쓰려."

"이 피디님, 최무형 무지 좋아하신다니까."

한 실장은 이 피디를 보며 실실 웃었다.

"내가 말이지 남편이랑 최무형이 물에 빠지면 최무형 구한다, 진짜. 그래서 인공호흡 핑계로 키스 한 번 찐하게 할겨."

"그래봤자 고맙단 소리도 못 들을걸요? 은수 씨 정도가 하면 또 몰라. 그 인공호흡 빙자 키스."

한 실장의 짓궂은 공격에, 지지 않고 한마디 하려던 이 피디는 갑자기 입을 다물었다. 바로 제 옆에서, 밥그릇 위로 고개를 푹 숙이고 있는 은수를 의식한 듯했다. 은수로부터 전해지는 분위기가 무겁고 어두워, 그 위로 거친 농담을 주고받기에는 아무리 성격 괄괄한 이 피디라도 부담이었을 것이다. 이 피디의 그 마음을 또 은수는 눈치챘던 것일까, 그녀는 곧 주섬주섬 가방을 챙겨 일어났다.

"급한 일이 생각나서 먼저 가볼게요."

은수가 서둘러 몸을 돌린 탓에, 밥 먹는 데만 정신이 팔려 있던 한 실장과 스크립터가 돌아봤을 때, 은수는 벌써 입구에서 신발을 신고 있었다.

"어, 은수 씨 왜 가요? 밥엔 손도 안 댔네……."

한 실장은 어리둥절해서 은수가 사라진 입구 쪽과 이 피디를 번갈아 바라보았다.

"내버려 둬. 주 피디 사고 난 지 그렇게 오래된 것도 아니잖어."

"어, 맞다. 최무형이랑 주승모 피디가 친구였지……. 우리가 너무 눈치 없이 떠들었나……?"

해가 짧아져 이미 어둠이 내려앉은 거리를, 은수는 아무 정처도 없이 걸었다. 마음이 묘하게 헝클어져 있어 그것을 하나, 하나 풀어내보려 했지만 부질없는 짓이란 것을 금세 깨달았다. 그렇게 하나씩 골라낼 것도 없이, 그녀의 머릿속은 4회도 넘기지 못하고 마운드를 내려간 무형의 모습을 무한반복하고 있었으니 말이다. 오직 그것이, 그것만이 그녀의 마음과 기분을 지배하고 있었다. 그의 슬럼프는 그녀 탓일까, 전혀 상관없는 것일까, 그런데 그녀 탓이라 해도 조금도 달갑지가 않았다. 오히려 마음이 아팠다. 이 무슨 어처구니없는 마음가짐이란 말인가. 은수는 가로수 아래에서, 제 발 아래에 떨어진 낙엽 하나를 무심히 밟던 중 그 자리에 멈춰 섰다. 그리고 그것이 어떤 결심의 증거라도 되는 양, 지금까지의 방황을 끝내고 하나의 목적지를 정한 사람처럼 급히 지하철역을 찾아 내려갔다.

한 시간 반을 걸려 은수가 도착한 곳은 무형의 아파트 단지였다. 그녀는 단지 안으로 들어와 3동을 기웃거리며 경비가 있는지 없는지를 먼저 살핀 후 다행히 경비가 자리를 비운 것을 확인하고는 재빨리 입구로 들어섰다. 승강기를 타고 14층에서 내린 은수는 1407호 앞으로 발을 채 내딛기도 전에, '무형이 현관 비밀번호를 바꿨을까' 하는 생각을 했지만 거의 동시에 그녀의 손가락은 마치 오래된 습관처럼 번호를 누르고 있었다. 띠리링, 신호음과 함께 문이 열렸다.

1407호의 불 켜진 거실 한가운데에 은수는 서 있었다. 거실의 모습은 —당연히 그럴 것이라 짐작했던 바와 같이— 은수가 제 짐을 모두 갖고 나간 후의 그것에서 조금도 달라지지 않은 채였다.

주방도 마찬가지였다. 은수가 있었을 때와 달리, 요리를 하거나 식사를 했던 흔적이라고는 찾아볼 수도 없이, 어쩌면 은수가 살기 전의 모습으로 되돌아와 있는 것이리라. 그런데 한 가지 다른 것이 있었다. 그 다른 것은, 식탁 위에 거꾸로 세워져 있는 투명한 유리컵의 모습으로 눈에 띄었다. 은수가 유리컵 가까이 눈을 대고 보니, 그 안으로 영롱한 빛을 발하는 한 쌍의 눈부심이 그녀를 맞았다. 그것이 무엇인지 그녀는 단박에 알았지만 굳이 컵을 들고 다시 확인을 하며, 자신이 놓고 간 바로 그 자리에 그대로 있는 다이아몬드 귀걸이 앞으로 기어코 눈물 한 방울 떨어트리고 만다. 무형이, 귀걸이 위로 투명한 유리컵을 씌웠을 순간의 모습이 눈앞에 절로 그려졌다.

잠시 후 은수는 침실에 있었다. 침실 역시도 은수가 나왔을 당시와 변함이 없어, 티 테이블 위에 놓인 노트북까지도 그 모습 그대로였다. 은수의 철수 후, 무형이 아파트에 살기는 한 것인가, 그런 의문이 들 찰나, 유일한 생활의 흔적이랄 수 있는 침대의 흐트러진 모습이 눈에 들어왔다. 은수가 나갈 때는 당연히 깔끔하게 정리해 놓았었다. 은수는 흐트러진 침대를 다시 정리했다. 무형이 눈치챌까 하는 걱정은 하지 않았다. 그는 평소 일상에서의 관찰력은 엉망이라, 식탁에 테이블보가 씌워진 것도, 또 그것이 꽃무늬에서 체크로 바뀐 것도 알아채지 못했을 정도니, 침대에 고작 이 정도의 변화는 아마 무심히 넘어가리라.

그러나 무심하지 못한 것은 은수 자신이었다. 그녀는 시트 위로 이불을 채 정리하기도 전에 그 위로 얼굴을 묻으며 갑작스레 무너졌다. 이불로부터 전해져 오는 무형의 체취와 다른 곳도 아닌 바로 이곳에 남아 있을 그와의 추억에 그녀는 더 버틸 수가 없었다. 이제와 그럴 줄 알았다고, 은수 자신이 더 아플 것이라고, 피는 자신이 더 많이 흘릴 것이라 알고 있었다 한들, 그것은 조금의 위안도 되지 못했다. 사실은 이렇게까지 힘들 줄은 몰랐다, 보고 싶은 것을 참는 것이 이토록 죽을힘을 다해야 하는 일인 줄 정말 몰랐다, 고백하는 것이 더 진실에 가까웠다. 은수는 자신이 그렇게나 경계했음에도 무형에게 너무 깊이 빠져 버렸다는 것을, 너무 깊이 사랑해 버렸다는 것을 깨달았다. 무형도 조금은 아프겠지, 조금은 가슴도 쓰리겠지, 그러나 머지않아 훌훌 털고 본래의 모습으로 돌아가겠지, 원래 비정한 사람이니까, 뱀의 심장을 가졌으니까. 그래, 은수가 진 것이다. 그녀의 복수는 실패했다. 이상한 일이지만 그녀는 그것을 인정하는 것도 어렵지 않았다. 아주 흔쾌히 인정할 수조차 있었다. 은수가 정작 인정할 수 없는 것은, 인정하기 싫은 것은, 무형을 잃어야 하는 지금의 현실이었다.

얼마나 시간이 흘렀을까. 3동의 입구 안쪽으로부터 밖을 향하여 나오는 은수의 모습이 보였다. 그녀는 3동에 들어섰을 때보다 훨씬 해쓱해진 안색에 눈은 통통 부은 채였다. 더구나 들어섰을 때와 달리 이번에는 입구를 나서자마자 3동의 경비와 코앞에서 딱 맞닥뜨리고 말았다.

"밤늦게 어디 가세요?"

경비는 마침 경비실 안으로 들어가려던 중이었는지 경비실의 문에 손을 대려다 만 모습으로 은수를 향해 친절한 목소리로 말을 건넸다. 경비를 보자 은수가 흠칫한 기색을 보였음에도 그는 눈치채지 못한 것 같았다. 은수는 당황해 얼른 입을 떼지 못하고 있었다. 2주 전쯤, 작은 트럭이나마 이삿짐센터의 사람을 불러 이삿짐을 실었지만 당시 3동 경비가 비번이었던 탓에 그것을 보지 못해 ―설사 보았다 해도 그렇게 작은 트럭으로는 그것이 이사인지, 그저 물건들을 옮기는 것인지 알 수 없을 뿐더러 여전히 무형은 살고 있기까지 하니 당연히― 경비는 여전히 은수가 아파트에 살고 있는 줄 아는 모양이었다. 은수는 어설픈 미소로 대답을 대신하고는 곧장 걸음을 재촉해 3동을 뒤로 하고 떠났다. 무형이 원정경기 중이니 오늘 귀가하지만 않는다면 경비도 곧 그녀의 출입을 잊고 무형에게 별다른 말을 하지는 않으리라, 내심 그렇게 기대도 했다.

무형이 원정경기 중인 것은 맞았다. 은수가 무형의 아파트로 갈 결심을 한 이면에는 그가 원정 중이란 이유가 절대적으로 작용을 한 것이고, 그것을 무형의 오늘 경기 중, 그의 유니폼 색깔로 판단한 것이었다. '잠실은 아니었다'까지도 어쩌면 그녀는 기억했을지 모를 일이지만 그는 결코 멀리 있지 않았다. 은수가 3동을 떠난 지 불과 15분 만에 그 앞으로 택시가 서고, 무형이 내렸다. 인천에서 출발한 구단버스로부터 택시로 갈아타고 도착한 것이다.

"사모님은 아까 나가셨는데요."

3동 입구로 걸어오는 무형을 향해 인사를 하며 경비는 말했다. 무형의 발걸음은 경비를 지나쳐 입구로 들어서던 중에 멈췄다. 경비의 말이 무슨 말인지를 알아듣는 데는 그도 약간의 시간이 걸렸다. 무형은 천천히 몸을 돌려 경비를 향했다.

"언제요?"

"한 20분쯤 됐나······? 들어오신 건 못 봤는데, 나가신 건 그 정도 됩니다."

아파트 안으로 들어온 무형은 집안 여기저기를 눈으로 살폈다. 먼저 거실과 주방에는 그녀가 다녀갔다는 어떤 흔적도 없었다. 이어 침실로 들어오니, 침실 역시도 얼핏 보기에는 별다른 점이 눈에 띄지 않았다. 그러나 무형은 이내 조심스레 침대 위에 걸터 앉았다. 그는 침대가 달라졌다는 것을 눈치챘다. 그의 손은 곧장 이불 한 군데를 향했다. 그곳은 그냥 눈으로 봐도 젖어 있었다. 무형은 제 커다란 손으로 그 젖은 곳을 덮어 지그시 눌렀다. 축축한 물기가 그의 손을 통해 전해져, 그의 마음으로까지 올라왔다.

은수의 짐작과 달리 그녀를 잃은 무형의 상심은 크고 깊었다. 그녀를 잃은 것과 동시에 그는 평정심을 잃었고, 의욕을 잃었으며, 무엇보다 에너지를 잃었다. 할 수만 있다면 은수에게 달려가, 그를 거쳐 갔던 그 많은 여자들이 그에게 그러했듯, 제발 곁에 남아 달라, 구걸했을지도 모를 일이었다. 그러나 그는 그럴 수 없었다. 두 사람을 이은 매듭의 끈이 은수에게는 다만 복수였다는 것을 모르지 않을 뿐더러 그녀의 복수를 기꺼이 받아들이기로 했기 때문이다.

"복수하는 게······."

은수의 눈물로 젖은 자리를 보며 무형은 느릿하게 뇌까렸다.

"아직도 그렇게 힘이 듭니까?"

이틀 후 무형은 잠실 경기장에 일찍 도착했다. 한 유명인의 시구가 있는 날인데 무형이 그 투구 교습을 맡게 되었기 때문이다. 이틀 전에 선발출장을 했던 데다, 요즘 컨디션 난조로 딱히 제 역할도 못하고 있는 무형에게 감독이 일방적으로 지시한 것이기도 했다. 또한 그것은 신인시절에 딱 한 번 시구자의 투구 교습을 한 이래 처음으로, 결코 그가 좋아하는 일은 아니었다. 시구자는 요즘 꽤 유명세를 타고 있는 신인 슈퍼모델로, 그 일행이 —모델 포함 세 명과 카메라맨이— 도착한 것은 무형이 투수 연습실에서 가볍게 피칭을 하며 기다린 지 40여 분 만이었다.

"자, 오늘 시구하실 서준희 씨 오셨습니다."

모델 일행을 안내한 프런트 직원이 앞장서서 들어오며 손뼉 두 번과 함께 소리쳤다. 딱히 무형에게 하는 말이기보다는 그저 습관인 것으로 보였다.

신인 슈퍼모델은 한눈에 봐도 여자치고는 큰, 175센티 전후로 돼 보이는 키에, 두상은 작고 팔, 다리가 긴 서구적인 몸매였다. 또 그와는 대비되게도 얼굴은 매우 동양적이어서 요즘 트렌드를 제대로 반영하는 외모를 지니고 있었다. 신인이라고는 하나, 슈퍼모델 선발대회에서 우승한 경력과 최근 TV의 한 연예 프로그램에 얼굴을 내밀면서 꽤 유명해지고 있는 슈퍼모델, 서준희는, 무형 팀의 유니폼 상의에, 레깅스인지 스키니 바지인지 딱히 구분 가지 않는 하의를 입은 모습으로 나타났다.

"안녕하세요, 최무형 투수."

준희는 환하게 웃는 얼굴로, 먼저 무형 앞으로 다가와 악수를 청했다.

"저 최 선수 팬이에요."

"감사합니다."

준희와 가볍게 악수한 무형은 그 특유의 툭 던지는 어투로 답례했다.

"이야, 두 사람 같이 서 있으니까 비주얼 환상인데?"

모델 팀 일행 중 나이가 좀 있어 보이는 남자가 웃으며 말했다.

"그쵸? 일단 키가 잘 맞네요."

일행 중 젊은 여자는 이어서 말을 받았다. 그 사이 무형은 글러브 하나를 준희에게 건넸다.

"혼자 연습은 좀 했어요. 남동생이 야구를 해서요. 제 동생도 투수예요. 최 선수 엄청 좋아하더라구요. 만나면 꼭 자기 얘기해 달라고 했는데, 하면 뭐? 최 선수가 지를 알기나 하고?"

준희는 웃었지만 그런 그녀에게 야구공을 건네는 무형은 무표정하니 대꾸도 없다.

"아, 공에 사인 좀 해주시겠어요? 동생이 꼭 받아오라고 해서요."

준희는 마침 생각난 듯 공을 받자마자 바로 요청했지만 무형은 그런 그녀를 잠시 쳐다만 보았다. 지난 6월에, 두 달 만에 만난 은수가 불쑥 공을 내밀며 사인을 해 달라 했던 모습이 준희 위로 겹쳐졌다.

"일단 투구부터 하시죠."

이윽고 무형은 퉁명스럽게 말했다. 그의 무미건조한 태도는 무례까지는 아니더라도 사뭇 냉정해 보여, 준희는 약간의 당황스러운 감정을 숨기지 못했다. 준희의 일행 역시 마찬가지여서 서로 눈짓들을 하며 얼굴에 불쾌한 빛을 띠었다.

"자자, 최 선수. 좀 친절하게 해요. 응?"

프런트 직원이 앞으로 나서며 분위기를 바꾸려 했다.

"우리 최 선수가 성격이 좀 무뚝뚝합니다. 또 이런 게 매력 아니겠습니까?"

직원은 짐짓 소리 내어 껄껄 웃었다.

"던져보세요."

무형은, 프런트 직원이 그러거나 말거나의 태도로 준희를 향해 지시했다. 준희는 별로 머뭇거리지 않고, 와인드업 자세에 이어 오버 핸드 스로의 투구 폼으로 공을 던졌다. 그녀는 제 말대로 정말 연습을 했는지 투구 자세도, 구속도 나쁘지 않았다. 준희의 그 모습을 카메라맨이 카메라에 담는 동안 그 일행과 프런트 직원은 박수로 칭찬을 대신했다.

"잘 던지시네. 그치? 최 선수."

프런트 직원은 무형을 향해 눈짓을 해보였다. 의례적인 칭찬 한마디라도 하라는 의미였다.

"그렇군요. 따로 가르치는 것은 시간낭비겠습니다."

직원의 눈짓을 제멋대로 해석한 무형이 말했다. 웃음기는 전혀 없었다.

"그냥 그렇게 던지면 됩니다."

이어 제 손에서 글러브를 빼 아무 데나 툭 던져놓은 무형은, '설마' 하는 표정의 프런트 직원이 미처 대처할 새도 없이 모두로부터 등을 돌렸다. 다들 그 갑작스러운 상황에 황당한 얼굴을 해보였다.

"뭡니까, 이게?"

모델 팀의 남자가 인상을 구기며 프런트 직원을 쳐다봤다. 무형은 이미 그 자리에서 사라지고 난 후였다.

"아아…… 그게 저, 요즘 최 선수가 컨디션이랄까, 뭐 그런 게 안 좋다 보니……."

"그거야 지 사정이지, 여기다 화풀이하는 거랍니까?"

"잠깐 기다리세요. 제가 다시 불러오겠습니다."

"됐습니다."

거의 신경질적인 반응을 보인 남자는 곧장 준희를 향한다.

"가자, 가. 기분 나빠서 어디 하겠어?"

"할래요."

일행과 달리 크게 개의치 않아 보이는 준희는 도리어 야구공들을 넣어둔 바스켓에서 공을 하나 집어 들었다.

"동생한테 시구한다고 자랑했는데 안 하고 가면 나 뻥친 것밖에 더 돼요? 그냥 할래요."

경기 시작 전 그라운드는 몸을 풀러 나온 몇몇의 양 팀 선수들에게 약간의 그늘만을 허락할 뿐으로, 그 대부분을, 아직은 늦은 오후의 최후 발악과도 같은 강렬한 태양빛에 내어주고 있었다. 무형은 더그아웃에서 그라운드를 바라보며 손에 든 생수병을 입에 댔다. 더그아웃에도 선수들은 아직 그리 많지 않아, 무형 외에 대여섯 명 정도와 코치로 보이는 남자 둘뿐이었다. 그때 더그아웃의 선수 출입구를 통해 준희가 안을 살피며 조심스럽게 들어섰다. 손에 야구공 하나를 들고서였다.

"안녕하세요. 오늘 시구하게 될 서준희라고 합니다."

준희는 코치들과 선수들을 향해 밝은 얼굴과 목소리로 인사했다. 코치들과 선수들 역시 반갑게 맞으며, 이 아름다운 여인을 향해 넋 빠진 표정들을 지어 보였다. 준희가 무형 가까이 ―준희가 더그아웃에 들어온 이후 단 한 차례도 그녀 쪽으로 눈도 돌리지 않은 그의 곁으로― 다가온 것은 그로부터 약간의 시간이 흐른 후였다. 무형은, 준희가 제 옆에 앉은 후에야 그녀 쪽으로 슬쩍 고개를 돌렸다.

"사인해 주세요."

준희는 야구공과 펜을 내밀었다.

"동생과 약속을 했기 때문에 꼭 받아가야 하거든요."

무형은 말없이 그것들을 받아서 사인을 한 후에 돌려주었다.

"제가 싫은가요?"

준희는 느닷없이 물었다.

"그렇지 않고서야 그렇게 노골적으로 재수 없단 표정을 지을 리 없다 싶어서요."

"싫지 않습니다."

"그럼요?"

"그저 관심이 없습니다."

"누가 관심 가져 달래요? 그냥 좀 친절하심 안 되나요?"

"지금 그 말이 관심 가져 달라는 것으로 들립니다만."

무형이 준희의 눈을 빤히 들여다보며 말하자 그녀는 말문이 막힌 듯 바로 말을 받지 못해, 그 사이로 약간의 침묵이 흘렀다.

"들켰네요."

준희는, 그러나 곧 당돌한 얼굴로 다시 입을 열었다.

"그래도 싫진 않으시다니…… 끝나고 좀 만날 수 있을까요?"

은수는 서현 작가의 호출을 받고 그의 오피스텔에 와 있었다.

"이제 좀 괜찮아요?"

서 작가는 조심스러우면서도 나직한 목소리로 물었다. 그것은 승모의 죽음 이후를 걱정하는 안부 인사의 다름 아니었다.

"네. 걱정해 주셔서 감사합니다."

은수는 담담히 대답했다. 두 사람은 회의용 탁자 앞에 마주앉아 있었는데 서 작가의 문하인 김 작가가 커피를 탁자 위에 놓고 간 후였다.

"얼굴이 좀 안돼 보이는데……."

서 작가는 걱정하는 말을 이었지만 은수는 대답 대신 TV로 슬쩍 눈길을 보냈다. TV가 켜져 있어 계속 소리를 냈기 때문인데 야구광에, 무형의 팀 팬을 자처하는 서 작가답게 —해서 은수는 무형의 사인볼을 서 작가에게 준 적도 있었다— 프로야구 중계방송에 맞춰져 있는 TV를, 지금은 김 작가 혼자 시청하는 중이었다.

"오늘 하 작가를 부른 건……."

서 작가도 잠깐 TV로 눈을 돌렸다, 다시 은수를 향하며 입을 열었다.

"내가 다음 작품 준비하는 게 야구 관련이라서요, 하 작가가 좀 도와줬음 해서……."

"네? 전 야구는 잘 모르는데요, 선생님."

"그래도 최무형 선수를 잘 알지 않아요? 나한테 사인볼도 주고 했으니."

순간 은수는 가슴이 철렁했다. 그의 자세한 설명을 듣기도 전에, 그녀의 심장박동이 먼저 반응을 해왔다.

"최무형 나왔는데요, 선생님."

그때 김 작가가 서 작가를 향해 불쑥 말을 건넸다.

"요즘 안 좋더니 불펜 투수 됐나 봐요. 계투로 나왔어요. 이틀 전에 선발 나왔으니 원 포인트인가 봅니다."

"인생 살다 보면 제 아무리 뛰어난 사람이래도 안 풀릴 때가 있어. 하지만 원래 잘하는 사람들은 금방 회복하는 법이니 최무형도 조만간 다시 본래의 위력적인 투구를 보여줄 거야."

서 작가는 김 작가의 말을 받아 그렇게 말하고 잠시 TV에 눈을 두는가 싶더니 이내 은수를 향한다.

"듣기로는 최무형 선수가 좀 까다롭다고 해서, 구단 프런트 통해 연락해도 통 시간을 맞출 수가 없다네요. 그래서 하 작가가 어떻게 최 선수랑 연결을 좀 해줄 수 있지 않을까 해서요."

"저도 그 정도로 친한 건 아니라서……."

은수는 당황스러움을 감추지 못한 채 말끝을 흐렸다.

"그 귀한 사인볼을 받아올 정도면 아주 소원한 사이도 아닌 것 같은데?"

서 작가는 웃음을 머금고 은수의 눈치를 살폈다.

"일단 시도는 한번 해봅시다. 야구는 저 친구가 잘 아니까 걱정할 거 없어요. 우리가 필요한 정보 수집이랑 질문은 저 친구가 다할 거니까. 그러니 하 작가는 최 선수랑 연결만 시켜주면 돼요. 분위기도 좀 잡아주고. 허허."

서 작가가 말하는 '저 친구'인 김 작가가 은수를 향해 손을 살짝 들어보였다.

밤 10시 20분, 무형은 시내의 어느 고급 음식점 앞에서 발레파킹을 맡긴 후 안으로 들어서고 있었다. 시간으로 볼 때 경기장에서 바로 온 듯했지만 그의 복장은 청바지와 검은색 셔츠 차림이었다. 무형은 음식점 직원의 안내로 좁은 복도를 지나, 직원이 열어준 문으로 해서 안으로 들어갔다.

"어서 오세요."

무형이 들어오자 룸에 혼자 앉아 있던 준희는 자리에서 일어나 인사했다. 그녀는 잠실에서와 다르게 붉은색의 드레시한 원피스를 입고 있었는데, 자신 있는 몸을 증명이라도 하듯 가슴 아래부터 엉덩이 윗부분까지 타이트한 디자인이었다. 무형을 안내한 직원은 '그대로 달라'는 준희의 주문을 확인 후 룸을 나갔다. 룸은 프랑스풍의 아기자기하고 세련된 실내장식이 돋보이는 4인용 규모였다.

"여기서 가장 유명한 프랑스 코스 주문했어요. 경기가 5시니 저녁 전이었을 테고, 지금 배고프신 거 맞죠?"

"네."

"동생한테 사인볼 줬더니 기절할 듯 좋아하더라구요. 무형 씨 같은 투수가 되는 게 꿈이래요. 동생도 키가 커요. 지금 고3인데 185거든요."

무형은 별말 없이 준희를 보고만 있었다. 그렇다고 그녀를 보는 눈길에 특별한 의미나 감정을 담은 것도 아닌, 오히려 전에 없이 날카로움이 무뎌져 있어 그의 인상은 다소 지루해 보이기까지 했다. 준희가 의미 없는 수다를 계속하는 사이, 노크 소리와 함께 문이 열리고 전채요리가 서빙되었다. 전채요리의 양은 결코 많지 않았다. 정확히 말하면 아주 적은 양이었음에도 준희는 몸매관리 때문인지 그나마도 포크로 두어 번 맛만 보는 식이었다. 그녀의 관심은 수다거나 혹은 '최무형'인 것이 틀림없었다.

"지금 사귀시는 분 없죠? 물론 없으니까 나오신 거겠지만."

"그것과는 상관없이 나왔습니다만, 무조건 보자 하지 않았습니까?"

"여자가 무조건 보자고 하면 늘 나오세요?"

"아뇨. 상대가 될 만해야 움직이죠."

"어떤 상대요?"

"섹스할 상대요."

무형의 어조만 듣자면 '대화할 상대요'라고 하는 편이 어울리는, 그 담백하다 못해 무미건조함에, 준희는 오히려 바로 대응을 못했다. 당황한 기색이기보다는 무형의 말을 어떻게 이해하고 받아들여야 하나, 그것에 대해 잠깐 고민하는 듯 보였다.

"성격이 급하신가 봐요. 그래도 서로 알아가는 과정은 거쳐야 하지 않나요?"

"나한텐 시간낭비이긴 합니다만 일단 식사를 하죠. 서로 생각하는 게 다르다면 밥만 먹고 헤어지면 됩니다."

"아무래도 밥만 먹고 헤어져야겠군요."

"그것도 좋습니다."

준희는 애써 미소를 지어 보였지만 기분 나쁜 기색이 얼굴에 드러나는 것을 완전히 숨기지는 못했다. 그럼에도 식사의 마지막 코스가 나오는 동안까지도 자리를 뜨지 않고, 무형이 식사를 하는 모습을 보며 —그녀는 거의 먹지를 않았다— 내내 혼자 수다를 떨었는데 수다의 대부분은 모델 활동 중에 겪었던 일화들, 아니면 그녀의 남동생에 관한 것이었다. 특히 투수가 꿈인 동생에 관해 이야기를 할 때면 종종 무형의 조언을 요청했고, 그럴 때마다 무형은 친절하게는 아니더라도 신중한 대답을 해주었다. 그런데 바로 그의 그런 모습이 준희의 마음을 자극했다. 무형이 비록 친절하거나 다정한 남자는 아니지만 또한 거짓말도 하지 않는다는 것을, 그녀는 직감적으로 알아챘다. 그녀의 직감은 더 나아가 그의 담백하고 무미건조해 보이는 얼굴 뒤로 숨은 바다와 같은 무한의 자비, 마치 텅 빈 듯도 하나 그가 허락한 단 한 사람만을 들이고, 일단 들이면 더는 다른 이의 발길을 허용치 않는, 그래서 더없이 안전하고, 편안하며, 평화롭고, 아늑한, '높은 울타리의 방'을 더듬어가고 있었다. 준희의 직감은, 그러나 한때 은수도 부지불식간에 느끼고는 소스라쳤던, 손이 닿지 않는 신기루일 뿐이었다. 그래서 속는 것인가 보다. 신기루가 오히려 현실보다 훨씬 그럴듯하고, 꿈이 현실보다 더욱 생생한 법이니 말이다. 때문에 준희 역시도 무형의 다른 여자들처럼, 자신만은 그를 '내 남자'로 만들

수 있으리라, 그의 다른 여자들은 가질 수 없었던 그것을 ─'내 남자'라는, 신기루에 불과한 그것을─ 가질 수 있으리라는 환상을 품었던 것 같다. 어쩌면 그것은 속는다는 것을 알면서도 포기 못하는, 치명적인 유혹이었을 것이다.

"어디로 갈까요?"

준희는 결심한 듯 불쑥 물었다.

"무형 씨가 원하는 걸 하러."

"서준희 씨가 원하는 곳으로 갑시다."

밤늦은 시각, 불이 들어오자 실내는 제 모습을 드러냈다. 그곳은 준희가 무형을 안내해 들어온 곳으로 촬영 스튜디오 같은 곳이었다. 두 사람은 스튜디오를 지나 더 안쪽으로 깊숙이 움직였다. 그러자 폭이 좁은 나선형의 계단이 나왔다. 그 계단을 마지막으로 오르니, 흡사 다락방 같이 작고 소박한, 그러나 모던한 실내장식의 침실이 보였다.

"스튜디오에서 일하다 늦으면 집에 안 가고 여기서 자요. 새벽 5시까진 안전해요."

준희는 그렇게 말한 후 무형 앞으로 와 잠시 그의 얼굴을 보고 있다, 이윽고 제자리에서 천천히 뒤로 돌았다. 말하지 않아도 원피스의 지퍼를 열라는 뜻이다.

"난 섹스만 합니다. 다른 건 기대하지 말아요."

무형의 말에 준희의 얼굴이 무형 쪽으로 살짝 돌았다. 그런 그녀의 얼굴에는 자신감 넘치는 미소도 함께였다.

"그쪽도 나한테 안 넘어온다고 장담하진 말아요."

무형은 준희의 원피스 뒤에 달린 지퍼를 아래로 끝까지 내렸다.

원피스는 아마도 브라 캡이 내장돼 있는지, 벌어진 지퍼 사이로 보이는 그녀의 등은 브래지어의 끈 없이, 매끈한 살을 고스란히 드러냈다. 또한 타이트한 원피스는 지퍼가 다 벌어졌음에도 곧장 바닥으로 떨어지지 않고 준희의 엉덩이 중간에 걸려 있어, 무형은 그것을 그녀의 팬티와 함께 잡아 내렸다. 발가벗겨진 준희의 몸은 잠시 후 침대 위로 엎어졌다. 그녀의 몸은 그 후 다시 돌려지는 일 없이, 무형의 일방적인 지배하에 다뤄졌다. 그것은 결코 난폭하지 않았지만 오직 하나의 목적 외에는 돌아보지 않는, 이기적이면서도 공허하기 짝이 없는, 어리석은 쾌락에의 탐닉이었다. 더구나 무형은 이 여자에게 별다른 욕정도 갖고 있지 않았다. 사실 아무 여자라도 상관없지 싶었다. 그것이 은수가 아니라면 말이다.

같은 시간에 은수는 아직 서현 작가의 오피스텔에 있었다. 김 작가의 맞은편 자리에 앉아 있는 그녀는 컴퓨터 모니터에 눈을 둔 채로 열심히 마우스를 움직이거나 혹은 키보드를 두드렸다. 은수는 서 작가를 보조하는 김 작가처럼 정식으로 서 작가의 작업 라인업에 들어 있지는 않았지만 서 작가의 요청이 있을 시에는 언제든 기꺼이 그 일을 도왔다. 지금 은수가 하는 일도 서 작가의 요청으로 그의 작업에 필요한 자료를 정리하는 것이었다.

"너무 늦지 않았어요?"

서 작가의 말소리에 고개를 든 은수는 이미 자리에서 일어나 있는 그와 바로 눈을 마주쳤다.

"네. 선생님. 그렇잖아도 거의 끝나서 이제 가려구요."

"수고했어요. 그런데 이 시간이면 지하철은 끊어졌을 것 같은데?"

"네. 택시 타고 가면 돼요."

"일어납시다. 나도 가려고 하니, 내가 하 작가 집까지 바래다줄 게요."

"아녜요, 선생님. 번거롭게 그러실 필요는……."

"번거롭기는, 어차피 가는 길인데."

잠시 후, 은수는 서 작가의 차에 몸을 싣고 집으로 향했다. 자정이 넘은 거리는 차도, 인도 할 것 없이 대체로 한산한 편이었고, 어쩌다 보이는 사람들도 택시를 잡느라 서 있는 것이 대부분이었다.

"아직 마음이 많이 아프죠?"

서 작가는 운전 중 불쑥 말을 꺼냈다. 은수는 그것이 무슨 의미인 줄 알았지만 마땅한 대답이 떠오르지 않아 그저 고개만 약간 숙여 보였다.

"그래도 시간이 지나면 다 무뎌져요. 그렇지 않으면 사람이 어떻게 살겠어요? 그리고 그런 게 다 하 작가의 삶에 자양분이 돼서 작품 활동하는 데도 도움이 될 거야. 일부러 상처를 받을 필요는 없지만……, 그런 상처들이 또 그렇게 나쁜 것만도 아니거든."

"네……."

"너무 힘들면 언제든 말해요. 내가 술친구, 말 친구 돼줄 테니까."

서 작가의 말에, 은수는 그가 자신에게 연심을 품고 있다는 것을 느꼈다. 진즉에 그런 느낌이 전혀 없었던 것은 아니었지만 그 전까지는 그것이 막연한 호의에 가까웠다면 이제는 보다 분명한 뜻으로 전해져 온다는, 그 차이를 느꼈다고나 할까. 아마 승모가 죽었기 때문일 것이다.

"지금…… 힘들어요. 너무 힘들어서 아직은…… 혼자가 좋아요. 선생님……."

은수는 고개를 숙인, 그대로의 모습으로 대답했다.

"그래요. 당분간은 혼자 있고 싶겠지……. 이해해요."

서 작가는 위로하듯 말했다. 은수는 그 말을 들으며 문득 서 작가와 섹스를 하면 어떤 느낌일까, 하는 엉뚱한 상상을 해본다. 그런데 무형에게 길들여져서 일까, 그녀는 그것이 쉽게 상상이 되지를 않았다. 서 작가뿐만 아니라 다른 어느 누구와도 상상이 안됐다. 다른 남자와 섹스를 해도 오르가즘이 올까, 오히려 그녀는 그렇게 반문했다. 은수에게 섹스란 무형, 그 자체였다.

은수는 집안으로 들어와서 씻지도 않고 먼저 침대에 픽 쓰러졌다. 손에 핸드폰을 들고서였다. 그녀는 잠시 핸드폰의 액정을 들여다보다 '무형 씨'라 돼 있는 번호를 열기는 했지만 선뜻 통화 버튼에 손을 대지는 못하고 있었다. 서 작가의 요청이 있어 무형을 만나기는 해야 할 텐데, 그 생각에 서 작가의 오피스텔에서부터 마음 한편이 무거웠던 은수는 또 다른 한편으로는 묘한 설렘 같은 것도 더불어 느끼고 있었다. 그를 다시 보면 어떤 느낌일까, 그는 어떤 마음으로 그녀를 만나줄까, 전화하면 그가 흔쾌히 받아주기는 할까, 이런저런 생각 끝에 은수는 한숨을 쉬었다.

"너무 늦은 시간이지……?"

은수는 핸드폰에서 시간을 확인하며, 마치 좋은 핑곗거리인 양 중얼거렸다.

무형은 아직 준희와 함께 스튜디오 내의 다락방 침실에 있었다. 정사는 이미 끝나 있어 옷을 다 입은 채였으며, 더구나 계단을 향해 있는 것이 막 가려던 참인 것 같았다.

"배웅 못 하겠어요. 이대로 자야겠네요, 난."

침대 위에서, 이불 위로 벌거벗은 상체만 내놓고 엎드린 모습의 준희가 말했다. 그녀의 께느른한 얼굴은 베개에 푹 파묻혀 있었다. 무형은 고개만 끄덕여 보인다.

"연락할 거죠?"

무형의 뒤에 대고 준희가 물었다.

"아니."

무형은 뒤도 돌아보지 않고 대답했다.

스튜디오가 있는 조형적인 건물의 주차장에 있는 무형의 애마는 무형이 타고 나서도 바로 출발하지 않고 있었다. 그는 차에 시동만 걸어놓고 핸드폰부터 꺼내들었는데 준희와의 정사 중, 벗어놓은 제 옷으로부터 핸드폰의 벨소리를 들었던 기억 때문이었다. 그렇게 무심히 핸드폰을 확인하던 무형은, 어지간해서는 반응도 하지 않는 두 눈을 휘둥그레 뜨다시피 했다. '은수'라는 이름의 수신 내역을 본 찰나였다. 그는 얼른 문자를 열었다.

〈무형 씨, 은수예요. 전화했더니 안 받아서요. 혹시 자는 것 같아 더 안 걸고 문자 남겨요. 부탁할 일이 있는데…… . 내일 통화 괜찮을 때 문자 주면 내가 다시 걸게요.〉

무형은 이어 문자가 온 시간을 확인했다. 12시 50분이다. 지금 시간은 1시 35분. 무형의 차는 급발진을 하듯 출발했다. 그리고 불과 19분 만에 그의 차는 은수의 집이 있는 다가구주택 앞에 와 있었다. 무형은 차에서 내려 은수의 집인 3층을 올려다봤다. 불이 켜져 있으면 전화를 할 요량이었는데 그녀의 집은 어둠에 싸여 있었다. 아마도 그녀는 이미 잠자리에 든 모양이라고 생각한 무형은, 그럼에도 발길이 쉬이 떨어지지 않아 핸드폰을 들었다.

은수는 불과 5분 전에 침대의 스탠드 불을 끄고 누워 있던 중이었다. 그러니 아직 잠은 커녕 여전히 무형에 대한 상념으로 몸을 뒤척거리는 중에, 스탠드 아래에 놓아둔 핸드폰에서 문자 도착을 알려왔다. 은수는 손으로 더듬어 핸드폰을 집어 들었다.

〈아직 안 자요. 아무 때나 전화해요.〉

무형의 문자였다. 은수는 발딱 일어났다.

한편, 밖에서는 무형이 은수에게 문자를 보내놓고는 하염없이 그녀의 집만 올려다보고 있었다. 그의 그런 모습은 거의 움직임도 없어, 흡사 망부석 같을 정도였다. 그렇게 기다리기를 얼마나 지났을까, 꽤 한참이 지나도 그의 손에 쥔 핸드폰에서 아무 반응이 없기에, 자는가 보다 하고 마지못해 발길을 돌리려는 바로 그 순간, 핸드폰이 밝은 빛을 뿜어냈다. 무형은 얼른 받았다. 이윽고 폰 너머에서, 그의 귀에 너무나도 익숙한 목소리가 들려왔다. 은수는 조용한 목소리로 무형의 안부를 먼저 묻고는, 이어 서 작가에게서 부탁받은 일에 대해 설명했다. 무형은 듣기만 했다. 그녀의 부탁이라는 내용은, 그것이 뭐가 됐든 아무래도 좋았다. 그는 그녀와 만날 날짜와 장소, 시간만을 기억했다.

이틀 후, 월요일에 은수는 김 작가의 차를 타고 잠실로 향했다. 무형의 구단 근처에서 3시에 약속을 잡았는데 충분한 인터뷰와 구단 시설을 돌아보기 위해 경기가 없는 날을 택했다.

은수는 긴장하고 있었다. 김 작가가 말을 걸 때를 제외하고는 입도 열지 않았다. 이틀 전 무형과 통화 후 지금 이 순간까지 무슨 정신으로, 무엇을 하며 보냈는지도 모를 정도로 그녀는 그동안 온통 무형과 만나는 순간만을, 아마도 수백, 수천 번 상상하고 그려왔었다. 그러다 오늘 아침부터는 너무 긴장한 나머지 거의 아무것도 먹지를 못했다.

"다 왔네요."

김 작가의 말에, 또다시 상념에 빠져 있던 은수는 화들짝 놀란 얼굴을 해보였다. 김 작가의 차는 구장의 주차장 한편에 멈춰 섰다. 경기가 없는 날이어서인지 주차장 풍경은 한산했다. 은수와 김 작가는 나란히 구장을 향했다. 1루 출입구에서 만나기로 해 그 방향으로 걷는 중에, 은수는 가능한 태연하게 앞만을 주시했지만 실은 열심히 눈알을 좌우로 움직이고 있었다. 아직 무형의 모습은 보이지 않았다. 우리가 빠른 걸까, 그 생각을 하며 은수는 핸드폰으로 시간을 확인했다. 약속 시간인 3시에서 2분 전이었다. '아까 주차장에서 그의 차가 있나 확인해 볼걸' 하며 핸드폰에서 눈을 뗀 바로 그 순간, 그녀의 시야에 그가 들어와 있었다.

무형은 선글라스를 쓴 얼굴 아래, 검은색 셔츠와 회색 바지 차림으로 1루 출입구 앞에 서 있었다. 평소 습관대로 다리를 약간 벌리고, 양손은 바지 주머니에 찌른 채 꼼짝도 않고 있는 모습이었다. 은수는, 그가 초조한 사람이나 혹은 지루한 사람처럼 서성이는 것을 한 번도 본 적이 없다. 언제나 그냥 떡하니 버티고 서 있는데 역시나 그런 모습이었다.

"와, 크다……."

은수보다 키가 더 클 것도 없어, 사실 남자치고는 작은 키인 김 작가가 탄식처럼 내뱉었다.

"성격…… 괜찮겠죠? 마운드에서는 신산데."

"네, 괜찮아요."

무형과의 거리가 좁혀지자 김 작가는 은수보다 먼저 무형 앞으로 다가섰다.

"안녕하십니까? 최무형 선수. 처음 뵙겠습니다."

김 작가는 제 이름을 말하며 무형과 악수를 했다. 무형은 으레 그렇듯 그저 '네' 하는 짧은 대답만 툭 던졌다. 은수는 뒤이어 다가서서, 무형에게 제대로 눈도 주지 못한 채로 슬그머니 손부터 내밀었다. 무형이 그녀의 손을 잡는다.

"오랜만이에요."

"네."

무형의 입에서는 같은 대답이 나왔지만 얼핏 같아 보이는 '네'인데도 사실 은수에게 하는 '네'는 달랐다. 그것이 다르다는 것을 은수는 알았다. 정확히 언제부터라고 딱 집을 수는 없는, 그 어느 때부터 무형은 은수에게 말을 할 때만은 미세하게 목소리의 톤을 달리했다. 툭 던지는 말투건 느릿한 말투건 상관없이, 은수를 대할 때는 그의 입에서 평소보다는 좀 더 낮고 울림이 있는 목소리가 흘러나왔다. 어조의 미세한 차이여서 다른 사람들은 구분할 수 없을 테지만 은수만은 그 차이를 분명하게 인식하고 있었다. 아마도 은수가, 표정 변화 없는 무형의 얼굴을 포기하는 대신 그의 목소리에 더 신경을 쓰고, 더욱 주의를 기울였던 때문일 것이다. 그런데 정작 무형은 제 목소리의 변화를 의식하고 있을까, 은수가 봤을 때 그는 그것을 모르는 것 같았다.

세 사람은 곧 1루 출입구를 통해 안으로 들어와, 김 작가가 묻고 무형이 답하는 식으로 대화를 나누며 먼저 구단 사무실로 움직였다. 사무실에서는, 마침 자리를 지키고 있던 몇 명의 직원들과 김 작가 간에 —물론 무형의 중개로— 따로 인터뷰 시간을 갖기도 했다. 그러는 동안에 무형과 둘만 남게 된 은수는 그와의 계속되는 어색한 침묵에, 그것을 단숨에 날려 버리는 것은 관두고라도 다소 누그러뜨릴 만한 자연스럽고 적당한 화제를 떠올려 보려 열심히 머리를 굴렸지만 그럴수록 머릿속은 점점 하얗게 변해 갈 뿐이었다. 재미있는 것은 은수와 무형, 두 사람이 가까이 있으면서 속이 바짝바짝 타는 쪽은 은수뿐이라는 사실이다. 무형은 느긋했으며 그 이유 또한 단순했다. 그는 그저 제 곁에 은수가 있는 것만으로도 편안했기 때문이다.

얼마의 시간이 흐른 후, 은수와 무형, 김 작가는 관중석 중 테이블석 한쪽에 자리를 잡고 앉아 있었다. 무형을 상대로 인터뷰를 하는 김 작가가 서로 가까이 앉아 있고, 은수는 조금 떨어져 앉아 커피와 태블릿으로 시간을 보내고 있었다. 인터뷰는 거의 두 시간을 소요했다.

"이 정도면 된 것 같네요."

이윽고 인터뷰가 끝났는지 김 작가는 녹음기를 끄고 노트를 덮었다.

"설명하시느라 수고 많으셨습니다. 저도 야구를 안다면 아는 편인데, 역시 야구 어려워요. 암튼 최 선수, 감사드리구요. 날이 더 어두워지기 전에 저는 사진 몇 장만 얼른 박고 오겠습니다. 잠시만 기다려 주세요."

김 작가는 일어나 은수에게도 양해를 구한 뒤 카메라만 들고 계단을 따라 위로 올라갔다. 잠시 후 무형 역시 자리에서 일어나 천천히 은수 곁으로 와 앉았다. 그것도 아주 가까이 앉는 바람에 은수는 새삼 가슴이 뛰었다. 그에게 고개를 돌리지도 못한 채였다.

"그동안 잘 지냈어요?"

무형은 더욱 은수에게 몸을 기울였다. 결국 은수는 잠시의 머뭇거림 끝에 눈을 들어 그를 보니, 그는 마침 선글라스를 이마 위로 올리고 있었다.

"네……."

은수는 무형의 눈을 보며 대답했다. 바로 그 순간, 은수는 처음으로 그의 깊은 눈으로부터 무엇인가를 보았다. 아니, 읽었다고 해야 할까. 착각인가, 싶었지만 그는 그녀와 아주 가까이 있는데다 무엇보다 시간을 두고 충분히 그의 눈을 들여다볼 수 있어, 설사 찰나의 인상이 지나고 난 자리에 모호함만 남는다 해도 그녀는 확신할 수 있었다. 착각의 여지는 없다고, 심지어는 그 모호한 인상마저도 은수 자신이 그의 눈으로부터 본 것을 더욱 선명히 드러내주고 있을 뿐이라고 말이다. 은수는 저도 모르게 손을 들어, 그 손으로 무형의 갈색 얼굴을 천천히 쓸어내렸다.

"나…… 성공했네요……?"

은수의 그 뜬금없는 말이 무슨 의미인지, 무형은 바로 알아들었다.

"네. 은수 씨는 성공했어요. 몰랐습니까?"

"어떻게 알겠어요? 당신은 독하고…… 난 숙맥인데……."

"그런데…… 그 숙맥이 보고 싶어, 죽는 줄 알았습니다."

무형은 알 듯 모를 듯, 입꼬리가 살짝 올라가는 웃음을 지어보였다. 그러나 무형이 웃지 않았어도, 말하지 않았어도, 그의 깊은 눈빛이 전하는 것만으로도 이미 충분하다고 은수는 생각했다. 그의 깊은 눈빛 속을 떠다니는, 이루 헤아릴 수 없이 무수한 고통의 잔해들이 먼저 말해주고 있지 않은가. 은수의 복수가 성공했다고, 그것도 아주 멋지게 성공했다고 말이다.

어느덧 위로부터 김 작가가 돌아오는 소리가 들려왔다. 날은 어두워가고 있었다. 세 사람은 1루 출입구를 통해 다시 나와 주차장 쪽으로 움직였다.

"바쁜 시간 내주셔서 감사했습니다, 최 선수. 혹 더 필요하면 전화 좀 드려도 될까요?"

김 작가는 무형과 다시 악수하며 물었다.

"그러시죠."

"아, 그리고 얼른 슬럼프 벗어나시길 바라겠습니다. 예전처럼 시원시원한 피칭 부탁드려요."

김 작가는 무형을 향해 유쾌한 덕담을 건넨 후 차문을 열었다.

"하 작가님은 집으로 가실 거죠? 타세요. 집까지 모셔다 드리고 사무실로 가면 되니까."

"아뇨. 먼저 가세요. 전 최무형 씨랑 할 얘기가 있어서……."

김 작가의 차가 주차장을 떠난 후 두 사람은 천천히 움직였다. 은수가 무형을 따르는 모양새였다. 특별히 약속한 것도 아닌데, 말이 없는 가운데서도 그는 그녀를 그의 차로 이끌었고, 또한 그녀는 그가 열어준 문으로 해서 조수석에 올랐다.

"어디로 갈까요?"

운전석에 오르고도 약간의 시간이 지난 후 무형은 물었다.

"나……."

은수는 눈길을 내려뜨린 채 입을 열었다.

"무형 씨…… 용서할게요……."

은수의 말과 함께 무형은 등을 세우고 그녀에게 눈을 고정했다.

"정말입니까?"

이어 그는 약간의 사이를 두고 마치 확인하듯 물었다. 은수는 대답 대신 고개를 끄덕였다. 무형은 의자 등받이에서 '털썩' 소리가 날 정도로 몸을 뒤로 젖혔다. 마치 몸에서 힘이 쭉 빠져나간 듯, 또한 오랜 시간 버티고 있던 날을 세운 가시가 빠져나간 듯 편안한 숨을 내쉬면서였다. 이로써 두 사람을 구속했던 사연 많은 악연의 매듭은 풀렸다. 두 사람은 이제 평범한 남자와 여자로 돌아온 것이다.

"사랑해요……."

은수가 말하며 고개를 들었을 때 무형은 마치 기다리고 있던 사람 모양, 이미 그녀 가까이 몸을 기울인 모습이었다. 두 사람은 누가 먼저랄 것도 없이 서로의 입술을 찾아 제 것을 포갰다. 처음에는 서로의 호흡이 섞이고, 타액이 섞이고, 그렇게 입맞춤이 깊어감에 서로의 영혼이 섞여들었다.

14.
치명적인 사랑

무형의 아파트 1407호는 다시 채워졌다. 전처럼 야금야금 채워진 것이 아니라 이번에는 단숨에 채워졌다. 그것도 은수의 물건으로만 채워진 것이 아니라 더 많은 부분이 새로 산 물건들로 채워졌다. 침실 외에는 쓰지 않아 버려두다시피 했던 나머지 두 개의 방도 용도를 만들고 그 용도에 맞게끔 내부를 꾸몄는데 그중 하나가 은수의 서재로 결정되었다. 아파트는 은수의 손길을 거치면 거칠수록, 은수의 취향과 센스가 반영되면 될수록 더 이상 무형의 집이기보다는 은수의 것이 되어가고 있었지만 무형은 전과 같이 그녀가 아파트의 내부를 어떻게 바꾸든 일절 간섭하지 않았다. 그는 은수의 귓불에 다시 다이아몬드 귀걸이가 반짝이는 것을 보는 것만으로도 충분히 만족했으니 말이다.

은수가 아파트를 채우고 변화시키는 동안 무형은 자신의 컨디션을 끌어올렸다. 그는 정규 시즌을 일주일 남겨놓고 두 차례 더 마운드에 올랐는데, 구위가 점차 살아나기 시작해 포스트 시즌부터는 그의 투구력을 완벽히 회복했다. 팀의 에이스 선발투수로 돌아온 것이다.

무형의 팀은 한국 시리즈까지 올랐다. 무형이 선발로 나올 때면 은수도 꼭 구장에 가서 막대 풍선을 들고 즐겁게 응원했으며 돌아올 때는 함께였다. 그러나 무형의 팀이 우승을 하지는 못했다.

"아까워. 이길 수 있었는데."

한국 시리즈 마지막 경기를 끝내고 돌아오는 길에 은수는 투덜댔다. 물론 무형의 차 안에서였다.

"순 에러 때문이에요. 아니, 무슨 그딴 평범한 땅볼도 못 잡냐? 나도 잡겠다. 그 유격수 후배예요? 좀 혼내주지."

"은수 씨, 이제 야구전문가 다 되셨습니다. 해설하셔도 되겠는데?"

무형은 악의 없이 놀렸다.

"해설까진 오버구 게시판에 들어가 쪼끔 아는 척하는 정돈 되겠죠?"

"그럼요. 되고도 남습니다."

그의 흔쾌한 대답에 은수는 깔깔댔다.

"이젠 시즌 끝났으니 시간 남죠?"

웃음 끝에 은수가 물었다.

"네. 조금은."

"아, 좋아라, 그럼 우리 침대에서 나오지 말까요?"

"뭐, 그것도 나쁘진 않은데……. 그런데 은수 씨, 요즘 너무 밝히는 거 아닙니까?"

"내가 아무리 밝혀도 그동안 무형 씨가 했던 거에 비함 새 발의 피 아닌가?"

"아, 내가 또 내 무덤 팠군요."

"사실 나 시나리오 마무리해야 해서 무형 씨랑 놀아줄 시간 없어요. 마무리하고 기획안 써서 여기저기 넣어봐야 하거든요. 바빠요, 나."

"그럼 내가 밥하고 빨래해야 합니까?"

그의 말에 은수는 다시 깔깔댔다. 요즘 그녀는 잘 웃었다. 조금만 재미있는 일이 있어도 곧잘 소리 내어 깔깔거렸다. 그런 그녀에게서 더 이상의 우울함을 찾아보기는 힘들었다. 이제 은수는 16살의 어두움을 모두 벗어버린 것 같았다. 무형을 용서함으로써 얻은 웃음이고 행복이었으리라.

프로야구 포스트 시즌 후, 은수와 무형은 무척 즐겁고 평화로운 나날을 보내고 있었다. 특히 은수에게 그랬다. 무형과 더불어 하는 일상은 평범하고 소소한 것들이었지만 은수에게는 더없는 행복이었다. 그녀는 그와 함께 시장을 보고, 책을 사러 다니고, 산책을 하고, 그러는 중에 작은 일로 토닥대기도 했다. 또한 은수는 처음으로 손에 글러브를 끼고 무형이 살살 던져주는 공을 받아보기도, 또 그에게 공을 던져보기도 했다. 물론 프로야구 선수는 비시즌 중이라 해도 마냥 한가롭지만은 않아 여전히 무형은 구장에 나갔고, 은수는 제 말대로 드라마 시나리오의 막바지 작업을 하느라 제 나름으로 바빠 종종 한밤중까지 키보드 소리를 내고는 했다. 그런데 은수는 새로 꾸민 저만의 서재 대신 침실의 티 테이블 앞에서 노트북으로 일하는 경우가 제법 자주 있었다. 무형의 요구로 불편을 감수하고 시작한 것이었는데 이제는 아주 익숙해져 오히려 딴 데서 글을 쓰려면 잘 안 될 정도까지 돼 버렸다. 때문에 서재에서 집중이 안 된다 싶으면 침실로 건너와 일을 하기도 해, 지금도 은수는 티 테이블 앞에 있었다. 조용한 침실은 은수가 내는 키보드 소리만 잔잔히 들려왔다. 그렇게 얼마나 시간이 흘렀을까. 은수는 노트북 옆에 놓인 머그잔을 들어 무심히 입에 대던 중에 잔이 비었음을 알았다. 그로 인해 허리를 펴다 피로가 느껴져 시간을 확인하니 거의 12시가 다 돼가고 있었다. 무형과 저녁 식사를 같이한 이후부터 자리에 앉아 한 번도 일어나지 않았다는 의식과 더불어 그의 모습도 보이지 않기에 그녀는 곧장 침실을 나갔다.

무형은 주방에 있었다. 그는 주방 입구로부터 등을 보인 채 싱크대 앞에 서서 무엇인가를 하고 있었는데 자신이 하고 있는 일에 어찌나 정신이 팔렸는지, 제 뒤로 은수가 다가오는 기척도 듣지 못한 모양이었다.

"뭐해요?"

은수는 무형의 뒤에서 그를 덥석 끌어안았다.

"아, 놀랐습니다. 고양이처럼 소리도 안 내는군요."

무형이 정말 놀랐다는 것을, 은수는 제 팔에 전해진 진동으로 ―움찔하는 진동이랄까― 알 수 있었다.

"어머, 자기가 못 들어놓구……."

은수는 짤막하게 웃음소리를 냈다.

"무형 씨도 놀라긴 하는구나아……? 그렇구나아……? 종종 써먹어야지."

은수는 이어 무형의 트레이닝 바지 안으로 손 하나를 슬며시 집어넣는다.

"지금 추행하는 겁니까?"

"네. 간지러워요?"

"간지러운 게 문제가 아니라 난 지금 심각합니다. 상황이……."

"응? 뭘 하는데요?"

은수는 그제야 무형이 싱크대 앞에서 뭘 하고 있었을까, 하는 때늦은 궁금증을 느끼며 고개만 옆으로 해서 보니, 싱크대 위는 그냥 척 보기에는 난장판이었다.

"그게 뭐예요?"

은수는 진심으로 궁금해서 물었다.

"샌드위치입니다. 은수 씨 주려고 간식 만든 건데 생각보다 쉽지 않군요."

"네에?"

은수는 팔을 풀고 그의 옆으로 와서는 아주 황당한 표정을 지었다.

"난 또 음식물 쓰레긴 줄 알았네."

"쓰레기?"

무형은 두 손을 제 어깨 근처까지 들어 올려 손가락을 쫙 펴 보이고는 그냥 주방을 나가 버렸다.

"그렇다고 뭘 그거 갖구 삐지냐?"

은수는 아랫입술을 삐죽 내밀었다. 이어 싱크대 위로 눈을 돌린 그녀는, 무형이 샌드위치라고 주장한 싱크대 위의 음식물 쓰레기를 다시 세심히 관찰한 결과, 그것을 샌드위치라고 볼 만한 소지가 전혀 없지 않다는 것을 깨달았다.

얼마 후 은수가 제법 큰 접시를 들고 주방을 나왔을 때 무형은 거실 소파에 앉아 TV를 보고 있었다. TV 화면에서는 메이저리그 야구 중계방송이 한창이었다. 은수는 무형 옆으로 와서 손에 든 접시를 테이블 위에 올려놓았다. 접시에는 음식물 쓰레기 같던 샌드위치를, 최소한의 상식선에서 샌드위치로는 보이게 만들어놓은 은수의 솜씨가 올려 있었다.

"원래 이렇게 만들려던 거 맞죠?"

은수가 생글거리며 물었지만 무형은 그 샌드위치에 눈도 주지 않은 채, 짐짓 야구중계에 몰두해 있는 양 했다.

"고마워요. 잘 먹을게요."

은수는 웃음을 참으며 샌드위치를 들어 한 입 베어 물었다.

"아닙니다."

무형은 뒤늦게 퉁명스러운 목소리로 툭 던졌다.

"응? 뭐가요?"

"그렇게 만들려던 게 아닙니다."

"그럼요?"

"그거보다 더 예쁘게 만들려고 했지요."

시큰둥한 얼굴로 변명하는 무형에, 은수는 '푹' 하며 입안에 있던 음식물이 튈 정도로 웃음을 터뜨렸다.

"무형 씬 그냥 커피나 타요. 주방에서 제발 사고치지 말구요."

웃음 끝에 나무라듯 한 은수는 이내 얼굴을 찌푸렸다.

"아파요?"

무형이 그런 은수의 안색을 금세 눈치채고 물었다. 더욱이 그녀는 이미 제 목덜미를 만지작대고 있었으니까.

"네. 계속 키보드 두들겼더니 굳었나 봐요."

"이리 와 봐요."

은수는 무형 앞으로 가, 그를 등지고 앉았다. 곧 목덜미 아래와 어깨에 무형의 손길이 느껴진 것도 잠시, 갑작스럽고도 센 압력이 목덜미 쪽에 가해져 은수는 절로 신음을 토해냈다. 세게 꼬집는 것과 같은 통증과 저릿한 쾌감이 동시여서, 바로 '아프면서 시원한' 느낌이었다. 무형이 같은 방식으로 해준지 몇 번 만에 은수의 굳은 근육은 쉽게 풀렸다.

"어때요?"

은수의 목덜미를 가볍게 매만지며 무형이 물었다.

"풀린 것 같아요."

은수는 돌아보며 방긋 미소 지었다.

"무형 씨, 이건 잘하는데요?"

"샌드위치 빼고는 다 잘합니다."

은수는 까르르 웃었다. 그리고 웃음은 더욱 커져갔다. 무형이 은수의 옷을 벗기느라 그녀의 몸에 손을 댄 것을 간지럽다 느낀 것이다. 또한 한 번 간지럽다 느끼니 좀처럼 수습이 안 돼, 발가벗겨지고 나서도 은수는 제 몸을 만지는 그의 손길에 내내 자지러졌다.

계절이 바뀌고 있었다. 풍성한 나뭇잎 대신 앙상한 가지를 드러내기 시작하는 도심의 가로수들과 사람들의 입에서 '춥다'는 소리가 제법 자주 들리는, 이미 겨울의 문턱을 넘어선 어느 날, 은수는 오리온 기획의 일로 방송국 외주제작국에 들렀다가 나오는 길에 있었다. 1층에서 구내 커피전문점 앞을 지나는 중에, 마치 길목을 노렸던 사람 모양 한 삼십대의 여자가 갑자기 은수의 앞을 막아섰다.

"안녕하세요. 혹시 구성작가 하은수 씨인가요?"

여자는 미소까지 머금은 얼굴로 상냥하게 말을 붙였다.

"네. 실례지만 누구세요?"

은수는 처음 보는 여자가 이름까지 언급하며 접근하자 어리둥절한 얼굴이었다.

"네, 전 뉴스엠 기자 김석례라고 합니다."

기자는 제 소개와 함께 명함도 내밀었지만 은수는 뉴스엠이란 말만 듣고도 당혹스러워 명함을 받을 생각은 하지도 않았다. 각계 유명인들의 스캔들만을 전문으로 다루는 인터넷 '찌라시' 아닌가.

"혹시 최무형 선수의 연인이 아니신지……."

은수가 명함을 받지 않자 기자는 그것을 도로 거두며 묘한 미소를 띠었다.

"죄송합니다. 제가 바빠서……."

은수는 기자를 피해 걸음을 재촉했다. 기자는 그런 은수를 뒤따라 방송국 밖에까지 나오며 끈질기게 질문을 계속 던졌지만 은수는 입을 굳게 다문 채 서둘러 지하철역 입구로 해서 계단을 내려갔다. 기자는 지하철역 안으로까지 은수를 쫓아오지는 않았다.

은수가 인터넷의 한 포털사이트에서 자신의 기사와 사진을 보게 된 것은 그로부터 오래지 않아서였다. 정확히 말하면 은수의 기사가 아닌, 무형의 기사였으며 더 정확히 하자면 그의 새 연인에 관해서였다. 사진은 두 장이 올라와 있었는데 은수와 무형이 함께 찍힌 것과 은수의 단독 사진이었으며 물론 은수의 얼굴에는 모자이크 처리가 돼 있었다. 기사 내용은 '최무형 투수의 새 여친'이라는 제목에서 더 첨가할 것도 없는 수준이었지만 그 '새 여친'을 '구성작가 H씨'라 소개한 글귀에서 은수는 알 수 없는 모욕감을 느껴야 했다. 이런 세계는 은수와 같은 평범한 사람에게는 아무 상관도 없는 별세계라 여기고 있었건만, 은수 자신도 모르는 새에 그녀는 무형의 그 어지러웠던 여자관계들 속에 살포시 끼어든 —여자들의 눈물로 세워진 온천에 새 눈물 한 방울을 더 채워줄— 새로운 여자의 등장, 그 이상도 이하도 아닌 존재가 돼 있었다. 무형을 사랑했을 때는 이런 상황도 예측했어야 했는데 미처 심각하게 헤아려 보지 못했다는 것을 은수는 이제 와 깨달았다. 지저분한 스캔들을 피해갈 유일한 방법은 무형의 아내가 되는 것이었지만, 그것은 은수 혼자 결정할 수 있는 일이 아니었다.

무형은 정작 이적 문제로 바빴다. 원래도 자신의 스캔들에 관심도 없는 그였으니 —그는 자신뿐 아니라 남의 뒷담화에도 거의 관심을 보이지 않는 사람이었다— 은수가 그 문제로 애를 태우리라는 것 역시도 알 턱이 없었다. 은수 또한, 현재 진행 중인 이적으로 생각이 많은 무형을 붙들고 그런 '사소한' 문제를 거론할 의도 따위는 전혀 갖고 있지 않았다. 무형은 대학 졸업 후 지금의 구단에서만 뛰며 충분한 성과를 보였기에 구단도 그의 이적에 흔쾌히 동의한 데다 그의 팬들도 원하고 있는 만큼 사실 복잡한 문제는 없었지만 무형을 데려가려는 해외 팀들 중 어느 팀을 선택하는 것이 가장 좋을지, 하는 것도 결코 쉽게 내릴 수 있는 결정만은 아니었기 때문이다.

"내일 2시 비행기로 일본에 가야 하니 가방 좀 꾸려줘요."

외출했다 돌아온 무형이 재킷을 벗으며 말했다.

"응? 일본으로 결정했어요?"

그의 재킷을 받으며 은수는 물었다.

"정확한 건 가봐야 알 것 같아요."

"어느 정도 예정으로 가는데요?"

"2박 3일."

잠시 후 씻고 옷을 갈아입은 무형이 거실 소파에 앉아 뉴스가 나오는 TV에 눈을 두고 있는 사이, 은수가 커피를 들고 다가왔다.

"일본으로 결정되면 내년부턴 일본에서 살아요?"

"응⋯⋯?"

무형은 여전히 뉴스에 눈을 둔 채 커피 잔을 입에 댔다.

"나 좀 보고 얘기하죠? 자기 일본 가면 난?"

무형 옆에서, 그를 향하고 앉은 은수가 그의 팔을 잡고 흔들었다. 무형은 그제야 TV로부터 은수에게로 눈을 옮겼다.

"당연히 같이 가야지⋯⋯. 왜? 가기 싫습니까?"

"놀리는 거예요? 근데, 무형 씨랑 같이 가는 내 입장이 좀 그런데…… 그냥 여친으로 동거?"

"그건 그렇군요."

무형은 천천히 고개를 끄덕였다.

"생각해 봅시다."

무형의 출국 후, 은수는 TV 스포츠 뉴스와 인터넷 등을 통해 그의 소식을 들을 수 있었다. 무형의 일본 도착에서부터 그가 일본의 구단 관계자와 만나는 것에 이르기까지 몇 가지의 소식들이 시간차를 두고 올라왔다. 그러던 중 무형의 귀국이 하루 늦춰졌는데 ―그것도 밤 8시 비행기 도착이었다― 일본에서의 일정이 연장된 이유를 다룬 기사는 따로 없어, 혹시 이적 진행에 차질이 빚어진 것은 아닐 테지, 하며 은수는 짐작 반 걱정 반 할 뿐이었다. 마침 그날 오후, 은수는 오리온 기획의 이 피디를 만나 함께 방송국에서 일을 보고 있었다.

"자기, 혹시 최무형이랑 살아?"

이 피디는 불쑥 물었다. 방송국의 일이 끝나고 은수가 이 피디와 함께 승강기 대신 계단을 이용해 나란히 내려오던 중이었다. 이 피디는 그 조심스러운 어조와는 다르게도 자신의 궁금증을 직설적으로 날렸고, 그런 그녀의 성격을 잘 아는 은수는, 그래서 놀라지도 않았다.

"네."

"정말이었구나. 난 긴가민가했지. 언제부터야?"

"소문 많이 났나요?"

"아니. 그냥 우리끼리만 좀 얘기했지. 난 진심 부럽다, 자기가."

"속으론 경멸하시는 거 알아요."

"아냐, 아냐. 딴 사람들은 몰라도 난 아니다. 솔직히 말함 나두 한 번 살아보고 싶거든. 최무형이 위험한 남자라고들 하지만 그게 다 매력이 있으니까 나온 말 아니겠어?"

그러면서도 이 피디는 은수의 눈치를 슬쩍 살폈다.

"근데 거 뭐냐, 촬영 감독 말이야, 박씨. 그치가 걱정은 좀 하더라. 차라리 얼른 애라도 배서 최무형이 주저앉히라대. 뭐, 발목 잡는 치사한 방법이긴 해도 따지고 보면 또 그게 전통 클래식이잖아? 결혼만 하면 끝이니까."

은수는 입을 다물고 가만히 있었다. 자신의 몸은 그 방법조차 쓸 수 없었지만 쓸 수 있다고 해도 그것이 무슨 의미가 있겠는가, 마음이 떠나면 사랑도 끝인 것을. 그러나 그와의 이별을 걱정하기에 지금은 너무 이르지 않은가 싶었다. 하필 그의 이적 문제가 걸려 있어 그것이 다소 마음에 걸리기는 하지만, 그와의 사랑은 이제 시작일 뿐이라고 생각하는 은수에게 주위의 걱정과 호들갑은 그저 기우에 불과했다.

"참, 임유라 알지? 걔 여기 방송국 그만두고 완전 걸레된 거 알어?"

은수는 깜짝 놀랐다. 교통사고 후 유라가 방송국에 사표를 낸 것이야 알고 있었지만 그 후 케이블 채널로 갔다는 소식을 마지막으로, 유라를 만난 적도, 그녀에 관한 다른 소식을 들은 적도 없었다.

"혹시 자기 아나? 임유라도 최무형이 거시기였던 거?"

이 피디는 이어서 물었지만 그것은 은수의 대답을 들으려는 것이기보다는 제 수다를 위한 추임새에 가까운 것이었다.

"야구 선수 한 번 맛보더니 애가 미쳤는지……. 내가 이름은 못 밝히지만 다른 선수랑 붙었다가 떨어지고 또 딴 놈한테 붙어먹고 해서…… 그 바닥에선 회전목마라나 뭐라나……. 웃겨서 진짜. 돌림빵도 아니고 뭐야?"

두 사람은 어느덧 1층을 향한 마지막 계단을 돌고 있었다.

"최무형이 거쳐 간 애들이 이러니 죄 없는 최무형만 개막장 되는 거라구."

그렇게 말하며 이 피디는 은수의 어깨를 한 팔로 척 감쌌다.

"은수 씬 절대 그렇게 되지 마라. 아, 맞다. 최무형이 동거 전력은 없다던데 그래도 자기랑은 같이 사는 거 보니 최무형이 자길 진짜 좋아하긴 하나 봐? 이럴 때 그 인간 확실하게 주저앉혀. 주저앉히기만 하면 대박이야. 이적료 봐라, 장난 아닌 거. 잘해봐. 파이팅."

이 피디는 충고인지 비웃음인지 알 수 없는 말로 마무리를 했다.

지하철을 타고 아파트로 향하는 길에 은수는 이 피디한테 전해들은 유라에 관한 소식으로 마음이 무거웠다. 딴 사람도 아닌 이 피디의 입을 통해 나온 것이라, 거칠게 표현된 것만 걸러낸다면 내용 자체에 전혀 근거가 없지는 않을 성 싶어 더욱 그랬다. 이 피디는 제 나름으로 믿을 만한 경로를 통해 확인된 사실이거나 제 눈으로 본 것 외에, 그저 막연히 떠도는 루머를 사실처럼 말하는 사람은 아니었기 때문이다. 그러니 이 피디의 말이 사실이라면, 유라는 무형을 잃은 상실감으로 자기 자신을 아무렇게나 내던져 버린 것이 아닌가 싶어, 은수는 등골이 오싹했다.

무형은, 은수가 귀가하고도 네 시간 후인 밤 11시가 넘어서 들어왔다. 은수는 그 사이 안 좋은 기분을 떨쳐내려 했던 터라, 부러 환한 웃음으로 그를 맞았다. 무형은 늘 그렇듯 은수를 품에 안고, 그 큰 손으로 그녀의 뒤통수에서 등, 엉덩이에 이르기까지 부드럽게 어루만지며 애정을 표현했다. 여전히 은수에게 짜증을 낸 적도, 소리를 친 적도, 화를 낸 적도 없고, 또한 변함없이 그는 그녀를 침대 위에서조차 조심스럽게 다뤘다. 은수가 그를 과거로부터 용서하고 다시 사랑을 시작한 이래 그녀는, 그가 변했다고 느낀 적이 단 한 번도 없었다. 은수는 그를 믿었다. 주변에서 아무리 걱정하고, 비웃고, 심지어 손가락질을 한다 해도 은수는 그녀 자신의 사랑을 믿었다. 그럼에도 만약 무형이 더 이상 은수를 사랑하지 않는 날이 온다면 그 또한 받아들이리라, 사랑이라고 끝이 없겠는가, 무형이 아니라 오히려 은수, 자신이 그를 사랑하지 않는 날도 올 수 있는 것이다. 그러나 그 모든 것은 지금 걱정할 일이 아니라고, 아주 먼 훗날의 일일 것이라고, 은수는 생각했다.

"결정했어요? 아님 미국도 다녀올 거예요?"

샤워하고 나온 무형에게 옷을 주며 은수는 물었다.

"글쎄, 미국 갈 일은 없을 것 같은데."

"그럼 결국 일본?"

"이적 조건이 더 좋습니다. 하지만 아직 구단을 결정한 건 아니니 좀 더 보고 결정해야겠지요."

일본 프로야구 팀들 중 두 팀이 마지막까지 남아 무형을 놓고 이적을 추진 중이라, 무형도 둘 중 하나를 선택해야 했다.

무형은 일주일 만에 다시 일본으로 떠났다. 3박 4일 예정이었는데 이번에는 이틀이나 지체되었다. 물론 그동안에도 무형에 관한 기사는 계속 올라왔고, 그 대부분이 야구 관련해 스포츠난에 오르는 기사였지만 일본에서 활동 중인 한국인과 재일교포 출신 유명인들과의 만남 같은 가벼운 연예기사도 이따금씩 눈에 띄었다. 그리고 바로 그런 기사들 중 하나가 유난히 은수의 눈길을 끌었다. 일본에서 활동 중이며 국적은 독일인 '에이샤'란 이름의 모델 겸 여배우에 관한 것이었다. 에이샤는 재일교포 어머니와 독일인 아버지 사이에서 태어난 혼혈로, 어머니와 함께 주로 일본에서 살았으며 독일어, 영어, 일본어를 유창하게 구사하고, 한국어도 서툴지만 조금 할 줄 아는, 뛰어난 미모의 소유자였다. 실제로 사진 속 에이샤의 모습은 사람이기보다는 인형에 가까워, 언뜻 현실감조차 나지 않을 정도였다.

은수가 읽은 한 인터넷 '찌라시'에 의하면, 무형과 에이샤가 어떤 시상식의 뒤풀이 파티에서 처음 만나, 그 자리에서 에이샤가 무형에게 강한 호감을 표시했다는 내용이었다. 그 기사 내용과 함께 마치 그것을 증명이라도 하듯, 블랙 수트를 입고 약간 나른해 보이는, 특유의 무표정으로 앉아 있는 무형과 바로 뒤에서 그의 어깨에 다정히 팔을 올려놓은 채 활짝 웃고 있는 에이샤의 모습이 찍힌 사진도 함께 올라와 있었다. 바로 다음 날, 포털에서는 에이샤가 검색 순위 1위였다.

무형은 귀국과 동시에 자신이 이적할 일본의 구단을 발표하는 국내 기자회견을 가졌다. 이로써 그의 이적은 절차만 남게 되었다. 무형은 현재 국내에서 훈련을 계속하고 있었지만 이적 절차가 마무리되는 대로 일본의 따뜻한 지역에서 훈련하게 될 예정이었다. 이윽고 무형은 일본 구단의 입단식을 위해서 다시 일본으로 건너갔다. 은수는 TV 뉴스를 통해서 그의 입단식 장면을 볼 수 있었다. 더불어 인터넷 '찌라시'를 통해서는, 그의 입단식에 에이샤가 축하하러 왔다는 소식까지 봐야만 했다. 무형이 입단식을 하러 일본으로 떠나기 전, 사실 은수는 무형에게 에이샤에 대해 묻고, 따지려고도 했지만 끝내 입을 열지 못했었다. 자존심은 둘째 치고라도, 그의 입에서 무슨 대답이 나올지, 그것이 두려웠기 때문이었다. 그럼에도 무형이 점점 멀어져가고 있다는 것을, 매번 '찌라시'를 통해 확인하는 것도 괴롭고 두렵기는 마찬가지여서, 은수에게 그의 스캔들은 답 없는 수학공식 같았다.

무형은 입단식을 하고도 여전히 일본에 머물렀다. 그리고는 4일째 되던 날에야 은수에게 전화를 걸어 다음 날 귀국한다, 알려주었다. 조금도 달라지지 않은 그의 목소리에, 은수에게만 들려주는 그 어조에, 그녀는 일단 안심이 되었다.

무형의 전화가 있은 지 채 30분도 안 돼, 은수는 '나래기획'이라는 외주제작사로부터 전화를 받았다. 기획실장이라고 자기소개를 한 남자는 은수가 보낸 드라마의 기획서와 시놉시스, 그리고 대본 4회 분량을 잘 봤다며 만나자는 뜻을 전했다. 은수는 뛸듯이 기뻤다. 그동안에 은수는 드라마의 기획안을, 서현 작가의 도움과 추천으로 외주제작사 몇 군데에 보냈었는데 바로 그중 한 군데서 연락이 온 것이다. 이튿날, 은수는 서 작가와 함께 나래기획의 사무실을 찾아, 기획실장이라는 남자와 섭외팀장이란 여자

포함 네 명과 간단한 미팅을 가졌다. 무형은 같은 날 5시에 귀국해서 잠실에 들렀다, 밤 9시 넘어 귀가했는데 은수는 기다리고 있었다는 듯 현관에서부터 무형을 붙잡고, 자신의 드라마 기획안이 채택돼 곧 계약할 것이라는 소식을 전했다.

"그럼 이제 머잖아 은수 씨가 쓴 드라마를 보게 되는 겁니까?"

은수의 어깨를 안고 주방으로 들어서며 무형은 물었다.

"네에. 바로 그거예요."

"축하합니다, 하 작가님."

무형은 빙긋 웃으며 이어 커피를 청했다. 잠시 후, 식탁 위에는 검은색 커피 잔 두 개가 놓여졌다.

"내일 은수 씨 인감증명, 주민등록등본 준비해요. 그 외에 몇 가지 더."

커피를 한 모금 마신 무형은 손에 커피 잔을 든 그대로 입을 열었다.

"응? 왜요?"

"이 아파트 은수 씨 앞으로 하려고 합니다."

"네?"

은수의 얼굴은, 마주앉은 무형의 눈에 도저히 띄지 않을 도리가 없을 만큼 순식간에, 그것도 불길한 예감을 느낀 사람의 그것처럼 어둡고 무겁게 굳었다. 또한 그녀는 그것을 굳이 숨기려 하지도 않았다. 숨기기에는 역부족이었을지도 몰랐다.

"난 일본에서 살 집을 계약했어요."

그럼에도 무형은 마치 아무것도 보지 못하고 느끼지 못한 사람처럼, 혹은 제 눈에 비친 것을 전혀 개의치 않겠다는 듯, 평소와 다름없이 말하고 있었다.

"사실은 내가 한 건 아니고 구단에서. 비어 있는 집이라 그냥 가서 살기만 하면 됩니다."

"그럼…… 난 여기에 그냥 남으라구요?"

은수는 입안이 마르는 것을 느꼈지만 침착하게 물었다.

"그게 좋겠는데. 더구나 드라마 작업도 하려면 한국에 있어야 하지 않아요?"

"그건…… 그러네요. 그렇다 해도 아파트를 내 앞으로 할 필요까지는 없는데……."

"해주고 싶어서."

무형은 할 말을 다했다는 듯 반도 마시지 않은 커피를 두고 자리에서 일어났다.

"무형 씨, 하지만……."

은수도 따라 일어서며 다급히 무형을 불렀지만 그 다급했던 것이 무색하게도 그녀의 입에서는 더 이상의 말이 나오지 않고 있었다. 그저 입술을 약간 벌리고 있는 은수의 얼굴은, 그녀를 향한 무형의 눈빛에 잠시 갇혀 있었을 뿐이다.

"아녜요……."

은수는 무형의 눈을 외면하며 결국 제 하고픈 말을 삼킨 대신 그렇게 말했다. 그런 그녀에게 다가온 것은 무형이었다. 그는 여느 때처럼 은수를 가슴에 품고, 그녀의 등과 엉덩이를 가볍게 애무했다.

"일본 멀지 않습니다. 비행기로 두 시간. 경기 없는 날은 날아올 겁니다."

무형의 말을 듣고도 은수의 얼굴은 조금도 밝아지지 않았다. 때문에 무형의 품으로부터 떼어졌을 때는, 보기에도 민망한 억지웃음이 그녀의 얼굴에 가면처럼 매달린 채였다

"씻을 테니 갈아입을 옷 좀 꺼내놔 줘요."

"네, 알았어요."

무형이 주방을 나가고 나서야 은수는 다리가 풀린 듯 털썩, 의자에 다시 주저앉고 말았다. 당연히 같이 가는 것이라 했으면서, 데려간다 했으면서, 그는 왜 마음이 변한 것일까. 드라마 대본 작업은 앞으로 길어야 두 달이고, 중간에 수정 작업을 거친다고 쳐도 온라인으로 송고가 가능한 것이라, 은수가 일본에 머물면서 필요할 때 한국을 오가는 것이 사실은 더 상식적이었다. 그렇게 말하고 싶었다. 그를 설득하고 싶었다. 그러나 차마 입이 떨어지지 않았다. 은수는 그가 이별의 절차를 밟는 것인가 싶어 두려웠던 것이다. 그가 결심을 했다면 언젠가는 말을 하겠지, 그러나 지금 그를 설득하다, 도리어 당장 이 자리에서 이별의 말을 들을까, 그녀는 그것이 너무나 무서웠다.

다음 날 은수는 무형이 말했던 서류를 준비해서 그에게 넘겼다. 그리고 얼마 후 무형의 아파트는 은수의 것이 되었다. 그것이 확인되자 무형은 다시 출국했다. 그는 별다른 이유도 말하지 않았고 은수도 묻지 않았다. 그녀는 아무 생각도 하지 않으려 했다. 그저 나래기획과 준비 중인 드라마에만 집중했다.

무형이 일본에 있는 동안 은수는, 수정 작업이 완료된 드라마 1, 2회분의 대본이 나왔다는 나래기획의 연락을 받고 곧장 그 사무실을 방문했다. 그런데 그곳에서 은수는 뜻밖에도 임유라를

만났다.

"오랜 만이네요, 은수 씨. 아니, 하 작가님."

유라는 아주 반갑게 인사를 했다. 은수의 눈에 유라는 매우 건강했고, 전보다 더 화려해 보였다.

"나도 하 작가님 드라마에 출연합니다. 작은 역이겠지만요."

유라는 그동안 케이블 채널의 드라마에 단역으로 몇 번 나왔었다는 설명과 함께 지금도 연기 수업을 받고 있다고 덧붙였다. 두 사람은 나래기획에서 각자의 볼 일을 본 후 ―유라는 드라마 출연 계약 건으로 방문한 것이었다― '그냥 헤어지기 섭섭하다'는 유라의 청으로 함께 근처 커피숍으로 들어섰다.

"내 얘기 들었죠? 오리온 이 피디한테."

커피숍에 마주앉은 두 사람은 잠시 동안은 은수의 드라마에 대해 대화를 나누던 중, 갑자기 유라가 불쑥, 그것도 공격적으로 화제를 돌렸다.

"그 아줌마가 뭐라 했을진 뻔한데, 나한테도 은수 씨 얘기 하던데요. 무형 씨랑 산다고."

은수는 아무 대답도 못 하고 커피 잔의 손잡이만 만지작댔다.

"그런 표정 지을 거 없어요. 믿으실진 모르지만 난 그때부터 대략 짐작했어요. 무형 씨 가까이 있으면서 그 남자한테 넘어가지 않기가 더 어렵죠."

"네……."

은수는 어색한 미소를 머금었다.

"그래도 동거까진……. 정말 의외였어요. 생각보다 은수 씨 재주가 좋은가 봐?"

"숙맥이 무슨 재주가 있겠어요……?"

"아녜요. 재주 맞아요. 난 솔직히 못 믿겠거든요. 그 남자, 섹스할 때 외엔 여자가 옆에서 거치적거리는 거 아주 싫어하거든요. 심지어는 잠도 같이 안 자요. 그냥 잠만 자는 거 말예요."

"네에……. 유라 씬 이제 좋아 보이는데요……?"

은수는, 유라가 무형에 대해 말하는 것이 듣기 싫어 화제를 유라 쪽으로 돌렸다.

"겉만 좋아 보이는 거죠. 속은 썩었어요. 그래도 죽진 않았으니 다행이죠. 이걸 다행이라고 해야 하나? 암튼 살아는 있는데……. 실은 가슴에 피가 안 통해요. 이젠 어떤 남자도 날 상처 입힐 순 없죠. 절대로."

유라는 아무렇지도 않게, 그러면서도 어딘지 자조 섞인 어조로 말했다. 그런 유라를 보며 은수는 문득, 유라가 무형을 잃은 상실감으로, 그녀 자신이 '최무형'이 되려 한다는 느낌을 받았다. 여러 남자들을 거치면서, 그런 것에 더 이상 상처받지 않는 자신을 드러내고 싶겠지, 스스로에게 납득시키고 싶겠지, 그것도 무형에 대한 일종의 보복일까. 은수는, 그러나 생각 끝에 고개를 저었다. 그 남자처럼 그렇게 뱀의 심장을 갖는 것이 쉬운 일인가. 어쩌면 유라는 적금 타듯 한꺼번에 모아서 오는 상심의 폭탄을 맞게 될지도 모른다. 은수는, 짐짓 쿨해 보이는 유라의 뒤편으로 아주 위태롭게 흔들리는 어두운 그림자를 보았다. 그때 유라는 갑자기 나오는 웃음을 참는 듯, 큭큭대는 소리를 내며 어깨를 들썩였다.

"우리 정말 웃기네요. 한 남자의 전처랑 후처도 아니고, 이게 뭐래? 그래봤자 그 남자한텐 다 섹스 도구들일 뿐인데. 청승만 여자들 몫이죠. 그래서 하는 말인데요……."

유라는 잠시 말을 멈추고 정색한 얼굴을 은수에게 향했다.

"은수 씨의 사랑도 조만간 끝이 보이네요."

15.
기꺼이 떠난다고 전해줘

    은수의 사랑에 끝이 보인다고 말하는 유라의 얼굴에 질투의 흔적이 눈곱만큼이라도 보였다면 은수는 오히려 안심했을 것이다. 그러나 유라는, 차라리 은수를 걱정한다고 한다면 그것은 억지로라도 맞다 할지언정 질투는커녕 도리어 메마른 얼굴을 하고 있었다.

    "에이샤…… 라는 그 여배우 때문에 그런 말을 하는 건가요?"

    은수는 애써 침착하게 물었다.

    "모르면 몰라도 벌써 잤을걸요. 그 여자, 뭐 잡아 잡수, 분위기 던데 빠하죠. 솔직히 에이샤 정도면 남자 쪽에서도 거절하기 힘들지 않겠어요? 무형 씨한테도 6개월짜린 되겠던데? 암튼 마음의 준비를 하시는 게……. 이런 말하는 내가 재수 없어 보이겠지만요. 난 진심 걱정돼서요."

유라의 말투에 비아냥거리는 느낌은 전혀 없었다. 그렇다고 정말 걱정하는 투도 아니었다.

"그만할게요. 마음 안 좋으실 텐데. 제 배역에 대사나 좀 많이 부탁드립니다, 하 작가님."

"네. 걱정해주는 마음은 고마운데요, 유라 씨……."

은수는 테이블 아래에서 맞잡은 제 두 손에 힘을 주고는 정면으로 유라를 바라봤다.

"무형 씨와 나, 그렇게 쉽게 안 끝나요. 끝나도 먼 훗날이에요. 나, 그와의 관계, 조롱 받으며 끝내진 않을 겁니다."

무형이 적(籍)을 옮긴 일본 구단에서, 그를 위해 마련한 거주지는 오사카에 위치한 고급 맨션이었다. 4인 가족이 살기에 알맞은 크기로, 모던한 실내 장식이 돋보이는 깔끔한 구조에, 생활에 필요한 모든 가구들은 이미 구비돼 있었다. 아직 12월이었지만, 무형은 1월 중순쯤에는 완전히 이 맨션으로 이주해서 스프링 캠프에 참가할 계획이었다.

은은한 조명 속의 맨션 거실은 내추럴한 원목 인테리어와 크림색 소파로 고급스럽고 따뜻한 분위기를 자아내고 있었다. 벽시계가 2시를 막 지날 즈음, 문이 열리는 소리와 함께 거실 왼편에 있는 문으로부터 한 여자가 모습을 드러냈다. 벌거벗은 몸에 체크셔츠를 오픈한 상태로 걸친 여자는 종종걸음으로 거실을 가로질러 주방의 불을 켰다. 갈색 머리의 혼혈 여배우, 바로 에이샤였다. 에이샤는 냉장고의 문을 열어 캔 음료 하나를 꺼내 마셨다. 그런데 캔에서 미처 입을 떼기도 전에 핸드폰 벨소리가 들려왔다. 소리를 따라 거실로 다시 나온 에이샤는 곧 크림색 소파 위에서 무형의 핸드폰을 발견한다.

"은…… 수……?"

에이샤는 무형의 핸드폰을 들고 액정에 나타난 글을 한 글자씩 읽었다. 그러는 사이 벨소리는 멈췄지만 잠시 후 다시 울렸다.

침실 안에서는 무형이 벌거벗은 상반신만 이불 위로 내놓은 채 엎드려 있었다. 그는 아마도 잠결에 벨소리를 들었는지 이제 막 눈을 뜬 모습이었다. 그의 귀에는 여전히 희미하게나마 벨소리가 들려오다 마침내 뚝 끊겼다. 무형은 몸을 일으켰다.

무형이 바지만 챙겨 입은 모습으로 거실로 나와 처음 발견한 것은, 크림색 소파 앞에서 그의 핸드폰을 들고 들여다보고 있던 에이샤였다. 무형의 미간에는 단박에 짙은 주름이 졌다. 그는 에이샤에게 다가와 손을 내밀었다. 에이샤가 핸드폰을 건네니, 그는 그 자리에서 즉시 그것을 확인해, 은수에게 전화가 온 것과 함께 그것이 통화까지 되었다는 사실을 알았다.

"아무 소리 안 났어요."

에이샤는 무형을 보며 말했다. 그녀의 한국말은 서툰 억양에 비해 발음은 비교적 정확했다.

"옷 입어."

맨션의 지하주차장 안으로 무형과 에이샤가 들어왔다. 무형이, 옷과 가방을 다 챙겨 입고, 든 에이샤의 팔을 잡고 있어, 한눈에도 그가 그녀를 끌고 들어온 모양새였다. 에이샤의 얼굴에는 당황한 기색이 역력했다.

"화…… 났어요?"

에이샤가 물었지만 무형은 먼저 흰색 승용차 앞으로 그녀를 데려갔다. 에이샤의 것으로 보이는 차였다.

"잘 가고, 다시 올 거 없어."

무형은 그렇게만 말하고 등을 돌렸다. 거의 동시에 에이샤가 그의 소매 끝을 잡는다.

"갑자기 왜? 왜 그래요?"

"싫증났어. 더 보고 싶지 않아."

무형은 그녀의 손을 툭 뿌리치고는 곧장 걸음을 옮겼다. 그의 뒤에서 에이샤가 '무형' 하고 불렀지만 그는 돌아보지 않았다. 은수에게서는 더 이상 전화가 오지 않았지만 무형도 걸지 않았다. 대신 그는 이튿날 바로 귀국해서 이제는 은수의 아파트가 된 그곳으로 향했다.

"어, 연락도 없이……. 미리 말해줬으면 시장이라도 보는 건데."

현관으로 들어선 무형을 맞은 은수는 화장기 없는 얼굴에, 다소 헝클어진 머리를 대충 하나로 묶은 모습이었다. 그가 오기 전까지 글을 쓰고 있었던 것이 틀림없었다. 무형은 언제나 그렇듯 은수를 품에 안고, 그녀의 몸을 가볍게 애무하는 것으로 그의 인사를 대신했다.

"배고파요? 대충 뭐 만들까?"

은수는 마치 아무것도 모르고, 아무 일도 없는 양 했다.

"천천히 해요."

"먼저 씻어요. 옷 내놓을 테니."

은수는 무형과 함께 침실로 들어갔다가 잠시 후 혼자 나와서 식사 준비를 했다. 그녀는 겉으로 태연하게 행동했고 실제로도 평정을 잃지 않으려 노력했지만 그것은 그만큼 그녀의 절망이 깊다는 것을 대신 보여주는 것일 뿐이었다. 그녀는 분명 새벽 2시 넘어, 무형의 핸드폰으로부터 건너온 여자의 목소리를 들었으니 말이다. 서툰 한국말 억양만으로도, 목소리의 주인공이 에이샤라는 것을 아주 쉽게 알 수 있었다. 유라의 말이 맞았던 것이다. 그때의 기분을 뭐라 형언할 수 있을까, 그것을 형언할 단어나 수식어는 있을까. 은수를 더욱 참담하게 한 것은, 그럼에도 불구하고 자신이 할 수 있는 것은 아무것도 없다는 사실이었다. 은수는 지금 무형과 헤어지고 싶지 않았다. 그가 헤어지자고 할까 봐 무서웠다. 언제 그의 입에서 이별의 말이 나올지 몰라 살얼음판 위에 서 있는 것 같았다. 무형은 정말 이별의 절차를 밟고 있는 것일까, 아파트를 은수의 이름으로 한 것도, 그의 곁에 새 여자가 있는 것도 다 그것을 증거하고 있으니, 자문할 것도 없이 은수 앞에 남은 것은 이제 그의 이별 통고뿐인 듯했다. 무형과는 길어야 6개월이라더니, 정말 은수가 그와 첫 관계를 맺은 시점에서 보자면 6개월째로 접어들고 있었다.

은수는 고개를 흔들었다. 조롱받기 싫었다, 모욕당하기 싫었다, 그렇게 그녀는 너무 많은 생각을 하다 그만 식칼로 자신의 손가락을 깊숙이 베고 말았다. 피는 순식간에 썰어놓은 양파를 붉게 물들이고 당황한 은수의 에이프런에도 흩뿌려져, 샤워를 마치고 나온 무형이 봤을 때 그녀는 이미 피투성이였다. 무형은 서둘러 은수의 손가락을 지혈하고, 소독 후 붕대를 감아줬다. 그녀의 왼손, 가운데 손가락이었다.

"조심해야지."

은수의 손가락을 붕대로 마무리한 무형은 느릿한 어조로 말했다. 그러자 그때까지 무표정으로 일관하던 은수가 눈시울을 붉힌다.

"많이 아파요?"

무형이 묻자 은수는 고개부터 끄덕였다.

"네. 아파요. 많이 아파요. 아주 많이."

은수는 일어나 주방으로 몸을 돌렸다. 그런 그녀를 보며, 딱히 그녀를 위해 무엇을 해야 할지 무형은 알지 못했다. 은수가 에이샤에 대해 입을 다물고 있는 것은 그도 알지만 만약 그녀가 따지고 들었다면 그는 어떤 변명을 했을까. 변명을 할 그가 아니었다. 실제로 그는 그럴싸한 변명을 준비하지도 않았고, 또한 과거에도, 질투로 그를 피곤하게 만들었던 여자들에게 그가 했던 것이란 차갑게 돌아서는 것뿐이었다. 어쩌면 은수도 그것을 알 것이다. 그가 변명하지 않으리라는 것을. 때문에 오히려 사실 그대로, 그가 정직하게 말하는 것을 듣게 될까 봐 두려웠던 것이며, 나아가 그 정직 뒤에 준비돼 있을 이별 통고가 두려웠으리라. 그렇다면 무형은 정말 은수와의 이별을 준비하고 있었던 것일까, 그래서 은수가 질투를 하고 따져주기를 바라고, 그것을 빌미로 차갑게 돌아설 준비를 하고 있는 것일까.

그날 밤, 무형은 은수가 주방을 치우는 동안 먼저 침대에 누웠다. 은수가 뒤늦게 샤워를 하고 침실로 들어왔을 때는, 무형은 잠이 들었는지 규칙적인 숨소리뿐으로 조용했다. 은수는 가운을 벗고 발가벗은 몸으로 그의 옆에 눕고는 곧 그의 품으로 파고들었다. 무형은 잠결에 은수를 느끼고 그녀를 품에 꼭 끌어안았다. 이어 잠시 동안 그녀의 몸을 어루만지고 쓸어내렸지만 얼마가지 않아 그의 손은 멈췄다. 무형이 움직이지 않자 은수가 움직였다. 그녀는 그의 가슴으로부터 손을 더듬어 내려 그의 아랫배 밑에서 멈췄다. 그것은 은수가 그에게 보낼 수 있는 최선의 신호였을 것이다. 그럼에도 무형은 꼼짝하지 않았다. 아예 꼼짝할 생각도, 의지도 없다는 것을 은수도 눈치챌 정도였다. 무형이 이제는 전처럼 은수를 자주 원하지 않는다는 것을, 사실 그녀는 지금 깨달은 것도 아니었다. 언제부터지, 하며 은수는 그 기억을 더듬는 공허하고 무의미한 상념 속에 잠시 갇혀 있었다. 남녀가 오래, 같이 지내는 날이 많아질수록 그만큼 사랑의 횟수도 줄어드는 것은 자연스러운 일상의 소원함이요, 그 자리를 깊은 정이 대신하는 것이지만, 무형도 그렇게 이해해 줄까.

은수는 시간이 필요했다. 그녀 자신이 더 이상 무형에게 전과 같은 자극이 못 된다는 것, 그리고 더 나아가 그가 싫증을 느끼게 되는 날이 오리라는 것을 받아들일 수는 있지만, 그것이 이렇게 갑자기 빨리 오는 것은 싫었다. 무형이 은수를 사랑했다면 그녀에게 충분한 시간을 주기를, 그녀는 정말 간절히 바랐다.

은수의 걱정과 달리 무형은 그녀에게 이별을 통고하지 않았다.

그럼에도 언제 오겠다, 기약도 없이 일본으로 떠나, 그 해가 다 가도록 귀국하지 않았다. 아마도 일본에서 훈련을 하며 시즌을 기다리는가 보다, 은수는 미루어 짐작만 할 뿐이었다. 그를 만나지는 못하는 대신 은수는 그와 하루에 한 번 통화를 했고 그렇게 시간이 흐르던 중 무형이 1월 중에는 두 번 귀국해 은수의 아파트를 찾았다. 2월 중에는 한 번이었다. 그 사이 인터넷 '찌라시'는 일본에서의, 무형의 새 여자에 관한 기사를 냈다. 재일교포 4세 가수로, 나이도 겨우 스물둘의 어리고 예쁜 여자였다. 시범 경기가 있던 3월 중에, 무형은 단 한 번도 은수의 아파트를 찾지 않았다. 이어 프로야구 시즌인 4월로 접어들었을 때, 무형의 여자는 또 바뀌어 있었다. 그러나 이미 은수는 무형의 스캔들에 관심을 두지 않은 지 꽤 됐다. 지금 그의 곁에 있는 여자가 누군지도 몰랐다. 그저 자신을 두고 수군대는 주변 사람들의 비웃음과 조롱으로 충분하다고, 그녀는 생각했다.

나래기획에서는 4월에 은수의 드라마 첫 촬영이 있었다. 드라마 대본은 6회까지 수정 완료된 상태로 ―이미 책으로 나와 2회까지는 리딩도 마친 후였다― 그 이후부터는 방영과 함께 시청자들의 반응을 보면서 진행하기로 했다. 물론 그녀의 컴퓨터에는 총 12부작인 드라마의 마지막까지 모두 탈고돼 있었다.

은수는 첫 촬영 현장인 드라마 세트장에 다소 늦게 도착했다. 도착하고 보니 현장은 정신없고 부산했다. 조명이 밝게 비춘 곳에서는 배우들이 마지막까지 책을 ―대본을 방송가에서 그렇게 부른다― 손에서 놓지 않고 있었고, 그 주변으로 각 현장 스태프들과 배우의 매니저들, 코디들이 한데 섞여 북적댔다. 가끔 PD의

고함 소리도 들려왔다. 은수는 사람들 눈에 띄지 않게 조용히 움직이며 적당한 자리를 눈으로 찾던 중에, '하 작가 왔어? 아직이야?' 하는 PD의 소리를 듣고서야 소리가 난 방향으로 몸을 틀었다. 순간, '하 작가도 최무형 여자였다며?' 하는 어떤 여자의 목소리에, 그녀는 그만 발목을 잡히고 만다.

"사실이야?"

"응. 맞대요. 최무형이 데리고 살았대요. 지금은 버림받았구."

"하 작가는 한국 현지처라던데?"

"최무형 지금 애인이 누구지? 또 재일교폰가? 하도 빠르게 바뀌니까 헷갈려."

"에리카라는 일본 의류 모델이래요. 몸매 끝내주데."

"근데 최무형이가 하 작가는 뭘 보고 데리고 살았대? 딴 애인들은 다들 쭉빵인데."

"내 말이. 근데 말이 좋아 현지처지, 최무형이 한국에 오지도 않는데 뭘. 버림받은 거 저만 모르는 모양이네."

여자들의 수다에, 그 수다를 듣고 있던 근처의 젊은 남자 하나가 수다 중이던 여자의 어깨를 손가락으로 콕 찔렀다. 그로 인해 돌아본 여자는, 아마도 직전까지 수다 중인 여자들 가까이에 있다 서둘러 자리를 벗어나는 것이 분명해 보이는 은수의 뒷모습을 보고는 얼굴을 벌겋게 물들였다.

은수는 PD와 만나 잠시 대화를 나누고는 얼마 뒤, 그와 함께 배우들의 연기를 지켜보았다. 은수는 언뜻 평소와 다름없는 모습이었다. 평정심을 잃지 않으려 노력했고 그런 만큼 담담해 보일 수 있었다. 그런 그녀도 현장 주변에 와 있던 유라를 발견하고, 그녀와 눈을 마주친 순간에는 결국 흔들리고 말았다. 유라는 결코 비웃고 있지 않았다. 그런데도 은수는 이루 말할 수 없는 수치심을 느꼈다. 차라리 비웃었더라면, 아까 그 여자들처럼 대놓고 조롱을 했더라면 그래도 견딜 만했을 것을, 연민 어린 유라의 눈빛은 오히려 조롱과 야유보다 더 은수를 힘들게 했다. '그래, 그렇구나, 내 사랑은, 내 유일한 사랑은 그렇게 비웃음과 조롱 속에서 끝이 난 걸로도 모자라, 그 수많은 무형의 여자들과 한데 묶여서 스러졌구나'. 은수는 더 이상 버티지 못하고 촬영 현장을 도망치듯 빠져나왔다.

은수는 무형으로부터 이별 통고를 받지 않았음에도 자신이 그에게 완벽하게 버려졌다는 것을 깨달았다. 그것도 그녀가 감당할 수 없으리만치 잔인한 시간 속에서 그것을 깨달아야 했다. 그는 이별 통고 대신 침묵했고, 끊임없이 계속되는 스캔들로써 그녀를 방기(放棄)했다.

은수는 집으로 가는 대신 서 작가의 오피스텔 사무실로 향했다. 그녀는 처음으로 서 작가에게 술을 사달라고 했다. 두 사람은 함께 재즈 바로 갔다.

"오늘 첫 촬영도 했는데 왜 그렇게 우울해요? 하 작가."

와인을 앞에 두고 바(BAR)에 나란히 앉아 있던 중 서 작가는 은수의 안색을 살폈다.

"선생님은 저보다 오래 사셨으니 저보다 많이 현명하시겠죠? 그럼 제게 답을 주실 수 있으실까요?"

와인 잔을 기울이며 은수는 뜬금없이 물었다.

"오래 살았다고 반드시 현명한 것은 아니지만 혹시 경험에 비추어 할 수 있는 대답이라면 해줄 수 있어요. 물론 그게 정답은 아닐지라도."

"사랑하다 헤어지는 경우…… 이별에도 예의가 있어야 하는 거겠죠?"

"네. 이별도 기술입니다. 가능한 한 상대의 마음을 다치지 않게 하는 기술."

"헤어지잔 말도 없이…… 그저 침묵하는 건 어떤 의미일까요?"

"음, 글쎄요……. 분명한 것은 이별의 방법으로 좋은 방법은 아니군요."

"네……. 가장 지독한 방법이란 거…… 이제야 깨달았네요."

은수의 두서없는 말에도 서 작가는 '무슨 일이 있느냐' 묻지 않았다. 은수와 최무형의 '스캔들'을, 그도 모르지 않는 눈치였다.

"선생님, 오늘 저랑 잠자리 같이 하시겠어요?"

은수의 갑작스러운 제안에 서 작가는 깜짝 놀란다.

"물론 선생님을 사랑하지 않아요. 그래도 상관없으시다면 저도 괜찮아요."

두 사람은 재즈 바를 나와 호텔로 향했다. 그리고 그곳에서 한 시간 반 정도를 머무른 후 은수 혼자 호텔을 나왔다. 그녀는 서 작가와의 섹스를 통해 거의 아무 것도 느끼지 못했다. 그저 말초 신경을 약간 자극하는 것 외에 그 어떤 충일한 즐거움도, 당연히 오르가즘도 없었다. 어쩌면 그녀는 그것을 확인하고 싶었는지도 몰랐다. 다음 날 서 작가로부터 전화가 왔지만 은수는 받지 않았다. 그러자 문자가 여러 차례 왔다. 늘 그렇듯 따뜻하고 예의 바른 내용의 문자였다. 서 작가는 이미 이혼을 했고 은수에 대한 마음도 변함이 없는 듯했다. 그러나 은수에게는 아무런 의미가 없었다.

은수는 며칠 뒤, 자신이 쓰는 드라마의 나머지 여섯 부를 연출자에게 송고했다. 또한 그동안에 여권이 나오기를 기다리고 있었다. 은수는 아파트에서 거의 외출도 하지 않은 채 주로 TV를 보며 지냈는데 TV는 항상 스포츠 채널에 맞춰져 있어, 무형이 나오기를 바라는 은수의 기대를 대신 드러냈다. TV 속 무형은 은수가 기억하는, 변함없는 그의 모습이었다. 야구 모자 챙 안에 숨은 깊은 눈빛도, 경기가 위기에 빠질 때마다 그 눈에서 번쩍이는 섬광도, 그 아래로 살짝 다물린 나른한 입술도, 모두 그대로였다. 무형이 선발로 나올 때마다 스포츠 뉴스 등을 통해 그의 성적은 매번 시끌벅적하게 다뤄졌다. 시범 경기를 빼면 정규 시즌에서 겨우 세 번 나왔을 뿐인데도 그의 위치는 이미 확고해 보였다. 아마 흔들림 없는 그 성적만으로도 그의 스캔들은 상쇄되고도 남는 듯했다.

여권이 나왔다. 은수는 지체 없이 오사카로 전화를 했다. 전화를 받은 무형은, '오사카로 간다'는 은수의 일방적인 통보에 아주 흔쾌히 오라고 했다. 조금도 머뭇거리지 않았으며 은수에게만 들려주는 그의 목소리 또한 한결 같았다. 이상한 일이지만 그는 은수에 대해서조차 조금도 변함이 없었다. 그렇게 해서 4월 19일,

은수는 오사카로 향하는 비행기에 몸을 실었다.

오사카에 도착한 은수는 사전에 무형이 가르쳐 준 대로 길을 찾아, 한눈에도 20층은 넘어 보이는 고층의 맨션아파트에 도착했다. 그리고 역시나 무형이 미리 말해두었을 맨션의 관리인으로부터 열쇠를 받아, 잠시 후 무형의 새로운 공간 안으로 발을 들일 수 있었다. 현관 입구로부터 좁은 복도를 지나니 크림색 소파가 보이는 아담한 거실이 눈앞에 모습을 드러냈다. 이 썰렁함이라니, 은수는 저도 모르게 중얼거렸다. 그것은 1년 전, 은수가 처음 무형의 아파트를 —지금은 그녀의 아파트를— 방문했을 때 느꼈던 것과 같은, 신기할 정도의 동일한 감회를 불러일으켰다. 그 아파트도 당시에 그랬듯 이 맨션도 무형과 닮아 있었다. 차갑고 공허했다. 심지어는, 여자들이 자주 들락거렸을 텐데도 여자의 흔적이라고는 부러 찾으려 해도 찾기 힘들 정도였다.

은수는 먼저 샤워를 하고 소파에 누워 눈을 붙였다. 그저 좀 쉬려던 것이었는데 깜박 잠이 들었나 보다. 어떤 기척을 듣고 눈을 떴을 때는 눈앞에 이미 무형이 있었다. 더구나 그는 방금 도착한 것도 아닌 듯 실내용 바지 하나만을 달랑 입고 앉아, 은수를 향해 그 한결같은 얼굴을 보이고 있었다.

"깼군요."

무형이 먼저 그 느릿한 어조로 입을 열었다.

"언제 왔어요?"

은수는 일어나지도 않고 무형의 눈만 마주한 채로 물었다.

"조금 전. 우리 두 달 만인가요?"

은수는 대답 대신 그제야 부스스 몸을 일으켜 헝클어진 제 머리를 손으로 쓸어 올렸다.

"보고 싶었습니다."

무형이 말했다. 그리고 그것은 진심이었다. 조금 전, 소파에서 자고 있는 은수를 보고 있던 무형은, 자신이 그녀를 얼마나 보고 싶어 했는지를 문득 깨달았다. 은수는 그런 그를 물끄러미 바라보았다. 그 두 달 전만 해도 그에게 하고픈 말이 얼마나 많았던가.

"안아줘요."

은수는 그 말을 한숨 쉬듯 했다. 그리고 무형이 움직이기도 전에 먼저 그의 무릎 위에 기어올라 그의 목을 끌어안고 입을 맞췄다. 무형은 은수를 부드럽게 받아줬다. 그의 품안에서 그녀의 몸이 뜨겁게 열을 내고 있을수록, 혹은 발작적인 몸짓으로 그를 할퀴어 몸에 상처를 냈을 때라도 그는 그녀에게 무한히 자비로웠다. 그 자비 안으로 은수는 제 모든 것을 던졌다. 그녀는 정말 오래토록 그를 놔주지 않고 그녀 자신조차 기진해 버릴 정도로 집요하게 그를 잡고 있었다. 그것에도 끝이란 것이 있다면, 바닥이라는 것이 있다면 그녀는 아마도 그것을 보고 싶어 했던 모양이다.

두 사람은 침실로 가지도 않고, 거실의 크림색 소파 위에서 전쟁 같은 사랑을 나누었다. 은수는 두 번에 걸쳐 짐승의 소리 같은 그것을 토해냈다. 그것은 또한 그대로 무형에게도 전이돼, 그는 실로 오랜만에 다시금 은수로부터 최고의 열락(悅樂)을 ─한군데서 시작한 전율이 온몸 구석구석, 발끝과 손끝에 이르기까지 남김없이 퍼져 회오리를 일으키고, 이어 그 회오리가, 보다 더 강력한 힘에 의해 찰나에 와해되는 극치를 지나며, 마치 나락으로 빠져들듯 현기증으로 마무리되는 그것을— 선물 받는다.

　무형은 사실, 지난 어느 때부터 은수로부터 받았던 그것을 조금씩 잃어갔었다. 다른 여자들에게 그랬던 것처럼 그는 은수를 안고도 지루해했다. 그가 다른 여자들, 정확히 새로운 자극을 찾았던 것은 바로 그 즈음이었다. 그러나 그것은 그 기대만큼의 실망만을 거둬들였을 뿐, 그 여자들은 무형에게 시들해진 은수보다도 못했다. 그럼에도, 아니 그럴수록 그는 그것을 포기한 것이 아니라 더 많은, 새로운 자극들을 찾았고, 그 당연한 결과로 그의 '새 자극'들은 더 빨리 소비되고, 더 쉽게 버려졌다. 그런 중에 놀랍게도 한국에 버려두고 왔던 은수가, 바로 그녀에게서 그것을 잃고 찾아 헤매던 무형에게 보란 듯, 바로 그것을 다시 선물할 줄이야. 이 수줍음 많은 숙맥이 그럴 수 있다는 것이 무형은 여전히 신기했다.

　불행하게도 이 남자는 아직도 그것을 자신이 아닌, 은수에게서만 찾고 있었다. 그 '궁극의 쾌락'이란 몸을 통해서만이 아니라, 실은 한 여인을 깊이 사랑한 데서 오는 것임을 그가 진즉에 깨달았다면 아마 은수의 깊은 슬픔과 상심도 없었으리라.

　아침에 두 사람이 잠을 깬 곳은 침대의 안락한 이불 안에서였다.

　"오늘 돌아갈게요."

　은수는 조용히 말했다. 무형의 팔 안에 오롯이 안긴 채였다.

　"더 있다 가요. 며칠만 더."

　"아뇨. 갈래요. 다신 안 와요."

　은수는 여전히 조용히 말하고 있었으나 그 단정적인 말의 내용

만큼이나 단호해, 무형은 잠시 입을 다물고 있었다.

"나한테…… 화났습니까?"

이윽고 무형이 물었을 때는 제법 긴 침묵이 흐른 후였다.

"네."

"왜……?"

"당신은 또다시 침묵했고…… 또다시 날 버려뒀으니까요."

"난 은수 씨 버리지 않았습니다. 그런 생각 해본 적도 없어요."

"아뇨. 당신은 이미 날 버렸어요. 그 어떤 여자에게 했던 것보다 더 지독하게…… 날 버렸어요. 내게 아픔을 주었고, 죽음으로써도 치유될 수 없는 깊은 상처를 남겼어요."

은수의 목소리는 여전히 조용했고 심지어는 스산하리만큼 건조했다.

"16살의 은수는 당신을 용서했지만, 지금의 난 절대…… 당신을 용서하지 않을 거예요……."

그 말과 함께 은수는 끝내 조용한 평정을 잃고 무너졌다. 그것은 아마도 지난 몇 개월간의 마음고생과는 ―그에게 이별의 말을 들을까 전전긍긍한 것에 이어, 그녀의 뒤로 쏟아진 갖가지 조롱들― 비교도 할 수 없는, 그를 향한 그녀의 깊은 절망의 표현이었으리라. 은수는 무형이 당황할 정도로 큰 소리로, 몹시 서럽게 울었다. 그것은 지금으로부터 1년 전 4월에, 지금은 은수의 아파트가 된 그곳에서, 제 과거의 상처를 확인하고 무너졌던 바로 그것과도 닮아 있었다. 그리고 이번에도 그때처럼 그녀는 오래 울었다.

무형은 은수를, 일본에서 새로 산 그의 애마에 —같은 차종이
다— 태우고 공항을 향하고 있었다. 출발 전까지도 그는 '며칠 더
있으라' 해보았지만 그녀는 고집을 꺾지 않았다. 그녀는, 아침 식
사를 같이하자는 무형의 청도 거절해, 마치 가능하면 빠른 시간
안에 그와 헤어지고 싶어 하는 사람처럼 보일 지경이었다. 은수
는 더 이상 울지 않았지만 웃지도 않았으며 말조차도, 그가 시킬
때를 빼고는 하지 않았다. 은수는 이별을 원하는 것인가, 무형은
문득 그 생각을 했지만 그녀와의 이별을 원치 않는 그는 차마 묻
지도 못해 더욱 당혹스러워했다. 안타까운 것은, 한때 이별의 말
을 들을까 무서워 은수가 무형에게 하고 싶은 말을 하지 못했듯
무형 역시도 같은 이유로 그녀의 눈치만 보고 있다는 사실이었다.
그것은 다시 말해, 은수가 무형의 이별 통고를 두려워했던 그때
에도 실은 그는, 그녀와 헤어지려는 생각 따위 전혀 하지 않고 있
었다는 의미기도 했다. 그는 아침에도 은수에게, 그녀를 버릴 생
각은 해본 적도 없다고 했다. 실제로 그는 단 한 번도, 은수와의
이별을 머리에 떠올린 적조차도 없었다. 그런 무형과, 새 여자들
과의 어처구니없는 스캔들을 만드는 무형 사이에 존재하는 모순
은 정작 그 자신에게는 인식되지 않고 있었다. 그는 이미 은수를
처음 알았을 때부터 '섹스 없이 연애만 하자' 했던 사람이었으니,
어쨌거나 그에게 은수가 '연애 상대'임은 분명했기 때문이다. 그것
이 바로 '연애 없이 섹스만 해왔던' 남자에게는 '유일한 연인'일 수
밖에 없는 은수를, 그가 버릴 수 없는 이유였다.

오전 11시, 공항 대합실에서 무형은 은수와 마주 서 있었다. 은수는 평소처럼 담담한 모습으로 그와 헤어질 준비를 하는 것 같았지만 무형의 눈에 그녀의 얼굴은 세상에서 가장 불행한 사람의 그것이었다. 거기에 아침에 서럽게 울던 모습까지 겹쳐, 무형은 정말 오랜만에 다시 가슴 한편에 아릿한 통증을 느꼈다.

"시간 됐네요. 들어갈게요."

은수는 무형으로부터 가방을 건네받았다.

"다음 주, 경기 없을 때 갈 테니 다시 얘기합시다."

무형의 말에 은수는 말없이 고개만 끄덕여 보였다. 무형은 은수를 보내기 전 그녀를 품에 안고 머리를 쓰다듬은 후 놓아주었지만, 그런 후 다시 품에 안고, 돌아서는 그녀를 또다시 잡아 끌어안고는, 이번에는 한참을 놔주지 않았다. 어쩐 일인지 그는 그녀를 보내고 싶지가 않았다.

공항에서 은수를 보내고 돌아가는 길에 무형은, 계속되는, 정체를 알 수 없는 불안에 마음이 무거웠다. '또다시 침묵했고, 또다시 버려뒀다'는 은수의 말이 가시가 돼 그의 심장에 박혀 버린 탓이었다. 그러던 어느 순간, 운전대를 잡은 그의 손이 갑자기 움찔했다. 1년 전 4월에, 지금은 은수의 아파트가 된, 당시 그의 아파트에서 통곡했을 때도 그에게 '침묵의 방관자'라 비난했던 그녀였다. 그래, 결국 같은 것인가.

"내가 같은 실수를 반복한 것인가……?"

무심결에 중얼거리던 무형은, 그 중얼거림이 입 밖으로 나간 순간, 느닷없이 머리를 한 대 얻어맞은 것 같은 쇼크를 받고 급히 차를 세웠다. 지금껏은 그저 가끔 아릿한 통증을 불러왔을 뿐인

가슴 한편으로부터 예리한 흉기로 저미듯 하는 날카롭고도 깊은 통증에, 그의 입에서는 절로 신음 소리가 새어 나왔다. 전신이 무기력해지고 내장이 모두 타들어가는 것만 같았다.

깨달음은 그렇게, 불현듯 찾아왔다. 무형이 그동안 그것을 몰랐다는 것이 오히려 믿어지지 않을 만큼 갑자기 모든 상황이 한눈에 들어왔다. 사실 그것은 너무나도 단순한 것이었다. 그녀를 그곳에 버려두면 안 되는 것이었으니까. 데려왔어야 했다, 곁에 뒀어야 했다. 피를 흘리며 애처롭게 살려달라고 했던 16살의 가엾은 소녀처럼, 29살의 은수 역시도 살려달라고 그를 찾아온 것이었는데 이번에는 그녀가 흘린 피도, 상처도 보지를 못했다는 것을 깨달았다.

무형은 고개를 떨어뜨린 채 거칠고 뜨거운 숨결을 토해냈다. 그의 뺨을 타고 눈물이 흘러 턱 아래로 뚝, 떨어졌다.

은수가 그녀의 아파트에 도착한 것은 오후 3시쯤이었다. 승강기 고장으로 그녀는 계단을 통하여 14층까지 올라갔다.

1407호 안은, 은수가 일본으로 떠나기 전에 이미 청소를 했는지 아주 깨끗하고 잘 정돈된 상태였다. 은수는 가방을 그대로 둔 채 샤워부터 하고 나와 다시 화장을 했다. 머리를 단정히 묶고 무형이 사준 원피스를 입었다. 그녀의 귓불에는 역시 무형이 사준 다이아몬드 귀걸이가 평소보다 더욱 영롱한 빛을 발하고 있었다. 은수의 핸드폰은 그녀가 샤워하고 있을 때를 시작으로 쉬지 않고 울리고 있었다. 액정은 밝은 빛을 내며 '무형 씨'라는 선명한 글자를 드러냈다. 그러나 은수는 그것을 받지 않았다. 다만 손에 쥐고 현관을 나가 옥상으로 향하는 계단을 올랐다. 무형이 사준 구두를 신은 발로, 은수는 아주 천천히 올랐다. 이따금씩 노래도 흥얼거렸다.

"With shadows I spend it all my heart and I have decided to end it all. Soon there'll be candles and prayers that are sad. I know, but let them not weep. let them know that I'm glad to go.(내 마음은 어둠으로 가득 찼고, 결심했어, 난. 이 모든 것을 다 끝내 버리기로. 이제 곧 이곳은 슬픔에 찬 촛불과 조의문으로 가득하겠지. 나도 알아. 하지만 울지 말라고 해. 난 기꺼이 떠난다고 전해줘.)"

옥상 문은 활짝 열려 있었다. 승강기가 고장 났을 때는 다른 라인의 승강기를 이용할 수 있도록 이렇게 항상 옥상 문을 열어 두었다. 핸드폰은 계속 울렸다. 은수는 그것을 받았다. 핸드폰에서는 다짜고짜 '잘못했다'는 무형의 다급한 목소리가 흘러나왔다. 항상 침착했던 그였지만 이번에는 달랐다.

"쉿, 조용히……. 들어봐요, 무형 씨……. 내 나이 스물아홉, 내 사랑도 거기까지네요."

그 말을 마지막으로 은수는 통화 중 상태의 핸드폰을 손에 쥐고 난간을 향해 달렸다. 그런 그녀에게서 주저함이라고는 손톱 끝만큼도 찾아볼 수 없었다. 난간을 벗어난 은수의 몸은 시릴 정도로 맑고 푸른 4월의 하늘을 배경으로, 허공에서 잠시 멈췄다. 그녀는 미소 짓고 있는 것처럼도 보였다.

무형의 핸드폰 안으로는 곧 상상할 수도 없는 굉음이 울렸다. 그 굉음은 스물아홉, 그녀의 삶의 무게에 보태어 그의 현실이 악몽으로 바뀌는 신호였다.

에필로그

　은수를 그렇게 보내고 무형이 그것을 어떻게 견디었을지는 상
상조차 불가능해 보였다. 그는 은수의 죽음을 본 것이 아니라 들
었다. 그것도 그녀에 대한 사랑을 깨닫자마자 들었기에 그 참담
함은 이루 말로 다할 수 없었으리라. 그럼에도 그는 당장에, 은수
의 죽음에 이은 사후 처리 문제에 매달려야 했다.

　무형은 아내와 다름없는 연인의 죽음을 구단에 알리고 양해를
구한 뒤 급거 귀국했다. 귀국 후 그가 가장 먼저 한 일은 은수의
마지막을 확인하는 것이었다. 장소는 경찰병원의 시체안치실이었
다. 흰 천이 걷히며 드러난 은수의 얼굴은 눈을 감고 마치 잠을
자듯 평온한 모습이었다. 머리 한쪽이 으깨져 버렸지만 얼굴에는
상처가 없어, 그녀의 하얀 얼굴은 더욱 창백하니 흡사 흰 밀가루
반죽 같았다. 오전까지만 해도 살아 있는 그녀를 품에 안기까지

했건만 이제는 영영 돌아올 수 없는 길로 가버린 그녀의 모습에 무형은 말을 잃었다. 대신 그는 그 큰 손으로 은수의 얼굴을 덮어 천천히, 쓸어내리는 것으로 그녀를 위로했다. 무형은 받아들였다. 용서하지 않겠다던 은수가 이렇게밖에는 증명할 수 없었을, 그녀의 마지막 '인사'를.

은수의 부모가 연락을 받고 병원에 당도한 것은 다음 날 오전 중이었다. 은수의 엄마는 그렇잖아도 병약한 몸으로 그 끔찍한 슬픔을 이겨낼 수 없어 그 자리에서 기절해, 딸의 장례식 내내 입원실을 나오지 못했다. 놀라운 것은 은수의 부모가 무형을 단번에 알아봤다는 사실이었다. 과거, 딸의 불행에 침묵으로 일관했던 최무형이기에, 그가 딸과 동거했다는 사실이 더욱 믿기지 않았다. 무형은 현재 상황을 담담히 설명하고 장례를 주관하겠노라고, 은수의 부모에게 양해를 구했다. 은수의 부모로서는 도저히 받아들일 수 없는 일이었지만, 과거에도 어쩔 수 없는 현실 사정으로 딸의 불행을 묻어두었듯 이번에도 그럴 수밖에 달리 도리가 없었다. 쇠약한 은수의 부모는 딸의 상황을 정리할 힘이 없을 뿐더러 딸의 명예를 위해서라도 무형이 하자는 대로 할 수밖에 없었다. 그리고 그런 현실에 피눈물을 흘렸으며, 딸을 두 번 죽인 무형을 마음으로부터는 결코 용서하지 않았다.

무형은 은수의 빈소를 차리고, 그녀의 남편 자격으로 상주가 되었으며, 기자회견을 통해 '하은수는 약혼녀였으며 내 실수로 인한 오해로 불행한 사태가 빚어졌다'고 발표했다. 그는 은수가 조롱거리가 되지 않도록, 그녀의 명예를 지키기 위해 그가 할 수 있는 모든 일을 다 했다.

은수는 화장돼 납골당에 안치되었다. 은수의 아파트는 상속인인 그녀의 부모로부터 무형이 다시 사들여, 그녀의 물건들을 그대로 놔두었다. 그는 은수의 유품들을 하나도 태우지 않고 그대로 두었으며, 그녀의 다이아몬드 귀걸이는 다시 투명한 컵 안으로 들어갔다.

한국에 머문 지 2주 만에 다시 일본으로 돌아온 무형은 시즌을 그대로 이어갔다. 돌아온 후 처음 등판한 경기에서는 컨디션 조절 실패로 난조를 보이기도 했으나 이후 차차 안정돼, 경기로만 보는 무형의 모습에서, 은수의 죽음 전과 다른 점을 발견하기란 쉽지 않았다. 전쟁터에 나가듯 마운드에 서는 그의 강인한 성품도 한몫했으리라. 그러나 경기 외적으로도 그가 그만큼 강인했는가는 또 다른 문제였다. 실제로 무형은 은수가 투신할 당시의 꿍음을 여전히 생생한 현실로 듣는 환청에 시달리고 있었으니까. 그로 인해 그의 일상은 부분적으로 망가져 버렸지만 그런 그를 대신 위로한 것이, 바로 꿈에 나타나는 은수였다. 이상하게도 무형의 꿈속에서 은수는 언제나 행복한 모습이었다. 한 번도 눈물 짓는 모습을 보인 적 없이, 늘 웃고 있었고 늘 '사랑한다' 속삭였다. 물론 꿈에서 깨어나, 다시 환청이 시작되면 현실은 곧장 악몽으로 바뀌어 있었다. 그러나 그 모든 것에도 불구하고, 그것들은 다 시간이 해결해줄 수 있는 것들이었다. 무형이 견디어낼 수 있는 아픔이요, 상처들이었다. 은수의 죽음으로 감내해야 할 가장 잔인한 진실은 정작 따로 있었으니, 무형이 그것을 깨닫기까지 그리 오래 걸린 것도 아니었다. 그것은 바로, 그의 일생에 다시는 올 수 없고, 얻을 수도 없을 단 하나의 사랑을 잃었다는 깨달음이었다. 은수와의 사랑을 알기 전과 후는 완전히 달랐다. 영혼이 채워진 경험이 있기에 비었을 때의 비참함도 아는 것이다. 아마도 은수를 몰랐다면 평생을 사랑 없이도 살았을, 뱀의 심장을 가진 그였지만, 이제 은수 없이 살기에 그의 남은 인생은 너무나 길었다. 그 깊어진 상심에 무형은 서서히 병들어갔다.

은수가 떠난 지 3년 뒤, 그녀의 기일인 4월 20일, 무형은 강원도 한계령 길에서 그의 애마와 함께 낭떠러지로 떨어져, 그 자리에서 즉사했다. 브레이크를 밟은 흔적이 없어 자살이라는 설과 함께 사건은 사고사 처리됐다. 자살인지 사고사인지는 아마 무형 자신만이 알 것이다.

〈The End〉